四通鼓

夏龙河◎著

中国文史出版社
CHINA CULTURAL AND HISTORICAL PRESS

图书在版编目（C I P）数据

四通鼓 / 夏龙河著 . -- 北京 : 中国文史出版社，2021.8

ISBN 978-7-5205-3152-8

Ⅰ . ①四… Ⅱ . ①夏… Ⅲ . ①长篇小说—中国—当代 Ⅳ . ① I247.5

中国版本图书馆 CIP 数据核字 (2021) 第 185438 号

责任编辑：梁玉梅

出版发行：**中国文史出版社**
社　　址：北京市海淀区西八里庄路 69 号院　**邮编**：100142
电　　话：010-81136606　81136602　81136603（发行部）
传　　真：010-81136655
印　　装：北京新华印刷有限公司
经　　销：全国新华书店
开　　本：16 开
印　　张：24.5
字　　数：403 千字
版　　次：2022 年 3 月北京第 1 版
印　　次：2022 年 3 月第 1 次印刷
定　　价：68.00 元

目录

第三章 侯正廷的危机

第四章　找回马凤娇

第五章　纪家村的秘密

第六章　流浪在外

第七章　素枝失踪

第八章　凛冬将至

第九章　族长之死

第十章　黄金通道

第十一章　瞎子宣传队

第一章 纪大鼓

01. 遇到盐帮

清朝最后一任莱阳县令孟广澄，在莱阳任职只有半年多时间。在这期间，每住十天或半个月，他就要抽出一天时间，跑到离城八十多里远的纪家村听纪大鼓的鼓书。

孟广澄做官半生，任职遍及大半个中国，戏曲听得不少，唯独对纪大鼓的鼓书大加赞赏，他还作为见证人，参加了纪大鼓的收徒仪式。即便如此，大清垮台后，孟广澄回老家之前，特意来到纪家村拜访老族长，想听一听纪大鼓的绝活《四通鼓》和《哀侯别国》，都没成功。族长告诉孟广澄，十年前，大清还活蹦乱跳的时候，礼部侍郎王垿回到故乡，想听纪大鼓的《四通鼓》，都被族长拒绝了。因为《四通鼓》和《哀侯别国》，传说为当年纪家先祖纪哀侯所作，纪哀侯立下规矩，这两部书只有纪家人能听，其他人，哪怕是当今皇上，都没有权力听。孟广澄无奈，只得带着无限遗憾辞别莱阳。

纪大鼓是纪家大鼓传人，纪家大鼓的始祖是春秋时期纪国最后一位国君纪哀侯。春秋后期纪国被齐国所灭，纪哀侯带着心腹以及家人东逃到莱阳地域，齐国国君派人追杀，纪哀侯被刺瞎双目。为了保命，纪哀侯让家人隐逸山中，自己混迹于一帮瞎子之中，并自创了纪家大鼓的绝唱《四通鼓》和《哀侯别国》，这两部书凄绝悲壮，为鼓书之经典。纪哀侯临死之际定下规矩，这两部书只能在纪家祠堂中唱，如若纪家大鼓传人在外面唱这两部书，纪家族长则必须将之割舌后逐出纪家。

纪家大鼓传人在纪家身份尊贵。据纪大鼓的师父说，以前的纪家瞎子一年到头都是在三个纪家村轮流唱鼓书的，一年到头不出这三个村子，且收入丰厚，吃喝免费。

现在两千多年过去，喜欢听鼓书的人越来越少。师父那一辈还好些，除了年底两个月在纪家祠堂唱大鼓，剩下的时间在纪姓三个村里转转，一年的吃喝不成问题，师父还娶了媳妇，儿女双全。到了纪大鼓这一辈，纪姓三个村也就在年底一个月轮流请一请纪大鼓，然后纪姓祠堂请纪大鼓一个月，且费用减半，纪大鼓为了生存下去，只得在闲下的日子里，四处拉乡唱戏赚点钱过日子了。

这就使得纪大鼓的处境有些尴尬了。别的瞎子不只会说鼓书，还会摸骨算命讨饭，甚至还有一派是专门给人推磨的，几样手艺在手，不管走到哪儿总能填饱肚子，纪家瞎子这一派只会唱大鼓书，赚钱的门路窄，钱就来得少。因此，只要有人请，现在的纪大鼓是连价格都不问，马上拍打着竹杖，赶将过去。

纪大鼓走路的时候喜欢唱戏，特别是走夜路的时候，仿佛整个夜晚，都是为他搭建起来的舞台。

女愁哭男愁唱，唱戏一是壮胆，二是借此抒怀。无论是喜悦还是悲伤，他都可用一曲《乱插搬》喊将出来：俺们说的是啊啊，十冬腊月好热的天哪啊哈啊，孙二娘逃荒下云南哪啊哈啊，孙二娘怀抱大儿薛平贵啊，手拉小儿叫陈三，张飞提枪来保驾，扑棱棱一枪刺死潘金莲哪啊哈啊……

《乱插搬》是小曲儿，南朝北国秦王宋将恣意乱搬，大有一种一张嘴肆意天下、一面鼓挥斥方遒的狂妄和豪迈。其实内里是瞎子们对自身命运的一种调侃和无所谓的破罐子破摔的瞎子精神。

晚上在东家领了赏钱，喝了二两小酒后，纪大鼓背着六岁的小徒弟换样走在路上心情舒畅，这个时候夜深了，路上没人了，纪大鼓就不唱《乱插搬》，改唱《四通鼓》了。

唱《四通鼓》之前，纪大鼓都要很严肃地跟换样说几句话："天下悲曲，无过《四通鼓》。先祖的《四通鼓》，集一国之悲绝、千军万马之壮烈，是纪国最后的哀歌。换样，你给我仔细听着，这首曲子学好了，不但一辈子衣食无忧，还会受到纪家人的尊敬，听到了没有?!"

听到换样很郑重地答应一声，纪大鼓先吧嗒嘴巴拉了个过门，才用沙哑的声音开唱："四通鼓夜未醒，将军扶戟出大营，八千将士五千伤啊，国师祈天天不应。齐王五万虎狼师，层层围住了纪王城，八千军士听王令啊，刀枪见血杀人惊，告别父母与妻儿，此番出去难回营……"

先祖传下两首绝唱，《哀侯别国》哀而不壮，相比之下，纪大鼓更喜欢唱

《四通鼓》。每年新年前，纪家人祭拜先祖，纪大鼓敲鼓，换样弹三弦，一曲《四通鼓》开个头，纪家后人就会哀泣不止，直到唱完，经常有人过于悲痛，晕倒在地。

纪大鼓喝点小酒，情绪上来，也喜欢唱《四通鼓》，但是此曲不许外人听，因此不可随意唱，酒后赶夜路，是唱《四通鼓》的最佳时机。

但是今天晚上，师父背着小瞎子换样去羊郡见侯正廷，却一路疾行不发一声。换样憋不住，问纪大鼓："师父，我妈说鸡长着翅膀，翅膀扑棱两下，就能飞到天上去，师父，您看见过天长什么样子吗？您看到过鸡吗？"

纪大鼓闷声说："师父的眼比你的眼都瞎，什么都看不见。"

换样仰头，说："我妈说天上还有星星，说人死了就成了天上的星星，还说星星很漂亮。我妈说，等我的三弦学得跟您一样好的时候，我就什么都能看到了，您怎么能看不到呢？"

纪大鼓走了几步，说："师父……师父，师父的三弦还得再练，等弹得比这个好，我才能看到星星。"

换样说："师父，这么说，咱真有能看到星星、看到天空的那一天？"

纪大鼓坚定地说："有，你好好练吧，再长的夜晚也挡不住太阳。祖师爷说过，要是咱把三弦大鼓都练到家，就成神了，就什么都能看到了。"

换样"噢"了一声，不说话了。这是一条从纪家村通往昔日莱阳南海码头羊郡的小路，小路很少有人走，路窄，两边除了山坡，就是或稀疏或茂密的小树林。

走了一会儿，换样觉得小鸡子发胀，想撒尿，他扭动了一下刚要说话，突然听到身后传来一阵阵沉闷的脚步声，换样拍了一下师父，小声说："师父，后面有人。"

纪大鼓站住听了听，闪身躲在旁边的小树林里。

换样本来就有些尿急，听到后面一片轻捷的脚步声带着杀气，吓得直接尿了裤子，尿在了师父的背上。师父扭动了几下身体，一声不吭，换样羞臊得想死。

脚步声终于到了面前，两人听得出来，这些人还推着车子。他们显然对车子非常爱护，车轴保护得很好，几乎听不出车轴摩擦的声音，但是木头轮子轧在地上的那沉闷的声音，他们还是听得出来的。人不少，车轮子起码有上百个，因此木头轮子轧在地上的声音，就像是一片一片的潮水，连绵不断滔滔不绝。

换样是个半瞎，对经过面前的人，能大体看出形状，他努力瞪着眼看，终于看出来，走在前面的那一条壮汉，是当地大名鼎鼎的盐帮老大飞龙。

盐帮每年二月二开工，都要请纪大鼓去唱两天戏，因此换样认识飞龙。盐帮有钱，每次给了赏钱后，飞龙都会单独给换样一个大洋，这在换样跟随师父闯荡江湖两年的生涯中，是绝无仅有的，因此换样对飞龙印象深刻。

夜里听到看到任何事儿都不要出声，以免惹上麻烦，这是师父教给他的规矩。但是在这里遇到飞龙，换样实在是太惊喜了，他不由得就喊出了声："飞龙叔叔！"

行进中的盐帮马上停了下来，换样和纪大鼓都听到整齐却是轻微的车子落地的声音和唰唰唰短刀出鞘的声音。

盐帮是生意人，有钱，经常有各种势力瞅着他们，把他们当成一块可以撕下一口的肥肉，因此遇到土匪是家常便饭。盐帮不同于别的行业，他们行走路线固定，每个月送盐的时间也差不多，而且推着盐车子，逃跑不便，这就逼迫他们只能团结起来，几十个人甚至上百人一起行动，而且随身装备精良的武器，闲着的时候还要请练把式的教一些拼杀之术。

短刀是盐帮的寻常武器，他们还有一种武器，就是长枪。枪杆和枪头平常是分开的，枪头挂在车前，可以在下雨天用来刮车轮上的泥，枪杆则可以在行进中途歇息时，顶着车尾，起一个支撑加固的作用。如果遇到劲敌，把枪头套在枪柄上，那就是可以杀人的长枪了。

盐帮的生意是贩盐，他们通过正常途径买到的官盐，价格很高，利润有限，因此，盐帮最赚钱的"生意"是与盐场的盐工勾结起来，偷偷收购盐工们偷运出来的私盐，官府称之为"赃盐"。这种盐只有官盐的一半价格，利润惊人。当然，贩卖这种盐风险也大，需要与官府和盐警斗智斗勇，因此盐帮的人个个都是亡命之徒，能打能战还能杀人。盐帮晚上行动，肯定是去偷运"赃盐"的，这可是要命的生意，据说盐帮在晚上遇到单个行人，都是要灭口的。两年前的一个晚上，盐帮在路上遇到在当地大名鼎鼎的三驾寺的和尚远足回来，双方打了个照面。和尚们不知盐帮的蹊跷，没有躲避他们，飞龙拽起长枪，带着盐帮当场把八个会功夫的和尚打成了重伤。直到三驾寺的德清法师赶来，盐帮才罢手。盐帮为此放弃了那趟生意，损失不少，据说三驾寺为此赔了盐帮不少钱。

因此，纪大鼓听到换样的叫声，忙伸手捂住了换样的嘴，带着换样躲在旁边的一块大石头后面。

飞龙带着人在附近展开搜索。纪大鼓躲了一会儿，看飞龙没有轻易放过的意思，被人家搜到更无法解释，因此他只得带着换样从藏身处走出来："盐帮的兄弟们，是我，纪大鼓。诸位辛苦了。"

盐帮的人看到是纪大鼓，都长出一口气，把短刀插进腰里。

飞龙走过来，看了看趴在纪大鼓脊背上的换样，问："换样，刚才是你叫我的?!"

换样害怕了，说："飞龙叔叔，您饶了我们吧。我和师父是有急事，赶往羊郡，明天金口天后宫赶庙会，金口侯老板请我和师父去唱大鼓呢。"

飞龙点头，说："好，侯老板有钱，不会亏待你们的，好好唱。"

换样说："谢谢飞龙叔叔。"

飞龙对纪大鼓说："纪先生，您是明白人，咱也不说糊涂话。盐帮今天的行动，被您撞见了，要是没出事，那我们大家都好，要是出事儿了，纪先生，盐帮肯定要找您的麻烦，您心里应该明白吧？"

纪大鼓点头，说："我明白，明白。不过大当家的，我和小徒弟是无意中撞见盐帮的，请您千万多原谅。"

飞龙挥手，示意大家继续赶路，他对纪大鼓说："纪先生，我们还是那句话，不出事儿什么都好，要是出了事儿，您可就说不清了。"

盐帮走后，纪大鼓把换样从肩膀上放下来，狠狠教训了他几句，继续带着换样赶路。

他们来到羊郡村，找到了王瞎子家。

王瞎子常年在金口码头唱戏算命，与金口码头第一富豪侯正廷关系不错，侯正廷刚出资修缮金口天后宫，为了给自己长脸，趁着天后宫三月庙会，花钱请了很多戏班去唱戏。侯正廷的母亲喜欢听纪姓瞎子唱的《哀侯别国》和《四通鼓》，因此侯正廷让王瞎子捎信，要见纪大鼓，请他明天去唱戏。

纪大鼓跟着王瞎子去侯正廷家唱过曲儿，因此双方熟悉，纪大鼓进屋后，双方寒暄几句坐下，侯正廷便言归正传："纪先生，我老母亲从小就听您师父唱的《四通鼓》和《哀侯别国》，前年老母亲回纪家村，您还给她说过这两部书呢。明天是金口天后宫赶庙会的日子，也是我老母亲七十岁大寿，我来请纪先生，就想请您给老母说几天大鼓书，价钱您随意要，我侯正廷绝不还价。”

纪大鼓缓缓摇头，长叹一口气，说：“侯老板啊，王大哥捎信让我来见您，我还以为我纪大鼓要走财运了呢。说起来，您也是纪家的外甥，纪家先祖留下的规矩，您是知道的。别的可以唱，《四通鼓》和《哀侯别国》只可以在纪家祠堂唱，要是我去您家唱了这两出，族长肯定要把我从家族中开除，还要割掉舌头，您说，我敢赚您的钱吗？”

侯正廷拱手说：“纪先生，我可以给您腾出一间屋子，您唱这两部书的时候，只有老母听，家中其他人都不可靠近，事后也绝不会有人知道，这总可以了吧？”

纪大鼓还是摇头：“侯老板，您还是别为难我这个瞎子了吧，祖先的规矩我是不敢违背的。您老母亲是我瞎子的大姑，我大姑要是想听书，我可以唱别的，《破孟州》《满汉斗》，都是大姑喜欢听的，价钱您看着给点就行了。”

侯正廷“哼”了一声：“纪先生，这么说您是不想给我面子了?!”

纪大鼓说：“没办法，请侯老板多多原谅。别的都可以唱，唯独这两部不可。”

侯正廷看了纪大鼓一会儿，叹了一口气，面色松下来，从兜里掏出两个大洋，说：“纪先生坚守先祖遗训，我侯正廷佩服。我也不难为纪先生了，这点小意思，是对纪先生跑了这么远的一点感谢，请您收下。”

纪大鼓脸上的肉抽动了几下，说：“侯老板，说书的瞎子虽为下九流，但是不是要饭的，我们不说书是不收钱的。侯老板要是觉得瞎子可怜，下次我去给您说书，您多给几个赏钱就行。”

02. 盐帮血案

飞龙带着盐帮的人推着小车一路疾行，赶到羊郡西侧靠海的一处小树林里，与早就等在这里的兄弟陈勇接上头。飞龙让大家赶紧迷糊一会儿，他则带着兄弟陈勇来到海边的一块空地上坐下。

陈勇是飞龙的亲弟弟，从小娇惯，吃不得苦。长大后他的第一份活计，就是跟着村里人一起，到侯正廷的盐场做工，盐场的活儿累，干了不到一个月，就跑到三驾寺，出家做了和尚。当了两年和尚后，又受不了清苦，从三驾寺跑了出来，跟着飞龙当了盐贩子。这个陈勇当盐贩子也不行，别人一车推二百斤盐，一天走一百多里，他推五十斤都不赶趟。飞龙经常骂他，好多次要把他从盐帮开除掉，被盐帮的兄弟们说和，留了下来。飞龙就让陈勇干脆不推小车了，专门给盐帮探路。比方今天的这次行动，陈勇下午早早来到了这片小树林里，查看情况。

为了保证安全，盐帮接盐的时候，经常变换地方。上次他们推着小车，一直跑到了三十里外的麻姑岛接货，今天飞龙选择了离家比较近的地方，是觉得侯正廷正忙着举办庙会，没时间派人监视盐工。

金口码头第一富豪侯正廷是靠煮盐起家的，从即墨到海阳四家大的盐场，都是侯家的。飞龙他们的生意，不好听点说，就是喝侯正廷的血。

飞龙坐了一会儿，跟陈勇打听了一下这儿的情况，便看到远处有灯光闪了三下。这是暗号，是装着咸盐的渔船，向这边打探情况。陈勇也赶紧点着马灯，朝着渔船晃了三下，那意思就是这里平安无事，可以上岸了。

飞龙起身，走到大家藏身的地方，让大家起来，各自检查车子，准备装车。盐贩们解开车子上的绳子，把车子找平稳的地方支好。大家都是老盐贩，这种事儿干了许多次了，轻车熟路，因此边准备，边开着玩笑说着荤话。

飞龙轻声骂人："都给老子闭嘴！省着点力气好卸船！都给我记住了，待会儿船来的时候不许乱，按次序装车，头车先走，后面依次序发车！要是谁乱了顺序，老子把尿尿到你水壶里！"

大家都知道，飞龙说到做到，什么缺德事儿都能干出来，因此皆不敢说话了，跑到海边看着远处的海面，等着渔船出现。

此时夜色沉静，天上星星闪烁，底下却是一片黑暗。附近的树木、远处的海和山，皆一片模糊，好像其中隐藏着无数的秘密，让人感到敬畏。

飞龙略略有些担忧，他转头问陈勇："你是按照我说的时间来的？在这周围都转着看了？"

陈勇说："当然了，大哥你还不信我吗？我是你的亲弟弟啊。我中午饭都在这树林里吃的，把这方圆四五里都转遍了，你放心就是了，一切正常。"

飞龙"哼"了一声，说："我最不相信的就是你，见了酒肉比亲爹都亲。中午没喝酒吧？"

陈勇说："喝了一点儿，屁事不耽误。你放心，哥，我当盐工的时候偷盐，也是运到这里卖的。这儿是海汊子，涨潮的时候船才能进来，平常都是滩涂，来这儿卖盐的都是穷盐工，人家侯正廷是大老板，大船都有几十艘，花生油卖到日本，咱搞的这点儿东西，人家根本就没放在眼里。何况明天金口庙会，现在他忙得屁股都不沾地，哪里还顾得上来抓咱？"

飞龙猛踹了陈勇一脚："你怎么就会给自己找理由呢？侯正廷想整咱，还用他亲自动手啊?！侯正廷是拉屎都要蘸蘸手指头的人，这种人，越有钱越抠！咱盐帮一百多人，靠谁活着？还不是靠吃人家侯正廷活着？他早晚都要整咱！不管什么时候，都要小心再小心，你听明白了?！"

陈勇频频点头，说："我知道了，哥。"

小船终于变成了几个黑乎乎的狗熊一样的东西，朝他们缓慢移动着。

飞龙按照约定，学了三声蛤蟆叫，五艘船分别靠岸，一条大汉骂咧咧从船上跳下来："飞龙，你这个鳖蛋，买点盐要老子送这么远！送麻姑岛，你们多走二十里路能累死?！非要让老子划着这个小破船，出来这么远！"

说话的叫王大铁，老辈是铁匠出身，到了他这一辈，学着煎盐，成了灶户，后来灶户被侯正廷兼并，王大铁索性带着一帮浑小子偷卖侯正廷的盐获利。

王大铁是盐场一霸，盐场力工多，盐帮这种小势力，王大铁根本看不到眼里，飞龙知道深浅，只能向王大铁赔笑："大哥，下次我们就去麻姑岛。总去麻姑岛上货不好，侯正廷那边有人盯着呢。"

飞龙让人卸船装车，他扯着王大铁到一边算账，陈勇站在一边催促盐贩子们卸船。盐卸了不到一半，突然海面上出现了十多艘小船。陈勇先看见了，忙喊飞龙。飞龙和王大铁跑过来，这个时候，十多艘小船上突然亮起了灯光，照得海面亮如白昼。

王大铁慌了，喊道："奶奶的！是警察！都下船，赶紧跑！"

船上的盐工们跳下船，朝岸上跑。卸盐的盐贩子也扔下盐，跑到自己的盐车子旁边，推起小车就跑。

这个时候，已经绑上盐的盐贩们就慌了。谁都知道被警察抓住的下场，但是盐车子不能扔啊，推着一百斤重的咸盐肯定跑得慢，他们不得不赶紧解绳子，往下扔盐。但是奇怪的是，越是着急，这绳子就越难解，好不容易解开了，把绳子一扔，推着盐车子跑，跑了没几步，跑在前面的又停下了，还有人扔了盐车子，转身朝后跑。

飞龙压后阵，抓着从前面跑回来的，问是怎么回事儿，盐贩子带着哭腔说，前面也有人，有警察和巡逻队的人，比后面的还多，还都拿着枪。

飞龙知道麻烦大了。他从推车上取下木棍和枪头，把枪头拧上，朝着盐工们喊："都上枪！跟他们拼了！"

飞龙带着王大铁等人冲到前面。前面已经亮起了一片灯笼，还有人打着手电筒，直接照在了飞龙的脸上。

飞龙的眼前除了一片光亮，什么都看不到，他捂着眼骂："哪个王八蛋，拿着这洋玩意照你爷爷?！你知道爷爷是谁吗?"

拿手电筒照他的胖子是县警察局赵局长，赵局长呵呵一笑，说："飞龙，你小子什么时候长了这么大辈儿？吃盐吃多了吧?"

飞龙一听是警察局长，蔫巴了，说："赵局长，我不知道是您老人家啊。您把手里的那个洋玩意放下来，您这一照，我什么都看不见了。"

赵局长关了手电筒，朝飞龙挥了挥手，说："行了，飞龙，召集你的人跟我们走吧。"

飞龙可怜巴巴地说："赵局长，我们这些兄弟，可都是拖家带口的，家里老人孩子都靠他们吃饭呢，您就高抬贵手，放他们走吧。我可以跟您走，要杀要剐您随意。"

赵局长说："飞龙兄弟，这次事儿闹大了，侯正廷把你告到济南督军府了。今天不是我不给你面子，今天要是我饶了你，改天就临到我下大牢了。你飞龙也是个识时务的人，听我的，老老实实带着你的兄弟跟我走，其他的以后再说。你要是犯浑，你看看我旁边的这些人，手里的枪都已经打开了扳机，没办法，上峰的命令，反抗者，格杀勿论！"

飞龙冷冷地问："这么说，赵局长是下定决心要与盐帮为敌了?！"

赵局长不耐烦地说："飞龙，别磨叽了，让你的兄弟都放下家伙，老实跟我走。要是你们想反，那也利索点儿，我都来等了大半天了，真他妈的饿了。”

飞龙打量着前面的阵势，正在盘算，王大铁突然大吼一声，把手里的短刀朝着赵局长甩了过去。赵局长吓得朝后一跳，躲开了短刀，王大铁大吼一声，抢过一个盐贩子的长枪，朝前猛冲，他边冲边喊：“兄弟们，进了监狱老婆孩子都卖了也出不来啊，跟我冲出去！”

十多个盐工跟他朝前冲，盐贩子们也知道县大牢那就是阎王殿，都吼了一声，就挥舞大枪跟着一起冲。他们的想法很简单，围着他们的警察们一退，他们就冲出去了。到了这个时候，飞龙就没有选择了，只能跟着大家一起朝前冲。

赵局长喊了几声没人听，他拔出手枪，朝着王大铁就是一枪。王大铁朝前冲了几步，摔倒在地上。有的警察跟着开枪，有的吓得朝后跑。赵局长大骂：“飞龙，你这个王八蛋，今天的事儿可不怪老子！兄弟们，给我打！”

更多的警察朝着盐贩子们开枪，跑在前面的纷纷倒下。盐贩子们乱了队伍，他们根据自己对形势的判断，开始乱跑。然而，他们的后面和两侧都已经被警察围上了，朝两边跑的人也纷纷中枪。飞龙喊大家跟着他朝前冲，他用长枪刺倒一个冲过来的警察，也被警察开枪打在了腿上。飞龙腿一软，摔倒在地，被几个警察扑过来摁住，用绳子像捆粽子一样捆了起来。

看到自己的兄弟一个个倒在子弹下，飞龙悲伤至极，他朝着众人喊：“兄弟们，别反抗了，我们小胳膊拧不过大腿啊！投降吧，听我的，留得青山在，不愁没柴烧……”

盐贩子们有的听了飞龙的，扔下长枪投降；有的红了眼，挺着长枪朝外冲；还有几个要过来救飞龙，都被警察们开枪爆了头。

到了这种时候，人都疯了，没人听他的号令。飞龙看着一个个倒下的兄弟，号啕大哭。

赵局长看着面前的情形，很兴奋。他边朝盐帮的人砰砰开枪，边对旁边的人说：“这时候要是能叫纪大鼓来唱个《四通鼓》，那就有意思了！”

03. 金口庙会

纪大鼓在王瞎子家睡了一觉。

第二天早上，天还未亮，王瞎子早早起来做了饭，三人吃了饭，纪大鼓背上大鼓和铺盖卷，王瞎子也背上了铺盖卷，铺盖卷外面挂了三弦，换样也背上自己的小鼓，三人一起赶往金口。

起得太早，换样边跟在师父屁股后面走，边打瞌睡。王瞎子年年去赶金口庙会，路熟，他用竹杖探路，走在前面。纪大鼓是第一次赶庙会，边走，边听王瞎子介绍金口的情况。

王瞎子告诉他，因为金口属于即墨，即墨离青岛近，所以在金口也经常能看到德国人。噢，不是看到德国人，是遇到。不过这德国人在金口的口碑还好，不欺负中国人，花钱还挺大方。因为紧靠莱阳，在金口做生意的人中，有一半是莱阳人，赶庙会的人也差不多有这个数。金口人有钱啊，商铺有上千家，光土产行的铺子就有近四百家，这些年栲栳帮商船兴起，他们有几百艘大小商船，也雇了不少人，栲栳帮的船能跑到外国，因此侯正廷他们的生意这些年也特别兴旺。金口码头上有全国各地的老板在此开店，你在莱阳青岛甚至济南买不到的东西，在金口都能买到，特别是庙会这天，附近百里以内的人都会跑来凑热闹买东西。金口码头附近到处都是人，河南人的宝棚、河北的杂技团提前十多天就来到金口占地方、到各村镇集市演小场做宣传了，莱阳南乡四十多名瞎子，这几天都会出现在庙会上，说书的说书，算命的算命，乞讨的乞讨，所以他们也得早早去，去晚了，连个放马扎的地方都没有。

换样听说这个金口这么繁华，来精神了，问纪大鼓："师父，金口有面鱼吗？我最想吃面鱼了。"

王瞎子呵呵一笑，说："面鱼算什么，金口好吃的多了去了。浙江的东坡肉、叫花童鸡，四川的口水鸡、灯影牛肉，广东的烧乳猪、八宝冬瓜盅，天下有的菜，在金口都有，还有一种菜，普天之下，唯有金口有，换样，你知道是什么菜吗？"

换样垂涎三尺："我就想吃面鱼，别的越想越难受。您说的这个，我怎么能知道?”

王瞎子兀自兴奋:“这种菜，叫鸡舌虾仁汤。用生鸡舌舌尖八十个，活虾仁二十个加野生人参做成，是金口第二大富豪张永禄从福山请鲁菜大师研制出来的，但是因为对食材要求太严，每年只能秋天做半个月。哎呀，这玩意……那真是鲜香无比，人间少有啊……”

换样听得热闹，却对鸡舌虾仁这些东西缺乏具体了解，因而不太感兴趣，只是说:“我现在就想吃面鱼。”

纪大鼓哈哈一笑，说:“师兄，你说得这么热闹，这个什么鸡舌虾仁汤你吃过?”

王瞎子笑了笑，说:“我们这种人，怎么能有那个口福? 饿不死就不错了。我只是听人家说起过而已。”

纪大鼓叹气，说:“想当年，我们瞎子的祖师爷可是商周王朝的国师，通音律知兴衰，位列九卿之上。现在我们都跟要饭的差不多了，唉，当瞎子真是苦啊!”

王瞎子说:“师弟啊，你比我们这些人强多了啊。你纪大鼓是纪姓瞎子传人，有纪姓人保底，只要走到有纪姓人家的地方，就有吃有喝有地方睡，不像我们这些瞎子，走到哪儿都没人管。”

纪大鼓呵呵一笑，说:“你说的那是过去。现在不行了，人心变喽。咱师父当年跟他师父学艺的时候，那是家家都把纪姓瞎子当宝贝啊，纪姓人以十户为一组，一年到头轮流请我师爷说书，吃的都是肉啊，白肉膘咬一口满嘴流油，管吃管住，说完书还有赏钱……啧啧，现在不行喽，现在的人只想着怎么坑人赚钱，没几个人愿意花钱听书了。原先纪姓人三个村子，一年到头排头说书，都说不完，现在一个村上说不上一个月，说多了，就没人听了。”

王瞎子突然开口唱道:“一流秤二流斗，三流大神四打狗，五流修足六待诏(当地人称‘理发师’为‘待诏’)，七戏八婊九吹手……瞎子现在是下九流中的九流啊。”

从羊郡到金口三十里路，他们走了三个小时还没有走到。幸亏半路遇到了一个赶着马车的老汉，老汉是去金口卖旱烟的，认识王瞎子，就停下马车，让他们三人上了马车，一直把他们拉到金口。

下了马车，三人打听着来到天后宫外，在天后宫西侧，找了一个位置坐下。纪大鼓从身上摘下鼓和铁片放在面前，王瞎子在他们一旁，则摆开了八卦图，开始吆喝：“各位，走过路过不要错过啊，俺瞎子能窥见天机，因此两眼青光。天干地支，摸骨算命，有缘相见，天地玄黄，俺送你几句话，破你迷障，你送俺几文钱，填俺饥肠。算命喽，算命喽，各位，走过路过，不要错过啊……”

王瞎子在金口也略有些口碑，摆开摊不久，就有人过去，让他算命，王瞎子笑呵呵地开张了。

六岁的换样娴熟地敲着大鼓，纪大鼓弹着三弦，打了过场后，纪大鼓便清了清嗓子，开始唱《大姐挑水》：“有一位大姐本姓刁嗷嗷嗷嗷嗷，这大姐早晨起来把水挑嗷嗷嗷嗷嗷，大姐行走来到了这南河沿，看了看有个怪物它水上漂嗷嗷嗷嗷嗷，啊大姐越看越爱看，原来是公蛤蟆搂着母蛤蟆的腰，大姐越看越爱看，不好了……大水把水瓢冲走了……”

换样在师父的前面摆了一个盛钱的瓷碗，敲着大鼓继续伴奏。师父把小曲唱完，有人经过他们两个面前略微驻足，却没人坐下来听，更没人给钱。

换样有些气馁，说：“师父，王师伯算了好几个命了，咱一个钱也没赚到，师父啊，您怎么不给人算命呢？”

纪大鼓呵斥换样：“我们是纪哀侯的传人，师父跟你说过，当年祖师爷留下的规矩，纪家大鼓传人只能说书唱戏，不可算命弄人，你怎么一点记性都不长?!”

换样偷偷做了个鬼脸，不敢说话了。

纪大鼓说：“我师父那年月，出来说书都不行，一年到头只能在几个纪姓村里转悠，现在我们还能出来赚几个钱，你小子知足吧。”

换样小声说：“您还说当年师爷他们赚钱多呢，纪家人把师爷当贵客招待，顿顿吃肉，那包子咬一口朝外直冒油。要是我能有师爷那样的福气，我才不跑出来赚这几个小钱呢。”

换样的话打击了纪大鼓，纪大鼓叹了口气，说：“这倒是，唉，人心不古啊，瞎子的日子是越来越难过啊。”

庙会上的人越来越多，远的近的各种歌舞乐器让换样听得浑身痒痒。天后宫东侧的戏台上，侯正廷从济南请来的戏班正在唱大戏，一阵阵的喝彩声惊天动地。换样想去看一眼，被纪大鼓拒绝。

两人挨到中午，终于有转累的在他们周围坐下，或者站着听书，纪大鼓面前的瓷碗里也多少有了几个铜钱，纪大鼓抖擞精神，打起了竹板，换样敲鼓，王瞎子也凑过来弹起了三弦，纪大鼓开始唱《西厢记》。《西厢记》是纪大鼓的拿手绝活，他唱得活色生香，有滋有味。他正唱得起劲，突然有人扒开人群，跑到纪大鼓身后，对着他的耳朵小声说了一句："飞龙被侯正廷的人抓了！"

纪大鼓惊讶，拍了拍王瞎子。王瞎子接着纪大鼓唱到的部分继续唱，纪大鼓则站起来，跟着来人到了旁边。

来人是纪大鼓的一个叔伯兄弟，不过散居在外，跟着飞龙贩盐。

叔伯兄弟叫纪钟伟，他拉着纪大鼓来到一个僻静处，把他听到的事儿告诉了纪大鼓。昨天晚上他回了家，因此没参加盐帮的行动。他是听一个逃出来的盐贩子说的，飞龙带着将近一百人去运盐，死了二十多人，剩下大部分被抓了，逃出来不到十个。现在盐贩子们都怀疑，是纪大鼓向侯正廷的人告了密，侯正廷才派人把他们给兜住了。因此他赶紧来找纪大鼓，让他有个准备。盐帮是讲究有仇必报的，死了这么多人，他们不会放过纪大鼓。

纪大鼓"哼"了一声，说："身正不怕影子歪，我纪大鼓没做亏心事不怕鬼敲门，你放心，干屎抹不到墙上。我不在乎他们。"

纪钟伟半信半疑："真的没事儿？你有办法对付他们？"

纪大鼓说："没事。你回去替我多向盐帮的兄弟们解释一下。这个很简单啊，如果是我告密后警察才来抓他们，这儿离莱阳城几十里路，来回得一天，他能赶得过来吗？说这个话的人，都是没脑子。"

纪钟伟点头，说："对，对，还是大哥能抓理儿。"

04. 三驾寺

纪大鼓不知道的是，就在他和换样在庙会上说书赚钱的时候，一个赊小鸡的挑着担子来到纪家村找他。

纪大鼓的老母亲五年前赊了十只小鸡，人家来收钱了。这个赊小鸡的姓管，村里人都叫他老管。老管这些年，几乎每年都过来，附近村子的人都认识他。

纪大鼓的母亲给老管付了小鸡钱后，又赊了十只小鸡，村里人看到鸡筐里毛茸茸的小鸡，都围过来看，赊小鸡的就一边谈生意，一边有一搭没一搭地跟人聊天。

有人问老管是哪儿的人，老管含混说是从高密过来的。村里人思想简单，以为这个老管是高密人，就说起当地跟高密有关的人和事儿。

有个老人提起了捻子，当年捻子就是从高密过来，一路烧杀抢掠，直扑莱阳。

纪姓人在老族长的组织下，成立团练，去夏格庄等地阻击捻子，年龄大点的都躲进了三驾寺的山坳里，并与附近几十个村子的村民一起，在山顶上构筑城墙，用来防备捻子。

捻子人多势众，而且善于骑马，民团被捻子杀得人仰马翻，纪家村剩下的年轻人逃回来后，也躲进了山坳里。纪家村现在的族长纪忠福，当年十八岁，正是好勇之年，也带着本村的青年参加了乡里的团练，团练被捻子冲散后，纪忠福带着村里的年轻人逃了回来，并组织人马，与追来的捻子在三驾寺外围的山上，对峙了起来。

包围三驾寺的捻子不计其数，后来有一路攻打海阳县城失败的捻子回来，捻子便发起了对三驾寺的进攻。

捻子烧杀抢掠，无恶不作，躲在三驾寺的男女老少知道，只要捻子进来，里面就没人能活着出去，因此几十个村的老百姓同仇敌忾，在三驾寺和尚德清法师和少年族长的联合组织下，男女老少齐上阵，阻击捻子。捻子进攻了三天三夜，留下了无数尸体，就是没有攻进来。因此莱阳有几句俚语，总结莱阳境内防捻子的诸多围墙：胡成的围子一条船，濯村的围子老母猪圈，铜墙铁壁三驾院，生铁打的老凤山。

后来，官府的兵增援过来，躲在三驾寺里的老百姓杀出，两下夹击，这才勉强打退了捻子。

这一仗后，有一部分捻子受伤或者被打散，躲了起来。捻军失败后，官府开始在附近村寨和山里搜索捻子，不管你是真正的捻子还是被强迫过来的，都是杀无赦。但是还是有部分漏网之鱼，在一些老百姓的保护下活了下来，并有了后代。

老人最后说:“这些捻子，其实也是穷人，日子没法过了，才起来造反。他们打不过朝廷，就杀老百姓，唉，这人其实跟狗差不多，打不过人家就搞窝里横。那些被官府抓的女捻子，有的都跟当地人有了孩子，后来官府知道了，连孩子都一块杀了，可怜啊。”

老管就问老人:“老人家，现在这周围还有捻子的后人吗?”

老人点头:“当然有。不过人家现在都不承认，据说他们有自己的暗号，自己人知道，外人不知。老管，你问这个干什么?你也是捻子的后人?”

老管忙摇头否认:“我这个人走街串巷的，就是喜欢听故事。捻子的故事听得最多也稀罕听，就是好奇。”

老人笑着说:“你看你吓的，你现在就是捻子的后人，也没啥了，你一个赊小鸡的，还想造反不成?你要想打听捻子的事儿啊，得上三驾寺。三驾寺有个德清法师，今年六十多岁了，当年他带着人在三驾寺外面的山上打捻子，是这周围老百姓的救命恩人啊。后来官府抓捻子，他看捻子也可怜，还救了一些人，不过救的是谁，只有他自己知道。”

老管“噢”了一声，说:“我也就是拉闲话，我一个赊小鸡的，哪儿有心思管这些闲事，我还得卖我的小鸡呢。”

老管挑着担子在纪家村转了一个圈，便出了村，挑着担子，一路打听，直奔三驾寺而去。

三驾寺又名“三驾院”，位于莱阳南部的深山之中，最早称崇福瑜驾寺，建于北魏武定年，是莱阳历史记载中最早的一座佛寺。在莱阳百姓口中，有“先有三驾院，后有莱阳县”的说法。清光绪年间莱阳进士于铭训拜访三驾院，曾作诗一首：三驾迢遥高逼天，芙蓉万朵翠相连。西带龙河东巨海，环刹四面皆云山。

这三驾寺临河观海，高山环绕，很是有一番气象。

老管挑着担子，一路疾行，傍晚时分，终于来到三驾院东的小路口。这三驾寺四面环山，唯有东面略微平坦些，有一条小路东出，与外界相连。

老管把担子藏在一处山沟里，整理了一下衣服，迎着夕阳，朝着山里走去。进山的小路不远，山路步步向上，却不是很陡。两边的山坡上，树林稀疏，芳草吐绿，老管稳稳当当朝前走，一直顺着小路，来到三驾寺庙门外。

老管抬头四顾，四面皆是高山拱卫，三驾寺被高山揽在怀中，安静祥和，瑞气隐隐，果然是风水宝地。

门前一侧，有一棵高大粗壮的千年银杏树，一个穿着麻衣的小和尚正站在树前看着这树，好像这树是一卷佛经。

老管走过去，顺着小和尚的目光，朝着树上看了看，什么都没有看到。他有些疑惑："小师父，你这是在看什么啊？"

小师父转身，朝着老管躬身，说："施主，我奉师尊之命在此等了您五天了，师尊说您今天不来，再来就得明年了，我闲得无聊，正对着这神树念经呢，施主就来了。"

老管一愣："什么？你师尊知道我要来？你师尊是谁？"

小和尚转身，边朝寺里走边说："你有什么事儿就问我师尊吧。快走吧，我们都要上晚课了。"

老管跟着小和尚进入庙内，小和尚走得急，老管也顾不得欣赏这千年古刹，跟着小和尚穿过几道院子，来到位于角落的一处小屋子外。

小和尚站在屋子外面，对着屋门合掌，说："师尊，您说的那位施主我给您带来了，现在就在外面。"

里面有人答道："好了，我知道了。你走吧，别耽误了晚课。"

小和尚答应了一声走了。

老管在外面等了一会儿，一个穿着华贵、器宇轩昂的中年男子从屋里走了出来。老管在附近转悠多年，认得此人就是大名鼎鼎的金口码头巨富侯正廷。侯正廷不认识他，但还是朝他点了点头，朝前走去。

老管有些疑惑，一个这么有钱的人，竟然自己走着来三驾寺？

老管转身看着侯正廷的背影，正疑惑间，突然屋子里有人喊道："外面的施主，请进屋吧。"

05. 王瞎子挨揍

中午后，赶庙会的人累了，找地方休息，纪大鼓这边围着的人越发多了。纪大鼓和换样抖擞精神，三弦、大鼓、快板轮番上，说了《秀才逗妻》又说

《王二姐做梦》，这些都是小段子，以诙谐逗笑为主，适合在集市、街头这种地方演出。

众人听得高兴，赏钱的、赏吃的，各种东西都有，换样高兴，抓起东西边吃边打着小镲。

王瞎子看到这边人多了，就到自己的摊位旁，继续算命。

就在换样和纪大鼓他们忙得正热闹的时候，突然来了几个瞎子，他们在纪大鼓的面前坐下，摆弄开乐器，开始唱了起来。

这帮瞎子显然是有备而来，大鼓、小鼓、三弦、胡琴、快板俱全，唱大鼓的是三个人，有领唱的，有伴唱的，乐器多，曲子就厚实，好听，三人合唱，声音也自然超过纪大鼓。

纪大鼓知道，这是当地的盲人不高兴了，来踢场子。他忙停止弹唱，让换样收拾摊子。踢场子的瞎子也按套路来，送了几个铜板给纪大鼓，纪大鼓按照规矩，向对方鞠躬，带着换样离开。

换样不高兴。他们的生意刚刚有些兴旺的样子，就被对方撵了，太不公平了。他们来的时候，特意把山会的几个好地方，比方路口、天后宫门口等人流多的地方让给了本地的瞎子，他们只是随便找了一个地方，想混口饭吃，怎么对方还这么欺负人呢？

纪大鼓告诉他，没有办法，这是规矩。他们是在人家的地盘上唱戏，人家不高兴了，他们只能离开，不能鸠占鹊巢。说起来，人家还算不错的，光明正大地来踢场子，没找一些地痞流氓来给他们难堪。

两人走了一会儿，这才发现王瞎子没有跟上来。纪大鼓他们离开的时候，也有两个算命的瞎子挡在了王瞎子的面前，王瞎子知道规矩，也开始收拾东西离开，纪大鼓跟他说一起找地方买点吃的，王瞎子告诉他们，前面不远有个卖馄饨的，卖了很多年了，让他们两人先走，他马上赶过来。两人特意慢点走，怎么走了这么长时间，这个王瞎子还没过来呢？

纪大鼓怕王瞎子出什么事儿，就带着换样转身往后走。

果然，快到他们唱大鼓的地方的时候，他们听到了一阵激烈的争吵声，王瞎子似被人打了，声嘶力竭，一副要跟人拼命的样子。

纪大鼓让换样站着别动，他循着声音走过去，伸手抓住了一只手，也不知道是谁的，只管说："各位老师、大叔大婶兄弟姐妹，我们从羊郡过来的，抬头不见低头见的，有话好好说，有话好好说，咱别动手啊。”

一个女人的声音问：“你是纪家村的纪大鼓吧？”

纪大鼓一愣，这个声音有些熟，但是一时想不起来这人是谁，在哪儿见到过，就老老实实说：“我是纪大鼓。”

女人喊道：“那你说个公平话，这个老骚货摸我奶子该怎么办？我是不是要一脚踹死他?!”

纪大鼓听到这儿，终于想起来了，这个女的叫马凤娇，是海阳行村人，也是个瞎子。马凤娇家族是练把式的，她自己也练了七八年，十五岁的时候，练武练出了一身汗，用井水洗澡得了风寒，发烧十多天，把眼烧瞎了。马凤娇长大了后，就找了个瞎子女婿，两人一起出来说书赚钱。瞎子常年在外面流浪，经常受人欺负，但是马凤娇仗着武功底子好，倒是经常欺负别人，特别是一起说书的瞎子，马凤娇一不高兴，就动手打人。

这个婆娘因为半途瞎了眼，脾气暴躁难缠，王瞎子如果真是惹上了她，那还真是个麻烦。纪大鼓赔着笑说：“凤娇妹妹，我们都是瞎子，瞎子不为难瞎子，您看刚才我在那边唱大鼓，人家当地的瞎子撵我，还给了几个铜板呢。我这个大哥是个好人，他肯定不会特意……摸你的，是不是，师兄？”

王瞎子哭唧唧地说：“我一个瞎子，怎么会去摸人家啊？人家当地的师傅来了，我就让地方，我听到有人说话，怕碰着人，就伸手在眼前划拉了一圈，觉得手碰到了一个软东西，就……就……”

纪大鼓问道：“就怎么了?!”

王瞎子小声说：“就捏了一下。”

纪大鼓心里恨得咬牙，嘴上却说：“凤娇妹妹，刚才我师兄也说了，他……他不知道摸的是……是……是什么东西，所以才捏了一下，凤娇妹妹，您大人大量，就别跟他计较了。”

马凤娇倒也爽快，说：“看在纪大鼓的面子上，我今天就饶了你。不过这一下你不能白摸，老话说破财消灾，给我一个大洋，你们就走道儿。”

纪大鼓惊了：“一块大洋？凤娇妹妹是开玩笑哪，我们这些穷瞎子，一个月也赚不到一个大洋啊！”

马凤娇“哼”了一声，说：“那不行。这钱要是拿不出来，那我只能把他送到官府了。这个王瞎子不是好玩意儿，得让官府治一下他。”

纪大鼓无奈，把身上的所有铜板都掏了出来，让王瞎子也把今天赚的都拿出来，两下一凑，才三百多个铜板。

纪大鼓又说了一筐子好话，加上马凤娇男人也帮着说话，马凤娇这才带着三百个铜板走了。临走时，她对纪大鼓说："纪大鼓，我这是看你面子，要不是看你的面子，我马凤娇今天饶不了他！"

纪大鼓和换样转身走，王瞎子收拾东西，跟在纪大鼓后面，一声不吭。

换样盼望吃点好吃的，现在好，一文钱都没有了，因此心里气鼓鼓的。三人信马由缰，走到馄饨摊位前，换样抽了下鼻子，鼓着嘴说："饿死了，这下好，饭都不用吃了！"

王瞎子讨好地说："人是铁饭是钢，一顿不吃饿得慌，人怎么能不吃饭呢？你们等等，我跟这卖馄饨的老板熟悉，我去问问，咱赊他一顿饭能不能行。"

早上走了三十里路，现在又是半下午了，纪大鼓的肚子早就饿得前肚皮贴后肚皮了，他黑着脸，站下不说话。

王瞎子抽着鼻子，朝馄饨摊走了几步，亮开嗓子喊道："老板在哪儿？"

老板正在包馄饨，他抬头看了看王瞎子，说道："王先生啊，有话您说。"

王瞎子说："我遭小偷了，身上钱没了，能不能先赊顿馄饨吃啊？"

老板哈哈一笑，说："王先生是老主顾，别说赊一顿，十顿八顿没问题，吃几碗？"

王瞎子说："我们三个人，先一人来两碗。多谢老板啊。"

老板看了看王瞎子和纪大鼓，对旁边端馄饨的小伙子喊道："给三位说书的师傅找个地方坐着，先给他们每人舀一碗汤，让他们润润肚子，到这个时候，肯定饿坏了。唉，这缺德的小偷啊，偷谁不好，偷瞎子的钱。"

三人坐下，纪大鼓小声问王瞎子："师兄，你说实话，你是不是有意摸人家马凤娇的?！不许骗我！"

王瞎子说："我怎么能是有意的呢？我真不是有意的，我就这么一伸手，就碰到了。"

纪大鼓"哼"了一声，说："你说谎了，我知道你说谎了。不管有意还是无意，这件事儿在咱这儿算过去了，不过你得有数，你们三皇会三个月开一次会，你的事儿要是让会长知道了，少不了挨一顿板子。挨板子不要紧，咬咬牙就过去了，官府的救济款，弄不好也没戏了。”

王瞎子慌了：“兄弟，这事儿你可不能说出去，要是让会长知道了，我下半年可就挨饿了。”

纪大鼓说：“我不说行，就怕别人说。我听说新来的县太爷对我们这些瞎子管得挺严，你可得小心点儿。”

06. 认识素枝

王瞎子和纪大鼓吃完饭，三人找个地方坐下歇息，纪大鼓想回家，王瞎子不想回。他今天赚了点儿钱，都给那个马凤娇了，他不甘心，想明天赚回来。

王瞎子一脸苦相，说：“明天人还不少呢。咱明天上午干一上午，下午回去也不晚。金口人多好赚钱，回去再上哪儿赚钱去？”

纪大鼓理解王瞎子，他家里有一个七十岁的老妈，有一个瘸腿老婆，还有两个儿子，全家人都指望他吃饭，要是这次金口之行空着手回去，家里就得啃锅铁了。

纪大鼓问：“老王，你跟侯正廷关系那么好，他就没接济你一下？”

王瞎子摇头，说：“非亲非故的，人家凭什么接济你？这个侯正廷当年也就是个灶户，人家一步步发起来，靠的就是会算计，还是那句话，有钱人比穷人都抠。再说了，我跟侯老板认识，就是给人家说书。每年正月或者腊月，去说上十天半个月的，临走的时候，人家多给点赏钱，那就不错了。天下的瞎子，都不如纪家大鼓传人，年底去祠堂里说上两个月的，就够半年吃的了。过完年还家家请，好吃好喝伺候着，神仙日子啊。”

纪大鼓说：“现在也不行了。师父在的时候，还好点儿，你也知道，他老人家当年根本不出来说书，一年到头在纪姓的几个村子里转悠，那真是吃香的喝辣的，瞎子过的日子比一般人好，为什么？因为我们的祖师爷是纪哀侯啊，是这里纪姓人的先祖啊，我师父说，他师父的日子比他还要好。那个年代人更讲究，瞎子进门要三大碗，这三大碗是一碗红烧肉、一碗面条、一碗咸鲅鱼。临走的时候更丰盛，鱼啊肉的管够，所以穷人家请不起我们瞎子。现在，唉，谁还能看得起瞎子？”

王瞎子说：“不管怎么说，还是比我们这些人强一些。像刘会长这样的，年底有大户请，一请一个月两个月的，一冬就过去了，还能赚些钱。我们这种，不管什么时候，都得出去转，大风小绞的，冬天睡在人家门楼下或者草垛里，遇到好心人，能让睡个牲口棚就不错了，转两个月赚点钱，一过年就没了。”

纪大鼓说：“那你还摸人家马凤娇？不是自己找事儿吗？”

王瞎子小声说：“这个马凤娇……”

王瞎子说到这里，突然对换样说：“换样，你到一边去，我跟你师父说个事儿。”

换样“哼”了一声，走到一边坐下。

王瞎子小声说：“你以为这个马凤娇是个好东西？哼，她穷的时候，还跟人睡觉呢。当年我们一起去过青岛，她男人说书不行，赚不到钱，她就跟人睡觉，一次一百个铜板。今天不知道怎么回事儿，朝我耍威风。这个女人，才不是东西呢。”

纪大鼓叹了一口气，说：“女瞎子陪人睡觉，自古就有，那是没办法，活不下去了。都是瞎子，别人糟践我们，我们不能互相糟践。你摸人家就是手贱，还给自己找理由，我当时就不该帮你！”

王瞎子不说话，但是还是一脸的不服气。

晚上，王瞎子带着两人来到侯正廷的马车大院，跟管大院的人说了几句好话，管大院的把他们带到一处略微干净的草棚里住下。管大院的告诉他们，这个院子里至少住了二十名瞎子，莱阳的即墨的都有，让他们千万小心烟火，王瞎子和纪大鼓答应了。

三人打开铺盖卷，在自己的被窝里躺下，王瞎子和纪大鼓闲聊，换样躺不住，要出去玩，纪大鼓不许他出大院，也不能随便乱跑，换样答应了。

侯正廷的这个院子，住着二十多个马车车夫，养着四十多匹马，放着三十多辆大马车。院子分前院和后院，前面的院子是放马车的车棚和侯家车夫的住处，后面的院子是马厩和草料棚，两个院子之间没有门，可以自由出入。纪大鼓他们住在后院的草料棚里，不过他们住的这个棚子空着，草料都搬了出去。

换样来到前面院子，听到一个大屋子里传来一阵阵的欢呼声，就走了进去。

屋子门开着，门口站满了人，刺鼻的旱烟味混合着酸臭味道，从屋子里一阵阵朝外卷。

换样捂着鼻子，从大人的腿缝中钻进去。屋子中间的空地上，一个小小的身影正在耍杂技。杂技不复杂，就是顶碗、柔术等常见的几个项目。表演的是一个小女孩，女孩的功夫不是太好，表演完毕后呼呼喘气。一个老头捧着碗收钱，刚刚看热闹的车把式们大都散开，老头转了两圈，只收了两个铜板。小女孩忍不住发了几句牢骚，那些跑到各自炕上躺下的车把式不高兴了，有几个站起来，挡着这一老一少两人，不让他们走，非让他们再表演个节目才走。有个车夫嬉皮笑脸，半是玩笑半是认真地抱住了小女孩，吓得小女孩哇哇叫。

换样看不下去了，跑到这人面前，喊道："你这是耍流氓！你们太不要脸了！"

抱着小女孩的壮汉一看是换样，伸手抓住了他衣领，把他提了起来："小瞎子，你找死啊？你信不信我一脚跺死你?！"

众人哈哈大笑，有人喊"揍这个小浑蛋"。

换样"哼"了一声，说："你有种打一下试试？我去跟侯老板说一声，你们吃不了兜着走！"

抓着换样的这个壮汉放了小姑娘，要打换样，旁边一个看起来有些瘦弱的车把式说："算了，放了这个小瞎子吧，都是穷人，怪可怜的。"

壮汉不肯，还是要揍换样，换样骂道："我师父说了，像你这种人，就能欺负弱小！你敢打我，我和我师父明天就去找侯老板！"

壮汉一愣，不敢下手了："你师父是谁？"

换样看到壮汉胆怯了，来了精神："我师父是谁？我师父是大名鼎鼎的纪大鼓！昨天晚上侯老板还去羊郡，请我师父来给侯老板的妈唱戏呢！侯老板的妈姓纪，我也姓纪，我是纪家村的瞎子，论辈分，我叫侯老板的妈叫老姑，怎么了？"

旁边的瘦子走过来，看着换样："你真是纪家村的小瞎子？"

换样“哼”了一声，说：“纪家村的换样，大名纪换样！如假包换！”

瘦子对壮汉说：“算了，别说侯老板了，纪家村的人咱也惹不起。”

壮汉不说话了，瘦子对换样和小女孩说：“走吧，走吧，我们该睡觉了。都是穷人，我们赶马车的，比你们还穷。赶紧睡觉，明天想办法到庙会上赚钱吧，金口老板比兔子多，他们有钱。”

老人唯唯诺诺，领着小女孩朝外走。一老一小要走出大门了，换样撵上他们，问：“你们去睡客栈？”

小女孩嘴巴利索，说：“我们穷人哪有钱睡客栈啊，去屋檐下找个地方，闭闭眼天就亮了。”

换样说：“今晚风大呢，春寒冻死人，你们带铺盖了？”

老人说：“我们来投亲的，没带铺盖。小师傅，今天谢谢你了。”

换样说：“没事儿，这些人没本事欺负有钱人，就能欺负我们这种人。你们两个没地方睡觉，那就到我们住的窝棚里来吧。侯老板放草的窝棚，管事的特意给我们找了一个干净的，现在里面就我师父和我一个师伯，我们都是瞎子，来赶庙会的。”

小姑娘不想去，老人怕在街上再遇到流氓，就拽着小女孩，跟着换样来到他们住的窝棚。

纪大鼓听说是跑江湖卖艺的父女俩，二话没说，让换样和他躺一个被窝，把换样的铺盖让给了这父女两人。

聊了几句，得知这父女俩竟然是到纪家村投亲的。这两人是平度人，女孩子的妈娘家是纪家村的，纪大鼓还知道小女孩舅舅的名字，可惜的是，女孩的舅舅两年前没了。论起来，族长跟女孩的姥爷是叔伯兄弟，算是他们在纪家村最亲近的人了。

女孩子的身世也是可怜。当年女孩子的妈妈嫁到平度，生下孩子后，不久就去世了。父亲会几招江湖小把戏，带着孩子四处流浪过日子。年前回家，发现家里的屋子竟然不知怎么着火了，烧得只剩下了残垣断壁。父亲身体有病，就想投奔小舅子，没想到这小舅子竟然没了。

纪大鼓安慰女孩的父亲，孩子的舅舅虽然没了，但是留下了一套不错的房子，他们要是真没地方住，可以去找找族长。

说话的时候，换样知道这女孩子的名字叫素枝。

07. 德清高僧

话说老管走进德清法师住的小屋子，屋子不大，黄泥墙，青砖铺了地面，很干净。屋子里摆设极其简单，一张小桌子放在屋子中间，桌子两边各放了一个蒲团，德清法师坐在面对门口的蒲团上，面容清癯，不悲不喜。

老管走南闯北，见识颇多，看这屋子就知道，这个胸前连佛珠都没戴的老僧，是一名真正的得道高僧。在这种洞察一切的高僧面前，自己的一切伪装都是徒劳，老管心中忐忑，在高僧面前的蒲团上盘腿坐下。

高僧开门见山，说："施主应该是来打听当年捻军的事儿的吧？"

老管心中虽早有准备，却还是很惊讶："法师，您……您怎么知道我是来找他们的呢？"

高僧说："万事有因有果。当年贫僧率众抗击捻军，附近尽人皆知。三驾寺一战，捻军死伤惨重，百姓伤亡更多。这十多年来，贫僧远离寺院事务，来找贫僧的，除了两三个老友，就是来打听捻军下落的。最近这两年，到这儿来打听失散的捻军的，每年至少得有两三个人，而且都是在这几日。清明将至，有人专程从安徽跑到这儿来给死去的捻军烧些纸钱，此事别人不知，贫僧却知道。"

老管说："法师，您是得道高人，无所不知，我就实话实说了。我是安徽人，当年我父母都被胁迫加入了捻军，离开老家后再也没有回去。后来我爷爷听人说，我父母在莱阳南部的一次战役中失踪，不知死活，我这些年就以赊小鸡名义，来到此处打听，但是我怕引起当地人注意，每次都是匆匆而来，不管是否打听到消息，一个月后，必须离开此地。今日终于打听到法师这儿，请法师指点。"

德清叹了一口气，说："往事不堪回首啊。当年捻子失败后，官府四处搜捕受伤的和逃进山里、藏在老百姓家中的男女捻子，唉，这些捻子，可恨也可怜。贫僧曾经看到官兵抓了几个女捻子，他们把这些女子用绳子穿过肩胛骨，穿成一串，让她们光着脚，老百姓在地上铺了一地蒺藜，让她们在蒺藜上走。走到头，是个石窝子，用棍子把她们敲进石窝子里，然后派人守在石窝子上面，不许她们上来，不给吃喝，一直让她们疼死、饿死。她们昼夜惨叫，贫僧因此得知，真正的十八层地狱在人间，在人心中。当年捻子在娘娘山杀人，无论男女老少，杀的人铺满了一条沟，现在官府和老百姓杀捻子，也不比当年的捻子差，唉，其实捻子和百姓，都是穷苦之人，却皆成了对方之十八层地狱，人性中的恶念，甚于禽兽啊。杀捻子的时候，当地的老百姓中有良善者，劝那些当兵的干脆杀了她们，当兵的不肯，还把老百姓打了。贫僧因此带着几个弟子，救助了一些走投无路的捻子。贫僧因此得罪了官府，也得罪了周围村子里的老百姓，三驾寺香火大不如前。这些年，幸亏有侯老板支持，否则三驾寺的和尚得出去化缘了。”

老管听到这里，朝着德清跪下：“法师是活菩萨，我替那些可怜人谢谢您了。”

德清朝他摆手，说：“施主请起。贫僧见多了人间荒诞，知道人世皆苦，区区一点小事，不敢与菩萨相比。不知施主要找的人叫什么名字？”

老管说：“我爹叫王天福，母亲姓管，听我爷爷说，我爹是个大高个，能喝酒，母亲个子一般，他们都会编风箱里的鸡毛风扇。”

德清想了一会儿，摇头说：“施主，抱歉了，您说的这两个人，贫僧毫无印象。当年我救出来的十多个捻子，很多都搬走了，剩下的几个没有听说有叫王天福，也没有听说有姓管的。”

老管说：“那剩下的捻子或者他们的后人，他们之间应该有联系吧？”

德清摇头，说：“这个贫僧不知，不可妄言。”

老管想了想，说：“法师，那您能告诉我，谁是捻子的后人吗？我想找他们打听一下。”

德清想了想，点头说：“这个可以。你知道盐帮的飞龙吗？”

老管点头，说：“知道。”

德清说：“飞龙父亲是当地人，当年因为瘸，找不到媳妇，我们救了一个女子，女子无处可去，就让她嫁给了飞龙的爹。不过这女子现在已经没了。”

老管跪下磕头：“多谢法师。我在这里打听了五年，终于找到了一点儿眉目。如果我能得知父母下落，必定会来答谢法师。”

德清摇头，说：“天不早了，施主如果愿意住在这里，我让弟子给您安排房间，如果施主不愿意住下，那就请尽快下山吧。”

老管站起来，拱手说："多谢法师，我在山外沟里还有东西，我得赶紧下山。法师恩情，容我以后再报。"

老管告别法师，从山里匆匆出来，找到自己的担子，挑着小鸡匆匆赶往他在羊郡的住处。

羊郡靠海，一百年以前，也是个可进五百吨大船的码头，因此商铺林立，客栈到处都有。现在五龙河带来的淤泥太多，码头被淤塞废弃，商铺大都倒闭，但是因为羊郡靠着官道，还是有一些客栈勉强维持了下来。

老管挑着担子，来到住宿的客栈，天已经黑透了。他把小鸡挑进屋里，然后来到客栈的小饭馆，要了一碗面条、一小碟蛤蜊、二两白酒，边吃边喝。

老管这些年一直在此客栈投宿，跟老板很熟悉。饭馆没几个人吃饭，老板就走过来，坐在老管旁边的凳子上，对老管说："生意越来越难做了，老管，你赊小鸡能赚到钱吗？"

老管笑了笑，说："我这种人，跟要饭的差不多，上哪儿赚钱？我跟您没法比，您虽然赚不到大钱，但是够吃够喝的，守着老婆孩子，这才叫日子。我这种人，一年到头，大半年在外面，一个人挑着这么一副担子，能赚个自己吃喝，回家给老婆孩子扯身新衣服，过个年就不剩钱了，日子就这么过吧，有什么办法？"

客栈老板审视了一会儿老管，说："老管，我们算是老朋友了，我可以问你点事儿吗？"

老管坦然地笑了笑，说："您只管问。"

客栈老板说："老管，你是个高人。"

老管一愣："我一个赊小鸡的穷鬼，我算什么高人？"

老板摇头，说："不，你不是一个赊小鸡的，你肯定还有别的生意。你糊弄那些泥腿子行，糊弄不了我。你这么两筐小鸡，最多两百个小鸡吧？一个小鸡二十个铜板，才多少钱？别说你回家给老婆孩子买衣服，就是你这半年的饭钱都不够！你要是没有别的生意，你能赚到钱回家？"

老管无话可说了。他确实不是靠赊小鸡赚钱的，他老家有生意，他出来的花销，是靠着从家里拿钱支出的，赊小鸡不过是他走村串乡、寻访捻军后人的一个借口。

客栈老板压低声音，说："老管，不瞒你说，我这些天偷偷跟着你，看到你在黄金庵周围韶家和纪家村周围转悠，今天下午还去三驾寺……”

老管压抑住慌张：“呃，你跟踪我？”

客栈老板示意他别打岔，继续说：“老管，我没别的意思，跟你说句实话吧，很多人早就怀疑你是借着赊小鸡的名义做别的买卖了，我这个人没本事，就想跟着你，看看你到底是做什么买卖的。现在我知道了，我就想拜你为师，跟你学两招，我也赚点小钱，你看行不？”

老管心里的石头落了地：“老板，您觉得我是做什么生意的？”

客栈老板说：“挖地下东西的！你转悠的地方，都说有古墓呢。特别是纪家村，听说有春秋时代的古墓，这玩意儿十年不开张，开张吃十年，你是不是要开张了啊？”

老管哭笑不得：“老板啊，您是真看得起我，我哪儿有那本事?！对了，我跟您打听个事儿，您知道盐帮飞龙吧？”

客栈老板说：“我当然知道。飞龙昨儿夜里被警察抓起来了，听说盐帮跟警察干仗，死了不少人。”

老管大吃一惊：“真的?！”

客栈老板点头，说：“千真万确，我有个侄儿在羊郡这边的警察所里，他也参加了行动，今天中午来吃饭跟我说的。不过这警察也不会关飞龙太长时间，金口两个大老板，第一大老板是侯正廷，第二大老板是张永禄，张永禄跟侯正廷都是做花生油和土特杂品生意的，是竞争对手死对头，飞龙跟侯正廷也是死对头，跟张永禄却是好朋友。你说，警察抓了飞龙，张永禄能不出手吗？”

老管点头：“原来如此！”

客栈老板问：“老管，我说的事儿，你能答应不？”

老管笑了笑，说：“等你知道我到底是做什么生意的，再说吧。”

客栈老板嘀咕：“那你到底是做什么生意的？”

08. 纪大鼓被打

第二天一早，老管挑着担子来到金口，找到张永禄的“永禄丰商行”，跟门口把门的两个小伙子说了半天，人家小伙子不让进。幸运的是，张永禄刚好从外面回来，看到老管，他让小伙子把他放了进来。

走进张永禄的办公室，张永禄让人给老管倒了一杯水，老管顾不上喝水，对张永禄说：“张老板，听说您跟盐帮的飞龙是好朋友？”

张永禄看了一眼老管，傲慢地说：“你先告诉我，你叫什么，是哪里人，找我干什么。”

老管拱手说：“我是一个做小买卖的，我叫老管，老家安徽，我找您，是想问问您，飞龙被警察抓去了，您是他的好朋友，您打算怎么救他？”

张永禄“哼”了一声，说：“我打算怎么救人，跟你有什么关系？你就是那个串乡赊小鸡的？”

老管说：“是。不瞒张老板，我跟飞龙是亲戚，所以想来打听一下飞龙的消息。”

张永禄冷冷地说：“你既然跟飞龙是亲戚，那你就应该自己想法救人，你们亲戚不帮忙，来找我干什么？行了，你是什么人我不想知道，至于我会不会救人，怎么救人，跟你没关系，你忙你的吧，对不起，我还有别的事儿，要出门了。”

老管笑了笑，说：“打扰张老板了。”

老管从张永禄的办公室走了出来，心中略松了一口气。他看得出来，这个张永禄对自己充满了警惕，但是他性格直爽，是个不太合格的生意人。这种人表里如一，敢说敢做有主意，如果飞龙真的跟他是好朋友，他不会坐视不理的。

老管挑着担子，走到金口码头大街上。

今天是庙会的第二天，人比第一天少了，但是天后宫戏台上，侯正廷请的戏班还在哇哇唱大戏，码头宽阔处，河北的杂技、河南的宝棚、青岛等地的小剧团，皆围着不少的人，海面上，进港的船只汽笛呜呜地响着，生怕人们忘了它似的。

老管躲闪着人流朝前走，边走，边谋划今天的行程。爷爷临死的时候，让他务必到莱阳找到他的父母，让他们到爷爷的坟上给他焚香烧纸，让他们回家好好过日子。爷爷让他捎话给他的父母，他们小老百姓，还是老老实实过日子的好。不管什么朝代，小老百姓都是受人欺负的命。这两年，老管对爷爷的话越来越相信。

老管在码头上，看到了黄头发蓝眼睛的德国人。德国人一家五口，老年男子应该是爷爷，中年夫妻应该是爸爸妈妈，他们带着一男一女两个孩子，笑呵呵地从老管面前经过。老管看得很是羡慕，他想，要是自己一家能像他们，那该多幸福！

走到天后宫门前广场的时候，老管看到了纪大鼓。纪大鼓抖擞精神，敲着大鼓，换样打着铁板伴奏，王瞎子弹着三弦，纪大鼓边打鼓边唱着胶东大鼓名曲《吃年糕》：

> 十冬腊月那个雪花飘，眼看着大年三十来到了，家家户户把年过，家家户户蒸年糕……老公公和面婆婆做，儿媳妇坐在灶口把火烧，蒸的蒸烧的烧，一锅年糕做熟了，老婆婆出去把门串，老公公拾起担杖把水挑，儿媳妇一见心欢喜，一心里想偷吃这热年糕，伸手打开锅上的盖，拿起双筷子插年糕，插块年糕刚要吃，不好了老婆婆串门回来了，儿媳妇一见心害怕，急忙忙掀开棉袄大襟往里撩，这年糕贴在她的肚皮上，哎哟哟肚子烫个大燎疱，把个儿媳妇疼急了，急忙忙顺着窗户往外撂，顺着窗户撂出去，真凑巧，老公公挑水回来了，这年糕落在老头的嘴巴上，疼得老汉直嗷叫，老汉一见直懊恼，骂声老天你听着，下雨下雪我都不怕，你不该天上下个热年糕……

这个曲子老管听过，觉得有趣，但是从来没有机会从头听到尾。他听完纪大鼓唱的小曲，喊了一声好，从兜里掏出十多个铜板，扔进了纪大鼓他们面前的瓷碗里。

众人跟着老管，也多多少少朝瓷碗里扔钱。

老管走到纪大鼓面前，问他："纪先生，您还能听得出来我是谁吗？"

五年前，老管到纪大鼓家赊小鸡的时候，纪大鼓在家，两人还一起喝了一壶茶末子。纪大鼓听出了老管的声音，说："老管啊，来收小鸡钱了？"

老管呵呵一笑，说："收钱来了。我到你家去了，婶子把钱给我了，又赊了十个小鸡。"

纪大鼓说："好，今天庙会热闹着呢，你转转看看，我们再唱一个，向乡亲们讨点赏钱。"

老管说好，纪大鼓猛然敲鼓，唱了一句："咱们说的是，闲来无事我到城西，我碰见有一座庙宇是新盖的……"

是《姑子住庙》，纪大鼓声音高亢嘹亮，王瞎子的三弦悠扬动听，小瞎子换样的铁板也打得地道，韵味十足，老管不由得喊了一声好。

这时候，突然有人喊道："纪先生，唱一个《四通鼓》吧，唱一个十个大洋，我听人说，这个曲子是您的独门绝活。"

纪大鼓朝着说话的声音弓了弓腰，说："这位先生，实在不好意思，这个不能唱，抱歉。"

纪大鼓说完，继续唱《姑子住庙》："那里边不住僧来不住道，住的是三位女姑子……"

突然有人飞起一脚，踢飞了纪大鼓面前的瓷盆，飞起来的瓷盆直接砸在了纪大鼓的脸上，瓷盆落下，跌在旁边的一块石头上，成了碎片，瓷盆里的小铜钱也长了翅膀，四处飞溅，有一个还飞到了老管挑着的筐子里。几乎同时，纪大鼓的脑袋上也蜿蜒着流下了两道鲜血。

有人惊呼："淌血了，打人了！"

换样本来在地上摸索着捡铜钱，听说师父淌血了，忙脱下外面脏兮兮的小夹袄，来擦师父额头上的血。

纪大鼓说："没事，没事，我没事。换样，你捡钱吧，咱三个好不容易赚的几个钱，别让人给捡走了。"

老管凑过来，查看纪大鼓的伤势，看了两眼，发现只是被蹭破了一层皮，就安慰纪大鼓说："纪先生，您这伤没事儿，破了一层皮。"

纪大鼓说："我知道，多谢兄弟。您帮换样把钱捡起来吧，我们这些瞎子，就怕东西掉地上。"

老管看没人抢地上的铜钱，就一步抢过去，伸手就抓住了踢飞瓷盆的小子。这小子掏出了刀子，抵在老管的肚子上："你想找死？给老子松手！"

老管说："兄弟，你知不知道怎么做人？乡里乡亲的，抬头不见低头见，你怎么好意思欺负一个瞎子？你还有人心吗？"

这小子喊道："他才没人心呢！这个瞎子跟有钱人穿一条裤子，举报盐帮，盐帮死了二十多个人，人能干出这种事儿来吗？"

纪大鼓听到了这话，站起来，说："这位兄弟，瞎子行有个规矩，说天说地不说人间闲话，别说我跟盐帮飞龙是好朋友，即便是陌生人，我纪大鼓看到都绝不会朝外说的。我听说了盐帮的事儿，但是你就不会想想，我当天晚上遇到了盐帮，当天晚上盐帮就被警察抓了，要是我跑到城里或者金口这儿告密，以我们瞎子这速度，天都亮了，警察怎么能在当晚赶到海边？做人要讲理，请小兄弟也帮我跟盐帮的兄弟说一声，老瞎子给您鞠躬了！"

小伙子"哼"了一声，说："老瞎子，你那个兄弟也是这么说，你们这是找理由！那天晚上警察局的人到羊郡抓偷船的，都住在羊郡，你不是不知道吧?!"

纪大鼓一愣："这……我怎么能知道这个？我一个穷瞎子，跟警察素无来往，我怎么能知道他们在哪里？"

众人都帮纪大鼓说话，谴责这个年轻人。有两个壮汉甚至抓起了纪大鼓放在旁边的马扎子，逼他拿钱给纪大鼓看伤，小伙子收了刀，转身跑了，边跑还边喊："你等着飞龙大哥出来，会要你好看！"

09. 知事唐奎

莱阳县知事唐奎是湖北人，从老家赴莱阳上任，最念念不忘的是老家的烤鱼。莱阳本地的海鲜，让他吃得浑身酸痛，务必设法吃上一顿湖北烤鱼，身体才能略微舒服一些。

可是莱阳没有饭店能做湖北烤鱼，烟台有一家能做，味道也不是很地道，幸亏侯正廷后来花钱从济南请了一名大厨，专门从济南跑到莱阳，教县衙里的厨子做湖北烤鱼，直到厨子完全掌握了烤鱼的制作技术，来自济南的大厨才回了济南。

侯正廷此番操作花钱不是很多，却让唐奎感激不尽。此番打击盐帮，唐奎出力不少。莱阳警局人多枪少，唐奎还亲自出面，经登州府同意，从临近县警局借调了部分警力和枪支，这才将横行附近府县几十年的盐帮给端了。

唐奎下决心干掉盐帮，除了盐帮扰乱盐业市场，不听官府的招呼外，还有一点自己的小心思，那就是想趁机搞点钱，把县衙后面那排漏风漏雨的屋子修缮一下，在前后院之间砌上一道墙，再请匠人做一个带廊檐的月亮门。唐奎喜欢读《红楼梦》，插图中的月亮门让他非常喜欢。当然，他还有一个小小的想法，那就是趁机弄点小钱落到自己的腰包里。他作为一县知事，每个月能发到手的工资仅有二十个大洋，这点钱，要寄一部分回家赡养父母，要供老婆孩子一家吃喝费用，实在是很困难。

这次抓的盐贩有近六十人，唐奎与警察局长商量，决定每个盐贩罚一百大洋，交齐一百大洋的就放人，交不齐的就送到济南监狱服刑。至于飞龙，先放着，看看情况再说。

盐贩子的家属们天天来打听情况，听说官府开出了赎人的价格，纷纷想办法凑钱赎人。

唐奎不给飞龙标价，他清楚，飞龙身上牵扯着两个人，他标价没用。

这两个人，一个是侯正廷，一个是张永禄。

侯正廷痛恨盐帮，痛恨飞龙，他自然盼望官府能判飞龙死刑。公平来说，盐帮这些年扰乱市场，打伤盐警，虽然有罪，却罪不至死。那些跟警察拼命的，是罪有应得，但是要判飞龙死刑，却实在有些勉强。

侯正廷不管。飞龙被抓的第二天早上，侯正廷便早早来到了县衙办公室，要求马上杀了飞龙。

侯正廷说："我不管什么法律，我就知道，知事大人要是真想杀飞龙，有很多办法。最简单的就是派人一枪打死他就完了，理由很简单，飞龙拒捕时受伤，在县大牢里病发身亡。当然了，知事大人读书比我多，办法肯定也多。至于知事大人想修县衙后面的房子，这个您就放心，您需要多少钱，说个数就行。如果您不想费心，您就告诉我想把房子和院子弄成什么样子，正泰商行有自己的泥瓦匠班子，我马上派他们过来，保证您满意。"

唐奎知道，侯正廷一直把飞龙视为眼中钉肉中刺。飞龙除了和盐场盐工合谋偷他的盐之外，还与侯正廷的死对头“永禄丰商行”的张永禄关系密切。两人互通有无，经常一起对付侯正廷，杀了飞龙，就是给侯正廷除掉了一个心头大患。

但是唐奎没有答应。他不能为了一己之利，轻易杀人。还是那句话，飞龙不是什么好鸟，但是罪不至死。他唐奎是一个有原则的人。

还有一点，与飞龙交好的张永禄也不是一般人，而且每年也都给唐奎送一些黄白之物，唐奎不能不给张永禄面子。他打击盐帮，已经是给足了侯正廷面子了。下一步，他得照顾一下张永禄了。

唐奎因此笑了笑，说：“侯老板是一方乡绅，德高望重，是百姓眼中之榜样，怎么能像飞龙这帮亡命徒一般，做事如此草率？飞龙虽然有罪，但是罪不至死，如果本知事杀了他，不但于本知事不利，莱阳百姓有很多明白人，肯定知道背后有侯老板的主使，侯老板在金口铺面众多，雇工无数，一向是有口皆碑，如果此事传出，对于侯老板可是非常不利啊。”

侯正廷摇头，说：“这个我都想过，但是相比这个飞龙给我造成的损失，这些都不算什么。从即墨到莱阳谁不知道，这个飞龙就靠我的盐场活着！盐帮那一百多人，就是趴在我侯正廷身上的吸血虫啊！”

唐奎说：“这个请侯老板放心。这次盐帮死了这么多人，活着的又被罚了这么多钱，他们以后做生意，肯定会规矩多了。还有，侯老板以后也要大方点儿，让这些盐贩子利润高一点儿，他们从您手里买盐，有正常手续，不怕盐警抓，还能赚到钱，谁还会跟那些盐工勾结起来偷盐？所以，盐帮的事儿，您侯老板也是有责任的。”

侯正廷说：“他们贩盐赚不到钱，可以做别的生意啊。知事大人，我们盐场每年要给官府交那么多的税，盐价低了，我们怎么赚钱？再说，我们盐场一向都是这个价格，人家铺子里能买，盐帮为什么就不能买了？盐工偷盐是盐场痼疾，难以根除，他们偷盐卖给盐帮，也是自古就有的事儿。但是莱阳盐帮从来就不成气候，他们一般都是在莱阳本地买卖，远的能卖到栖霞，最多也就是两三个人一帮，飞龙成气候，是因为有一帮神秘的客商在高密大量收货。他们收的价格低，但是量大，飞龙他们如果从盐场进盐，根本就没有利润。所以，他们只能跟盐工勾结起来偷盐。”

唐奎“噢”了一声，说：“还有这种事儿？这帮人买了盐，是卖到哪里？”

侯正廷摇头，说："我也不知道。我曾经派人去联系他们，但是他们根本就不搭理我的人。所以，以后这个飞龙出来，肯定还是要继续跟盐工合伙偷我的盐，让他活着，那就是给我侯正廷养了个祖宗啊！"

侯正廷确实有理由痛恨飞龙，但是唐奎作为一县之长，不能随意杀人，这是他做人的原则。最后，唐奎给侯正廷出了一个主意，如果他能找到济南督军府，让督军府把飞龙提过去杀掉，或者让督军府下命令，那就好办了。

侯正廷看无法说服唐奎，只得告辞而去。

侯正廷一走，唐奎知道，张永禄应该快来了。

张永禄虽然是即墨人，店铺主要在金口，但是在莱阳县城也有几个分号。这个张永禄做人与侯正廷不一样，侯正廷比较传统，做事要先从传统理论上找到一个依据，才肯行动。比方飞龙与盐工合伙偷盐，侯正廷先是找人警告他，警告不成，才到县衙告状。县衙觉得这个事儿麻烦，而且飞龙与警察局的人也有交情，就把这个事儿暂且放下了。侯正廷没办法，才开始给唐奎送礼，送的钱多了，唐奎良心过不去，而且这个飞龙也确实太猖狂，目无国法，唐奎才向登州府报告，调集人马打击盐帮。

张永禄行事作风与侯正廷完全不一样，是一个雷厉风行、不管手段只要结果的人。

侯正廷从唐奎的屋子走后不久，果然张永禄就来了。他与唐奎寒暄几句之后，从兜里掏出两根金条放在唐奎的桌子上，说："知事大人，您告诉我，把飞龙弄出来，需要多少钱？"

10. 天生吃这碗饭的命

纪大鼓和换样运气不错，他们在集上，遇到了纪家村一辆到金口送花生油的马车，两人叫上了素枝和她父亲，四人坐着马车，半天的工夫，就从金口回到了家。

素枝的父亲知道族长家的位置，两人告别了纪大鼓和换样，直奔族长家去了。换样把师父送到家，向纪大鼓告辞，要回家一趟。

纪大鼓掏出了二十个铜板，递给换样，让他捎家去。

换样不接，说：“师父，俺爹说了，不出三年俺不能分钱。您还不要俺的学费，俺更不能要这钱了。”

纪大鼓笑了笑，说：“拿着吧，回去给你爹打壶酒。听师父的，你爹养活你们几个，不容易。”

换样拿着钱，给纪大鼓鞠了一躬，跑到村里小卖铺，给爹买了一斤酒，一斤桃酥，提着两样东西回到了家。

父亲纪大安租了族长十亩地，农闲的时候到族长的油坊出工。换样上面有两个姐姐，爷爷还活着，父亲养活一家人，日子过得很紧巴，平常连桃酥的味道都闻不到，因此这一斤桃酥让姐姐们馋得难受。母亲拿出两个桃酥，给了换样的爷爷一个，剩下的一个分成三块，让换样和姐姐们分着吃了。

母亲从来没到过金口，让换样给她讲讲金口是什么样子。换样双眼虽然没有全瞎，但是能看到的只是一个模糊的影子，还没有色彩，所以他在金口看到的，都是无数个晃动的黑色影子。人多的时候，看到森林一般的黑影，换样感到新奇，感到热闹，感到了人世间的繁华。

因为是个瞎子，换样从小就体会到了比别人更多的炎凉，但是在他小小的心灵里面，对这个社会依然充满了希望。所以，他口中的金口没有王瞎子摸人家女子的胸，没有盐帮的人打翻了他们的瓷碗，也没有侯家马车大院里的车夫们欺负素枝，金口是繁华的、温暖的，有河北的杂技团，有济南的京剧，有天后宫僧人们的祈天坛，有无数的店铺和好吃的。

母亲和姐姐们听得目瞪口呆，觉得这个金口就是人间天堂了。十六岁的大姐姐很认真地告诉妈妈：“妈，我以后嫁人，就要嫁到金口去。”

妈苦笑，说：“嫁人要看缘分，不是你想嫁哪儿就嫁到哪儿的，以后别说这种没羞没臊的话了，让人笑话。”

大姐倔强地说：“我不管！我就要嫁到金口，我不想像你这样，过这么没有天日的日子！”

换样高兴地说：“大姐嫁到金口，以后我到金口说书，就不用睡侯家的马棚了！”

妈妈做熟了饭，大姐要去山里，给在山上耕地的爹送饭。换样就跟在大姐身后，一起上山。

纪大安连养了两个闺女，盼望养个儿子，因此换样还没出生，便给他起名“换样”。但是他没有想到的是，老天爷给他换的却是个瞎眼的儿子。得知儿子是个瞎子后，纪大安三天没吃饭。一直到现在，他看到儿子就心情不好。

姐弟俩快到父亲耕地的地方了，大姐就让换样在拐弯处等着，她自己上去送饭。爹吃饭快，两个窝窝头，一碗稀饭，一块咸菜，爹一会儿便装进肚子里。姐姐就挎着竹篓回来，叫上躺在地上的换样一起回家。

换样想看看爹，但是因为视力太差隔得远，他连一个模糊的影子都看不到。姐姐就对他说：“晚上爹就回来了，走吧。”

姐弟俩回到家，母亲开饭。吃完饭后，换样就跑到师父家，跟师父学习鼓书。作为纪家大鼓的唯一传人，纪大鼓精通三弦、大鼓、胡琴、快板等各种乐器。纪家瞎子每一代都只能选一个传人，要优胜劣汰，优中选优，最后留下一个，作为纪姓瞎子传人。当年随纪大鼓一起跟师父学艺的，有十多个人。按照规矩，师父先教大家唱《小八义》《七侠五义》《破孟州》《刘统勋私访》这些鼓书，这样即使他们成不了纪家大鼓的传人，但是也能靠着一张嘴混饭吃。当然，也有的学了半年，连一部书都学不会的，那就没办法了，老天爷不赏饭，只能做最低等的瞎子，靠乞讨或者给人推磨为生。学了三年后，剩下三个比较优秀的，那就学三弦和胡琴，三人都学会了，就要比赛。比赛的内容繁多，比方说书，师父说一段半个时辰的书，只说两遍，谁能全部背过来，谁就过关。然后是乐器，谁拉得好，要请族长和族中的长老来评判。

纪大鼓凭着超人的记忆能力，过了说书这一关，最后一关乐器，就剩下了他和他的师兄，也就是现在住在羊郡的王瞎子。

王瞎子其实本姓纪，但是因为记恨师父在他和纪大鼓之间，最终选了纪大鼓作为纪家大鼓的传人，在父亲死后跟着母亲另嫁，并自愿跟着现在的父亲姓，改姓王。

当年纪大鼓跟师父学艺时，王瞎子对他这个小师弟非常爱护，因此纪大鼓对师兄的离去很是伤心，他便做了一个决定，他收徒的时候要先看他的天分，天分好了就收，不好不收，只收一个，作为自己的衣钵传人。不像师父，搞那么残酷的优胜劣汰。

纪家大鼓的始祖是纪哀侯，因此成了纪家大鼓的传人，那就等于是纪姓先祖纪哀侯的传人了，不但会受到纪姓人的尊重，而且会成家立业，会衣食无忧地过一辈子。

遗憾的是，人们对于先祖传人的尊重越来越稀松，纪大鼓的师父那一辈还好些，那时候纪大鼓的师父到纪姓祠堂说书，纪姓人来了后，都先要对着师父磕头的。

现在倒好，人们连鞠躬都省了，喊一声“先生”，就等于是行礼了。

但是族长每年还是要给一份例钱的，这一份例钱，便能保证纪大鼓半年的基本开销。就这一点，依然让很多瞎子甚至明眼人垂涎不已。

所以，换样的父母对纪大鼓能选换样当他的弟子，非常感激，换样也知道师父对自己的恩情，小小年纪便抢着帮师父家干活，学艺的时候非常用心，颇有悟性。

以至于纪大鼓经常跟人感叹：“这个换样，天生就是吃这碗饭的。”

11. 纪大鼓与族长

纪大鼓从金口回来第三天上午，王瞎子突然和族长的侄子纪虎来到了纪大鼓家。纪虎对纪大鼓说：“大哥，族长请您去他家里一趟。”

纪大鼓一愣，“噢”了一声问：“兄弟，族长叫我有什么事儿？”

王瞎子说：“三皇会刘会长和民政科王科长来了。”

纪大鼓惊讶了：“民政科的人来找我干什么？找错人了吧？”

王瞎子有些幸灾乐祸，说：“没错，找的就是你。昨天三皇会开会了，县老爷唐奎去了，他不知道纪家大鼓的规矩，以为你也在三皇会呢，想听你的大鼓书。他听说你没加入三皇会，不高兴了，命令刘会长和民政科科长来找你，让你当三皇会的副会长，这人啊，名气大了就是好，没见着人，这官职就给安排上了。”

纪大鼓慌了：“这怎么行？咱纪家的规矩，纪家大鼓传人，是不加入三皇会的。师兄，您就没跟县太爷说一声？”

王瞎子“哼”了一声，说：“县太爷是什么身份，能轮到我这个瞎子跟人家讲话？兄弟啊，这是你自己的事儿，民政科可是管着给三皇会发补贴的，现在王科长都来了，你得好好酌量着说话，要是得罪了王科长，县里的瞎子拿不到钱，三皇会八十个瞎子能生吃了你！”

纪大鼓无可奈何：“我有什么办法？这是先祖的规矩，我纪大鼓总不能忤逆先祖吧？”

王瞎子说：“别跟我们说这些，我就是个跑腿的，要不是刘会长叫我，我还不来呢。你有什么话，跟王科长和刘会长说去吧。”

纪大鼓跟着王瞎子和族长的侄子，来到族长家。

族长向纪大鼓介绍了民政科的王科长，王科长跟纪大鼓握手，说：“纪先生，您可是除了刘会长，咱县里最有名气的鼓书艺人了。知事大人特意让我来请您出山，当三皇会的副会长。这是知事大人的美意，纪先生，您不会不给知事大人面子吧？”

纪大鼓刚要说话，刘会长说：“兄弟，纪家的规矩我们都知道，刚刚族长也跟我和王科长都说了。不过现在是民国了，王科长说，我们三皇会也要有新文化新思想，不能顽固不化，纪族长是开明人士，他刚刚说了，过去的那些老规矩可以改一改，不过这个副会长当还是不当，就看您的了。”

纪大鼓一愣，转身朝着族长鞠了一躬，说：“叔啊，纪家大鼓传人有三不，不拜东方朔，不加入三皇会，纪家村以外的地方不兴说《四通鼓》和《哀侯别国》。要是改了规矩，那不是忤逆先祖了吗？您是一族之长，此事万万不可啊！”

族长笑了笑，提着纪大鼓的名字说：“纪丛啊，祖宗的规矩都好几千年了，也该改一改了。刚才王科长跟我说了，现在都民国了，讲究个新字，我们也不能一直守旧，也要革新嘛。当然，这个事儿跟我没什么关系，这是你的私事，你当不当这个副会长，你自己拿主意。”

纪大鼓懵了：“叔叔，这……这……我怎么拿这个主意？”

族长叹了一口气，说：“我这个族长今天就跟你说句实话吧，你说的鼓书不错，好听。《哀侯别国》和《四通鼓》更好，不过啊，这纪家人年年听这个，也听烦了。还有……每年给你的那个钱，是从纪家祠堂出的，所有纪家人都有份，大家也都……也都有意见。纪丛啊，你是个讲究人，拿着钱让人背后说不是，你也不得劲儿吧？我听王科长说了，加入三皇会有补贴，副会长每年还能多拿一点儿，你再出去说大鼓赚点钱，也够你和你妈吃喝了，名声还好，是吧？不过我作为你的长辈，只是给你提一个建议，怎么决定还是要看你的。”

纪大鼓愣了好一会儿，才喃喃地说：“原来是纪家人不需要我了，我真是没想到啊。”

族长呵呵一笑，说：“不是不需要你了，这是实情。当年你师父在的时候，也是这样，我这个人，不会藏着掖着，实话实说，你不会对你叔叔有意见吧？不过你放心，要是你不当这个副会长，族里的份子钱还是照样，一分不少。”

纪大鼓长叹一口气：“叔啊，您话都说到这份上了，我还有脸拿族里的钱吗？”

王科长高兴了：“这么说，纪先生答应当这个副会长了?!”

纪大鼓摇头，说：“我纪大鼓当初守着师父给先祖发过誓，先祖之训断断不可违背，这个是做人之德，与新文化没有关系。刘会长、王科长，此事实在是对不起了。如果我纪大鼓有福能见到县太爷，我会当面向县太爷请罪，纪大鼓虽然是草民一个，但是不敢违背誓言，请两位多多原谅！”

王瞎子在旁边听了，愤愤不平，插话说：“族长，此事跟我王瞎子无关，但是您这几句话，也太伤人了！纪姓三个村子，两千多口人，您自己良田二百多亩，油坊四个，纪家祠堂也有八十多亩地，还有杂货铺和药铺，都是赚钱的生意，就差给纪大鼓那么点儿钱?! 您这个族长，也太抠了吧?!”

族长拍了拍桌子，怒斥：“王瞎子！你算什么东西，敢在这里骂我?! 你也不打听打听，纪家村是个什么地方?! 要不是看在你是纪家的种的分儿上，我现在就让人把你打出去！”

王瞎子呵呵一笑，说：“不用老族长费劲，我王瞎子现在就可以走！纪家村怎么了？是你们纪家人拉的屎是香的，还是你们的尿是甜的?! 今天要不是刘会长叫我来，我还真不愿意来呢！”

王瞎子用竹杖敲路，转身就朝外走。

族长气得浑身发抖：“这是什么玩意儿！当年幸亏我没选他当纪家大鼓的传人，要是选了他，我眼也得让他给气瞎了！”

王科长和刘会长看到事态有些失控，忙打圆场，王科长说：“这个王先生快人快语，话确实有点过。不过他现在已经不是纪家人，族长就不要跟他生气了。纪先生，族长的意思您也知道了，我劝您还是当了这个副会长吧，孬好还是有些收益的。”

纪大鼓一口回绝：“我纪瞎子当年发过毒誓，若违背先祖，不得好死。我纪瞎子无德无能，但是还想好好活几年，即便要饭，也要给我老妈养老送终，请两位不要强人所难！”

第二章 乱世

01. 飞龙出狱

张永禄花钱，把飞龙从县衙大牢赎了出来。飞龙腿上的枪伤虽然是贯通伤，但是在监狱里发炎了，张永禄把他带到了金口，请郎中给他诊治。

飞龙的弟弟陈勇干活不行，腿倒是很利索，他是那天晚上逃出来的八个人中的一个。逃出来后，他也不敢回家，在他那些狐朋狗友家里躲着。听说张永禄把飞龙救出来后，陈勇才偷偷跑到张永禄在金口的商行，找到了飞龙。

飞龙暂住的屋子里，已经聚集了十多个人。这些人，大都是花钱从大牢里赎出来的，这些年赚的钱都赔给县衙了，还弄了一屁股饥荒，一个个愁眉苦脸，来找飞龙想办法。

还有三个女人，一个老头，他们是因为家里人被警察打死了，钱没赔，但是赔上了一条命，他们不敢去找县衙，也来找飞龙。

飞龙瘸着腿，腿上缠着绷带，被哭哭啼啼和愁眉苦脸的这帮人弄烦了，正破口大骂。陈勇来到后，劝这些人先走，等飞龙腿上的伤好了再说。他告诉众人，飞龙被罚得更狠，花了两千大洋才赎出来的。他们家没钱，赎金都是跟张老板借的。

陈勇别的不行，说瞎话那是一等一的厉害，果然，众人听说飞龙背负了这么多的债务，都觉得心里有些平衡了。家里死了人的，抹着眼泪走了，交了一百大洋赎金的，反而来安慰陈勇。

陈勇让他们回去，等飞龙养好身体，继续带着他们贩盐，众人便带着对未来的期望回家了。

陈勇进屋，对躺在床上假寐的哥哥说："哥，我把那些人都弄走了。真烦人。"

飞龙点了点头，说："你这些天都躲哪儿去了？"

陈勇说：“哥，我不光躲，我还想法救你来呢。我派人给张永禄老板送的信儿，要不是我，张老板还不知道你被警察抓了呢。”

飞龙说：“我知道。我被抓的第二天早上，张老板就派人给我捎话了。那种时候，谁也顾不得谁，能跑出一个是一个，我们要是都被抓了，那才麻烦了呢。你刚才的话我都听见了。这种时候，还得亲兄弟。噢，对了，张老板把警察局打点好了，等会儿你设法通知那些跑出来的兄弟，都不用躲了。”

陈勇大喜：“真的?！那我也没事儿了?！”

飞龙说：“没事儿了。”

陈勇长出一口气，说：“终于不用东躲西藏了。哥，咱这次损失太大了，你下一步有什么打算?”

飞龙说：“我还没想好。不管什么打算，得等我养好伤再说。”

陈勇小声说：“哥，这次咱吃这么大的亏，你知道是谁告的密吗?”

飞龙摇头，疲惫地说：“现在没证据，不能乱说。”

陈勇说：“还要什么证据！那天晚上，你们在半路遇到了纪大鼓，纪大鼓刚好是去见侯正廷的！最主要的是，那天晚上警察局的人都在羊郡，你想想，这事儿如果不是纪大鼓告密，警察怎么能去找咱?”

飞龙皱着眉头，说：“我也怀疑过纪大鼓，不过这事儿如果不是提前准备，警察怎么能来得这么快？莱阳警局的人常在羊郡，这不能说明就是纪大鼓告的密。纪大鼓这个人，我还是了解的，老实人，应该不会干这种事儿。”

陈勇急了：“哥，你怎么就不相信呢？如果不是纪大鼓告的密，怎么能那么巧，刚好你们碰见他的那天晚上就出事儿了？最主要的是那天晚上他刚好去见侯正廷！更巧的是，那天警局的人都在羊郡，准备抓偷船的。这肯定是纪大鼓贪图钱，把咱卖给了侯正廷，侯正廷花了大钱，让警察替他卖命！要不是这么巧，侯正廷忙着弄庙会的事儿，他怎么有工夫抓咱？还有，咱去弄盐的事儿，可是封锁得严严实实的，咱的兄弟们提前都不知道，这事儿侯正廷怎么能知道?！”

飞龙沉思着不说话。

陈勇说：“我估摸着，侯正廷肯定给了纪大鼓一笔大钱，我得去把他拿下，别让他带着钱跑了！”

飞龙说：“张老板让我们最近老实点儿，先什么都别干，看看风头再说。

你还是别惹事儿吧。”

陈勇说：“这怎么叫惹事儿?！哥，你大概不知道吧，很多被抓的盐贩子的老婆和爹妈去咱家借钱，说要赎人，咱爹把家底儿都拿出来了，现在家里一个子儿也没有了！咱吃了这么大亏，让他纪大鼓发财，这凭什么?！”

飞龙拧着眉头，不说话。

陈勇说：“哥，这事儿不用你出头，我带着几个兄弟去纪大鼓家，看他怎么说。”

飞龙说：“你不许打人，不许犯浑，先去问问，到底是不是他告的密。如果不是纪大鼓干的，不要为难人家。一个瞎子，日子也不容易。”

陈勇高兴了：“哥你放心吧，我最擅长的，就是看人是不是在撒谎。如果不是他，我给他赔礼道歉。”

飞龙点了点头。

陈勇从飞龙的屋里出来，在门口遇到了挑着担子的老管。陈勇不屑一顾地瞥了老管一眼，转身要走，老管赔着笑问：“兄弟，您是永禄丰商行的?”

陈勇站住，问：“怎么了?”

老管说：“我想打听一下，飞龙是不是在这里?”

陈勇有些好奇了：“你一个赊小鸡的，找我哥干什么?”

老管说：“我跟飞龙大当家的是亲戚，听说大当家的……受伤了，我来看看他。”

陈勇呵呵笑了，说：“你跟我哥是亲戚？我怎么没听说过？是什么亲戚？姨表亲还是姑表亲？我是我大哥的亲弟弟，怎么不知道有你这门亲戚呢?”

老管忙拱手：“兄弟，您是飞龙大当家的弟弟?”

陈勇点头说：“亲弟弟，一个爹一个妈，怎么了？你有意见?”

老管哈哈一笑，说：“兄弟真能说笑，我敢有什么意见？不瞒兄弟，我是从安徽来的，是三驾寺的德清法师，让我来找飞龙大当家的。”

陈勇皱了皱眉头，说：“别拿德清法师压我，我家在安徽可没亲戚。你就老实说，来找我哥什么事儿吧?”

老管无奈地笑了笑，说：“我找飞龙大当家的，是有件事儿要向他请教，噢……是生意的事儿。”

陈勇有些高兴了：“有人要买盐？不过我哥的客户是河南的，安徽人买盐，都是从江苏进啊，人家江苏的便宜。”

老管看这个陈勇一脑袋糨糊，就随口说：“我家是亳州的，离河南近，我想弄点盐，到河南卖。兄弟帮忙引荐一下飞龙大当家的。”

老管从兜里掏出一个大洋，递给陈勇。陈勇接了钱，狐疑地看了看老管，嘟哝着说：“一个贩小鸡的也想卖盐，算了，跟我进来吧。”

02. 虾吃沙

陈勇在当地就是一只癞蛤蟆，欺软怕硬，能赖就赖，手里有点钱，逛窑子喝大酒，过一天算一天，在金口也算有点小名气。张永禄几次让飞龙管教他这个兄弟，飞龙哪里有心思管他，最多把他叫到眼前，踹他几脚骂他一顿，再给他几个钱。

飞龙如此宠陈勇，是有原因的。这俩兄弟从小就没了妈，他们的爹在盐场上工，经常三五天不回家，两人饥一顿饿一顿，几乎是靠偷邻居家的东西吃长大的，最饿的时候，两人偷吃过邻居家的猪食，被人抓住挨打是家常便饭。飞龙成了盐帮老大后，曾经努力想改变兄弟两人在当地人心中的形象，让陈勇跟他一起推车贩盐，无奈这陈勇是烂泥扶不上墙，骨子里已经烂透了，不能吃苦不说，贩盐赚的那点钱，根本不够他喝花酒的，飞龙管了他几次，看这兄弟实在无可救药，也就只能放任他了。有轻快的活儿就叫着他，没有活儿的时候，任他自己泛滥。

陈勇找纪大鼓，就是想敲诈点钱财。他这些日子实在是没地方弄钱了。

陈勇叫了两个小兄弟，三人租了一辆马车，直奔纪大鼓家。

其中一个小兄弟，多少还有点人性，说：“二哥，我们三个人来欺负一个瞎子，是不是有点太不像话了？”

陈勇“哼”了一声，说：“我们不是来欺负瞎子，是来讨公道的！他纪大鼓出卖我盐帮兄弟，盐帮死了那么多人，我是盐帮的人，怎么能坐视不理？兄弟们，纪家瞎子有钱，这次咱弄钱平分。”

那两个小兄弟不吭声了。他们才不管公道，只要能找个理由弄钱，在他们眼里，就是天大的公道。

三人来到纪大鼓家，看到换样正在院子里练习鼓书。

换样敲着鼓，打着清脆的铁片，稚嫩的声音唱道：“……杨宗保下山把路迷，不辨南北和东西，杨宗保坐在马上心着急，后面来了马一匹，过来的是一匹桃红马，上面坐着一个女的……”

换样一只手打鼓，一只手打着铁片伴奏，嘴里还唱着戏，没有听到这三人进来。一个小混混抬脚要踢换样的鼓，被陈勇拦住，陈勇说：“这小瞎子是个不要命的主儿，把鼓给踢坏了，他能跟咱玩命。”

换样听到人说话，停止敲鼓，瞄了瞄面前的三人，问：“三位大哥是来找我师父的？你们有什么事儿，就跟我说吧。”

陈勇“哼”了一声，说：“小瞎子还挺爱管闲事，你是不是叫换样？”

换样笑了笑，说：“多谢大哥还记得我的名字。大哥声音有点熟悉，您是盐帮的吧？”

陈勇有点得意，说：“小瞎子记性还不错。不过你这话还差一点意思，老子不只在盐帮吃饭，老子是吃天下饭的。别的不说，就说在莱阳城、羊郡这一带，谁见了老子不得点头哈腰的？小瞎子，你叫换样吧？听说你这名字是因为你爹养了两个闺女，想换换样搞个儿子，结果换成了个瞎子，是这么回事儿吗？”

换样气得嘴唇哆嗦着，但是他想到师父说过不许骂人的话，强忍着怒火，说：“我知道你是谁了。这位大哥跟您哥哥真没法比，您哥哥从来没叫过我小瞎子，他都是叫我小师傅。不过这没啥，叫我小瞎子的人不少，俺师父说了，人说人话，猫说猫语，俺就是个瞎子，你们怎么说，是你们的事儿。俺告诉你，俺师父这两天身体不舒服，谁也不见，你们有事过个三五天再来找他，请你们走吧。”

陈勇“嘿”了一声，说：“小瞎子嘴皮子挺利索。不过今天老子不是来跟你斗嘴的，老子要找纪瞎子，他不舒服跟老子有个屁关系?!”

陈勇要朝屋里走，换样站起来，挡在他面前：“这是纪家村！俺小瞎子提醒你一句，在纪家村闹事，族长是不允许的！”

陈勇怒了，一脚把换样踹倒。这个时候，纪大鼓的老妈跑了出来，她一边喊着一边过来要扶换样。换样爬起来，挡着老人，说：“奶奶，我没事儿，您别出来，别让这些人伤着您。”

换样又挡在了陈勇的面前。陈勇抓着换样的头发，把他提起来扔到一边，对着屋里喊：“纪瞎子，赶紧给老子滚出来，你是不是男人啊？你再不出来，我就揍这个老白毛了！”

纪大鼓的妈恼了，朝陈勇面前拱：“你要是真有本事，你就打死我这个老白毛，打啊你打啊！”

陈勇被纪大鼓的妈弄得心烦意乱，朝着后面两个喊：“你们两个是木头？就不知道帮帮忙?!”

后面两个小混混走上一步，分别拽住了纪大鼓的妈和换样，陈勇骂了一句，刚要朝屋里走，纪大鼓一脸阴沉，拄着竹杖从屋子里走出来。

他鼓着眼珠子，用手里的竹杖点着地，一直走到陈勇面前，说：“陈二爷，您别跟小孩子生气，您是什么身份，跟孩子动手，不是降低了您的身份吗？”

陈勇一愣：“呃……这话倒有些道理。”

他朝着跟着的两个混混挥手，这两人把换样和纪大鼓的妈放了。

纪大鼓从破烂的大褂怀里掏出一个小小的布包，说：“二爷，这点小钱，是俺瞎子的一点心意，不多，俺一个靠说书吃饭的瞎子，家里实在是没有钱儿，这点钱就算俺瞎子请二爷吃一顿老张家的麻辣肘子了。其他的事儿，俺自己会去找大当家的说个清楚明白。”

陈勇打开小布包看了看，呵呵一笑，说：“纪先生不愧是老江湖，那行，那我就不打扰纪先生了。您的事儿，我会向我哥多说几句好话的。”

陈勇转身，朝两个发愣的手下喊了一声：“愣着干什么？纪先生的家是你们撒野的地儿？走走走，赶紧走！”

三人走出屋子，纪大鼓的母亲问：“丛子，你给了他们多少钱？”

纪大鼓说：“我把我这些年赚的钱都给他们了。妈，您放心，只要我活着，我就不会让您饿着。”

老人身体晃了晃，扶着换样才勉强站住，老人哭了：“孩子，你怎么那么舍得啊！族里以后不给你钱了，咱吃什么喝什么啊！这日子以后还怎么过？”

纪大鼓叹口气，说：“妈，我们这次是惹上阎王爷了啊。您身体还有病，要不是把这个混子打发高兴了，他会天天来闹，咱怎么能受得了。破财消灾，只要人好好的，就什么都好。”

老太太骂道："这些挨千刀的，这世上那么多的有钱人，他们怎么不去找他们弄钱？偏偏来找一个瞎子！不得好死噢！"

纪大鼓说："这种人，只敢欺负像我们这种没本事的人，大鱼吃小鱼，鱼吃虾，虾吃沙，这人世，其实跟这些活物一个道理。"

老太太摇摇晃晃走进屋子，换样来到师父面前跪下："师父，都是我的错，您罚我吧。"

纪大鼓叹口气，摸摸索索把换样扶起来，说："练你的鼓去，我刚刚听了，鼓点和铁板没跟上点儿，再练不好，晚饭就不用吃了，听到没有?!"

换样答应了一声，转身练鼓去了。

03. 族长的想法

纪大鼓母亲受惊得病，换样去族中祠堂支春天说书的钱，说请郎中给老人看病，管祠堂的人向他询问缘由，换样还是人少，就把与盐帮矛盾的起由，以及陈勇大闹师父家的事儿向管祠堂的人说了。管祠堂的人觉得此事严重，就把此事向族长纪方瑜汇报了。

族长派人把纪大鼓叫到家中，详细了解此事，并告诉纪大鼓，如果有人胆敢欺负纪家人，有他族长撑腰，不必害怕。

纪大鼓心力交瘁，告诉族长，换样说的不准确，他给陈勇钱，是他曾经向陈勇借过钱，陈勇到他家里也没闹，只是跟换样和母亲发生了一点误会，因此此事就不劳族长费心了。

族长其实别有用心。族中侄子纪钟伟虽然住在外村，但是回来祭祖的时候，每年都要到族长家中坐一会儿。纪族长因此得知，盐帮利润非常可观。盐帮出一趟盐的利润，能顶自己一个油坊一年赚的钱。可惜的是，这个飞龙喜欢赌钱，赚的钱都送到赌场去了。

这两三年，族长就瞅着盐帮暗中想办法。这次陈勇到纪家村闹事，可以说是给了他一个非常好的插手盐帮的机会。

与其他村子不同，纪家村有好武的传统，村里一直养着一支上百人的武装。这些人的核心，是纪族长油坊和其他作坊里的三十多名雇工。这些雇工一个月只干二十天活，剩下十天轮流跟纪族长请的师父练习功夫。村里还有几十名青年，这些青年在上山干活之余，负责在村子周围巡逻，保护纪家村的安全。

与盐帮不同的是，纪家村的武装不仅训练有素，而且对族长忠心耿耿。多年前，胶东大旱，土匪蜂起，各村都成立了联庄会，保护村子。但是那些武装都是临时拼凑的，土匪一进村，没等交火，联庄会就散了，因此周围很多村子都遭到了洗劫。唯有在纪家村，土匪们遭遇了纪家武装的顽强抵抗，土匪留下了六具尸体，仓皇而逃，从此再也没来过纪家村。纪家武装死了两人，族长出钱，死的人每人四十个大洋，家里有人愿意到油坊上工的，优先招用。纪方瑜此举，震惊莱阳，更是赢得了纪姓百姓的拥护。

当下，纪方瑜送走了纪大鼓后，让管家马上安排此事。

两天后，几名纪家子弟便在城里的妓院外，把刚才从妓院出来的陈勇给装进了麻袋，用马车拉着回到了纪家村。

族长让人用好酒好菜招待陈勇，并让人把陈勇在纪家村的消息告诉了飞龙。当然，传话的人告诉飞龙，纪家村抓陈勇，是陈勇大闹纪大鼓家，不但逼着纪大鼓把家里的钱都给了陈勇，纪大鼓的母亲还因此重病不起，性命垂危。

飞龙虽然腿伤还没好，但是终究是兄弟连心，得到消息后，他大骂了陈勇一番，让人找了辆马车，赶紧赶往纪家村，求见族长。

族长很热情地把飞龙迎进屋，一副很无奈的样子，说："大当家为什么来，本族长心里明白。唉，这件事儿闹的，我实在是没办法啊。纪家村的规矩，您不是不知道，这次陈二爷闹得太厉害，纪大鼓的老母亲惊吓过度，现在生死不知。族里的长老恼了，一起找到了我这里，那些年轻人更能起哄，说是盐帮要欺负纪家村，要不是我压着，这上千号年轻人要一起去盐帮找大当家的呢。哎呀，不过大当家的放心，二爷在我这儿，有吃有喝，住的也不错。要是不相信，您可以去看看。"

飞龙"哼"了一声，说："这个浑蛋，该让他吃吃苦头！纪族长，你们怎么安置他我不管，饿他几天，揍他一顿都没问题，我就是想向族长求个情，早一天把他放出来。您也知道，我爹年龄大了，老人嘛，时间长了看不到儿子就要问，就要让我把他带回家。唉，他这毛病，都是我惯的，有什么要求，族长尽管提。”

纪族长皱着眉头说：“大当家的，这个我自己说了不算啊。我是族长不假，但是这种事儿，需要族里六个长老一起商量，他们都同意了，我才能放人。不过您放心，我尽量和长老们商量，尽快把陈二爷送到您身边。”

飞龙是个没有多少弯弯绕的人，他对族长的话信以为真，把给族长带的点心等物留下后，就来到了纪大鼓家，看望纪大鼓的母亲。

纪大鼓看到瘸着腿的盐帮大当家来到了自己家中，很是惊讶。飞龙倒是很客气，询问了纪大鼓母亲的伤势后，向纪大鼓赔罪，说陈勇来他家闹事，全怪他没有教育好弟弟。不过他希望纪大鼓帮他说句话，让族长赶快放了陈勇。

纪大鼓听说族长抓了陈勇，大惊，他把事情的来龙去脉跟飞龙说了，说自己会尽力帮忙，让族中长老们帮着说句话，尽快让陈勇回家。

飞龙询问陈勇从纪大鼓手里拿了多少钱，纪大鼓老实说了。他一个瞎子能有多少钱呢，就是四个大洋，加几十个铜板。

飞龙拿出了六个大洋给纪大鼓，说剩下的给老人看病。纪大鼓推辞不掉，只得收下。

临走的时候，飞龙说：“纪先生，盐帮的事儿我已经打听明白了，这事儿跟您一点关系都没有。您放心，不管是陈勇还是谁，只要有人拿这个事儿找您的麻烦，您就告诉我飞龙，我飞龙能轻饶了他，我就是王八养的！”

纪大鼓忙鞠躬：“大当家的不要这么说，您是什么人，我瞎子心里明白。”

飞龙走后，纪大鼓去找村里的长老，把这件事跟长老说了。长老告诉纪大鼓，族长抓陈勇，其实是想入股飞龙的盐帮。族长甚至打算慢慢控制盐帮，让盐帮成为纪家村的生意。

纪大鼓大惊。他知道，要是族长有这个想法，这件事儿就复杂了。纪大鼓心中明镜似的，族长还是高估了自己，飞龙性格粗鲁，要是让他知道有人要整他，他会先下毒手，让对手毫无反击机会。能坐上盐帮老大的宝座，飞龙靠的就是心狠手辣。

04. 侯正廷的无奈

侯正廷最近频频拜访三驾寺的德清法师。他一般是下午来，来了也不多说话，跟法师打个招呼后，盘腿坐在法师的对面，坐到太阳要落山了，就站起来，朝着法师躬身，说声“法师，我回了”，就转身走出屋子。

德清法师也不搭话，最多点点头。从早晨侯正廷来到屋内，到他出去，从始至终，两人也就是两三句话，然后各自打坐，任凭时光从两人之间的桌子上，哗哗流去。

如此十多天后的一个傍晚，侯正廷要走的时候，突然说了一句话：“法师，我真想跟您出家。”

德清法师微微一笑，说：“只要心中有佛，处世也是修行。侯施主前些日子心烦气躁，贫僧就知道，肯定会出纰漏。不管如何，贫僧劝施主勿行恶念，宽以待人，必有好结果。”

侯正廷说：“法师真是世外高人。弟子现在才明白安乐寻常、事无绝对的道理，做人要养君子，还要养小人，要有儒释道，还要有寻常百姓，有智有愚，有优有劣，才是世界本相。”

德清法师点头，说：“本相无相，无相万相，众生难成佛，才有佛，世间没有仙，才有人言仙。看透世事，进入佛门，其实这何尝不是世事？”

侯正廷拱手：“法师真言，弟子还得仔细揣摩。”

德清法师说：“这个世界本来就没有我，我又何必找我呢？施主日后来三驾寺，恐怕贫僧就不一定在这里了，请施主见谅。不过此门不关，施主可以随时来屋子里静坐。”

侯正廷大惊：“法师要去哪里？这三驾寺没有了法师，还能是三驾寺吗？”

德清法师微微一笑说：“没有三驾寺，人世依然是人世，何况贫僧？万事皆空，施主只要记住贫僧这句话，便可心安。贫僧这些年不曾参悟佛经，只是向水取经。水乃生物之源，入地可生万物，入空无影无踪，来去自如，生死皆空，我等何必学菩萨？一滴水珠，便是万千世界。施主如有闲暇，放一碗清水，日夜观之，若读佛经。”

两日后，侯正廷再来三驾寺，德清法师果然不在屋内。侯正廷询问德清法师的弟子，弟子说法师云游去了，什么时候回来，他也不知道。他只是在屋内放了一盆水，说是法师特意给侯老板准备的。

侯正廷叹了一口气。他只是个寻求佛祖释疑的俗人，怎么能有法师的高度，看一盆清水，便可开悟？

侯正廷这些日子备受煎熬。在抓飞龙之前，离此四十余里的三教堂的张道士，就曾特意来到金口，劝侯正廷不要对盐帮下手。

盐帮一百余人，是侯正廷的心腹大患。跟盐工勾结起来、偷盐场的盐只是其一，他们在莱阳、栖霞、平度一带低价买盐，扰乱市场，使得侯正廷在本地的盐业批发几乎陷入停滞，损失巨大，这才是侯正廷对盐帮痛下杀手的根本原因。

虽然侯正廷现在的生意主要是船运、花生油以及各种土杂品的销售，但是盐业是侯正廷的祖业，是他赖以起家的老根，而且盐业市场稳定，侯正廷不想把盐业市场拱手让给盐帮。

侯正廷明白，盐帮是个马蜂窝，而且飞龙心狠手辣，要想弄他，必须万分谨慎，还要一招制敌。

张道士说盐帮有人有钱，风头正盛，打击盐帮，对于侯正廷来说，势必耗费巨大。盐帮虽然对侯正廷的盐业生意造成了一定的影响，但是侯正廷也用此损失，稳定住了飞龙这个祸害。现在侯正廷的主要对手是张永禄，双方在生意竞争上有来有往，侯正廷势力胜过张永禄，在竞争上占有优势。

飞龙与张永禄关系不错，但是两人各自有各自的利益考虑，还没有合力对付侯正廷的意思，因此这两股力量，现在是分开的，侯正廷可以分别应付他们，三方处于一个微妙的平衡状态。如果侯正廷打击盐帮，飞龙顶不住，必然会投靠张永禄，如果这两人拧成一股绳，肯定会与侯正廷进行一番生死缠斗。这对于一个生意人来说，是大忌，必然会对其根基产生影响。

张道士告诫侯正廷："这个飞龙虽然浑蛋，但是有相当多的老百姓喜欢他，因为他的盐卖得比您便宜，在老百姓眼里，您侯老板有这么多的钱，盐还卖得那么贵，您是为富不仁，是奸商，飞龙则成了义士。所以，侯老板，您现在想搞盐帮，天时地利人和，您一样都不占。"

侯正廷很气愤："这么说，飞龙偷我的盐，我还输理了？"

张道士笑了笑，说："这个没办法，位置不同，看到的东西就不同。您看到的是自己的利益，老百姓看到的也是自己的利益，他们不管大道理，也不管是非黑白，谁能给他们实惠，他们就说谁好。就像这民国和大清，拥护大清的，都是大清遗老，老百姓不懂是非，当年他们拥护大清，怒骂要搞革命的人，要喝他们的血，现在还有几个拥护大清的？有人说老百姓愚昧，在贫道看来，这是他们不得已的聪明。他们没有什么文化，没有见识，没有分辨对错的能力，因此他们只能选择从自己的利益得失，来评判是非了。但是众口铄金，老百姓人多势众，您作为一方豪绅，不能不考虑这些人对您的评价啊。"

张道士说的自然有道理，这些事儿侯正廷都想过，而且他很多次都是在将要对飞龙下手的时候停止行动，就是因为对老百姓言论的顾忌。

但是张道士最后的几句话，促使侯正廷对盐帮下了狠手。

张道士说："侯老板，您应该知道飞龙是什么人吧？"

侯正廷一愣，说："盐帮老大啊，还能是什么人？"

张道士说："这是其一。飞龙的妈是一个女捻子，此事您大概不知道吧？"

侯正廷惊讶了："这么说，飞龙是捻军的后人？！"

张道士点头，说："我怀疑永禄丰老板张永禄，也是捻军后人。当年捻军在三驾寺被清兵和当地民团包围，突围出去的人不到一半，很多人消失无踪。清兵后来清乡抓捻子，根本没有抓干净。张老板是即墨人，但是没人见过他的父母。如果这飞龙与张永禄都是捻子的后人，侯老板可要更加小心了。您知道，捻子在莱阳南乡秘密成立了一个帮会，不过即便是县衙的人，也不知道这个秘密帮会里都是一些什么人，侯老板，这些人惹不得啊。"

侯正廷与张永禄缠斗多年，深知张永禄手段之毒辣。张永禄在羊郡秘密成立帮会的事儿，侯正廷也知道，但是没人知道帮会的名字，也不知道都有谁是帮会成员。知事唐奎命令警察局明里暗里寻访多年，没有寻到一点蛛丝马迹。如果飞龙和张永禄两人都是捻军后人，那这两人极有可能携手对付自己，对于侯正廷来说，这是非常可怕的。他因此下定决心，要除掉飞龙。

侯正廷找了警察局的赵局长，给他送了两根金条，让他除掉飞龙。赵局长接了金条，事后，又亲自把金条给他送了回来。赵局长的原话是："没有完成侯老板的任务，不敢收钱。"

侯正廷为了日后好办事，让赵局长收着金条，赵局长死活不收。侯正廷知道，赵局长这是又收了别人的钱了。这个时候，侯正廷才明白，张道士说的话是有道理的，自己真的捅了一个马蜂窝。但是事已至此，他不得不花重金，贿赂了唐奎。

有一点侯正廷知道，德清法师对捻军后人成立的帮会有所了解。然而，没等他找机会开口相问，德清法师竟然云游天下去了。

侯正廷真是万般无奈。

05. 老管再进纪家村

老管那天下午在张永禄的商行与飞龙见面后，就放下了挑着小鸡的担子，开始跟在飞龙身后，有模有样地当起了盐帮的二掌柜。

老管当了二掌柜后，做得最漂亮的一件事，就是从纪家族长手里，把陈勇给救了出来。

飞龙后来又去了纪家村两次。张道士没说错，这个飞龙真是个头脑简单之人，老族长等着飞龙让他提要求，因此一直拿着话，说陈勇的事儿，要听村里长老的，他自己做不了主，他现在在设法说服村里的长老，但是有几个长老不松口，因此还需要时日。

飞龙还真是信了，他去找纪大鼓，让纪大鼓想办法找一下村里的几个长老。纪大鼓虽然明白是怎么回事儿，但是不能出卖族长，只能以假话敷衍飞龙。

老管决定去一趟纪家村，打听一下情况。

这次老管没有挑鸡笼，而是推着小车，打扮成了一个箍风箱的。还真别说，老管在老家的时候，真的做过箍风箱的生意。风箱里负责鼓风的那一圈鸡毛叫鸡毛扇，容易掉，掉多了风箱就无法鼓风，老管箍鸡毛扇是祖传的手艺。当年父母就是出去箍这个鸡毛扇，被捻军掳走，从此一去再没有回来。那天早上母亲起来，还杀了一只鸡炖上了，说中午回来给爷爷过生日。那天是爷爷的五十岁生日，父母打算去邻村箍两个鸡毛扇后，就回家给爷爷过生日，谁知道，两人一去再没有回来，一直到两年后，一些当年的捻子偷偷回了家，爷爷才知道，老管的父母当年被捻军胁迫入伙，后来在莱阳被打散了。老管记事起，爷爷就让他记住莱阳这个地方，让他长大后到莱阳寻找他的父母。即便死了，也要带回他们坟墓上的一把土，到老人的坟上告知一下。

老管推着小车走在路上，想到爷爷临死的时候那死不瞑目的样子，心里真是百般滋味。这些年，为了寻找父母，他挑着鸡笼子，风餐露宿，从安徽一直走到山东，来到莱阳，把爷爷开杂货铺赚的钱花光了，爷爷没了后，他干脆把杂货铺卖了。爷爷没了，没有心思待在家里，他想在这里住下，一定要找到父母的下落。就像爷爷说的，哪怕找到他们的坟墓，自己也就心安了。

老管发誓要找到父母，其实还有一层原因，是他觉得父母太可怜了。爷爷临死的时候告诉他，当年父母加入捻军，是他老人家同意的，但是老管的父亲和母亲都不同意，所以老人家没有告诉他们，只是替他们在捻子里报上了名号。爷爷只是没想到，捻子会开拔得那么早，没等他们回家吃自己的生日宴，就被征兵的捻子半路掳走了。

这让老管觉得，自己可怜的父母是被爷爷给出卖了。因此，他非常同情他们。

上次在张永禄的商行里，他见到飞龙，把自己的身份说明，并把自己去见德清法师的事儿说了后，飞龙很痛快地承认了自己捻军后人的身份。他的妈妈是一个女捻子，他的父亲当年是民团的一个小头目，清军组织民团协助搜山，飞龙的父亲带着十多个人一组，在三驾寺周围的山上搜查，遇到了几个女捻子。女捻子个个惊恐不已，却非常能跑。飞龙的父亲等人分头抓人，最后他自己抓住了一个面容清秀，浑身上下肮脏不堪的女捻子。这个女捻子被飞龙的父亲抓住后，可能知道要死，浑身发抖面如死灰，却不像别的捻子被抓一样，苦苦哀求，她咬着牙，一言不发。飞龙的父亲带着她朝山外清军营房走的时候，女捻子缓缓流出的两行清泪，打动了这个民团小头目的心。

飞龙的父亲转身，带着这个女捻子在山里转着圈，躲开了山里的其他民团，天黑后，他带着这个女捻子来到三驾寺，央求德清法师把这个女捻子藏了起来。

等风声过去，清兵撤走后，飞龙的父亲才去把这个女捻子带了出来，两人离开村子，到德州投亲，一直到有了飞龙后，飞龙的父亲才带着飞龙的母亲从德州回来，他说媳妇是在德州找的，这使得她的外乡口音，也有了合理的解释。

不过飞龙的妈一直到死，也没有说自己的老家是哪里。她的名字叫安文秀，飞龙的父亲也一直觉得是一个假名字。

飞龙因为腿伤躺在床上不能动，就把自己家的事儿跟老管说了。飞龙对母亲有印象，还向老管说了自己母亲的样子，老管两岁的时候，母亲就走了，因此对母亲毫无印象。飞龙说的他母亲的样子，老管也觉得跟自己想象中母亲的样子没有相同之处。

何况老管觉得，自己的母亲肯定还跟父亲在一起，无论是死还是活，只要找到了其中一个，便可找到另一个。

他无法想象，自己的母亲会跟莱阳一个小民团头目一起睡觉，然后生下了飞龙。

但是老管知道，现在要想找到父母，就需要飞龙的帮忙。而要让飞龙帮自己，那他就需要帮飞龙做事儿，眼下，飞龙最焦急的，就是把陈勇从纪家族长的手里救出来。

因此，老管乔装打扮后，来到了纪家村。

老管此番来纪家村，是打算先找纪大鼓打探一下消息的。没有想到的是，他在村口，遇到了纪家村的傻子。

傻子叫大正。口歪眼斜，喜欢凑热闹，村里有陌生人进来，他会一直跟着大喊小叫，很兴奋的样子。

老管每年都在纪家村赊小鸡，都会遇到大正。有时候在村里找个僻静的地方吃点午饭，他都会分一份给这个可怜的傻子，因此大正对他印象不错。

老管此番来纪家村，本来是怕被别人认出来的，但是这个大正跟着他边走边喊，老管知道，他越是遇到陌生人便越兴奋，因此不得不对大正喊："大正，是我!"

大正一愣，走到老管面前歪着头仔细打量，打量了一会儿，终于认出来了，咧着嘴笑了。

老管从车子上的兜里，掏出一个糖火烧递给大正，大正狼吞虎咽吃完，很神秘地对老管说："有……有好吃的。"

老管有些莫名其妙，就问他："哪里有好吃的?"

大正说了一句莫名其妙的话，扯着老管跟他走。老管不想跟他走，大正就又跳又叫，很不高兴的样子。老管怕招惹来外人，无奈，只得跟着大正走。

大正带着老管穿街过巷，最后，走进一条两边都是高墙，异常狭窄而肮脏的小胡同。这显然是一条死胡同，没有人走，因此地上满是乱草和乱石，还有狗屎。

这个时候，老管突然觉得这个大正很可能带着自己窥见纪家村的一个秘密。他有些惊喜，把车子停在胡同外，跟着大正走进了胡同。胡同到头后，拐了一个弯，前面出现一道矮矮的石墙。大正跳过去，朝着老管招手。老管跳过去后，两人走了不长的距离，前面出现一道高墙，胡同到头了。

老管只顾看前面的高墙，大正却蹲下了，从地上捡起一块沾了些泥土的馒头，朝老管噢噢地叫着。老管低头，惊愕地发现，地下竟然有五六个吃了一半，或者一口没吃的白白的馒头！

他惊讶了。在纪家村，别说扔，天天能吃上这么好的馒头的，大概也就只有族长家里了。要说敢扔这白面馒头的，恐怕整个莱阳都不多。

老管有些愤怒，这好好的白面馒头啊，就这么扔了，这不是伤天害理吗？谁能干得出这种浑蛋事儿？这个王八犊子！整个莱阳城，恐怕只有陈勇那个浑蛋能干出这种事儿来！

这个念头在脑子里一闪，老管突然愣了：陈勇？难道是陈勇扔的这些馒头？

老管正看着三面墙壁疑惑，突然从左侧的墙里又飞出一个馒头，馒头打在大正的脑袋上，大正高兴地边跳边喊叫。

墙里飞出了陈勇的声音：“外面的彪子，你给老子送个信儿，让我哥来救我啊！你别光吃老子的馒头啊！”

话说完，从里面又飞出一个馒头。

大正高兴得呜呜叫，捡起一个馒头递给老管。老管打量了一下这胡同，心里一喜，转身就朝外走。大正在后面喊他，他也顾不得了，走出胡同后，看看前后没人，老管推着小车直奔金口。

06. 竞争

侯正廷和张永禄有一个共同的生意伙伴，福建的王老板。这个王老板是做进出口生意的，他从侯正廷和张永禄这里收货，然后发往马来西亚、印尼等国家。这个王老板要货量大，价格适中，很讲信用。

每年春天，王老板都要派人来金口，与侯正廷和张永禄谈判，签一年的合同，这个时候，就成了两人明争暗斗的关键时刻了。

王老板收购的货物中，最大的一宗是当地的土产生意和花生油。他们最大的一次要货，能装满大小十艘船，这些船把货物送往福建，进入王老板的仓库，王老板再进行分装，发往其他国家。商船回来的时候，再装上从王老板那儿收购的木材，回来批发给当地的木材贩子，这一趟生意，就可大赚一笔了。

每次贸易，王老板都要先派人过来，在金口港转上一圈，打听一下价格，然后再跟侯、张两人谈生意。王老板最大宗的生意是当地土杂品购销，比方城北的蚕茧、瑞蚨祥的绸缎、胡成沙参、花生、板栗，甚至麻绳、粮食、食盐、麻布、鱼干，等等。土杂品项目众多，两人的价格也相差无几，王老板派来的人是本家侄子，会做生意，也懂人情世故，他按照两人的生意规模和特长，分别安排订单合同数量，基本能做到两人都满意。

花生油是敞开收的，每斤八分五厘，这就看两人的供货能力了。本地的油坊都有自己的销路，两人去收别人的油也收不到多少，就只能靠自己的油坊了。王老板的花生油是畅销货，所以谁给的多，王老板赚谁的钱多。王老板以此为依据安排别的购货比例，因此谁家给他供应的花生油量大，谁赚的钱就越多。

精明的王老板用这个套着侯正廷和张永禄，两人因此争相抢购附近的油坊。最近两人都想买下纪家族长的几个油坊，纪家族长更精明，多少钱都不肯卖。纪家的几个油坊属于中等规模，侯正廷最后出到了五千大洋一个油坊，五个油坊加上马车、油桶等三万五千大洋，张永禄不敢这么砸钱，没有再加价，但是纪家族长就是不肯卖。

因为花生产量有限，现在附近油坊的数量已经比较多了，如果再开，就有收不到花生的危险。而且因为花生油价格的约束，油坊又不敢在收花生的时候涨价，因此油坊行业协会对新开油坊严加限制。

没办法，这就是生意，生意就是如此无奈。

张永禄除了在码头上有十四间店铺，还在莱阳城和即墨一带有十多间店铺，有载重三百吨的船只十六艘，有自己的油坊十多个，即便如此，他的规模也只是比侯正廷的规模的一半多一点儿。

侯正廷还有一样，张永禄没有，那就是盐场。

盐场虽然投资大，但是利润稳定，不像农副产品，要看天吃饭。张永禄做梦都想拿下一个盐场，尝一尝当盐场老板的滋味，他的这个愿望，就寄托在飞龙的身上。

侯正廷猜得没错，张永禄和飞龙，都是捻军后裔。清末，捻军后裔隐瞒身份，在莱阳南乡成立帮会"一灯教"，暗中发展势力。唐奎主政莱阳后，为了消灭曲诗文领导的农民抗捐抗税斗争，派人联系到了一灯教教主，许诺给一灯教管理南乡治安的权力，让他们协助官兵，围攻农民。教主答应，一灯教两千多青壮年因此北上，围剿曲诗文带领的农民起义。曲诗文失败后，一灯教回到南乡，此时清政府面临倒台，一灯教趁机在南乡称王称霸，欺侮百姓。民国成立后，莱阳县大队从登州府请来援军，镇压一灯教，一灯教一触即溃，主要人员迅速消失。后来唐奎抓到了一灯教教主，却发现这个教主只是一个六十多岁的老太太。老太太一问三不知，经过多日审查，才发现这个老太太只是一个傀儡。一灯教真正的教主，几千教徒竟然都不认识。

其实，真正的教主就是张永禄的父亲张天华。这个张天华在城里守着儿子的一个店铺，经常代表张永禄请唐奎吃饭喝茶，唐奎浑然不知。

老管带着几个盐帮高手，趁夜从纪家村救出陈勇，获得飞龙的认可后，飞龙带着他认识了张永禄。张永禄得知老管的父母当年都参加了捻军，而且在三驾寺一战中失踪后，便将老管视为心腹。

张永禄与飞龙商量如何对付侯正廷，也不瞒着老管。老管是个明白人，他知道，自己想要知道父母的下落，就需要张永禄帮忙。但是老管是个讲究人，他知道做事不可越位，就在一次和飞龙喝小酒的时候，把他的想法说了出来，说："张老板要想从生意上跟侯正廷争，没戏。我这些年每年都来羊郡、金口这一带，听侯老板的事儿听得太多了。这个人做事滴水不漏，很多人说他是个大善人，据说他每年冬天都会在老家给村里老人送白面和肉，生意做到了这个层面的人，一举一动都是深思熟虑的，他不管是善还是恶，都不会让人看到。”

飞龙“哼”了一声，说：“这个侯正廷是个彻头彻尾的坏蛋！当年他只是个灶户，为了翻身，联合了几个痞子，劫了收盐的掌柜的钱，掌柜的倒闭了，他自己做了掌柜的，后来花钱买了一个盐场，他才一步步好起来的，现在装善人，哼，你见过几个老老实实做生意的发家了？无商不奸，大奸似忠，大忠似奸，这是德清法师说的。”

张永禄有些惊愕：“德清法师还跟您说这个？”

飞龙说：“德清法师说的话多着呢，他说这人啊，有善有恶，但是恶人有时候也会做好事，善人也有做坏事的时候，就拿我们盐帮来说吧，有人说我们盐帮是坏人，但是也有不少人说我们盐帮是好人，我们卖盐，看到穷得卖不起盐的，有时候也会可怜他们，不收他们的钱。不过说实话，我没觉得我们盐帮是好人，收赃盐，终究不对，说白了，都是为了钱，这个世上，谁不是为了钱？”

老管点头，说：“皇帝为了江山，当官的为了权，商人为了钱，老百姓为了口吃的，皇帝玩当官的，当官的玩老百姓，历朝历代莫不如此。”

飞龙喝了一口酒，说：“咱不说这个，你就帮我想想，我们能不能有办法帮张老板对付侯正廷吧。”

老管拍了下脑袋，说：“我正想说这个呢。办法当然有，不过……”

飞龙看着老管：“赶紧说，别兜圈子。”

老管说：“兄弟，张老板要是想对付侯正廷，只能用当年侯正廷对付收盐的掌柜的那一招。”

飞龙有些惊讶：“也去抢钱？”

老管摇头，说：“不是。我的意思是，得用邪招。”

07. 老管的主意

飞龙一听来了精神，他是最喜欢用“邪招”对付竞争对手的人。当年莱阳大小盐帮四家，各种竞争，最后都被他用武力征服收编了。用武力对付侯正廷，他不是没有想过，但是他太知道侯正廷的势力了。不说侯正廷与县衙和警局的关系，即便是与济南督军，侯正廷都有联系。去年督军带着老婆孩子到金口游玩，都是侯正廷接待的。等张永禄通过县衙得知消息，想去拜见督军的时候，侯正廷已经陪着督军一家去烟台了。当然，侯正廷还有一支看家护院的武装，据说侯正廷还买了一百多支好枪，以备不时之需，不过没人见过。

人家这种势力，别说盐帮，即便加上张永禄的力量，都未必是侯正廷的对手。

出乎飞龙意料的是，他的那些所谓“邪招”，跟老管所说的“邪招”根本没法比。这么说吧，如果说飞龙当年用的是打人的办法，那老管的“邪招”就是直接要人命的。

飞龙听完老管的话，惊愕不已：“烧商船？这……这也太狠了吧？这不是要侯正廷的命吗?!”

老管看着飞龙，有些不屑：“飞龙兄弟，侯正廷杀了盐帮那么多的人，你不是恨不得杀了他吗？怎么烧他的商船，你就下不了手了？”

飞龙摇头，说：“这个……这个有点太损了。你知道一艘船能载多少东西吗？咱就拿一艘三百吨的船来说，如果船上装满了油，一斤油一毛，一千斤油就是一百个大洋，一吨二百个大洋，三百吨是多少？六万大洋！船上还有人，一艘船二十个人吧？船烧坏了，这人命就没了……不行，这个损阴德。侯正廷让警察抓盐帮，是因为我们确实偷运了人家的盐，他虽然是狠了点儿，但是人家赵局长带着警察是来抓人的，是为了罚点钱，如果当时只有盐帮的人，我就让大家跟着警察走了，不会出人命。出了人命，是因为那个盐工王大铁，这家伙真是个二货，带着盐帮的人跟人家拼命，民不与官斗，盐帮这些年能做起来，就是从来不与当官的斗。当官的天生就是管老百姓的，他们养着警察养着军队，老百姓怎么能斗得过他们？”

老管笑了笑，说：“我真是没想到，呵呵，盐帮老大竟然是一个怕事的人！那算了，权当我没说。对付侯正廷是张老板的事儿，我不过是为了帮您，为张老板立上一功。”

飞龙想了想，叹了一口气，说：“我这次欠了张老板太大的一个人情了，我就把你的主意跟张老板说说，用不用，就看他的了。”

飞龙去见张永禄，把老管的主意跟张永禄说了。

张永禄听了后，让飞龙把老管带来，张永禄对老管说：“老管，把你的想法仔细说一说。”

老管说：“张老板，我最近把您和侯老板之间的事儿仔细想了想，我觉得您和侯老板都是生意人，还是别用这些江湖手段为好。”

张永禄呵呵一笑，说：“生意人本来就是江湖之人。说吧，说说你的邪招我听听，至于用不用，我自己有数。”

老管说：“那行，我就直说了。福建的船从金口回去，要经过海州海域。海州有一伙船匪，是专门打劫往来船只的。不过要让他们打劫这种大船，需要给他们点钱，买点枪炮弹药。只要他们有了枪，什么船他们都敢劫。”

张永禄看了一眼老管，说：“老管，真看不出来，你还挺有道道。”

老管拱了拱手说：“张老板，老管自幼跟着爷爷勒风箱里面的鸡毛扇子，见识过无数的世态炎凉，做人不狠，往往被人欺负。如果张老板此招成功，金口第一大老板就是您了。”

张永禄说：“老管，你是个聪明人。你想让我帮你做什么，尽管说。”

老管说：“这个简单，我就是想让张老板帮忙找到我的父母，我知道您的身份，您要是肯帮忙，肯定能帮我找到人。”

张永禄点头，说：“好，我知道，这件事我肯定会帮忙。”

老管和飞龙从张永禄处回来后，飞龙就开始疏远老管，并且老管发现，原先跟他很亲热的陈勇等盐帮兄弟，也都对他敬而远之了。

此时盐帮的人已经在陈勇的带领下，开始继续做生意。不过现在他们不敢买盐场盐工的赃盐了，而是从一些零散的灶户手里收盐。从这些灶户收的盐价格高一些，但还是有利润。唯一的缺点是散户的盐数量有限，路上还要交盐税，盐贩子们推着盐，串几个村就卖光了，无法给飞龙在高密的大客户供货了，大客户很不高兴，派人来找了飞龙两次。飞龙不想失去这个大客户，又不想去侯正廷的盐场买盐，这些天非常窝火。

老管硬着头皮找到飞龙，建议他先帮张永禄对付侯正廷。

飞龙直接对老管说：“老管啊，我很感激你帮我救出了陈勇，但是盐帮的事儿，你还是不要管了。张老板是我大哥，你也知道，我们都是捻军的后人，我们现在住在这里，不容易啊。如果让当地人知道你是捻子的后人，他们会恨死你。我们有个兄弟，有一次不小心暴露了身份，被人在身上绑着石头，扔进了海里。张大哥是我们这帮人的领头人，兄弟们的很多事儿，都是他罩着，要是他出事儿了，我们这些人的日子就更难过了。老管，你出的这主意，我不知道你是在帮张老板还是要害他。你也应该知道侯老板的势力，跟他对着干，一不小心那就是个大麻烦！我这次栽了，有张大哥帮忙，要是他栽了呢？谁能有本事救他？”

老管说：“所以我们要帮他！不能让他栽了！”

飞龙盯着老管，问：“你跟张老板没有太大的交情，对侯正廷也没有什么仇，我就不明白了，你为什么要给张老板出一个那么毒的主意？”

老管慢慢地说：“这主意不毒。即便我们烧了他十艘船，他损失个七八十万大洋，对于侯老板来说，也不至于破产。但是我帮了张老板，张老板必然会帮我找我的父母，我老管活到现在，最大的心愿就是找到父母，带着他们回到老家。”

飞龙惊愕：“你出一个这么损的主意，就是为了找到父母？”

老管说：“对。在我眼里，找到我父母是比天还大的事儿，别的都不是事儿。”

08.《四通鼓》

侯正廷的母亲回到了纪家村，并向族长提出，要听纪大鼓的《四通鼓》和《哀侯别国》。族长让人把纪大鼓叫到家中，商量此事。

嫁出去的女儿泼出去的水，侯正廷的母亲已经嫁到了侯家，按照规矩，她是没有资格听这两出戏的。但是侯正廷是什么人啊，何况有时候族长四个油坊的油要靠侯正廷出货，族长网开一面，去年就让纪大鼓单独给她唱了两天。

这次她回来，纪大鼓知道，族长肯定是会让自己给她唱鼓书的，因此他带上三弦和铁片，让换样背着大鼓，师徒两人来到了族长家。

侯母坐在族长家的客厅里，两人正喝着茶，等着纪大鼓。纪大鼓进来，先和换样与侯母见过礼，族长让纪大鼓在他旁边坐下，对纪大鼓说："纪从啊，这次你姑回来，不只是听书，她还要捐钱，整修一下纪家祠堂。哎呀，别的不说了，你给你姑好好唱一唱啊。"

纪大鼓朝着侯母说："大姑，我先向您道个歉。您过生日的时候，侯老板叫我去给您唱两天，我没敢去，咱纪家的规矩您不是不知道，不能到外面去唱，大姑您千万别生气。"

侯母七十岁了，保养得好，人不胖不瘦，一头白发梳成发髻，发髻上面插着金凤钗，脸皮白净，虽然脸上有皱纹，却很精神。她说："正廷找你去唱鼓书的事儿，我今天听族长说才知道。这件事儿你做得对，咱纪家的规矩不能破。唉，不过怎么说呢，我已经是嫁出去的人了，按规矩来说，是没有资格听这《四通鼓》了。这人啊，就是怪，年轻的时候没什么感觉，年纪大了，就特别想听小时候听的这些老曲儿。唉，时间长了不听听，就觉得这心里空落落的，难受。"

族长说："大姐，老规矩不能不守，也不能死守。您养了一个好儿子，也是咱纪家的光荣，为您稍微破一下规矩，是应该的。大姐，您是现在就去听呢，还是明天？"

侯母说："我刚来的时候，已经安排人去祠堂收拾了，要是纪从方便，咱现在就去。"

纪大鼓忙说："大姑，我把锣鼓家什都带来了，就等着您的话了。"

侯母笑了，对换样说："孩子，你是叫换样吧？"

换样点头，说："老姑，我小名叫换样，大名纪换样。"

侯母从兜里掏出一个大洋，递给站在旁边的丫鬟，丫鬟过来把大洋递给换样，换样接住，一摸是大洋，不敢要了："老姑，这不行，这太多了，您要是想赏钱，赏几个铜板就行了。"

侯母笑了笑，说：“拿着吧，我今天也没带铜板。你拿着，回家买酒给你爹喝，当年你奶奶刚嫁过来，我们经常一起玩，还一起去金口赶过庙会呢。可惜啊，现在人没了。”

纪大鼓说：“你老姑让你拿着你就拿着吧，给你老姑磕个头。”

换样跪下，给侯母磕了头。

丫鬟扶着侯母站起来，朝外走，纪大鼓和换样跟在后面。从族长家到村头的祠堂还有一段距离，侯母上了等在外面的马车，纪大鼓和换样抄近路，先赶到祠堂，把鼓架搬出来支好，把鼓放上，纪大鼓调好了三弦，丫鬟就扶着侯母走了进来。

侯母坐下后，她带来的丫鬟和家仆都走了出去，管祠堂的人关了门，纪大鼓拨拉了几下三弦，换样便开始打鼓。与普通的大鼓调不同，《四通鼓》的鼓调是有变化的，节奏有缓有急，鼓声时而激越，时而舒缓，三弦也随之变化，纪大鼓的绝唱便是这《四通鼓》。他略带沙哑的嗓音，使得唱腔显得沧桑涩滞，仿佛声音是从一千年前传过来的：“四通鼓声夜未醒啊啊啊啊啊，将军扶戟出大营，八千将士五千伤啊啊啊啊啊，国师祈天天不应，齐王五万虎狼师，层层围住了纪王城……”

《四通鼓》是讲述齐王围城，纪王带着军士突围未成、最后被杀的这么一段历史。相比《哀侯别国》，《四通鼓》凄绝之外，更有悲壮，听者无不落泪。

侯母听了一会儿，便不得不频频擦眼泪。《四通鼓》的曲调有摄人魂魄之功能，曲调响起，纪大鼓便觉得已经不是自己了，他成了一个俯瞰历史的魂魄，这个魂魄飞在阴沉沉的半空中，一会儿变成了那个挥舞大戟的将军，一会儿变成了与敌人厮杀的军士，一会儿又变成了那个飘浮在空中观战落泪的精灵。纪大鼓唱得声声血泪，声音嘶哑悲壮，吐字却又清晰无比，一直到第一部唱完，三弦琴琴弦被拨断，纪大鼓的声音才戛然而止。

这个时候，侯家老夫人已经是泣不成声了。

祠堂里的人赶紧打开大门，招呼在外面的丫鬟们进来。丫鬟们给老太太擦脸送水，宽慰老太太：“老祖宗，听个曲儿，怎么哭成这个样子？哎呀，听了多少年的老曲子了，怎么听一回哭一回啊。”

老太太喝了几口水，仰头长出一口气，说：“我这是心疼老祖宗啊，那么多的青年壮汉，说没就没了。你说，都是人，何必你杀我我杀你的？这人又不是畜生，要吃对方的肉才能活下来。”

小丫鬟笑了笑，说：“老祖宗，老爷说，这人其实就是畜生。有的人是羊，有的人是鸡，有的是狼是老虎。这人争权夺利，你杀我我杀你的，不是畜生是什么？”

纪大鼓说：“这位小姐姐说得对啊，所以我们的始祖有令，纪家人要好好做人，老实待在这山里过日子，如果没人欺负我们，纪家人不得随意杀人。”

老太太叹气说：“这人啊，真是没法说。当年的捻军也是些穷人，他们本来是起来杀清军的，但是到了胶东以后，他们见人就杀，见房子就烧，哎呀，简直就是阎王爷。当年我带着孩子躲进三驾寺，德清法师和纪方瑜带着人打捻子，死的人在山坡上一层叠一层，天黑了，德清法师就带人拿着钩子，把叠起来的死尸拉上来，他带着和尚给他们超度，找地方埋了。后来他们败了，当兵的抓了那么多的捻子，他们个个蓬头垢面，穿得破破烂烂，清兵杀他们，跟杀鸡差不多，看着也是可怜。唉，这人啊，真是说不得。”

管祠堂的给纪大鼓和换样各倒了一杯水，纪大鼓喝了一口水，说：“大姑，听说德清法师云游去了？您和他是老朋友了，他临走的时候没跟您说一声？”

老太太说：“我听儿子说过，德清法师此番出去，能不能回来没法说了。法师可是世外高人，我让儿子捐钱给他整修后排房子，德清法师说这天要变了，这庙很快就没了，不肯修。”

纪大鼓惊愕：“法师真的这么说的？这不可能吧？谁不知道三驾寺啊，一千多年的寺庙，要是没了，老百姓怎么办？”

老太太点头，说：“我儿子也不太相信。我是相信法师的，人世的事儿，没个准儿。”

09. 王瞎子劝纪大鼓

纪大鼓给老太太唱了两天大鼓，老太太赏了纪大鼓两个大洋。按照惯例，纪大鼓和换样赚的赏钱要分给祠堂一半，两人把三个大洋上交，祠堂给了他们一个大洋一百五十个铜板。纪大鼓给了换样五十个铜板，换样死活不要，纪大鼓让他拿着这钱，让他妈给他做一身衣服，这衣服穿着小了，都露肚皮了，换样才带着铜板回了家。

天越来越暖和，身上的夹袄虱子太多，咬得人浑身难受，纪大鼓索性把里面的裤子和夹袄脱下来，让妈给他在锅里蒸一下，他穿着单裤子和大褂，在太阳底下弹三弦。

纪钟伟突然走了进来，他带着两条鸡腿，拎着一瓶烧酒，说要跟纪大鼓喝酒。纪大鼓的妈没办法，只得先把已经放在锅里的几件衣服从锅里拎出来，抓了两个鸡蛋，割了一把韭菜，给两人炒了个菜。

在纪家村，纪钟伟与纪大鼓两家血缘最近。因为父亲早亡，母亲把他拉扯大后，没本事给他娶媳妇，纪钟伟无奈，只得倒插门，做了上门女婿。两年前，纪钟伟的母亲没了，纪钟伟回纪家村，都是先上纪大鼓家。

两人喝了一杯酒，纪钟伟告诉纪大鼓，他听到消息，说他们盐帮的人，要跟着飞龙去海州了，前后要两三个月，不知道是做什么买卖，临走前，就来家里看一看。刚刚他去老屋看了看，想在连阴天来之前，找人把屋顶收拾一下。怕自己回来太晚不赶趟，所以想让纪大鼓帮忙招呼人弄一弄。

纪大鼓有些惊讶："飞龙去海州干什么？去那里贩盐？"

纪钟伟说贩盐是不可能的，从这儿去海州一千多里路，来回腿都跑断了。他们去海州，是去做别的事儿，听陈勇在一次喝酒之后说，好像此次是去帮张永禄做事儿。

这话让纪大鼓惊讶了："飞龙带着盐帮的人去海州帮张永禄做事儿？这肯定不是好事吧？"

纪钟伟说："也不是全部去。就去十个人，得能打的，不过这一次来回钱不少，张老板给钱，一人十个大洋。"

两人正喝着，王瞎子来了。

王瞎子是来叫纪大鼓一起出去赶集赚钱的。以前王瞎子经常到纪大鼓家，自从前些日子王瞎子跟纪家族长闹了矛盾后，他已经一个多月没来了。当年王瞎子和纪大鼓同师学艺，王瞎子作为师兄，对纪大鼓很是照顾，因此王瞎子来，纪大鼓的老母亲很高兴，赶紧烧火做饭。

纪钟伟听说王瞎子要叫着纪大鼓去行村等地赚钱，就对两人说："你们去行村，千万别提飞龙，也最好别提是羊郡这边的，飞龙曾经带着我们在行村跟当地的盐贩子打过架，他们最恨咱羊郡这边的人。”

王瞎子“哼”了一声，说：“你们打架是你们的事儿，跟我们瞎子有什么关系？我就不信了，天下还有人打瞎子？瞎子在商王朝，那是国师！打瞎子是伤天理的。”

纪钟伟尴尬地笑了笑，说：“我就是提醒你们一下，王大哥你急就没意思了。”

王瞎子说：“眼都瞎了，还有什么好怕的？瞎子最怕没吃的，有吃的，饿不死，就没什么可怕的。刘会长他们刚从行村一带回来，这次赚大了，听说刘会长自己赚了十多个大洋！到了出海的日子了，很多人家出海之前，都要算一卦呢。”

纪大鼓有些怀疑：“赚这么多？当地的瞎子呢？”

王瞎子说：“听说当地的瞎子好像因为暗中帮助曲诗文，被官府抓了不少。”

纪大鼓“噢”了一声，说：“曲诗文是一条好汉，可惜啊，没有靠山难成气候。”

纪钟伟有些惊讶：“大哥，这曲诗文当年是反对清朝的啊，民国也是反对清朝的，现在民国了，怎么还抓曲诗文呢？”

纪大鼓说：“不管是清朝还是民国都一样，任何朝代都是要压制老百姓的。这曲诗文是个不通谋略的正人君子，他想杀贪官污吏，不交捐税，哪个朝代能容得下这样的人?!”

王瞎子呵呵一笑，说：“咱不说这个了，大鼓，你就说你去不去吧，不去我可就自己去了。”

纪大鼓说：“去。这种好事怎么能不去？我收拾一下，咱明天就走。”

纪钟伟走了后，纪大鼓跟王瞎子说起飞龙他们要去海州之事，纪大鼓说：“师兄，我怎么觉得这飞龙去海州，是跟侯老板有关系呢？张老板把飞龙救出来，花了不少钱，侯正廷又是张永禄的眼中钉，飞龙肯定会跟张永禄联手，对付侯老板，但是他们为什么要跑到海州去，我就搞不明白了。”

王瞎子笑了一声，说：“神仙打架，跟咱瞎子有什么关系？兄弟，你不是因为老夫人给了你三个大洋，你就不知道自己姓什么了吧？”

纪大鼓呵呵一笑，说：“我这么点小钱算什么。师兄可是每年都要去侯家说一个多月的书，您赚的才是大钱呢。”

王瞎子摇头，说：“兄弟你要记住，有钱人就是有钱人，咱穷瞎子就是穷瞎子，这就像石头和木头，麻布和绸缎，两样东西。我在侯家说了五年包月，以前觉得侯家是有钱人家，又是沾亲带故的，能多给点儿。屁！会里的兄弟在村里的地主家说书，一个月能赚四块大洋，我在侯家说书，一个月也是四块！在地主家说书的，是跟长工一起吃，我在侯家说书，是跟商行里的伙计一起吃，唯一好点的是，我有个单独的屋子，是以前侯正廷保镖住的地方。侯正廷冬月生日，我在他生日上唱大鼓，吃饭的时候是跟丫鬟们一起吃的，所以，我王瞎子说书赚钱，不欠人情。兄弟，我劝你还是别管他们的闲事吧，想办法多赚点钱，才是正路。”

纪大鼓漠然：“师兄说的是。”

王瞎子说：“兄弟啊，你们纪家的族长，现在是越来越不像话了。我看得很明白，他现在是不想让祠堂出钱养活纪家大鼓的传人了，咱纪家大鼓的传人，一直靠纪家人养着，瞎子要是自己出去混饭吃，只靠鼓书能饿死！你唱得再好，也有没人听的时候，要赚钱，还是得靠摸骨算命。”

纪大鼓点头，说：“可是纪家大鼓有规矩，纪家大鼓传人是不许给人算命的。”

王瞎子“哼”了一声，说：“纪家还有规矩，纪家祠堂每年要给鼓书传人多少钱呢，现在这族长是明摆着不想给你了，你还在这儿守着老规矩。当年东方朔教了四个徒弟，最好的就是算命的瞎子，第二是说书的瞎子，第三是要饭的瞎子，第四是推磨的瞎子。有些人家雇瞎子推磨，推完了就抓几把面给瞎子，要不是饿得没办法，谁当这推磨的瞎子？”

纪大鼓惊讶：“还有专门给人推磨的瞎子？”

王瞎子说：“推磨的都会要饭，要饭的都会说书，说书的都要会算命，这是瞎子活命的基本手段。你以后进了三皇会，就知道了。”

纪大鼓嘟哝着说：“我是纪家大鼓传人，我不进三皇会。”

10. 马凤娇之死

跟纪大鼓他们一起去行村的，还有一个叫张松昌的瞎子。三人加上换样，都背着铺盖、乐器、水壶、脸盆，从纪家村出发，直奔四十里外的行村。上午走得晚，他们一路不急不忙，路过村子，经常有人拦住他们，让王瞎子给他们算一卦，这个时候，纪大鼓和换样都只有羡慕的份儿了。

到了行村，四人到一家面馆吃面。王瞎子和张松昌都跟这家面馆老板熟悉，以前来的时候，老板都很热情地跟他们打招呼，奇怪的是，这次王瞎子跟面馆老板说话，面馆老板似乎不愿意搭理他们，莫名其妙地噢噢了几句就走了。

王瞎子“哼”了一声，说：“这个老板今天吃了哑巴药了？”

纪大鼓第一次跟王瞎子来行村，不明底细，就说：“少说话，吃面条吧。”

换样也是第一次到这个濒临莱阳的渔村小镇，感到好奇，而且放了许多蛤蜊肉的面条实在是好吃，他一边狼吞虎咽吃面条，一边努力想看清周围的世界。

他能看到模模糊糊的人影，因此他依稀看到门口有几个人，好像很好奇地看着他们。

换样就对纪大鼓说：“师父，门口的人那么奇怪。”

纪大鼓对换样说：“吃饭，吃完了就走。”

众人吃完饭后，走出面馆。王瞎子开始吆喝：“算命喽，算命喽，莱阳王瞎子算命喽……”

王瞎子算命在附近方圆几十里也算是小有名气，要是在往昔，他这么一喊，肯定会有人出来问价，或者是请他们进屋算上一卦了。

但是这次王瞎子喊了半天，就是没人出来。

张松昌抽了抽鼻子，说：“老王，我觉得不对劲儿，肯定是出了什么事儿。咱走了这么长时间了，连一个跟咱搭话的都没有，这不应该啊。”

王瞎子站住，说：“我也觉得不对劲儿。现在想想，刚刚咱吃面的时候，面馆老板好像就不想搭理咱，这其中必然有原因，走，咱回去问问饭馆老板。”

王瞎子带着纪大鼓等人朝后走，又走进面馆。王瞎子在门口就喊：“老板，老板，你来我有事问你。”

老板匆匆跑过来，埋怨说：“这位大哥，您还是小点声吧。哎呀，我还以为你们走了呢，这怎么又回来了?!”

王瞎子说：“你实话告诉我，这儿发生了什么事儿？我怎么觉得人们都不搭理俺这些瞎子了呢?”

老板小声说：“你们还不知道啊？昨天晚上，县警察大队的人来这里抓瞎子，被一个叫马凤娇的女瞎子打了，听说两个警察都伤得不轻，警察就开枪，把这个女瞎子打死了。今天一大早，乡公所的人就举着大喇叭到处喊，说海阳的瞎子掩护一个叫曲诗文的，让大家不准收留瞎子，看到瞎子要赶紧举报。唉，这些瞎子，自己都吃了上顿没下顿，掩护一个反贼干什么？你们赶紧走吧，要是让警察知道了，可不得了了！”

王瞎子等人一听，害怕了，转身就朝后走。

四个人顾不得说话，一路朝西，一直约莫出了海阳地界，才坐在路边歇息。

众人喘息了一会儿，王瞎子突然呜呜地哭了，他边哭边说：“这个马凤娇……真是苦命啊。”

王瞎子一哭，众人都愣了，大眼瞪小眼，不知道怎么回事。

王瞎子哭了几声，想忍又忍不住，憋得脸通红，最后崩溃了，坐在地上，四肢摊开，哇哇大哭。

张松昌说：“这伙计，这哭里有文章啊。”

纪大鼓早就觉得这个王瞎子和马凤娇两人之间有故事，现在看来，这事儿是确定无疑了。但是现在这种情况，两人都没法劝王瞎子，只能任其咧着大嘴，狼叫一般地哭着。

换样走过去，想劝王瞎子，王瞎子抓住换样的手，像抓住了一根稻草，不肯松手了，换样使了好大的劲儿才把手拽出来。

王瞎子哭了一会儿，终于停下了。他把脸上的泪抹干净，站起来对众人说：“咱走吧。”

四人站起来，开始朝后走。走了几步，王瞎子说：“让两位见笑了，我……

我刚才丢丑了。”

纪大鼓说：“这倒是没有。师兄，我们都跟马凤娇没有什么交情，你跟我们说说这马凤娇吧。”

王瞎子边敲着竹杖探路边说：“我和马凤娇，是在行村认识的。那年我和刘会长他们去行村转悠，没赚到钱，刘会长还掉进了河里，我们几个好不容易把刘会长从河里拽出来，几个人衣服都湿透了。晚上，我们找了一家门楼下睡觉，半宿又下起了雨，第二天我就发烧了，浑身没劲，想去找郎中看病，又没钱。没办法，刘会长带着我们去了当地的三皇会，想借点钱。唉，这瞎子啊，是最不讲情谊的，人家当地的三皇会根本不搭理我们。我们只能咬着牙朝后走，走了不远，马凤娇坐着马车撵上了我们，她借了一些钱给刘会长，让刘会长他们先走，把我带到了她家，给我找人抓药治病，一直到我病好了，我才回来了。唉，那次要不是马凤娇，我就死掉了。”

纪大鼓说：“那次你是不是把人家睡了？”

王瞎子迟疑了一会儿，说：“睡了。”

纪大鼓“哼”了一声，说：“那为什么在金口，她要揍你？是不是你当初骗了人家？”

王瞎子小声说：“没有。”

纪大鼓问：“那就是你骗人家钱了，要不她能恨你？”

王瞎子扯着脖子喊：“我王瞎子是那种人吗？我这个人骗人骗色，从来不骗钱财！”

张松昌说：“你骗人家的时候，是不是告诉马凤娇，说你被老婆赶出来了，你现在无家可归，要是她愿意，你这辈子就跟她过了？”

王瞎子喉咙“呃呃”了两声，不说话了。

纪大鼓站住，骂道：“你怎么是这么个玩意儿?！你骗谁不好，要去骗一个女瞎子！我今天要不是看在你是我师兄的面上，我非揍你不可！”

王瞎子脸色铁青，他一动不动，说：“你打吧，你尽管打，我保证不还手！”

纪大鼓抡起巴掌要打人，被张松昌拉住了：“你打他有什么用？男女之间的事儿，不是那么简单。算了，好好走路吧。”

纪大鼓愤愤松了手，四人继续朝后走。

王瞎子突然骂道："这个曲诗文，真是害人啊！"

纪大鼓说："曲诗文是个英雄，害人的不是他，而是你！马凤娇不是被曲诗文害死的，她是一个英雄，一个像曲诗文一样的英雄。师兄啊，你这种人怎么配跟马凤娇睡觉啊，你不配！上次要是知道有这种事儿，我非让马凤娇打你一顿不可！"

第三章

侯正廷的危机

01. 清坐

侯正廷此番运往福建的货物中，有几宗新生意，第一宗是从山西运来，发往福建的一万四千口铁锅，第二宗是侯正廷从淄博采购的各种瓷器。这两宗买卖都是王老板让侯正廷采购的，量大，利润也不错，因此，侯正廷需要加派两艘船去福建。

金口港除了像侯正廷和张永禄这样的大老板有自己的船外，大部分老板都没有船，他们做生意，就需要雇栲栳帮的船。栲栳帮是指离金口不远的栲栳岛的船帮，他们以船为家，只做运输，很少做商贸。

侯正廷本来有十五艘商船，而且都是新上的火轮船。但是因为有几艘去了大连和天津一带，还有两艘正在维修，而他此番运往福建的货物需要十一艘大船，侯正廷就雇了三艘栲栳帮的火轮船。

按照惯例，开拔头一天，侯正廷带着所有船员，在天后宫给天后娘娘上香祈福，并给天后宫捐了香火钱。祈福完毕后，中午侯正廷大宴宾客。张永禄作为金口商会的副会长，也带着夫人来参加宴会。

福建王老板每年来装两次货，春秋各一次，都是数额巨大，是侯正廷和张永禄额度最大的一次生意，两人也都趁这两次发船的时候拜祭天地和天后宫。

发了这次货，侯正廷也就好歇息一段时间，等两个月后，大船装着从南方运来的大米、棉花、桐油以及海外的白铁、洋布等进来，负责批发零售的商号开始忙活起来，侯正廷就没什么事儿了。

因此，诸事齐备，拜祭完天后宫的这次午宴，侯正廷就很放松，举着酒杯频频跟人喝酒。

侯正廷与张永禄都是场面上的人，这种场面自然都是互相说着好话，因此在外人看来，这两人简直就是好兄弟。

每年春天的这次发船午宴，也是两家比拼的一个阵地。金口三十多家大型酒楼、一百多家中型酒店家家都被两家提前打了招呼，各家酒楼进菜的马车小推车皆早早出发，四处搜买山珍海味。码头上的几十家客栈、妓院、赌场这几天也都生意兴隆。那些吃了酒肉的官吏富豪，总得找地方玩闹一下，妓院和赌场就成了他们茶余饭后的不二选择。

出船的船员和要随船出发的正泰商行的伙计，在酒足饭饱后，还会领到侯正廷的一份赏钱，他们可以拿着这钱回家送给老婆，也可以拿着这钱去赌钱逛窑子。

第二天一早，出海的船上披着大红布，码头上摆着桌子，桌子上摆着三牲祭品，侯正廷带着商行的伙计们还有船员拜祭海神娘娘后，码头上四十八挂大鞭炸响，十一艘大船一起鸣笛六声，头船还要朝着天上放三响火炮，火炮过后，船便开始慢慢出发了。

侯正廷站在码头上，看着侯家十一艘大船缓缓驶出码头，心情有点兴奋，更多的是担忧。

这一个来回要近两个月，海上风大浪大，稍有一点差池，就可能万劫不复。

货物发出，侯正廷在家里休息一日，便依照惯例，让马夫驾着马车，送他到三驾寺清坐。此时桃花已落，桃树上已经长出了小小的毛茸茸的果实，苹果花尚且开得旺盛，目极之处，嫩绿漫天，养眼又舒心。

在山外路口，侯正廷便让马夫停下，让他在路口歇马等候，自己则下了马车，顺着山路朝山里走。山路陡峭，却能容马车通过。据说这条小路原本只能容一人通过，是唐王李世民的军队将此路开凿成可容马车通过的宽敞山路的。

传说，李世民征东路过此地，曾在离此几十里路的山上剿灭一帮悍匪，并为此损失了一员猛将。李世民心痛，下令在猛将战死的山上建“白马将军庙”，并命人从太原清泉寺请了将军老家的和尚，来作为庙中住持，祭奠战死的将军。李世民征东回来，寺庙建成，太原的和尚大概是走得慢了，还没有过来，李世民便到这三驾寺中请住持派人到白马庙暂续香火，同时拜谒这座百年老寺。

为方便唐王进山，当地官员和百姓加上军士们连夜开凿山路，修出了一条可容马车通过的山路，但是这个李世民比较讲究，他走到侯正廷下车的路口后，让銮驾停下，自己带了几个护卫，徒步走进了三驾寺。

侯正廷走在这条山路上，经常想到这段故事。山河依旧，古人已逝，唐王好歹留下了名声，自己百年之后，不过如风吹灯灭，了无痕迹。侯正廷想到这里，就灰心得不行，觉得自己十多条威武的商船、几十家商铺，都显得那么可笑，真的不如青灯古佛，参经悟法。

当年为了赚钱，为了出人头地，他可谓是费尽了心机。经过这么多年的商海沉浮，他悲哀地发现，生意做得越大，人就必然越奸猾，最奸猾的人往往最喜欢以道德完人的面孔示人，很多人还相信他。大奸似忠真是不虚啊！

因此，侯正廷觉得自己活得越来越累。他自认不是一个好人，当年在与众多老板拼杀的时候，他也是用了不少手段，但是他现在觉得累了，觉得当下这种需要各种算计的生活实在是太肮脏了，他需要从这肮脏的污坑里跳出来，喘几口新鲜空气，所以他经常来三驾寺，在德清法师旁边坐一会儿。法师的目光就是清流，是可以除掉他心里的脏污的。

在侯正廷的心目中，寺庙就是圣洁的地方了。但是德清法师曾经跟他说过一句话，让他沉思好久。

法师说："真正的出家人不在寺庙里。"

这话让侯正廷有些疑惑，他多次请求法师解释，法师却让他自己悟。从那天开始，侯正廷就隐隐觉得，德清法师恐怕要走了。

上次他去三驾寺，德清法师说他要云游四方，如果他到三驾寺来，可以在他的屋子里打坐，侯正廷一开始觉得有些哀伤，但是今天，他突然觉得自己一个人在法师的屋子里"清坐"，还真是一件很有意思的事儿。

他想到了宋人陈杰的一首诗，不由得念了出来：

晨兴绝无思，清坐还复佳。
夜气不啻存，俗氛殊未来。
居然类禅定，正尔悟心斋。
明发谢西爽，故山先梦回。

侯正廷走到三驾寺门口，先朝着那棵千年银杏树拜了一拜，然后直接走进了寺院。寺里的小和尚也都认得他，知道他的规矩，也只是朝他鞠躬打招呼，任其直接走进后院，走进德清法师的小屋。

侯正廷在门口站了一会儿，看着这个小门，心里很是有些莫名的伤感。他在门口站了一会儿，拨开门闩，轻轻推开门，走了进去。

屋子里很干净，桌子上一尘不染，唯有一碗清水，静静地立在桌子上，仿佛专门等着他的到来。

侯正廷在自己常坐的蒲团上坐下，仿佛看到对面的蒲团上，德清法师的影子闪了闪，法师还微微点了点头。

侯正廷轻轻地说："法师，我来了。"

02. 集上巧遇素枝

纪大鼓和张松昌此番到行村赚钱，跑了一天，白白吃了一碗面，花了十个铜板，心有不甘，就跟王瞎子商量在附近转悠几天，说书算命赚点小钱。

经过这几天，终于让纪大鼓看清了一个现实，像他这种瞎子，是很难在社会中生活下去的。

说书赚钱，最好的地方是在集市上人多的地方说小段子。赶集的人都是匆匆忙忙，只能趁着休息的时候听一个小段子解解闷。这种段子，必须抓住人，让人愿意听。

纪大鼓的几个段子，都是流传很广的，比方《姑子住庙》《罗成算卦》《秀才逗妻》之类，最骚的是《大姑娘挑水》，不过也只是止于挑逗。虽然纪大鼓鼓书说得好，但是赶集的这些穷老百姓，对孬好并没有太大的鉴赏力，而且因为纪大鼓以前没有出来行走江湖，没有几个人认得他，但是他唱的那些曲子大家熟悉啊，听听没什么意思，转身就走了，就赶集去了，就急慌慌回家上山种地瓜去了。

人家张松昌敲着大鼓，上来就是一句："说的是那小和尚下山来化缘，遇见个小媳妇赛貂蝉，两只奶子像发面，小和尚一见心发慌，头也晕来目也眩……”

纪大鼓一听就知道，这是鼓书行当里有名的《小和尚爬炕洞》。说的是一个小媳妇男人不在家，小媳妇受不了小和尚的勾引，晚上放小和尚进了家，两人在家里苟且，小媳妇的丈夫突然杀回来，小和尚没办法，躲进了炕洞，被小媳妇的丈夫烧辣椒呛了出来的故事。这部书据说是一个骚秀才写的，对两人一来二往偷情的细节描写非常露骨，据说曾经有小媳妇听了受不了，当天晚上就去找说书的瞎子偷情。

这种段子，对于过着苦巴巴的穷日子的老百姓来说，简直就是一盘鲜辣的风味大餐，特别是那些年轻的庄稼汉子，听了头几句，很少有人能拉得动腿。大姑娘小媳妇们很多装作买东西的样子，在靠近瞎子的摊贩那儿挑挑拣拣，其实是竖着耳朵在听呢。

这种段子，纪家大鼓里没有，也不允许纪家大鼓传人唱。纪大鼓听了几句，拉着换样就走。换样还不明白，说：“师父，人家张大哥唱得那么好听，咱怎么不学这些曲子啊？”

纪大鼓斥责换样：“这些曲子是骚曲儿，是害人的东西，纪家大鼓是不许唱这些的！换样，你要给我记住，这些曲子，不许你听也不许你唱！”

换样虽然有些不明白，但是还是点头，说：“师父，我记住了。”

纪大鼓和换样换了个地方，又唱《王二姐做梦》：“说的是大清一统镇三国，康熙爷登基坐殿六十年多噢噢……”

纪大鼓刚唱了两句，突然被一个小青年踹了一脚：“瞎子，你瞎唱什么呢？大清已经倒台了，你这还康熙爷，你是不是大清遗老啊？！”

纪大鼓一愣，忍着疼痛，说：“这位小兄弟，我是一个瞎子，说书混饭吃，您看天下有这样的大清遗老吗？说书唱戏，就是图一乐呵，再说了，这些戏段，都是古人传下来的，我老瞎子不唱这个还能唱什么？”

旁观的人有的帮纪大鼓说话，说这是老曲儿了，唱的是王二姐盼嫁的事儿，跟什么康熙爷屁事没有，那两句词不过是交代一下时间，这曲子是瞎子都会唱，大清遗老那都是富贵人家，这些穷瞎子都是靠说书算命吃饭的，怎么能是大清遗老？

也有人说这事没法说，这瞎子弄不好真是黄鼠狼给鸡拜年，没安好心，还怀念给鞑子当奴才的时候。众人议论纷纷，各种说法都有，纪大鼓知道跟这些人没什么道理好讲，只是不断说好话求饶。

小青年仗势欺人，说要把纪大鼓抓去告官。换样年少气盛，跳起来去扯小青年的手，他边拽边说："你撒手！我们是纪家村的，我师父是纪大鼓！要是让我们老族长知道你欺负我师父，老族长会派人杀了你！"

小青年把换样一脚踹倒："滚！纪家村算什么？小瞎子，你是不想活了?!"

王瞎子和张松昌听到这边的吵闹声，急了。王瞎子一只手敲着竹杖探路，一只手挥舞短竹竿，边走边喊："哪个王八犊子敢欺负我师弟，我王瞎子跟他拼了！什么玩意儿！从古至今，欺负瞎子都是要遭天谴的！我王瞎子上知天机，下知地理，我告诉你，打瞎子一下，折寿十年，骂瞎子一句，全家遭殃！……"

换样听到王瞎子的动静，哭了："师伯，我和师父被人打了，您快来啊。"

集上的人大都认识王瞎子，有人劝说："这个老王可是能掐会算的，得罪他没好，保长都请他吃过饭，你赶紧走吧。"

小青年欺软怕硬，看到王瞎子气焰嚣张，赶紧松手溜了。

小青年的一脚，踹在了换样的腰上，换样爬了几次爬不起来，有个小女孩从远处跑过来，把他扶了起来。

换样站起来一看，扶他的竟然是已经在纪家村住下的素枝。素枝在纪家村住下后，换样去找了她一次，但是因为素枝跟她爹一起赶集耍杂技卖各种小玩意儿，就没见到她。

换样在这里看到素枝，自然很惊喜，拉着她的手说个没完。

王瞎子过来，叫着纪大鼓一起走，纪大鼓让换样收拾东西，换样想弯腰，觉得腰疼得不行，摔倒在地上。素枝忙把他扶起来，王瞎子伸手，摸着换样的腰，问了问疼的地方，说："骨头没事儿，应该是伤了筋了，算了，回家吧。回家在炕上躺个五六天，就没事儿了。"

素枝气愤，说："刚才这个人，是在青岛读书回来的，怎么读书人这么不讲道理呢?"

王瞎子说："有些读书人是半吊子，还不如庄稼人明白事理。素枝，换样不能走路了，背着也不好，你爸是推着车子来的吧？你问问你爸爸，能不能把换样推回纪家村。"

素枝高兴了："没事，我爸肯定答应。你们等我一下，我让我爸这就收摊，我们回家！"

王瞎子和纪大鼓在原地等了一会儿，素枝蹦蹦跳跳地跑过来了，后面跟着他的爸爸老张。

老张跟众人都认识，打了招呼。素枝在手推车的车脊上放了一条毯子，换样趴在上面挺舒服。素枝的爸爸就推着换样，纪大鼓等人走在后面，众人一路说说笑笑朝前赶。

老张边推着小车走，边说起了他这些日子拉四乡看到听到的事儿。他说很多村的墙上贴着告示，要抓"悍匪"曲诗文，向官府举报的有重奖。他也听说海阳有瞎子保护曲诗文，被杀了。

王瞎子说："这曲诗文真是个傻瓜。老百姓好好过日子就行了，富日子富过，穷日子穷过，自古民不与官斗，糊涂啊，还有马凤娇，要去帮一个造反的，哎呀，这人是怎么想的？"

纪大鼓正色说："曲诗文是个好人。这个社会，好人都是傻瓜。还有马凤娇，都一样。"

03. 重情重义王瞎子

换样回到家后，父亲给他找郎中买了两帖黑膏药，贴在了腰上。那膏药不知是用什么东西做的，闻着一股腥臭味道，却很是有效。换样贴着膏药，在热炕上躺了三天，就能歪着腰下地走路了。

素枝还送来一种黑药丸，说是他们练杂技的人自己配制的，挺有效。换样看到素枝来了，很兴奋，不让她走。素枝就爬上炕，跟换样说话。

按照村里辈分，换样跟素枝是同辈，算是表亲。亲戚来了，换样的父母就炒了个鸡蛋，中午留下素枝吃饭。吃完饭后，素枝还给换样的父母现场表演了翻跟头、顶碗两个节目，换样的母亲很惊叹，说："这孩子，真是太有本事了。"

换样在家躺着的那几天，素枝让父亲自己出去赶集卖东西，自己天天来陪着换样说话。但是这孩子很懂事，她怕换样的父母为难，都是吃了中午饭以后来，跟换样说会儿话，太阳落山之前回家。

十多天后，换样腰好了，带着母亲给准备的十个鸡蛋去师父家，半路遇到了拍打着竹杖的王瞎子。

换样跟王瞎子打招呼，王瞎子好像有急事，也顾不得跟换样说话，竹杖啪啪敲着地面，匆匆来到纪大鼓家。

纪大鼓和王瞎子打招呼，收下了换样的鸡蛋，问了问换样的病情，然后招呼王瞎子坐下，换样去泡茶。纪大鼓的茶，是换样母亲自制的桑叶茶，很香。

王瞎子坐下后，就急匆匆地说："师弟，这次你得帮我一个忙。"

王瞎子虽然日子清苦，但是很少开口求人，因此纪大鼓忙说："师兄，您有什么事儿，就尽管说吧。"

王瞎子叹了一口气，说："上次从行村回来后，我越想越觉得马凤娇可怜，就想买一刀纸，去给她烧了，孬好我们有那么一场。我在家里买了纸，还带了半斤烧酒，你大概不知道，马凤娇还能喝酒，一般男人都不如她。我豁上被人抓，带着东西到了行村，找人打听她的坟墓，却听到了另外一个消息。"

纪大鼓鼓着眼珠子，问："什么消息？"

王瞎子说："这个马凤娇确实被打了一枪，不过没死，她被警察抓住了。那次行动是莱阳和海阳联合行动，主要是莱阳警局的人，海阳不过派了两个人，带着他们抓人，所以这马凤娇就被莱阳警局带走了。"

纪大鼓惊讶了："没死？好事啊。怎么了？你想救人？这个你得去找侯正廷，我没有那本事。"

王瞎子苦笑，说："不是救人，要是她能活着就好了。马凤娇死了，县衙送信，让她男人去收尸，她男人不敢去，今天是最后一天，如果她男人再不去，县衙就会派人把她扔到乱葬岗去了。这乱葬岗有不少野狗，专门吃死人。不管怎么说，我得把她从乱葬岗弄出来，把她给埋了。"

纪大鼓点头，说："这个应该，你说咱怎么办吧？"

王瞎子说："县大牢都是天黑后，趁人少出来扔死人，咱得早点儿去，等他们把人扔了，咱赶紧把人弄走，别让野狗给啃了。"

纪大鼓说："行。我家里还有个小车，咱推着小车去，吃完中午饭就走。"

王瞎子说："不过这个事儿，最好找个明眼人帮忙。乱葬岗咱能打听着去了，万一把人抬错了，抬出个大老爷们，那不白费劲了？"

纪大鼓点头又摇头，说："这种事儿，没人愿意去啊。晦气不说，要是让官府知道了，官府也不让。"

换样在旁边插话说："师父，我能找到人。"

纪大鼓问："谁？你能找谁？？"

换样说："素枝啊。素枝胆儿可大了，我听她说，她和她爹从小在外面卖艺，走到哪儿就睡哪儿，好几次因为得罪了地痞，怕他们找麻烦，她爹就带她睡在坟地里。她说她爹还会看风水，能看出哪个坟地闹鬼，哪个坟地干净。"

王瞎子摇头，说："不行，人家一个小女孩子，咱不能带她上那种地方，再说了，即便她想去，她爹也不能同意啊。"

换样笑了笑，说："这个您放心，她肯定有办法。"

换样说完，转身就朝外走，纪大鼓想说什么，都没来得及。

两人坐着喝茶，喝了一会儿，素枝就跟在换样后面，走进了屋子。

两人都气喘吁吁，素枝说："真是想不到，你个小瞎子还跑得挺快。"

换样笑了笑，说："师伯和师父都等着呢。"

素枝走进来，跟王瞎子和纪大鼓打招呼："两位舅舅好。"

王瞎子说："素枝，你是个好孩子，不过这个事儿，我们不能要你帮忙，我们眼瞎，但这缺德事儿做不得。你回去吧，换样还是个孩子，他不懂，你不要听他的，会害了你的。"

素枝呵呵笑了，说："王叔，换样都跟我说了，不就是去认个死人吗？我这么跟您说吧，我跟我爹可是跟很多死人一起睡过觉的。去年我和我爹到济南卖艺，刚好碰到一帮革命党追杀一帮清朝当兵的，那些当兵的都穿着老百姓的衣服，不知道怎么让革命党给发现了，就把他们堵在了胡同里，当时胡同里还有老百姓，他们也不管，就朝胡同里开枪，很多老百姓都被当成清兵给打死了。我和我爹也在胡同里，为了不被打死，我爹拉着我趴在地上，弄了好几个清兵尸体压在我们身上，大部分革命军打完就走了，留下几个守着胡同头，我和我爹不敢动弹。我们一直躲在死尸下面，躲了半天加一宿，直到第二天早上有人去搬运尸体，我们跟人说明情况，人家才把我们给放了。

您说，这样的事儿我都见过了，我能怕一个女死人吗？”

王瞎子听得目瞪口呆：“守着那么多死人，你能睡着？”

素枝傲娇地“哼”了一声，说：“我和我爸早年就跟人跑码头耍功夫，什么事儿都见过，本事不大就是胆子大，一次我们得罪了当地的地痞，跑到坟地里躲着，还在那儿睡了一觉。你们是不是觉得这不是真的？”

纪大鼓叹了一口气，说：“这个孩子，这是吃了多少苦！”

素枝笑着说：“大鼓舅舅，这个不算苦，没饭吃才苦呢。马凤娇的事儿我也听说了，别的我不懂，我觉得她是个女中豪杰，我愿意帮她。”

换样看着纪大鼓和王瞎子，说：“师伯、师父，你们看行不？”

王瞎子说：“女子去倒是合适，马凤娇是个女子，要是去个大老爷们，马凤娇肯定不高兴。”

纪大鼓问：“素枝，你爸爸现在没在家吧？你怎么对你爸爸说呢？”

素枝笑了，说：“大鼓舅舅，这个就不用您担心了，我让邻居跟我爸说一声，说跟您和王舅舅一起出去一趟，给你们带个道儿就行了。”

纪大鼓还是有些顾虑，王瞎子却一锤定音，说：“那行，素枝，俺王瞎子谢谢你了。”

素枝呵呵一笑，说：“我先回去跟邻居说一声。”

04. 找到马凤娇

公元一九一三年春天，从纪家村通往莱阳城里的官道上，很多人都看到了这样的一幕：一个小姑娘在前面走着，她牵着一根竹竿，竹竿牵着一个瞎子，瞎子拉着一辆车子，一个小孩子趴在车鼻梁上，后面一个瞎子推着小车，一行四人，步履匆匆。如果不仔细看，你看不出这四人中，其中竟然有三个瞎子。

这条路，虽然是官道，却是山路崎岖，王瞎子和纪大鼓换着推车，七十多里路，四个人一直走到傍晚，才走到乱葬岗。

乱葬岗在城东北的山里，这里人烟稀少，只有一条隐约可循的小路通进来。幸亏有素枝，她不但机灵，而且打听路线是一把好手，他们很精准地找到写着“禁止入内”的牌子后，就在乱葬岗外面，找到一条小沟，四个人在沟里隐蔽起来。

乱葬岗设在刑场旁边，此地被当地人视为大凶之地，人迹罕至。据王瞎子说，这个地方还经常有狼出来跟人抢尸体，因此他们要提高警惕，别让狼给啃了。

听说有狼，换样害怕了。素枝却不在乎，她说：“别听王叔吓唬人，那狼也怕人。咱这儿没有大群的狼，咱这么多人，一两只狼不敢过来。”

纪大鼓对素枝的淡定很有些担忧，说：“素枝啊，你小小年纪，这胆子也太大了，这样也不好，以后做事还是小心些好，别吃亏。”

素枝说：“我知道了，大鼓舅。”

还好，他们在沟里没多长时间，监狱送死人的车就来了。

是一辆驴车，毛驴像是一只大狗，边呼呼喘气，边拉着吱呀作响的驴车，从小路上出现，然后拐弯，朝着乱葬岗走来。

略微有些怪异的是，驴车挂了三个灯笼。其中两个挂在两边，中间还用两根木头撑起一个三角形，三角形的正中，也挂着一个灯笼。两边的灯笼是红色的，中间的那个应该是用蓝布蒙了，因此这灯看起来，发着蓝光。

换样和王瞎子、纪大鼓看不到灯光，素枝看得清楚。这个小女孩不怕光不怕狼不怕死人，但是这诡异的蓝光，还是让素枝害怕。她悄声说：“大鼓舅，驴车顶上还有个蓝色的灯笼，怪吓人的。”

王瞎子听到了，说：“这是监狱有高人，那是给小鬼照路的灯，这样他们来回就不会碰到小鬼了。”

素枝“噢”了一声。

王瞎子说：“别害怕，有你瞎子叔在，什么小鬼大鬼，都不敢出来捣乱。”

驴车来到乱葬岗停下，从驴车上跳下两个人。两人直了直腰，其中一个说：“哎呀，我这腰疼是越来越严重了，老张啊，下次再送人，你自己来吧。”

另一个人说：“你是想偷懒了吧？别那么多废话了，赶紧往下抬人，我回去还得给我儿子做饭吃呢。”

两人拿下铁锹，草草挖了一个坑，从车上抬下两具尸体，扔进了坑里，就朝坑里填土。

填了几锹土，那个先说话的说：“老张，我们还是再挖一个坑吧，这个女瞎子看着怪年轻的，跟这个老要饭的埋在一起，有些太委屈了。”

另一个说：“死了就是块臭肉了，什么委屈不委屈的？她又是个瞎子，算了，别费劲了。”

先说话的这个不高兴了，说：“老张，怎么能这么说话呢？别看人家是个瞎子，还是个女的，比咱有出息！莱阳人谁不知道曲诗文？当年的清兵抓他，现在都民国了，民国政府还抓他？为什么？因为这个曲诗文就是一根筋，为咱老百姓说话，但是现在衙门说这个曲诗文是悍匪，没人敢帮他，天下只有这个女瞎子敢帮他，从这一点上来说，人家比咱都爷们！人家活着咱没本事帮她，现在人死了，咱单独给她挖个窝埋了，这点事都不能干，咱还算人吗？”

另一个说：“你能干你就干吧，我没那工夫。造反不造反的跟我没关系，我更没有让她去帮什么曲诗文，我凭什么要帮她再挖个窝？县长大人说了，曲诗文现在是犯上作乱，这个女瞎子还要帮他，我看也不是个好东西。”

先说话的那个说：“那我给她单独挖个窝，我不用你。你别回去说就行。”

另一个说：“你愿意挖你就挖，跟我没关系，我为什么要跟外人说？”

先说话的这个挖了几锹土，大概嫌费劲，又不挖了。他看了看旁边的老张说：“算了，你说的也对，死了就是一块臭肉，怎么埋怎么好。”

老张不说话，两人把人草草埋了。

先说话的那个从驴车上拿下一个篓子，从篓子里拿出一沓烧纸烧了，又朝还在烧着的烧纸里扔了几样东西，说：“两位走好，俺们就是县衙雇的专门来送你们的，有仇有怨的，跟我们没关系，下辈子好好托生，别死得这么窝囊。那个年轻的女瞎子，我得跟你说两句，你一个瞎子带什么玉坠啊，你那玉坠和鞋都被人给扒去当好东西卖了，不过可跟我们兄弟没关系啊，冤有头债有主，谁扒了你的东西你找谁去。”

姓张的有些不耐烦，说：“怎么这么絮叨？你是不是喜欢那个年轻的女瞎子了？我可告诉你，瞎子可没什么好东西，特别是女瞎子，个个都是贱货。走吧，走吧，真烦人。”

王瞎子听得生气，刚要骂人，被纪大鼓死死地捂住了嘴。一直到那两人上了驴车，赶着驴车走了，拐弯了，纪大鼓才松了手。

王瞎子骂道：“这个姓张的真是畜生！要是落在我手里，我非揍他一顿出出气不可！”

纪大鼓“哼”了一声，说：“我们这种人，能活着就不错了，你还想打人？别人不拿我们当出气筒，就烧高香了。”

素枝说：“王舅舅、大鼓舅，你们别说话了，咱赶紧挖人吧，我怎么觉得这地儿瘆得慌？”

他们没想到他们会把人埋上，所以没带铁锹，四个人没办法，只能用手刨土。好在他们埋得很浅，一会儿就把两人挖出来了。

王瞎子打着火镰，素枝认出了马凤娇，众人把马凤娇抬到小车一侧的偏篓里，又用麻袋片把人给盖上了。小车一侧有重物，另一侧空着不好推，纪大鼓让换样上去，换样不敢上，没有办法，素枝找了几块大石头，让王瞎子搬上去，两下重量差不多了，王瞎子推着小车，素枝在前面带路，纪大鼓拉着小车，一行四人，便匆匆朝后赶。

05. 侯正廷的困境

侯正廷在德清法师的小屋里，每日面对一碗清水静坐一会儿。小屋里很静，坐的时间长了，侯正廷觉得自己跟这碗清水竟然好像有了交流，每天看到那碗清水，他都感到很亲切。

如此十多天之后，侯正廷觉得自己跟这碗水有感情了，一日不见都不行了，第十五天早上，他来到德清法师的小屋的时候，却发现那碗水不见了。

侯正廷急了，他跑出来，质问打扫院子的小和尚：“我的那碗水怎么不见了?!”

小和尚躬身道：“施主，我是按照德清法师的嘱咐行事的，他让我在您来的第十五天早上，把水倒掉。”

侯正廷一愣，有些不相信：“是他让我观水的，我已经跟这碗水有了缘分了，你怎么可以给我倒了?!”

小和尚说：“施主，我每天早上都是给您换一碗水的，今天只是没有给您再端上而已。”

侯正廷惊愕："这么说，我每天看到的，都不是同一碗水？"

小和尚点头："不是。"

侯正廷轻轻点头，说："原来如此。"

小和尚说："法师让我告诉您，凡事不可执念，无论是佛法，还是世事，凡所有相，皆是虚妄。施主，您凡事未了，还是先回吧。"

侯正廷朝着小和尚鞠了一躬，转身走出寺庙。

他想到了德清法师的话：真正的出家不在寺庙里。寺庙给自己这个凡人的，不过是自欺欺人的安宁。人来到世上，皆有其使命，使命完成，便是在凡间的修行，如果勉强佛法，倒是与佛相悖了。

侯正廷回到商行，看看没有什么事儿，就回到了家。他听到老母亲屋子里传来一阵哼唱大鼓的声音，不由得苦笑了笑。老母亲自从听了纪大鼓的这次演奏后，就像着了魔，让人偷偷给她置办了三弦、大鼓还有铁片，除了吃饭睡觉，就在家中偷偷练习大鼓书。

侯正廷对大鼓书谈不上喜欢，也谈不上讨厌，偶尔听一听还行。老母亲这些年对大鼓书越来越痴迷，他觉得这应该是人老了、开始怀旧的一种表现。但是让他没有想到的是，老母亲竟然想拜纪大鼓为师，学习大鼓。

侯正廷知道这是不可能的，纪家大鼓的规矩不允许不说，纪大鼓本人更是个犟种，不可能收老太太为徒。但是侯正廷怕这么说了，老太太不高兴，便亲自陪着老太太去找族长。

族长是个精明人，他听了侯正廷的话后，没有说什么，而是让人直接把纪大鼓喊来了。

纪大鼓果然拒绝了老太太的要求，他很决然地说："这个不行。大姑，先祖有规定，纪家大鼓传人不得收女徒弟，即便是未出嫁的小闺女都不行，您现在是侯家人了，俺纪大鼓更不敢收，大姑，俺真是没办法，得罪您了。"

老夫人说："纪丛啊，我不学《四通鼓》和《哀侯别国》，我就跟你学《满汉斗》和《四郎探母》这样的，可以不？学费你放心，儿子不给，我老婆子也有钱。"

纪大鼓说："大姑，我是纪家大鼓传人，我刚刚跟您说了，咱祖上的规矩，我是不可以乱收徒弟的，我收徒的目的，就是找到纪家大鼓的传承人，我找到了传承人之后，就不许再收徒弟，这些规矩族长也知道，大姑，您就别为难我了。您要是真想学大鼓，可以跟我师兄学啊，我会的鼓书除了《四通鼓》和《哀侯别国》他都会，唱得也好。”

老夫人很怪，她拒绝了纪大鼓的建议，气鼓鼓地回家了。侯正廷有些尴尬，他想不明白，老太太这是怎么了，这个纪大鼓的鼓书就那么有魅力吗?

这两天老太太不折腾了，照着一本鼓书，自己在家里练习大鼓。侯正廷每次听到，都觉得有些怪怪的。别人家老太太老了，喜欢养猫养狗，或者到天后宫当居士，她倒好，喜欢上大鼓了。

侯正廷来到书房坐下，丫鬟端上茶水，他刚喝了两口，夫人高氏走了进来。高氏是侯正廷的第二任妻子，跟侯正廷结婚四年了，一直没有怀孕。侯正廷的第一任妻子张氏，是当地有名的秀才村张家灌人，与侯正廷结婚八年，也没有给他留下子嗣，在一次与老夫人争吵后，被侯正廷说了几句，竟然上吊而亡。因此侯正廷对第二任妻子小心呵护。高氏是海阳行村人，盐户出身，其兄长高德原负责侯正廷在行村的盐场。盐帮之事后，侯正廷得知自己的这个大舅兄每天就知道喝酒，对盐工偷盐的事儿睁一只眼闭一只眼，而且与王大铁交情不错，一怒之下，撤了他的职。高氏对自己的兄长也是无可奈何，她进门的时候，目光有乞求之意，侯正廷就明白了，她又是为她的长兄说话来了。

果然，高氏犹豫了一会儿，说:“老爷，我大哥刚刚……又来了，他说他知道错了……想，想继续给咱家管理盐场。老爷，这些天我哥哥来了好多次了，我看他也后悔了，您就再给他一次机会吧。”

侯正廷笑了笑，说:“夫人啊，你说的我都知道。这样吧，盐场的事儿不用他管了，他原先每个月赚多少工钱，我如数给他，让他在家里有吃有喝的，还不用上工，这样总行了吧?”

高氏想了想说:“他在家里闲着也不是个事儿，他说……要是您不给他找个活儿，他就要跟飞龙一起去当盐贩子了。老爷……”

侯正廷“哼”了一声，说:“那你告诉他，让他跟着飞龙贩盐去吧！我不反对!”

高氏面露惭愧之色，说:“老爷，我大哥就是这么一说。就他那个胆儿，根本就不是当盐贩子的料，您可别生气。”

侯正廷说:“夫人，我没有生气。俗话说，人各有志，这人呢，该走哪条道，会有什么样的造化，别人是无法改变的。就拿高德来说吧，他本来就是个盐户，过的什么日子你也知道，也就是将就着活着，我让他管理盐场，每月从盐场明账上拿二十个大洋，比莱阳县县长拿的都多，这还是明面，暗地里他拿多少，我没数，夫人你也知道。他还不嫌多，要跟王大铁这种人再算计我一份，这种人，你对他再好也是没用的。这样吧，夫人，我让这边账上每月支二十大洋给高德，他当盐贩子也好，去杀人也罢，都跟我没关系，盐场是侯家的根本，行村盐场更是我侯正廷的第一个正经生意，我不会让他再去祸害我的盐场了。德清法师说得对，有些人是没法度的。行了，你下去吧。”

高氏答应了一声，退了下去。侯正廷不知道的是，他的大舅哥高德就站在外面，把他的话听了个清清楚楚。高氏退出去后，示意高德跟她走，高德还想进屋跟侯正廷再说道说道，被高氏强拽着走了出去。

06. 船队出事了

船队出事，是在船队出发第十八天后，侯正廷才知道的。

那天早晨，侯正廷正在码头看从大连回来的船往下卸货，突然一匹快马一阵风般地刮过来，在他面前停下。

一个穿着一身警服的人从马上跳下来，问他：“你是侯正廷侯老板吧？”

侯正廷点头，问：“你是莱阳警局的？”

来人点头，说：“侯老板，登州府警局派人来送信，说你们的船在海州附近海域出事了，海州警局让你带着钱赶紧过去，说你的人现在在海州警局里。”

侯正廷一愣，身体摇晃了几下，旁边跟着的商行王经理赶紧扶住了他。侯正廷勉强站住，问：“这位兄弟，我的船到底出了什么事，请你告诉我！”

警员说：“赵局长只是说了一句，好像您的船在海州那儿沉了，不过船上的人大部分都被旁边的渔船救上来了，就这些了。我们莱阳没电话，人家那边把电话打到了登州府，登州府派人通知了莱阳警局。赵局长让我来告诉您一声，让您赶紧在这边找一艘去海州的船，他下午过来，跟您一起去海州。”

旁边王经理吓得说话都结巴了：“什么?! 船沉了?! 船怎么能沉了?! 侯家的船都是新船，十一艘船啊，怎么能都沉了？”

警员说：“听说好像是遇到海匪了，又起火了，具体怎么回事，你们问赵局长吧。侯老板，我走了。”

侯正廷勉强跟警员摆了摆手，警员上马，疾驰而去。

王经理让人继续卸船，他扶着侯正廷走进位于旁边的商行。王经理让人倒了一杯水给侯正廷，侯正廷坐着，喝了一杯水，略微有了些精神，他对王经理说：“老王，你把店里的事儿安排一下，带个伙计，跟我去一趟海州。出了这么大的事儿，回来的时候还要拉人，咱也不搭别人的船了，安排一条船，下午走。”

王经理点头，说：“行，我知道了，老板。”

侯正廷起身，王经理在门口叫了一辆黄包车，把侯正廷送回家。

侯正廷让高氏准备了一路上所用之物，下午，赵局长带着两个手下来到侯正廷家，与侯正廷的人一起上船，直奔海州。

到了海州警察局，交了钱后，他们在客栈里，见到了一百多名船员和商行的人。众人见到老家来人了，鼻涕眼泪一齐涌出。

船员们讲述了他们遇袭的经过。三天前的中午，船来到海州海域，头船先发现了对面过来的一艘海警船。海警船不大，跟头船打照面后，用大喇叭喊让他们停船接受检查。这时候，头船上的船员已经发现了跟在头船后面的还有几艘小船。

海州区域极少有海匪出现，即便有，也不成气候，都是小偷小摸的，根本就没人敢动这种大船。因此，没人能想到，这些船上竟然是海匪。

头船停下，海警船上的十多个人荷枪实弹，上船后先放枪，让所有的船员都出来，蹲在甲板上，说他们的船上有走私物品，要接受检查。

船长看到是海警，以为按照以往的经验，送点大洋就会放他们过去，就拿钱给带头的，带头的收了钱，一脚把船长踹倒，让他老实蹲着。船长这才觉得事儿有些不对。

但是已经晚了，他们把所有人都绑了起来，让人把船员们都押到他们的船上去。

剩下的十艘船也如法炮制，最后，十一艘船上的人都被捆得紧紧的，弄到后来的一艘大船上。十多个手持火铳的人，在旁边严密监视着他们。直到这个时候，他们还没想到，劫持他们的竟然是海匪。

直到十一艘大船都被点上了火，他们才知道坏事儿了。但是这时候已经晚了，他们被更多的人分割看守起来，直到船离海岸很近了他们才被解开绳子，船员直接被扔下了水，商行里的伙伴被赶上了三艘小船，大船又掉头驶入深海中。

附近有不少的渔船，因此被赶下水的都被救了上来。反而是那三艘小船其中的一艘被不会划船的商行伙计弄翻了，淹死了三个人。

一个曾经在福建遇到过海匪的船长说："老板，这些海匪有点怪，他们把我们的船点了火，还想法不出人命，跟我在福建遇到的海匪完全不一样。我在福建遇到的海匪，他们要钱还杀人，但是不烧船，这些海匪虽然也抢钱，但是他们没道理烧船啊。"

侯正廷已经猜到，这次灾难，是有人故意为之。但是他不敢确定，此事是张永禄所为，还是金口港别的老板下的黑手。十一艘船和货物沉没，三人死亡，对于正泰商行来说，几乎是致命的打击。侯正廷知道，现在他最需要稳住自己，带着人回到金口，别的，只能回到金口再说了。

侯正廷坐着海警队的船，到出事的海域看了看。海上已经是一片平静，似乎这里根本就没有发生过什么灾难。根据海警队的描述，此海域深不可测，根本没办法打捞。侯正廷早就心如死灰，他过来看看，不过是在心里吊祭一下那倾注了自己半生心血的十一艘船，还有那些货物。

幸运的是，福建王老板那边跟船的两个人皆毫发无损，他们在被人救上岸第二天，便搭着去福建的货船走了。

侯正廷在海州警局做了笔录，留下了地址后，便带着众人回到了金口。

到了商行后，侯正廷先支出一笔钱，和王经理一起，去走访了三个葬身海底的商行伙计的家属，侯正廷给他们各赔了一笔钱，并答应，如果他们家里有愿意到商行做工的，商行优先录用。

安置好这三人的家属后，侯正廷便闭门不出，让王经理暂且应付局面。

侯正廷明白，局面已经无法应付。正泰商行虽然也算是势力雄厚，但是绝对无法承受这样大的损失。十一艘船中有八艘是侯正廷自己的，有三艘是栲栳帮的。按照规矩，栲栳帮的船沉了，跟侯正廷没关系，他们还要赔侯正廷一部分货款。但是栲栳帮的船，都是几家合伙买的，都是穷渔民，根本没什么钱。船没了，对于他们来说，就是塌天的大事，杀了他们，他们也没钱赔货款。剩下的八艘船是侯正廷自己买下的，没了可以从头再来，但是船上的货物，大部分都是赊账的，有的付了一部分款，有的一点没付，按照以往规矩，都是船从福建回来后，侯正廷从票号兑换出来钱，再给各商户付齐货款。十一艘船的货款是多少，不用细算，肯定是一个巨大的无法填补的亏空。

十一艘船上，最贵的是丝绸，胶东自古为丝绸重要产地，据说商周时期的古国“纪国”之“纪”字，就是按照蚕的形状发明的。因此，丝绸是莱阳最重要的贸易商品之一。这次正泰商行卖给王老板的丝绸，是莱阳大半年丝绸的产量，最保守估计，价值也在六十万大洋左右，这是其中一艘船的货值。还有六艘装满了花生油的船，每艘船差不多六万大洋，这就是三十六万。其他四艘船的货值略少一些，加起来也有十五六万大洋。

这一百二十万大洋的货物中，商行付款不会超过二十万。出了这么大的事，该要钱的不该要钱的，必然都会跑来要钱，即便他所有的商行都把钱拿出来，也不会超过二十万，该如何解决当前的问题，侯正廷现在心中一片茫然。

高氏听说出了这种大事，吓得每日只是哭泣，老母亲两耳不闻窗外事，只是砰砰砰练习大鼓，侯正廷烦躁至极，却也无可奈何。

07. 劫数

跟正泰公司合作的这些大小商户，应该说还是不错的。他们得到消息，纷纷赶往正泰商行打听具体情况，到了这种时候，王经理也就不隐瞒了，把正泰公司面临的困难和盘托出，并告诉众人，侯老板正在想办法，他会想尽办法尽快还大家的钱，一分钱都不会少了大家的，让大家宽限几日。

众人都相信侯老板的为人，但是关键是现在为人再好，拿不出钱来也没用。有心急的当场拿着条子，要求王经理先兑付一点儿，王经理是老干家，告诉来人，即便是按照往年的惯例，也要等船发出去后一个半月到两个月，船回来后，才能付款。他劝大家看在侯老板的面子上，给商行一个月的时间，一个月后，商行一定会给大家一个满意的答复。

众人看王经理神情自若，口气决绝，又想到了侯正廷往日之德，就暂且回去了。

回去之后，商户们还是睡不着觉。特别是像瑞蚨祥商行郭老板这样的绸缎生产商，这次正泰购买的绸缎，有一半是瑞蚨祥供应的。三十万大洋啊，如果侯正廷真的没钱给，那瑞蚨祥也必然会破产。

郭老板正如热锅上的蚂蚁，张永禄登门拜访了。张永禄也是郭老板的客户，双方合作多年，也算是愉快。当然，郭老板心里清楚，若论为人之厚道，张永禄是无法与侯正廷相比的。张永禄开门见山，直接说明了来意。侯正廷的船队覆灭，现在即便他把金口码头上所有的商铺都卖了，也还不上他所欠的债务，郭老板是侯正廷最大的债务人，也是侯正廷最大的麻烦。自己此番来找郭老板，就是帮他和侯老板解决问题的。

郭老板一听动心了，先不管人怎么样，解决当前问题是最重要的。

张永禄给郭老板出了一个让他觉得两难的主意。张永禄让郭老板去找侯正廷，让他把行村盐场和羊郡盐场折价卖给他。据他估计，这两个盐场可折价十五万大洋，郭老板如果能拿下，他可以出十六万大洋收下。这样的话，一下子就帮他解决了一半问题。

郭老板心知肚明，张永禄这是乘人之危，要吃掉侯老板的两个盐场。但是从自己这方面来说，一下子给他解决了十六万大洋，可是帮他解决了一个大问题。

郭老板在家里辗转了一夜，第二天一早，就让人驾着马车，从莱阳城里来到了金口。他让马车停在码头外面，自己用帽子遮着一半脸，进了侯正廷家大门。

侯正廷坐在客厅里，似乎正在等着郭老板的到来。

两人寒暄之后，侯正廷说：“郭老板，你来是为货款的事儿吧？”

郭老板有些不好意思，说：“侯老板，我……我现在资金周转有些困难，我是来找侯老板，商量一下解决的办法的。”

侯正廷点头，说：“这么说，郭老板还有其他办法？”

郭老板一咬牙，说："不瞒侯老板，有人给我出了一个主意，说可以用您行村和羊郡的两个盐场抵账，我再把盐场转手卖出去。我知道，这时候说这种话有点乘人之危，但是侯老板，我是实在没有办法了。您知道我的家底，如果这些钱拖我半年，我的瑞蚨祥可就倒闭了！"

侯正廷轻轻一笑，说："这应该是张老板的主意吧？"

郭老板考虑到侯正廷能猜到是他，隐瞒反而不好，他点头说："是他。"

侯正廷说："这确实是个好办法。不过郭老板，按照往年惯例，一个月之后，才是正泰付款的时间。这样吧，您给我一个月时间，如果一个月我没法给您钱，咱就按您说的办，我把盐场抵价给您，您看怎么样？"

郭老板点头，说："行，我相信侯老板。侯老板，请您不要埋怨我，我也是没办法……"

这个时候，突然从旁边的屋子里传来了哭泣的声音，郭老板脸色更加尴尬了："这……这……"

侯正廷无奈地笑了笑，说："方才内室是因为她娘家的事儿哭泣，跟您无关，郭老板不必介意。"

郭老板走后，侯正廷走进高氏的屋子，冷冷地对高氏说："别哭了，让你大哥来拿钱吧。"

高氏一愣："老爷，这……是真的？"

侯正廷点头，说："真的。"

侯正廷说完，转身便走了出来。他看着院子里刚冒出嫩芽的银杏树，长出一口气，又回到了客厅。他知道，自己要面临的，今天才刚刚开始。

今天一大早，大舅哥高德就早早来拍门。他没敢来找侯正廷，直接来找他妹妹，说是听说侯家要完了，他怕到时候自己的钱就领不到了，要先来支半年的工钱。高氏听了，气得大哭，把她哥给骂走了。高德老家在行村，但是在金口也买了一个院子，盖了房子，自从侯正廷把他盐场场长的职位停了之后，他就来到行村，天天吃喝玩乐。侯正廷多次听王经理说，自己的这个大舅哥经常跟飞龙的人在一起喝花酒，且形态放浪张狂，即便在盐帮那些人中，也很是扎眼。

侯正廷想到了德清法师的一句话，大部分人的孽缘是佛家都难以救药的，他们只能以自己的方式自度，至于如何度，度到何处，劫数已定，佛祖都无法更改。

但是正泰商行会去向哪里呢?

侯正廷回到客厅，在沙发上坐下，闭着眼，让自己的心情平静下来。他知道，自己现在面临着一个凶险异常的劫数，弄不好就是万劫不复，他需要全力以赴，带着大家渡过这个难关。

他刚闭目养神歇了一会儿，突然一个温柔的声音在他耳边响起:“老爷，您擦把脸吧!”

侯正廷睁开眼，是家里的丫鬟香影。这个小丫鬟是当年他在金口集上买的，现在十六岁了，懂事明礼，比自己的夫人要好多了。

侯正廷站起来，洗了几把脸，香影递上热毛巾，待侯正廷擦完脸后，便端着脸盆和毛巾走了。

侯正廷看着她青嫩的背影，长出一口气。

08. 马凤娇又活了

纪大鼓和王瞎子、素枝、换样推着马凤娇回到羊郡，让纪大鼓和换样在村外的山上等着，王瞎子和素枝去镇上棺材铺买了一口薄皮棺材，用车子推着，来到村外山坡上。

此时天还未亮，两人真是累坏了，看到一个坐着的人影，以为是纪大鼓，王瞎子把车子放下，在人影旁边坐下，说:“哎呀兄弟，这一趟真是累死我了。”

旁边的人不说话，素枝问:“大鼓舅，换样哪儿去了?”

人影站起来，说:“你们是谁啊?我……我这是在哪里?”

说话的人声音嘶哑，但是两人都听出来了，说话的竟然是一个女声，两人都一愣，几乎同时惊叫了一声，跳了起来。王瞎子抓起了一根竹杖，对着人影，声音都变了:“你……你是谁?你怎么在这里?!”

人影说:“我是马凤娇啊，你是王大生吧?”

王瞎子一听马凤娇喊出了自己的名字，更害怕了:“我……我，马凤娇，我对不起你，不过我好歹把你从莱阳乱葬岗偷出来，我和纪大鼓推着小车走了半宿，才来到羊郡。你看，我还给你买了棺材，你既然已经死了，就……就不要吓唬人了，我们这一宿，都快累死了。”

马凤娇声音微弱，骂道：“王大生，你姑奶奶快渴死了，快给我弄点水喝。”

王大生狐疑：“你没死？”

马凤娇说：“我大概是死了，又活过来了。不过我也不确定还能不能死，你能不能别问这么多，赶紧给我弄点水喝，我求你了。”

马凤娇说完，又缓缓坐了下去。素枝虽然是一个小女孩，胆子却大，她走过去，在马凤娇面前晃了晃，又伸手摸了一下马凤娇的脸，说：“脸有点热乎，王舅舅，这个女瞎子真的活过来了！”

马凤娇虽然声音微弱，但是还是骂道：“哪里来的小蹄子？老娘叫马凤娇，不叫女瞎子！”

素枝笑了笑，说：“凤娇姑，刚刚是我口误了，他们都是这么叫，我也跟着叫顺嘴了，您别生气啊。”

马凤娇“哼”了一声，说：“小嘴挺甜，一听就是跑江湖的，村里小嫚没有这见识。罢了，瞎子就瞎子，没有什么大不了的。我现在嘴里冒火，不想多说话。”

素枝跑到车旁，从车上摘下王瞎子的水囊，也不经过王瞎子的同意，直接递给了马凤娇。马凤娇接过水囊，咕嘟咕嘟猛喝一气，喝完了，又对王瞎子说：“王大生，我饿了，我想吃肉。”

王瞎子头大了：“你都……你都这样了，怎么还想一出是一出？这都什么时候了，我到哪里去给你买肉？再说了，我现在也没钱啊。”

素枝说：“我有钱。凤娇姑，你等等我，我去给你买肉吃。”

王瞎子拦住素枝，说：“你这个小丫头，怎么这么多嘴？现在不是吃肉不吃肉的事儿，这人既然活了过来，咱不能老在这儿吧？一会儿天亮了，上山的人就多了，要是让人看见报了官，麻烦就大了。咱先把人送到纪大鼓家，再买肉给她吃。”

马凤娇说：“王大生，不用费那么大的劲儿，我吃了肉，也就该死了，你们赶紧把我埋了就行。”

王瞎子听马凤娇这么说，反而不害怕了，他把小车推过来，让马凤娇上去："马凤娇，你要是真想吃肉，那你就上来，回去吃了肉，要是死了，我们再把你埋了，要是能活下去，咱再想其他办法。"

马凤娇答应了一声，在素枝的扶持下，爬上了小车。王瞎子想和素枝再把棺材放在小车上，却放不下了。王瞎子让马凤娇上棺材里面躺着，马凤娇不干，两人没办法，只得找个略微隐蔽的地方，先把棺材藏好，素枝在前面拉着小车，王瞎子推车，三人匆匆朝后走。

下了山坡，刚要拐弯上小路，纪大鼓和换样突然从路边的沟里爬了上来。纪大鼓说："师兄啊，你们没什么事儿吧？"

王瞎子有些奇怪，问："你们两个怎么跑到沟里了？我还以为你们不够意思，自己跑回家了呢。"

没等纪大鼓说话，马凤娇接上了话，说："被我吓的呗，他们以为我是诈尸了，要抓他们垫背呢。"

纪大鼓听到马凤娇说话，吓得身子一晃，差点又掉进沟里，幸亏被换样扶了一把。纪大鼓声音发抖，问："师兄，这到底是怎么回事儿?！她怎么又活了?！"

王瞎子无奈地笑了笑，说："大鼓啊，你不用害怕，她还真是活过来了。真是没办法，她活了，咱总不能不管吧？"

纪大鼓说："我怎么觉得不对劲儿呢？师兄，这个时辰不大好，鸡还没叫，万一这个马凤娇是被人借尸还魂呢？"

王瞎子也被纪大鼓的话吓着了，不敢动弹了。马凤娇不干了，她一怒，竟然从小车里跳了下来，跑到纪大鼓的面前，手指着纪大鼓说："纪大鼓，要不是你和王瞎子把我从莱阳推到这儿，我一脚把你踹沟里去！你好好看看，你姑奶奶活得好好的呢！别说鸡叫，就是驴叫马叫，姑奶奶都不怕！好好的男子汉，怎么这么个熊样呢?！"

纪大鼓被马凤娇喷出来的唾沫吓得朝后退了两步，怕退到沟里，歪着身子强撑着站住。马凤娇骂完，又被素枝扶上了小车趴着，对王瞎子说："还站着干吗?！赶紧走啊！姑奶奶都快饿死了！"

王瞎子艰难地朝着纪大鼓笑了笑，说："大鼓，看来这人真没事儿。"

纪大鼓不敢说话了，点头说："好，好，你们先走吧，我和换样歇会儿再走。”

王瞎子说：“不行，咱得一起走，你得回家找个地方安排马凤娇住下，马凤娇想吃肉，干脆就让素枝跑一趟羊郡，让她去买肉，反正这儿离羊郡不到一里路，咱推着小车走得慢。咱推着马凤娇先去你家，让马凤娇在你家歇一歇。”

马凤娇说：“我现在倒是不累，就是浑身没劲儿。王大生，你赶紧让人给我买肉，我吃一顿肉就有力气了。”

纪大鼓懵了：“师兄，你这是要把个死人送到我家里放着?!”

马凤娇恼了：“纪瞎子，你说谁是死人呢？我是活着的马凤娇，你要是不信，来，你摸摸我的肚子，你试试我是凉的还是热的，你要是不摸，还说我是死人，你别怨我马凤娇揍你！”

纪大鼓憋着怒火，不敢说话了。

王瞎子拿出一串铜钱，让素枝去羊郡买肉。素枝虽然累得够呛，却一句话没说，拿着铜板就走。王瞎子在后面喊：“素枝，你买了肉，先吃点儿，跑了一宿了，累坏了。”

素枝答应了一声，朝前跑去。

王瞎子说：“真是一个好孩子。”

王瞎子让换样在前面敲着竹杖探路，肩上搭着拉车绳，王瞎子推着马凤娇朝前走了几步，纪大鼓还是低着脑袋不动弹，王瞎子急了：“赶紧走啊，要是天亮了，让人看见就麻烦了。”

纪大鼓勉强走几步，嘟哝着说：“不管怎么说，把她安置在我家也不合适啊，我家里没地方住，再说了，人家还有男人呢。”

马凤娇很干脆地说：“我男人死了！”

王瞎子说：“不管怎么说，现在也不能把她送到行村去。我家里有老婆孩子，我不能带个女人回去，你总不能让她去换样家吧？纪大鼓，你怎么变得这么婆婆妈妈的?!”

马凤娇说：“王大生，人家不欢迎我，我马凤娇也不是觍着脸求人的人，你把我倒地上算了，是生是死跟你们没关系。”

王瞎子侧耳听着纪大鼓，听了一会儿没动静，说：“算了，我豁出去了，去我家！”

纪大鼓叹了一口气，说：“走吧，上我家吧。不过你得是个活着的人，死人不行。”

09. 马凤娇来到纪大鼓家

三人推着马凤娇朝纪家村走，走到半路，素枝从后面气喘吁吁瘸着腿撵了上来。她手里攥着一块拳头大小的肉，大概是半路上摔了一跤，肉上还有泥，裤子膝盖处摔破了，膝盖处的一块补丁随着她的行走甩来甩去，上面还沾着血。

素枝的嘴巴上油光光的，跑到众人面前，她对王瞎子说：“王舅舅，我跑得急，摔了一跤，这肉上有点泥，等回家洗洗，再给那个姑姑吃吧。噢，我还咬了两口吃了，我饿得没力气走路了。”

没等王瞎子说话，马凤娇就急不可待地伸出手，说：“快，快，快把肉给我，我都快饿死了！有点儿泥算什么?!”

素枝把肉放在马凤娇手里，马凤娇手一触到肉，头猛然像蛇一样抻了出来，本来不大的小嘴张开，那块拳头大小的肉，被她咬了一口，一半没有了。

马凤娇奋力吞咽着嘴里的肉，肉太大，吞不下去，她不得不吐出来，用脏兮兮的手接住，一口一口地咬。

素枝看得目瞪口呆，熟肉的味道在空气中弥漫，王瞎子和纪大鼓的喉结蠕动着，咕嘟咕嘟吞咽口水。

王瞎子说：“这是羊郡君来客栈吴老板煮的死猪肉，加了十三香，还加了点大烟膏，要是趁热吃更好吃，再来二两小酒，那日子，给个县长当咱也不换。”

纪大鼓“哼”了一声，说：“你知道唐县长人家吃的是什么吗？人家吃饭，可是在莱阳最好的酒楼福满楼吃的，他能看上你那死猪肉？”

王瞎子说：“人家的好东西咱攀不上，我就想吃吴老板的死猪肉。”

马凤娇风卷残云，很快就把手里的肉吃完了，她舔着油漉漉的手，说：“等我马凤娇有钱了，请你们去福满楼吃烤乳猪，嘿，那味道可比这死猪肉好多了。”

王瞎子说：“那我们就等着了。走吧，再耽误会儿，天就亮了。”

素枝走到前面，代替换样拉车，同时悄悄把一块肉放在换样的手里。换样用鼻子闻了闻，惊讶地咧了咧嘴，素枝拍了拍他的肩膀，又大声说：“王舅舅，咱开始走了啊。”

王瞎子抽了抽鼻子，说：“好，好，走。”

素枝拉着小车，王瞎子推车，纪大鼓在旁边扶着车子走。

换样拉在后面，偷偷地把手里的肉按进嘴里。

纪大鼓抽了抽鼻子，喊道：“换样，换样呢？”

换样忙回应：“师父，我在这里呢。”

纪大鼓说：“在后面扯着我袄，别掉沟里。”

换样答应了一声，扯着师父的衣襟走，边走，边偷偷嚼着肉，享受着嘴里的美味。

三人一路加快速度，在太阳将要露头的时候，终于来到了纪大鼓家。换样摘下门槛，王瞎子把车子推进院子，换样安上门槛，关了院门，王瞎子把呼呼大睡的马凤娇喊醒，素枝把她扶下了车子。

纪大鼓的老母亲从屋子里出来，把众人打量了一个遍，又重点看了看马凤娇，惊愕不已。她刚要说话，纪大鼓说：“妈，你赶紧烧水，让马凤娇洗个澡。”

纪大鼓的妈看到马凤娇虽然是个瞎子，但是要模样有模样，要个头有个头，以为是王瞎子送来给儿子当媳妇的，由惊愕变成惊喜，答应了一声，赶紧添锅烧水去了。

纪大鼓嘱咐素枝和换样回家不要乱说话，便让两人回家休息了。王瞎子拉着马凤娇的手，和纪大鼓等三人进了屋，在纪大鼓的屋子里坐下歇息。

马凤娇吃了也喝了，睡觉也不少，这时候来了精神，跟纪大鼓乱七八糟聊天。纪大鼓和王瞎子疲累至极，王瞎子坐在纪大鼓的炕上，一会儿便打着呼噜睡了过去。

纪大鼓强撑着跟马凤娇说话，一会儿，纪大鼓的老妈烧开了水，马凤娇洗澡去了，纪大鼓也躺在炕上睡了过去。

等他和王瞎子被马凤娇喊醒，已经是吃午饭的时候了。马凤娇俨然一家之主，喊他们两人起来吃饭，两人这才发现，他们饿得连从炕上下来的力气都没有了。

吃了饭后，王瞎子就要走。纪大鼓把他拉到一边，问马凤娇怎么办，她是人家的老婆，总不能一直就住在自己家里吧。再说了，这个马凤娇可不是个好伺候的主儿，留在自己家里，别人知道了说三道四不说，还影响他纪大鼓找老婆。

王瞎子也为难。他本来是想叫着纪大鼓，帮他一起找个地方把马凤娇埋了，就算对得起她了，打死他也没想到，这个马凤娇竟然又活了，还活蹦乱跳，比他们两个都欢实。

王瞎子揉着脑袋想了半天，说："这样吧，先让她在你家里住个三五天，我上行村找她男人去，看看他怎么说。"

纪大鼓说："行，那就让她在我家里住五天。就五天，五天以后你必须回来，把她从我家里弄出去。"

当天下午，马凤娇特意找纪大鼓，让纪大鼓借钱帮她买一把三弦，她说她要出去唱戏挣饭吃，实在不行就要饭去。她的师父当年除了教给她弹三弦、说书之外，还教给她赶喜和哭丧。

赶喜就是在人家有喜事的时候去唱些吉利话，比方人家结婚的时候就唱"喜钱涨到一百一，新人越过越吉利；喜钱涨到一百二，明年添个大胖儿；喜钱涨到一百三，日子过得赛神仙……"

办喜事的都会有人围观，主人在这好日子里，自然不想让众人看笑话，都赶紧拿钱打发走人，因为时间越长，唱到的价码越高。

哭丧更是技术活儿，要会哭会唱，把孝子孝孙唱得哭成泪人，把你当成亲兄弟亲姐妹，钱自然就来了，还能混上一顿好饭吃。但是哭丧耗费精力，大都是一些瘸腿少胳膊的瞎子才肯干的活儿。

这两样，是要饭的瞎子干的活儿，像纪大鼓王瞎子这样的，是无论如何都不会去干的。

马凤娇的师父既然会这个，很显然，她师父也是一个不太高明的角色。

纪大鼓想到这么一个年轻的女人要去唱赶喜要去哭丧，心里有些不舍了，就把王瞎子要去行村，找她丈夫探听口风的事儿跟她说了。

马凤娇说："你们让我去跟那个王八蛋，我就又得死一次了。"

纪大鼓不明白："他能杀你？"

马凤娇说："那个熊货，他要是敢杀我，我还佩服他是个男人！他没有那个本事，他就会告密！这次我和我家里出事儿，都是这个熊货告的密！"

马凤娇告诉纪大鼓，她爹和曲诗文是师兄弟，曲诗文这次从东北回来，先去找她爹。她爹虽然练武，但是胆小，勉强招待曲诗文吃了一顿饭，就找理由不肯再见曲诗文了。马凤娇听说此事后，让曲诗文打扮成瞎子，带着他来到自己的家。街上到处都是官府通缉曲诗文的画像，马凤娇就让男人出去买个假胡须，好让曲诗文戴上。她已经跟几个瞎子朋友说好了，带着曲诗文一起到青岛去，结果她的男人直接去行村乡公所告了密。

纪大鼓听了后，大惊，忙叫上换样，两人跑了一趟羊郡王瞎子家，把此事告诉了王瞎子，让他别去找马凤娇的丈夫了。

王瞎子听了，没招，央求纪大鼓先收留马凤娇住几天，他再想办法。

纪大鼓只得同意。

10. 正泰商行的困局

一个月后，侯正廷卖掉了几个铺面，凑了九万大洋，把羊郡的盐场以七万大洋的价格抵给了瑞蚨祥郭老板，算是还了郭老板一半的账。

王经理下令各铺面以低价清空库存，又得了一笔钱，先还了一部分欠账。侯正廷本来以为，还了一笔账之后，他的压力会少一些，但是让他没有想到的是，商户们听说正泰商行开始卖铺面还账，知道正泰是挺不住了，来要账的更加疯狂，商行王经理顶不住了，更多的商户老板直接找到了侯正廷家。

侯正廷没有办法，又先后卖了十多个铺面和剩下的三条商船还债，正泰商行的核心资产只剩下了毗邻码头的六个铺面和行村盐场了，还有六十万大洋的债务没有还清。

商行的伙计们眼看老板不行了，纷纷向王经理辞工。王经理苦留不住，许多能干的伙计离开商行，到了正泰的对立面——张永禄的永禄丰商行里上工。

侯正廷的羊郡盐场成了张永禄的，很多商户买了侯正廷的铺面后，转手又卖给了张永禄，张永禄用侯正廷原先的员工，经营着商铺原先的生意，直接开始赚钱。

除了金口的商铺，侯正廷在莱阳、行村、烟台还有几个商铺，但是这些商铺都受到了影响，他的商铺要进货，必须全额付款，一点档期都没有。而现在，侯正廷最缺的就是钱。到了这时候，侯正廷才发现，在生意人的眼里，情义和信用都是没有太大的价值的，只要有钱，哪怕你人品再坏，都有人跟你做生意。

王经理一脸沮丧来找侯正廷，说有几个商户今天带着人去商行闹事了，与商行的人发生了冲突，商行的人几乎都挨揍了，人家走的时候说明天还来，商行的人都害怕了，想辞工，他给商行的人放了三天假。

“他们来了，也没法做生意，天天都是来要钱的。侯老板，您得赶紧想办法，要是没有好办法，正泰商行真的就完了。当年那些被张永禄坑了的人，胡城种沙参的胡大成、蚕茧老板赵飞，都跑到张永禄那儿去了。我听说赵飞跟张永禄签了五年的合约，从张永禄那儿拿了两万大洋的定金。侯老板，这个赵飞当年走投无路，是您给他本钱，让他给咱商行收蚕茧，他才有了今天的生意，现在您出了事儿，他马上就跑了，这人怎么能这样呢？”

侯正廷摇头，说：“赵飞是个做生意的好料子，见利忘义，生意人就该如此。一个做生意的，如果囿于道德，是做不好生意的。”

王经理惊讶：“侯老板，照您的说法，这张永禄也是个正经生意人了？”

侯正廷摇头，说：“他不是。张永禄虽然能见利忘义，但是他不讲诚信，这样不行。一个好的生意人，诚信第一，利益第二，道义第三，这个张永禄眼里只有钱，难以长久。”

王经理叹气，说：“好吧，老板，咱不说别人了，现在您打算怎么办？要不咱就先把行村盐场卖了吧，先还上一些债务。”

侯正廷摇头，说：“现在就盐场还有些利润，码头的商铺都没法做生意了，卖了盐场，不能还完所有债务，留下几个商铺早晚也得关门，要卖，只能先卖商铺。”

王经理急了：“卖了商铺，那您就等于从金口码头退出去了，咱以后想翻身可就难了。”

侯正廷淡淡一笑，说：“人啊，孬好都是一辈子，有没有码头商铺，咱早晚都得死，除了生死无大事，生死都由不得我们，别的想多了也没意思。王经理，商行的事儿只能随缘了。”

侯正廷没有告诉王经理，这些天他天天都朝三驾寺跑，就是为了清静。生意上的烦恼，让他没有心思参悟德清法师的那碗清水了，但是看到那碗清水，他还是能感到一种平静的暗示，让他暂时能平静下来，梳理事情。

侯正廷在三驾寺遇到过张永禄。张永禄与德清法师关系匪浅，侯正廷早就知道。

侯正廷是在德清法师的小屋里，遇到张永禄的。张永禄坐在德清法师原先坐过的地方，在闭目养神。张永禄装作没有看到侯正廷，继续闭目养神。

侯正廷在自己坐的地方坐下，张永禄站起身，朝着侯正廷打了一个招呼，转身要走。

侯正廷说：“张老板，既然遇到了，那就坐下说几句吧。”

张永禄犹豫了一下，在侯正廷的对面坐下，说：“侯老板最近清闲，我忙着呢。”

侯正廷说：“张老板最近生意红火，跟正泰是冰火两重天啊，恭喜张老板，您终于成了金口第一大老板了。”

张永禄板着脸，说：“多谢侯老板。侯老板有话请赶紧说吧，我这些天太忙，没工夫跟您唠闲话。”

侯正廷说：“我没有想到，张老板还是个重情重义的人，德清法师不在，您还来这里坐坐，不容易啊。”

张永禄说：“多谢侯老板夸奖。张永禄做生意不如侯老板，但是捻军后人，重情重义，德清法师不只是得道高僧，还是我们一家的救命恩人，我怎么敢忘了法师？”

侯正廷点头，说：“张老板是做大事的人，捻军后人这个身份，很多人不敢承认，张老板敢说出来，更是不容易。”

张永禄“哼”了一声，说：“原先我也不敢说出来。小的时候，谁家要是捻军后人，官府会整死你，村里人也会欺负你，幸亏新政府，要还是在大清朝，我张永禄到死都不敢承认这个身份。”

侯正廷点头，说：“确实如此，我认识的捻军后人，后来都无影无踪了，有的是一家人搬走了，有的是被人杀了。德清法师说得对，都是穷人，何必互相残杀。其实这正是历史悲剧，人间之无奈，往往都是穷人杀穷人。不说这些了，我就想知道，张老板为何对正泰下如此狠手？这个跟捻军后人有关系吗？”

张永禄摇头，说：“侯老板误会了，张永禄是个生意人，不是海匪。侯老板的事儿，我张永禄很同情，但是请侯老板不要把屎盆子扣在我头上。”

侯正廷笑了笑，说：“我也没说是张老板干的，或许是张老板的手下干的，张老板不知道呢。我就想告诉张老板，人做事不能太过，否则，终究会吃亏的。”

张永禄站起来，说：“侯老板要是没别的吩咐，张永禄就告辞了。”

侯正廷说：“张老板请便。”

11. 这个赊小鸡的

马凤娇在纪大鼓家一住就是一个多月。王瞎子憋不住，去行村找马凤娇的丈夫，打听一下他对马凤娇的态度，让他没有想的是，马凤娇的瞎子丈夫因为举报马凤娇得到了奖励，很快又找了一个更年轻的女瞎子。跟他一起去举报马凤娇的瞎子，因为他独吞赏金，带了几个人上门去揍他，他被揍了一顿后，带着新媳妇跑了。

王瞎子把此事告诉纪大鼓，纪大鼓懵了：“这怎么办？不行就给马凤娇另找个主儿，让她嫁人得了。”

王瞎子嘿嘿一笑，说：“咱俩想一块去了。大鼓，我这些天琢磨，你干脆娶了马凤娇算了，马凤娇人长得漂亮，等过了这段日子，你们还可以一起出去说书，有她在，肯定没人敢欺负你。”

纪大鼓不干：“不知多少人睡过的女人，我才不要呢。”

王瞎子“哼”了一声，说：“大鼓兄弟，你还真觉得自己是纪家大鼓传人，就高人一等了？就能找到个好老婆了?！呸！兄弟，时代变了，现在纪家村早就不拿你当回事儿了！你记得当年的师父不？当年的师父那是天天有人请吃饭，有人请去唱《四通鼓》，现在有多少人请你？族长连每年祠堂给的钱都不想给你了，你还觉得自己挺了不起？没错，当年师父是找了个年轻的师娘，你能跟当年的师父比吗？现在多少睁眼的胳膊腿不缺的，都打光棍呢，你还想找个没开封的？做梦吧你！当年要不是我出手快，找了个带孩子的，我现在还是个光棍呢！兄弟，你要是个聪明的，就听我的，赶紧把这个马凤娇娶了！有毛不算秃，好歹有个女人，晚上还能搂着睡觉！”

没想到王瞎子的话让纪大鼓的老妈听到了，王瞎子走了后，纪大鼓的妈趁马凤娇不在眼前，对纪大鼓说：“丛儿啊，你师兄说得有道理，这个闺女不错，人长得漂亮不说，晚上睡觉的时候，我摸了她，我敢说，她还没生孩子，奶子大屁股也大，肯定能生养。咱这种人家，能娶到这样的女人，就算烧了高香了，你听我的，赶紧娶了她，我也就没什么心思了。”

纪大鼓“哼”了一声说：“说话那么霸道的女人，能漂亮了？我才不信呢。”

老母亲说：“你看不见，我可能看见。这姑娘大脸盘大眼珠子，一看就旺夫，厉害点算什么？你性格弱，有个这样的女人，刚好能撑起家来。”

纪大鼓还是不肯同意，说：“我要找个没开封的女人，她都有婆家了，我不要，打光棍也不要！”

纪大鼓每天想办法如何把马凤娇从他家撵出去，马凤娇却一副没心没肺的样子，每天在纪家能吃能喝。当然，她也不想一直就在纪家这么待下去，她让纪大鼓把他的三弦借给她，她出去唱戏赚钱。

纪大鼓虽然不喜欢马凤娇，却有怜香惜玉之心，觉得她一个女子出去唱戏太不容易，加上不舍得把自己的三弦借给她，就一直没答应。

直到纪钟伟再次来看纪大鼓，看到了马凤娇。

虽然很少有人来纪大鼓家，但是自从马凤娇住在纪大鼓家之后，纪大鼓就一直关着大门，怕突然有人一步闯进来，看到马凤娇，侮了他的名声。

纪钟伟在外面拍门，并且喊着纪大鼓的名字，纪大鼓听出是纪钟伟，就忘了让马凤娇藏起来，拍打着竹竿，去开了大门。

纪钟伟看到马凤娇后，哎呀了一声，问纪大鼓：“大哥，这是哪位美女啊，这么漂亮?!”

纪大鼓关了门，把纪钟伟拽到自己房间，说：“出去不要乱说，官府抓她呢。”

纪钟伟惊愕地叫了一声，说："官府抓一个女瞎子？这算什么民国政府？"

纪大鼓没接纪钟伟的话，问："这个马凤娇真的挺漂亮？"

纪钟伟点头，说："漂亮！不是一般的漂亮！这么说吧，咱纪家村，就没有这么漂亮的！"

纪大鼓若有所思："噢……"

纪钟伟小声问："大哥，你是不是把她弄家来，给我当嫂子的？哎呀，就是有点可惜了，是个瞎子，不过话说回来，人家要不是个瞎子，也不会看上你，大哥，你艳福不浅啊！"

纪大鼓听纪钟伟这么说，心有点动了，又想到她结过婚，王瞎子还把她睡了，就又烦了，说："别乱说话！她就是没地方去，我收留她住些日子，等风声过了，就把她送走。"

纪钟伟说："大哥，我跟你说句实话，她要是没有主儿，你赶紧把她给办了，生米煮成熟饭，她就是你的人了。个子这么高，又长得这么好看的女人，过了这个村，可就没有这个店了。哎呀，你就是个瞎子，要是不瞎，你就知道她长得多好看了。"

纪钟伟这么说，纪大鼓又心动了，叹了一口气，说："可惜啊，她已经嫁过人了。"

纪钟伟问："那她男人呢？"

纪大鼓说："她男人出卖了他，现在带着一个女人跑了。"

纪钟伟说："那你赶紧抓住机会啊！嫁过人怎么了?！你比唐玄宗怎么样？当年唐玄宗看上了杨玉环，这个杨玉环已经嫁给了唐玄宗的儿子，唐玄宗也没有嫌她嫁过人，直接就抢过来了，跟自己一起睡了！你眼前放着这么个大美女还不赶紧的，等她被人抢走，你后悔都来不及了！"

纪大鼓"哼"了一声，说："一个女瞎子，谁抢？"

纪钟伟说："这就是没人知道，要是有人知道，抢的多着呢。别的不说，咱村里多少光棍？弄个瞎子当老婆，也比当光棍强吧？"

纪大鼓"哼"了一声，岔开话题，问："你这些日子干吗了？怎么这么长时间没回来？"

纪钟伟说："大哥，你认识赊小鸡的那个老管不？"

纪大鼓说："我知道他，怎么了？你赊他小鸡了？"

纪钟伟说："没有。我现在跟他干，这个老管现在是永禄丰老板张永禄眼里的红人，张老板有事儿，现在都不找飞龙，直接让人找他了。飞龙虽然是我们的老大，但是不如老管吃香了。"

纪大鼓说："这个老管，倒真是个人物。"

纪钟伟说："盐帮的人都说他也是个捻军的后人，还有人说他很可能是飞龙的哥哥。这次侯老板的船在海州被海匪劫了，其实就是老管的主意。"

纪大鼓听人说过侯正廷的船被人点了，沉入海底的事儿，也有人说是张永禄干的，但是他第一次听说这事儿跟一个赊小鸡的有关系。

因此他很惊讶，问："这个赊小鸡的有这么大的本事？"

纪钟伟说："你小看了这个赊小鸡的，人家是个老江湖。到盐帮没几天，就把盐帮的兄弟们治得服服帖帖的，论打架，他打不过飞龙，不过若论手段，十个飞龙也不如他。"

纪大鼓说："十一艘船沉海，这个家伙够狠。"

纪钟伟说："我昨天在金口看到侯正廷了，唉，看着怪可怜的，不管怎么说，他妈是咱大姑，不过咱这种小人物，也帮不了人家。这人啊，有风光的时候，就有倒霉的时候，侯老板这次是完蛋了。"

纪大鼓说："我这些日子因为这个马凤娇，门都没出。兄弟，老管的事儿，咱得告诉侯老板一声，这个赊小鸡的，也太缺德了！"

纪钟伟急了："人家大老板干架，跟咱有什么关系？大哥，我今天在这儿说的话，我以后可不承认了！你别把我给卖了。不管怎么说，我是盐帮的人，还得靠飞龙赚钱呢。"

纪大鼓说："放心，怎么说我心里有数，绝对不会连累你。"

第四章 找回马凤娇

01. 客栈吃肉

纪大鼓和换样来到羊郡王瞎子家，听到从屋子里传来他老婆凶悍的骂声：“……你快去死吧！你瞎眼是老天惩罚你，你活该！你不瞎眼老天爷就没长眼！你这个缺德玩意儿，你让我们娘儿们怎么活啊你……”

纪大鼓和换样在门口站着听了一会儿，知道王瞎子肯定又惹祸了，两人不敢进去，拍打着竹杖，又从王瞎子家的胡同走了出来。

两人走到胡同头，刚要拐弯朝外走，突然听到了王瞎子的声音：“是纪大鼓吧？”

纪大鼓答应了一声，问：“师兄，你怎么在这里？”

王瞎子没应他的话，而是问：“师弟，你带钱了没有？赶紧借点钱给我，家里揭不开锅了。”

纪大鼓“噢”了一声，从兜里掏出一把铜板，说：“我就带了十个铜板。”

王瞎子摸索着摸到纪大鼓的手，接过铜板，拍打着竹杖就朝家走，走了几步，他对纪大鼓说：“你先等我一会儿，我马上出来。”

纪大鼓和换样站在胡同口等，等了一会儿，就听到王瞎子拍打着竹杖匆匆走了过来，说：“赶紧走，别等那个疯子撵上来。”

三人走过南北大街，又跟着王瞎子走了一会儿，闻到了一股肉香。

换样咕嘟咕嘟咽口水，说：“真香！”

王瞎子站住，沉默一会儿，一咬牙，说：“走，我带你们去吃肉！”

纪大鼓说：“算了吧，我们现在身上一点钱都没有了。”

王瞎子说：“你小看你师兄了，你师兄在羊郡吃饭还用钱？走，上次我还欠你们俩的情呢，这次我请客就算是还情了。”

换样说：“师伯就是有本事，上次我们在金口吃饭，就是师伯赊的呢。”

王瞎子一拍竹杖，带着两人来到了客栈。客栈老板姓吴，祖籍江苏。当年羊郡港兴盛的时候，其先祖就来到羊郡做生意，到老吴这儿，已经是第六代人了。

羊郡的生意日渐凋零，老吴的君来客栈经常十天半月没有一个客人，因此只能弄些死猪肉煮了，便宜卖给村里的穷老百姓。吴老板会做生意，因此守着这么一个小客栈，也算是吃喝不愁。

王瞎子啪啪拄着竹杖进来，老吴从院子走出来，两只手还在系裤腰带。看到王瞎子，老吴皱了皱眉，说："我以为是谁呢。"

老吴转身要出去，王瞎子说："老吴，割三斤肉，一斤烧酒。"

老吴高兴了："有钱了?!"

王瞎子有些尴尬，说："今天我师弟过来，出来急了，没带钱，过两天，过两天我把欠你的一块还上。"

老吴"哼"了一声，磨磨蹭蹭地过来切肉。王瞎子讨好说："吴老板，您煮的肉是越来越香了，这条街上，没有人比你家的肉好吃。"

老吴说："老王，恐怕这条街上，是除了我，没人肯赊肉给你吧?"

王瞎子打了个哈哈，说："吴老板，我王瞎子别的不行，在这条街上赊点吃的，还是没什么问题的，要不我给你掐算掐算，顶了今天的饭钱吧?"

吴老板"哼"了一声说："算了，你去年说我今年春天会发一笔大财，我一高兴，给了你五十个铜板，现在春天都过去了，我鸡毛都没发上一根。说别的没用，你赶紧来结账，再不结账，我到你家里找你老婆要钱去。"

王瞎子应承着，摸到桌子边坐下，纪大鼓和换样也摸着桌子边坐下，吴老板就把肉和酒端过来了。

换样吃肉，王瞎子和纪大鼓边喝边吃。

纪大鼓半杯酒下去，吃了几口大肉，肚子里有了底儿，开始说话了："师兄，我来找你，是想给你说点事儿，这件事儿跟侯老板有关系。"

王瞎子还在努力撕扯着一块肉。这块肉挺大，他看不见，一口咬在了猪皮上，咬了一口没咬下来，只好一边咬，一边用手撕。但是这块肉像橡皮筋一样，扯得老长，就是弄不断。王瞎子只好调整方向，从另一边下口。他终于啃下了一口肉，嘴里边心满意足地嚼着，边问："什么事儿?"

纪大鼓说："我听我兄弟说，侯老板出的事儿，是一个叫老管的人出的主意。”

王瞎子“噢”了一声，喝了一口酒，说：“一个赊小鸡的，能有那么大本事？”

纪大鼓说：“这个赊小鸡的，来路可不简单。我跟他搭过话儿，这个人是来找捻军后人的。”

王瞎子还是没上心，对换样说：“换样，使劲吃肉。”

纪大鼓说：“师兄，我说了这么多，你听进去没有？”

王瞎子边吃肉边说：“听着呢，听着呢，这有什么？”

纪大鼓有些恼，说：“你还没听明白？当年咱族长说过，这个张永禄很有可能是捻军后人，老管现在不赊小鸡了，跟飞龙一样，成了张永禄的人。这次侯老板出事儿，跟张永禄有关系，这个人人都知道，但是主意是这个老管出的，侯老板肯定不知道。”

纪大鼓声音有点大，吴老板听到后，凑了过来：“你们说的老管，是赊小鸡的那个老管？”

纪大鼓笑了笑，说：“是他。我们兄弟说闲话呢。”

吴老板一脸很神秘地说：“我早就发现这个赊小鸡的有问题了，这些年，他每年都从安徽挑着一担子小鸡过来，那些小鸡别说是赊了，就是全部卖了，能卖几个钱？连他路费都不够！他肯定是有猫腻。”

王瞎子说：“吴老板，你觉得他有什么猫腻？”

吴老板小声说：“挖墓的！这周围古墓可多了！南方人都会踩地气，他这是先来探路，找墓来了！”

纪大鼓笑了笑，说：“这个我们倒是没听说过，吴老板发现了什么吗？”

吴老板摇头，说：“没发现，我就是猜，要不他在这周围转悠了这么多年，能干什么呢？”

有客人来吃饭，吴老板招待客人去了，纪大鼓问王瞎子：“师兄，我说的话你听明白没有？”

王瞎子说：“我明白了。你说的这个事儿，是个大事儿。这些年，每年年底侯老板都要雇我一个月，到他家说书，这一个月的工钱，够我全家用半年的，我得去找侯老板，把这个事儿告诉他。”

纪大鼓说：“我虽然没挣到侯正廷的钱，但是大姑每回去听戏，赏钱也不少。人啊，得知恩图报，我来找你，就是让你把此事告诉侯正廷，或许对他有些作用。”

02. 王瞎子巧遇德清法师

王瞎子在送走纪大鼓和换样后，马上启程到金口找侯正廷。他除了想把这消息告诉侯正廷外，还存着一个弄点赏钱的想法。瘦死的骆驼比马大，侯正廷再困难，从衣角里也能抖搂出一个两个大洋。对于他来说，一个大洋，就能凑合活几个月了。

王瞎子来到侯家，侧耳细听，他从门口打探侯正廷消息的商户口中，从仆人的举动和悄声细语中，深切感受到了大厦将倾的那种濒临毁灭的感觉。

王瞎子一路上的殷切盼望，就像陡然遭遇了一瓢冷水，他觉得周围的空气好像都变成一块块方形的物体，朝他压过来。王瞎子不得不缩小身体，尽量让别人看不到自己，朝着屋里走去。

一个好心的丫鬟看到了王瞎子，把他领到了侯老板的书房。

王瞎子已经没有了搞点赏钱的想法，他急匆匆把纪大鼓跟他说的，都向侯正廷说了，起身就要告辞。他想趁着天还早，去码头摆一会儿卦摊，赚几个小钱。

让他没有想到的是，侯正廷却让他等一会儿，然后去了里屋。王瞎子站着等了一会儿，侯正廷从里屋出来，把六个大洋放在了他的手里。侯正廷说：“王先生，这点钱麻烦您分给纪先生一份。侯家到这种时候，你们还为侯家着想，我侯正廷没齿难忘。”

王瞎子一摸是大洋，手像被烫了一样，把钱还给侯正廷，说：“侯老板啊，我王瞎子是缺钱，往日您给我多少我都不嫌多，但是今天这钱，我说什么都不能要！侯家出了这么大的事儿，我王瞎子帮不上忙，就已经很惭愧了，我怎么还能要钱?!”

侯正廷说：“王先生，现在侯家缺的是大钱，小钱还有。这点钱对于侯家来说，不起什么作用，对您却有大用。拿着吧，侯家能否过去这一关，还没法说。要是能过去，我还请您到侯家说书。”

王瞎子还是不肯要，他转身就走：“我算过，侯老板肯定能过这一关的，我今年冬天还来给侯老板说书！”

侯正廷看着王瞎子走出门，把大洋给了一个丫鬟，让丫鬟跟着他。

王瞎子从侯家出来，来到码头边。

此时已经是傍晚，码头上大小轮船鳞次栉比，太阳即将落山，霞光将弧形的码头染成了金色。

王瞎子拿出马扎，在码头边上坐下，摆开八卦图，开始吆喝：“走过路过不要错过啊，瞎子我能窥见天机，因此老天降灾，两眼青光。天干地支，摸骨算命，有缘相见，天地玄黄，俺送你几句话，破你迷障，你送俺几文钱，填俺饥肠。算命喽，算命喽，俺瞎子窥见天机，因此两眼青光，骨中有相，相中有命，摸骨算命……”

王瞎子吆喝了半天，挑着担子的、推着小车的从他面前匆匆经过，没人算命。

侯正廷派的丫鬟在王瞎子面前站住，说：“先生，您给我算一卦呗。”

王瞎子大喜：“好，好，小姐您算什么？算婚姻还是命运？我老瞎子最会算婚姻了。”

丫鬟笑了笑，说：“先生，您给我算过婚姻了，这次您给我算一算我父母的寿命吧。”

王瞎子“噢”了一声，说：“小姐，我怎么觉得您的声音有些熟悉呢？”

丫鬟说：“我刚刚说过，您给我算过命啊。”

王瞎子“噢”了一声，让女子报了生日时辰，王瞎子掐着指头算了算，说：“水生冬月，为水冷金沉、土冻木寒之象，年上丙火、月上正印，为克父母之象。但因年干得时柱甲寅之木生之，为木火通明可降寒冷，柱现生机。小姐，你父母年轻时贫苦，但二位老人却是高寿之人，现在健在，都岁在八十开外。”

丫鬟大喜，把六个大洋放在王瞎子手里，说：“先生，这是算命的钱，你不可不收。”

王瞎子一摸是大洋，马上明白了，感叹说：“小姑娘，我让你给蒙了。这侯老板真是个好人哪。”

丫鬟笑着说："算命钱是必须收的，王先生，天不早了，您早早回去吧。现在这码头上可不太平，小偷小摸的不少。"

王瞎子忙收拾摊位，说："行，我这就走。多谢您了。"

小丫鬟转身走了，王瞎子把大洋放进贴身的衣兜里，坐着歇息了一会儿。这么多的大洋贴着他的心脏，他心跳得厉害。第一次有这么多的钱，王瞎子觉得自己被这些沉甸甸的东西造蒙了，他得歇一会儿，让心脏正常跳动，他还要想一想，现在他有了这么多钱，该怎么办。

有人经过他身边，对他说："王瞎子，天都快黑了，回家吧。"

王瞎子嘿嘿笑。他还没有想好现在自己该做什么，但是有一点可以确定，他现在不想回家。为什么天一黑就要回家呢？他是个瞎子，白天黑夜对于他来说没有什么区别。但是他现在是一个有钱的瞎子，这是他区别于别的瞎子甚至是别的明眼人的地方。

坐了一会儿，王瞎子还是没有想好自己该朝哪儿走，这时候，有一个人走到他的面前站住了。

王瞎子抽了抽鼻子，闻到了一股异于常人的霉味儿。

王瞎子要绕开此人朝前走，那人却开口了："施主，怎么不理我了？"

王瞎子听着声音耳熟，想了想，很是惊讶："您……您是德清法师?！"

德清法师呵呵一笑，说："什么法师？一介肉身而已。施主今天印堂发亮，定有好事儿。呵呵，恭喜了。"

王瞎子说："法师乃世外高人，我这种人会有什么好事儿？法师，侯老板的商行出了大事儿，您知道不?"

德清法师点头，说："早有耳闻。"

王瞎子说："侯老板现在正难着呢，德清法师，您可是侯老板的好朋友，这个时候，您得去帮帮侯老板。"

德清法师摇头，说："侯老板还不到需要贫僧的时候，到了需要的时候，贫僧自然会去。"

德清法师走了后，王瞎子敲着竹杖走在金口大街上。他想先找个地方吃饭，然后去侯家马车大院睡一觉，明天再回家。

他路过妓院门口的时候，被门口的脂粉香味吸引，不由得站住，吸了吸鼻子。

站在门口的几个妓女跑过来，把他朝里拽。王瞎子说："别拽我，我是瞎子！"

妓女喊道："眼瞎下面又不瞎，大哥，人活着不就图个乐呵吗？"

王瞎子一想也对，索性任由她们推了进去。

03. 世态炎凉

侯正廷亲自跑到莱阳城，向警局赵局长报案，要求警局把老管抓起来审问一下，被赵局长拒绝。赵局长拒绝的理由也很有道理，就是没有证据。没有证据，不能随便抓人。

侯正廷很无奈地笑了笑，说："赵局长，您恐怕是看侯家完了吧？"

赵局长有些恼怒："侯正廷，上次对付盐帮，警局可是全力配合，盐帮死了那么多人，人家飞龙找到了登州府，现在这事儿我还没过关呢。你以为警局是你家开的，你想抓谁就抓谁？我实话告诉你，张老板现在跟县衙关系比你搞得都好，我凭什么要得罪人家张老板，听你的摆布？"

侯正廷说："侯家出了这么大事儿，你们警局就不管了？"

赵局长说："管啊，我们当然得管了。但是警局做事要讲证据，我们不能凭你一己之言去抓人。走吧，走吧，我还忙着呢，等你有了证据再来找我。"

侯正廷笑了笑，说："赵局长，咱交往了十多年，我就问你一个问题，希望你能说句实话，如果现在侯家还是以前的侯家，我现在来找您，您能不能马上去抓人？"

赵局长一愣："侯正廷，你什么意思？"

侯正廷哈哈一笑，说："在下没有怪罪局长大人的意思，只是想听局长大人一句实话，咱这么多年的交情，您不会连句实话都不给吧？"

赵局长叹气摇头，说："侯老板，说起来咱也是老朋友了，我送你一句话吧，这人啊，此一时彼一时也，您也风光了这么多年，您想想，您风光的时候，别说这警局，县衙都是您家的。我对您没有什么成见，您侯老板是个好人，但是对您有看法的人太多了，墙倒众人推啊，到了这时候，您就夹起尾巴过日子吧。”

侯正廷朝着赵局长抱拳，说：“赵局长，多谢您的肺腑之言，侯正廷告辞了。”

到了这时候，侯正廷知道去找唐奎也没用了，他从警局回来后，直接来到了纪家村。

侯正廷了解这个纪族长。纪族长是个精明的生意人，但同时，他也是个聪明人。精明与聪明是不一样的，对事情的看法和做法也就不会一样。

纪族长的油坊常年与侯家合作，此次侯家出事后，侯正廷先让经理把欠纪族长的钱付清了。他知道，别看这个纪族长平时不声不响，却是个最惹不起的主儿。

现在，侯正廷的希望都寄托在了这个族长的身上。他相信这个纪国国君的后人，不会像赵局长唐奎之流，只会见利忘义。

纪族长像往常那样，接待了侯正廷。侯正廷来到纪家村的时候，太阳已经快到头顶了。纪族长让人杀鸡买肉，款待侯正廷和他的车夫。

酒席之上，两人觥筹交错，侯正廷几次要提到老管的事儿，都被纪族长找话题岔开，这让侯正廷心情有些郁闷。

吃完饭后，客厅里只剩下了纪族长和侯正廷两人。纪族长说：“侯老板，您来找我有什么事儿，现在尽管说吧。吃饭的时候人多，我怕被人听到不好，所以屡次打断您的话，请您多多包涵。”

侯正廷有些感动：“原来如此！”

侯正廷把王瞎子告诉他的事儿，跟纪族长说了一遍，最后说：“侯家船队此番出事，是张永禄所为，我早就知道。但是苦于没有证据，无可奈何。现在只要能抓到这个老管，老管要是承认了，我就有办法让官府惩治张永禄，还侯家一个公平。”

纪族长点头，说：“张永禄这个事儿做得太狠了！过了！侯老板您放心，我们是多年老朋友，这件事儿就交给我了！”

侯正廷站起来，对着纪族长一躬到底：“大恩不言谢，纪族长，以后要是有能用到侯正廷的地方，侯正廷必定万死不辞！”

纪族长站起来，把侯正廷拉到椅子上坐下，说：“侯老板，抓那个赊小鸡的简单，但是如何才能把侯家的生意再做起来，您想过没有？”

侯正廷点头，说："自然想过，走一步看一步吧看，没有什么好办法。"

侯正廷从族长家出来后，打听着路，去了纪大鼓家。

纪大鼓听到敲门声，让马凤娇躲进屋里，他出去开门。听到是侯正廷来到，纪大鼓很惊讶，开了门，把侯正廷迎进屋内。

侯正廷进屋，见纪大鼓家虽然简陋，却收拾得很干净，很是惊讶。纪大鼓让他坐下，纪大鼓的老母亲刷锅烧水，被侯正廷制止。

侯正廷与纪大鼓聊了一会儿天，得知王瞎子没来纪家，他便掏出两个大洋，递给纪大鼓的老母亲："我得叫您舅妈，我跟纪兄是表兄弟呢。舅妈，这点钱您留着，算是我的一点孝心。"

老人不肯要，推辞了一会儿，纪大鼓说："妈，既然是侯老板给您的，您就收下吧，等我闲着的时候，去给侯老板说几场书。"

老人不得已，勉强收下。

侯正廷从纪家出来，纪大鼓出来送他，侯正廷说："兄弟，多谢您还挂记着侯家，侯家要是能渡过此难，我侯正廷必有重谢。"

纪大鼓微微一笑，说："侯老板客气了，我只是觉得这个赊小鸡的太坏了。侯老板，您听说过一更会没有？"

侯正廷点头，说："听说过。"

纪大鼓说："一更会是个很神秘的组织，他们聚会的时候都戴着面罩。我听说县衙多次派人，想找一更会的会首，都没有找到。侯老板，您知道一更会的会首是谁吗？"

侯正廷摇头，说："这两年各种帮会不少，我对这些没有兴趣。"

纪大鼓摇头，说："侯老板，您这么想就错了。我虽然是个瞎子，很多事儿没见过，但是听说过。生意人要八面玲珑，这些帮会有时候还真是有用。现在老管在张永禄那儿吃香，您要是能抓住老管，给他上点刑罚，他就能告诉你一更会的会首是谁，参加一更会的都是些什么人。"

侯正廷拱手："多谢兄弟，我明白了！"

04. 老管被抓

纪族长派了几名得力手下出马，很顺利地把老管抓到了纪家村的秘密地洞内。

老管是老江湖，从对方的一身黑衣、黑花面罩和老式短刀的装备上，就知道这是一帮训练有素的、老家族式的地下武装。这种老辈传下来的家族式的武装非常神秘，轻易不出手，出手就干脆利落，且轻易不留活口。

老管知道自己遇到了大麻烦，要想活命，就要少说话，见机行事。

老管被装进一个特制的筐子里，扔上马车，一路疾行，约莫行驶了五六十里路后，被人从马车上扛下来，经过几道门后，被扔在地上。

筐子被人打开。老管睁开眼，看到面前明亮的烛光，他知道，自己现在应该是在一处地洞里。他借着烛光，看到洞里竟然有一排排的钢刀。钢刀长柄窄背，几乎没有弧度，杀气腾腾，一看就是很有年代了。

一个戴着黑面罩的壮汉把老管拽到墙角，让他面对墙角，触动了一下旁边墙上的机关，从两侧墙壁竟然各自延伸出一排铁栅栏，两排锈迹斑驳的铁栅栏咔咔扣在一起，与两道墙壁一起，形成了一个小小的半封闭的空间。

老管虽然也算是见多识广，但是第一次亲眼看到这种古老的机关，还是不由得目瞪口呆。

老管想引诱看押自己的壮汉说话，就问："兄弟，现在是什么时候了？天黑了没有？"

壮汉一身黑衣，头扎黑巾，脸戴面罩，手持短刀，站在离老管约有十步远的地方，看着老管，却一声不吭。

老管呵呵一笑，继续说："兄弟，你们要是想弄点钱，就把你家老大叫来，我把我的钱都给他，让他赶紧把我放出去，我还得回家做饭呢。"

其实老管已经看出来，人家的目标根本就不是他的钱，他的目的是引诱对方说话，只要这个大傻个儿一开口，他就有办法从他嘴里得到他想要的信息。

但是让他没有想到的是，这个铁塔一般的汉子就像是一个铁疙瘩，不管他怎么引诱，对方就是一句话不肯说。

老管无奈，只得放弃了自己的打算。

老管被关在这个笼子里大半天，没人送吃的，也没人送喝的。他被人抓住的时候，刚和飞龙他们喝完酒，从酒店出来，现在倒是不饿，就是渴。中午的菜咸了，加上酒渴，老管觉得自己的嘴巴要冒火。他让看着他的这个黑铁塔给他弄点儿水，黑铁塔依然聋子一般，岿然不动。

老管哭笑不得，说："兄弟啊，你们把我抓来，到底是要干啥啊？不管干啥，你们总得给碗水喝喝吧？别的好说，先给我弄碗水喝行不？大哥啊，大叔啊，我叫您大爷行不行啊？"

黑衣人看着老管，只是转转眼珠子，一言不发，一动不动。

老管知道，喊也没用，这家伙弄不好就是个聋子呢。

他沮丧地靠在墙上，试图用唾沫让嘴里好受一点儿，可是嗓子里冒烟，哪里还有唾沫啊！

老管闭上眼，打算眯一会儿，正在这时，随着铁门开动的声音，一片脚步声朝着老管这儿涌了过来。

老管知道，正主终于来了。

这些年，老管一直在从白马庙、三教堂到三驾寺这一区域的莱阳南部转悠，对这本地神秘的东夷文化颇为好奇，也略有了解。莱阳为商周时期古莱子国和纪国地域，与中原之地交流很少，因此在春秋战国时，称本地人为"齐东野人"。此地古时巫文化盛行，古莱子国、纪国都在此地留下了不少历史印记。

当然，比较著名的就是纪家村。纪家村人自称是纪国最后一任国王纪哀侯后裔，很多规矩都与周围村子大为不同。

刚刚机关启动的时候，老管就暗中思量，这个地方不简单，难道绑架他的人是纪家村的人？最近莱阳南乡各种帮会蜂拥而起，各种暗杀绑架案陡升，让知事唐奎和警局赵局长非常头疼。老管刚被绑的时候，怀疑是横行南乡的"老母教"所为。"老母教"跟张永禄暗中掌控的"一更教"关系紧张，双方经常搞摩擦。现在他老管是张永禄眼里的红人，绑架他也算是能说得过去。但是看到那个横空出世的机关之后，他就知道了，绑架他的人跟这个草莽教会没有什么关系。

脚步声临近，又是一道铁门打开，一个穿着长袍，头戴红色绣花面罩的人在两个黑衣人的保护下，走到老管面前。

此人打量了老管几眼，后退几步，在护卫搬来的椅子上坐下。

老管说："哎呀，您终于来了，这位大哥，您能先给我点水喝吗？"

来人点头，朝着旁边的护卫挥了挥手。一个护卫出去，很快端来了一碗凉水。老管咕咚咕咚喝下，把碗递给那个护卫，说："大哥，你们可能绑错人了，我就是个赊小鸡的，现在跟着张老板跑个腿，我没钱啊。"

来人点了点头，说："老管，找你不是为了钱。你是老江湖了，为什么绑你，你应该心中明白。"

此人说的话是变声，声音很古怪，像是在吹着哨子说话。但是声音很清晰，老管知道，此番遇到的果真不是一般人了。他心里一咯噔，但是脸上还是不动声色，说："我赊给你的小鸡有问题？"

此人一挥手，有人拿过来毛笔纸砚，放在了老管面前的地上。

此人站起来，说："我知道你不会说的，老管，不要心存侥幸，你不把你在海州干的事儿都说出来，你是过不了这关的。噢，不说也行，写下来也可以。我乃忠人之事，你要是不说出来，是很难活着从这里出去的。"

此人说完，站起来转身要走，老管忙喊："大哥，海州的什么事儿，您能提个醒吗？"

此人冷冷地说了两个字："六哥。"

老管听到这两个字，愣了。

一直到那人从他眼里走出去，老管都愣着没有说话。铁门开关的声音惊醒了他，老管抬头，看着面前那个监视着他的黑铁塔，不由得喃喃："他怎么能知道六哥？！"

六哥正是海州海域大名鼎鼎的海匪头儿。老管当年在海州做过苦力，因为碰巧救过六哥的父亲，得以认识六哥。此番火烧侯正廷的货船，老管是和飞龙一起去海州，花重金请六哥帮忙，才完成了任务。

侯正廷遭此大劫，在屡遭劫难的老管看来，根本不算什么事儿。这个社会，死人的事儿都司空见惯，生意倒闭算什么？

他恨这儿的所有人。他从小就听到了很多捻军来到莱阳，在三驾寺惨遭当地团练和清兵屠杀的故事，仇恨是从小就根植在了他的心里。如果不是他们，他何至于从小就失去了父母？

05. 飞龙去见纪大鼓

飞龙让兄弟陈勇带着盐帮的兄弟继续贩盐，他则接手了侯正廷的羊郡盐场，成了盐场的二老板。

瓜分侯正廷的盐场，这是张永禄对飞龙的承诺。盐场的收入，他和张永禄一人一半，从此以后，他飞龙再也不是那个穿着脏兮兮的衣服，晒得黧黑的盐帮老大了。

盐场开始正常运作之后，飞龙就把盐场交给别人管理，他则住在了金口新买的房子里，每日与老管等人花天酒地。他的主要任务就是带着盐帮的几个壮汉，替张永禄处理一些他不方便处理的事务。

而老管，则直接成了张永禄的心腹，负责帮张永禄出谋划策。

老管失踪，是飞龙先发现的。飞龙与老管约好了第二天一早去盐场查一下这个月的出工人数，飞龙让人赶着马车去找老管，发现他家的门锁着。也就是说，他昨天晚上没回来，这让飞龙觉得有些奇怪。

与放浪形骸的飞龙等人不同，老管做事稳当严谨，从来没有晚上在外面过夜的习惯。

飞龙去找张永禄，把老管失踪的事告诉了他。张永禄让飞龙赶紧召集“一更会”的人出去找人。“一更会”的人员主力是捻军后人，人员不多，各行各业都有，行动能力极强。

两天后，飞龙便得知了老管被一辆马车劫持，出了金口码头后，顺着官道朝北跑了的消息。飞龙把这个消息告诉张永禄，两人想了半天，也没法确定，到底是谁抓了老管。

飞龙想到了四处唱大鼓赚钱的王瞎子和纪大鼓，便坐着马车，先来到了王瞎子家。

盐帮每年春天举行盛大的开市仪式，都要请王瞎子和纪大鼓等几个瞎子唱大鼓助兴，而且盐帮给的赏钱比侯正廷这样的大老板给的都多，因此王瞎子等人对飞龙很有好感。

飞龙到附近集上找到了正在给人算命的王瞎子，把老管失踪的事儿跟他说了，问他是否有关于老管的消息。王瞎子一听就猜到了，此事应该跟侯正廷有关。但是他不能说啊，王瞎子告诉飞龙，他对此事一无所知，也没有听人说过此事。

飞龙很失望，匆匆离开，直奔纪大鼓家。

纪大鼓和换样也出去拉乡说书了，纪大鼓的母亲到村里串门去了，临走的时候，让马凤娇关了大门。纪大鼓家除了纪钟伟和换样，很少有人来，因此马凤娇听到有人敲门，以为是纪大鼓的妈回来了，就跑过去开了门。

她没想到，来的是一陌生男人。

飞龙看到一个女瞎子开门，有些惊讶，他以为这个女子是纪大鼓的新媳妇，因此就喊了一声："您是嫂子吧？纪先生在家吗？"

马凤娇一听声音不熟悉，说了句"不在家"，就想关门。

飞龙一只手把着门，说："嫂子，我是盐帮的飞龙啊，纪先生每年都上盐帮唱大鼓，我就是盐帮的头儿。我找纪先生有事儿，他不在家，我得等着他，您让我进去吧。"

飞龙算是错估了形势。他本来以为抬出纪大鼓给盐帮说书，面前的这个女瞎子会感激他，让他进去。但是他不知道的是，马凤娇根本就不知道纪大鼓与盐帮的交往。她在行村的时候，听说的都是盐帮欺行霸市，与盐工勾结偷盐的事儿。现在听纪大鼓零星说起的，则是飞龙与张永禄一起，对付侯正廷的事儿。因此，在马凤娇的印象中，飞龙就是一个张牙舞爪不干好事的货色。

马凤娇想关门，被飞龙拽着门边关不上，马凤娇脾气上来了，飞起一脚，就把飞龙踹倒在地上，飞龙手里提着的点心，也摔在地上。飞龙是什么人啊，哪里受过这种屈辱，他爬起来，伸手就来抓马凤娇。飞龙又错了，马家的功夫是正宗的螳螂拳，注重实战，马凤娇瞎眼后，她父亲怕她受欺负，专门请人教她辨声出招。飞龙不知道马凤娇的底细，贸然出手抓人，被马凤娇架开胳膊，顺手一拳打在了脸上。

飞龙被打得后退两步，刚要伸手打人，马凤娇早就跳进了屋里，关上了门。飞龙过来踹门，边踹边骂，正在这时候，纪大鼓和换样从胡同头走了过来。

纪大鼓听出是飞龙的声音，喊道：“飞龙大当家的，这是怎么了？”

换样跑过来，问：“飞龙叔叔，您为什么踹师父的门啊？”

飞龙转头，看到纪大鼓和换样，不好意思踹门了，怒气冲冲地质问：“纪大鼓，我怎么得罪你了？你让你家里的母老虎打我?!”

纪大鼓一听就知道，飞龙这是惹了马凤娇，挨揍了。这是出大事了啊。纪大鼓顾不得埋怨，忙伸手抓住飞龙的手，说：“大当家的，误会，误会啊！我家里的那个女人，不是我的人，她……她是一个亲戚。真是对不起，大当家的，我……我回去揍她，您可千万别生气，您是我瞎子的贵人啊。”

飞龙被纪大鼓的话逗得哭笑不得：“就你?！你纪大鼓我还不知道？你敢打刚才那个女人?！吹吧你！她是你家什么亲戚啊，怎么这个瞎子还会功夫?”

纪大鼓说：“她……是我姨表妹，脾气不好。走，咱进屋说话。”

此时换样已经叫开了门，纪大鼓怕马凤娇再惹事，让换样把马凤娇先拽进屋里，然后，他叫着飞龙进屋。

飞龙皱着眉头进屋，边走还边小心翼翼，怕马凤娇出来揍他。

来到屋里坐下，飞龙心情平静下来，他说：“纪先生，我们是老朋友，我就直说了。那个赊小鸡的老管，现在是永禄丰商行张老板的心腹，老管在两天前被人绑架了，纪先生如果知道老管的下落，就请告诉我。不管是我还是张老板，都不会亏待您的。”

纪大鼓“噢”了一声，说：“原来是为这个啊。行，我知道了，要是我听到消息，我会马上找人跟您联系。”

飞龙有些失望：“这么说，您没听到什么消息?”

纪大鼓摇头，说：“没有。我这两天都出去赶集，给人唱戏赚点钱，什么都没听说。”

飞龙站起来要走，纪大鼓的妈走了进来，她不知道家里有人，刚进门就喊：“凤娇，你怎么没关门啊？是丛儿回来了吗?”

飞龙听到纪大鼓的妈的话，愣了：“凤娇？纪先生，刚才打我的那个女人是不是叫马凤娇？行村人，帮助曲诗文的那个人？怪不得身手这么厉害，原来是女英雄啊！”

纪大鼓刚要否认，马凤娇从屋里跑了出来，她似乎还不解气，问飞龙：

"怎么了？你还不服气?!"

飞龙拱手，说："我飞龙不怕官不怕匪，最敬重英雄。曲诗文是莱阳大英雄，您帮助曲诗文，是比我飞龙还英雄的人，我怎么能不服气?！服气！一百一万个服气!"

马凤娇"哼"了一声，说："曲诗文是真正的英雄，你个盐帮头子，算什么英雄?！你要是真想当英雄，就带着你的跟班跟曲诗文造反啊……"

马凤娇还要说话，被赶来的纪母推进了里屋。

纪大鼓朝着飞龙抱拳："大当家的，您别介意，这个人就这种脾气。"

飞龙站起身朝外走，说："没有没有，人家说得没错，曲诗文才是真英雄，我飞龙就是个贩私盐的，给人家提鞋都不配!"

纪大鼓听得出来，飞龙生气了。他惴惴不安地跟着飞龙来到屋外，说："大当家的，马凤娇的事儿……您得帮忙，不要跟任何人说。"

飞龙呵呵一笑，说："纪先生，您放心，我飞龙是有恩报恩、有仇报仇的人，您只要对我飞龙一心一意，我就肯定不会做辜负纪先生的事儿。"

飞龙说完，拍了拍纪大鼓的肩，上马车走了。

纪大鼓站在原地，琢磨飞龙话里的意思，一直等到换样拽他胳膊，他才反应过来，跟着换样进了屋子。

06. 无奈的换样

纪大鼓回到家里后，气鼓鼓地去找马凤娇："马凤娇，你是不是不想活了?！你要是不想活了，别连累我们啊！我跟你说了多少次了，你一个人在家，不管谁来，都不要开门，你怎么就乱开门了?！这要是衙门里的人，直接就把你抓走了!"

马凤娇不高兴，辩解说："我以为是婶子回来了呢，我一个人在家，要是婶子回来了，我不给她开门?!"

纪大鼓说："你开门前先问问是谁啊，你傻啊你？你把飞龙得罪了，要是他去报告官府，谁也保不了你!"

马凤娇“哼”了一声，说：“谁用你保了？我早就跟你说，给我弄把三弦，我自己出去唱戏赚钱吃饭，你小气不给我弄，我马凤娇还能瞎了你的钱啊？哼！”

纪大鼓也上火了，喊道：“我那是可怜你！怕你一个女人在外面受人欺负！我和我师兄出去唱曲儿，都经常被人欺负，你一个女人出去能行?！你要是真想走，我这就把三弦给你，你走吧！你这种女人，一不高兴就动手打人，谁能养得了你?！”

马凤娇跳着高喊：“那你给我啊！你现在给我，我现在就走！”

换样过来，说：“姑姑，你别走了，我师父说得对，你一个女人出去会很麻烦的！”

马凤娇“哼”了一声，说：“滚一边去！你个小屁孩懂什么?！”

纪大鼓真的跑到自己房间，拿出了一把三弦递给了马凤娇。马凤娇接过三弦，说：“你把你的被子借给我一床，你放心，我会还给你的。”

纪大鼓赌气，把被子、脸盆、吃饭用的筷子和搪瓷碗，都给了马凤娇，说：“马凤娇，你要是想活命，就一路朝西走，走到即墨地界，就没人抓你了。”

马凤娇背上东西就要走，纪母过来拦着马凤娇，不让她走，被强壮的马凤娇一把推开了。

纪大鼓对母亲说：“妈，让她走吧，这个女人脾气太差，在咱家住下去，会害死咱。”

纪大鼓母亲说：“丛儿啊，你这是放走了你媳妇啊。你个瞎子，到哪里去找老婆啊！”

纪大鼓听着马凤娇竹杖探路的声音，也有些舍不得，但是想到她给自己找的这些麻烦，狠了狠心说：“我不要被人睡了的女人！”

纪大鼓说的话，马凤娇都听到了。这个没有家的女人，表面强悍，其实内心是盼望纪大鼓能够留下她，给她一个吃饭睡觉的地方的。她能感觉出来，纪大鼓的母亲想留下她，但是纪大鼓这个二货，竟然嫌弃她跟别人睡过。马凤娇让眼泪流进心里，拍打着竹杖朝村外走。

走了一会儿，她站住，想找个经过的人问问路，换样突然从后面走了过来。

换样拽着她朝外走，边走边说：“我师父让我把你送到官道上，你从官道走到头，再朝右拐，顺着路走，天黑就到金口地界了。金口不属于莱阳，比在莱阳安全些，不过你不能在金口住下，那里的商行有一半是莱阳人开的，你得继续朝西走，过了即墨城，应该就没人认识你了。你就安全了。”

马凤娇“哼”了一声，说：“你师父有那么好心？他不怕我现在就让人抓住，让人把我杀了?!”

换样说：“姑姑，我师父是个好人。他要是不关心你，能让我把你送到官道上?”

马凤娇不说话，跟着换样朝官道上走。

瞎子走路与常人走路不同，他们走路都是不急不慢，可以一直走半天，不到吃饭的时间不歇息。但是今天两人怕路上遇到人，走得很快。换样是半瞎，能看出人和道路的大体形态，他扯着马凤娇的竹杖，两人走出村子，又疾行了近十里路，约莫不能遇到熟人了，两人就坐在树下阴凉处略作歇息。

坐了一会儿，换样突然听到了一阵隐隐的马蹄声。他匍匐在地上，仔细听了一会儿，赶紧爬起来，拽着马凤娇躲在路边的小树林里。

两人刚躲好，一阵嘈杂的马蹄声由模糊渐渐清晰，很快经过两人面前，朝前跑去。

听到马蹄声远了，换样说：“走吧，凤娇姑姑，应该没事儿了。”

马凤娇终究是二十多岁了，加上刚经历生死，有了些经验，她说：“再等等，别急。”

换样和马凤娇又等了一会儿，马蹄声又回来了。

坐在马上的人显然是在找人，马蹄声这次显得很悠闲，好长时间才从远处传过来。

一个骑在马上的人说：“纪大安，你这信儿也太不靠谱了！你到底看没看到你儿子和那个女瞎子啊，他们还能比咱的马跑得都快?”

纪大安说：“我怎么没看见?！我没看见我敢去跟族长乱说话？真是怪事儿，这两个人遁地了？完了，这两块大洋的赏钱恐怕是没戏了。”

刚刚说话的人说：“别做梦了！族长不骂你，你就算是烧高香了。”

纪大安是换样的父亲，他亲爹说的话他听得明明白白。他真是没有想到，自己眼中那个老实巴交的爹，竟然会出卖自己。换样气得浑身哆嗦。

马凤娇听到了，小脾气马上爆发了，她伸手抓住换样：“换样，是不是你出卖了我?!”

换样又气又急，却知道现在不是说话的时候，小声说：“我要是想出卖你，我还能跟你躲在这里？是我爹！我真没想到，他只认钱，连儿子都不要了！”

马凤娇虽然没有像平常那样喊叫，但是她的话，还是让路上的人听到了，纪大安说：“有人说话！”

众人一起跳下马，换样一听不好，拽着马凤娇就朝小树林里跑。纪大安喊了一声：“是我儿子！快追！追上族长有赏钱啊！”

众人边喊着让两人站住，边一窝蜂追了上来。

换样拽着马凤娇在小树林里乱跑，因为视力有限，好几次都撞在了树上。后面追赶的人都是些精壮汉子，听脚步声，他们离两人越来越近，换样灵机一动，让马凤娇藏身于一块凸起的石头旁，自己带着纪大安等人朝着小树林的另一个方向跑去。

换样为了给马凤娇争取更多逃跑的时间，跑出小树林后，又迅速跑到了另一处小树林，躲了起来。

纪大安等人在附近展开搜索，换样凭借着体量小，躲藏了好一会儿，才被父亲等人发现。

换样被抓住后，质问父亲：“爹，你为什么要出卖凤娇姑姑?！你这叫奸臣，你知不知道?！”

纪大安骂道：“你这个小畜生，你知道个屁！没有老子这个奸臣养着你，你早就饿死了！”

换样哭着说：“我宁愿饿死，也不想有你这样的爹！你为了钱连良心都不要了，真丢人！”

纪大安怒不可遏，扇了换样一巴掌，招呼众人就走。

有人说：“大安，带着孩子吧。这么远的路，就他一个人，别出什么事儿。”

纪大安气鼓鼓地骂道：“这个小畜生给我把两个大洋弄没了，不用带他！他自己能跑出来，就能自己回去。咱不能就这么算了，咱在附近再找找。”

换样听了差点气炸了，张口就骂：“纪大安，你不要脸！你一点脸也不要了！我没你这个爹！”

有人走过来，在换样的脑袋上拍了一下，说：“小子，等你长大了就知道了，脸皮一点都不值钱，不要脸能活，没钱活不了，你爹也是没办法，有一点办法，他也不能干这个事儿。走吧，赶紧回家，走得晚了，三驾寺的狼跑出来，就能把你吃了。”

换样大哭：“吃了就吃了！吃了他就没有儿子养老了！活该！”

07. 纪族长出价

飞龙经过多日打听，终于知道老管是被纪家村的人绑架了，他赶紧将此事告诉了张永禄。

张永禄想了想，说：“这个可麻烦了。纪族长那人是个老江湖，难弄。”

飞龙咬牙切齿，说：“这个纪族长就是跟咱作对！他年轻的时候带着纪家村的人跟咱的父母作对，前些年看盐帮生意好，还想入股盐帮，被我拒绝后，还把我兄弟关了起来，这次又抓了老管。大哥，我们干脆发动一更会的人，冲进纪家村，把人救出来得了。”

张永禄“哼”了一声：“你了解这个老族长吗？”

飞龙说：“不就是纪家村吗？谁不知道？”

张永禄哭笑不得，说：“兄弟，这就是我为什么把老管留在身边，而让你去管盐场的原因。你知道老管做事跟你什么地方不一样吗？”

飞龙不服气：“不知道。”

张永禄说：“那你好好听着，老管做事，从来都是先了解对手，再研究怎么下手。你是不了解对方，只管先下手。飞龙兄弟，你的那一套，对付地痞流氓一般小土匪都没问题，但是你要想对付纪族长，那是找死！别说我们了，当年孟广澄在莱阳当县长的时候，纪族长都没把他放眼里，我们能搞得过他？你啊，以后说话做事要多动脑子，否则，会吃大亏的。”

张永禄带着礼物，亲自来见纪族长。

张永禄开门见山，说：“纪族长，我们虽然很少交往，但是互相也都了解一些，我张永禄没事不会来找您的，我开门见山地说吧，老管是我的一个兄弟，纪族长，您开个价，多少钱给我人，我绝不还价。”

纪族长说：“张老板，您说的话，我没听明白啊。您说的老管是谁？”张永禄呵呵一笑，说：“好，就算老管没在纪族长这里，那就算我求纪族长帮忙。求族长您帮我找一下老管，老管是我的一个兄弟，失踪多日。纪家在莱阳南乡是名门望族，要是能帮我找到人，多少钱您说了算。”

纪族长摇头，说：“张老板啊，我可以帮您打听一下，但是老管这人是谁，长什么样，他为什么失踪了，您得跟我说一下，否则我怎么打听？”张永禄说：“这个老管很多人认识，就是每年春天都来赊小鸡的那个人。个子不高，瘦子，西莱子口音，脸上有道疤，在右边耳朵下，不仔细看看不出来。”

纪族长“嗯”了一声，点头说：“好，我知道了。不过张老板也别抱太大希望，我让人帮您打听一下，能否打听到，就看您的福气了。”

张永禄看着面前这个胖头大耳的纪族长，恨得牙痒痒，但是没办法，做戏做全套，他只能拱手说：“那就多谢族长了。”

张永禄回家住了十天，又来找纪族长。

纪族长说还没找到人，让他再等半个月。张永禄心里那个气啊，又没法说什么，只能赔着好话，让纪族长赶紧帮忙找人。

张永禄回到金口，住了半月后，又来找纪族长。这次纪族长终于松口了，他告诉张永禄，他费了九牛二虎之力，终于找到了那个赊小鸡的。不过事情有些麻烦，这个赊小鸡的竟然说侯老板的货船出事，是他找人干的，抓他的人还给他录了口供，签字画押了。现在人家要把这个老管送到济南督军府，所以，这个事儿不好办。

张永禄知道，纪族长这是在恐吓他，也是在提醒他。侯正廷跟督军府有关系，金口很多人知道。如果此事真的是侯正廷所为，他真的把老管送到督军府，那他张永禄就离死不远了。

张永禄看着面前优哉游哉的纪族长，手心直冒汗。他小心翼翼地问：“纪族长，咱别的不说了，您告诉我，要多少钱才能把老管救出来？”

纪族长说：“这个我说不好。我听说老管的事儿牵扯的人不少，弄不好还关系到一更会的事儿，人家下定决心要斩草除根啊，不好办。”

张永禄苦笑了笑，说：“别人办不成，我相信纪族长肯定能办成。纪族长肯定打听到了价钱，您就说出来吧。”

纪族长“噢”了一声，说：“行，那我就说了。人家张口要一百二十万大洋，张老板要是能拿出来，就说一声，我再帮你联络一下，拿不出来就算了。张老板，这事儿您看着办吧。对不起，我忙着呢，您可以在这儿坐一会儿，我先走了。”

纪族长站起来要走，张永禄无奈，只得告辞，出了族长家大门，上了马车，一溜烟回到金口。

飞龙正在商行等着张永禄，听张永禄说了情况后，他“哼”了一声，说：“大哥那么相信这个老管，你还说他做事靠谱呢，您要是不听他的，能有这么大的事儿吗？”

张永禄一脸绿色：“我被这个安徽人害死了！兄弟，你说怎么办吧。”

飞龙想了想，说：“这么说，这个事儿还真是侯正廷弄的？大哥，我有个好办法！”

张永禄有些狐疑：“你有什么好办法?！”

飞龙说：“杀了侯正廷！他不是认识督军吗？杀了他，我看他怎么去找督军！”

张永禄忍不住踹了飞龙一脚：“你怎么净给我出这些损招呢？你以为侯正廷那么好杀啊？你不能在金口杀他吧！现在他天天躲在家里，你知道他家里有多少保镖多少枪吗？万一你的人被他抓住了怎么办?！你这不是把我往死里整吗?！”

飞龙不说话了。

张永禄叹了一口气，说：“当初我怎么就听了这个老管的话了呢？我是一个好好的生意人啊，与侯正廷的那些事儿，也都是生意上的竞争，烧人家的商船，这是损了阴德啊！”

08. 好人和坏人

那天纪大安等人走后，换样到马凤娇藏身的地方找她，没有找到，纪大安等人也没有抓住她，换样把此事告诉纪大鼓，纪大鼓叹了一口气，说：“这个马凤娇……唉……”

换样生父亲的气，十多天一直住在师父家里，没有回家。纪大安来到纪大鼓家叫换样回去，被换样拒绝。

纪大安见了纪大鼓，有些不好意思，跟他解释说：“兄弟，那个事儿不是我自己去跟族长说的，是有人听说你家有个女的，先告诉了族长，族长才把我叫去，问这个事儿。换样这个孩子嘴严实，你家里有女人这个事儿，他从来都没在家里提起过，我问他也不说。那天我来找换样，看到飞龙被那个女人踹了一脚，我才知道人家说的是真的。我听到你让她走，知道她不是你的人，我才去告诉族长的。兄弟，你不会生我的气吧？”

纪大鼓叹气，说：“大哥，我们都是纪家人，我也不拿你当外人。有些钱能赚，但是有些钱不能赚啊。我怪你有什么用？当年咱的老祖宗，被齐王追杀，赏钱百两黄金，那些瞎子不但没出卖咱先祖，还冒着掉脑袋的危险保护咱的先祖，咱怎么就不如一帮瞎子呢?！”

纪大安听纪大鼓这么说，低着脑袋不说话了。

纪大鼓虽然说了纪大安几句，但还是劝换样跟着父亲回了家。

让换样气愤且不解的是，纪大安在师父家里毕恭毕敬，回到家后，马上变了一副样子。他让换样交代，那个女瞎子跑到哪里去了。换样说不知道，纪大安疯了一般对他破口大骂，说他没心没肺，不帮他爹反而要帮外人。

父亲边骂边诉述家里的贫穷，诉说这两个大洋对于他们这种家庭的重要，说到最后，作势过来要揍换样。换样吓得缩在墙角乱哆嗦，纪大安不忍心下手，一脚把换样踹倒，转身走了。

换样的妈过来把换样扶起来，一言不发，只是叹气。

换样进屋后，跑到自己位于角落里的小床上躺下。母亲端了饭给他吃，被纪大安把饭碗抢了过去，放在灶台上：“这种孩子，还吃什么饭?！饿死拉倒！”

换样的妈终于忍不住了，说：“你这是疯了?！你不是天天教孩子要做好人吗？孩子看那个女瞎子可怜，不想让官府把她给弄死，有什么错?！你说有什么错?！你骂两句也就算了，你这是要逼死孩子啊你?！你不想给瞎眼的孩子一条活路，你就明说，我和孩子都走！”

纪大安被老婆呛了几句，知道自己有些过火，声音小了：“不管怎么说，那个女人跟咱不认识，她死不死跟咱有什么关系？把她送给族长，族长马上就能给两个大洋！咱屋子都漏雨，再不弄弄就该塌了，要是这两个大洋到手，我马上就能买东西，把屋子弄好！咱还欠了族长家药铺半年的药钱，再不还饥荒，以后还怎么去赊账?！你说话倒轻巧，你撑着这个家你试试?！”

换样的妈把碗端给换样，说：“没钱想办法，缺德事儿少做！就你这种当爹的，能教育出个好孩子?！换样，起来吃饭！你做得对，昧良心的钱咱不赚！会遭报应的！”

纪大安“哼”了一声，说：“报应?！哪里有报应?！远的不说，就说族长吧，做了多少坏事？他遭报应了吗？我就干这么点儿破事，有什么报应?！”

换样的妈说：“别人我不管！咱不能那么干！用人命修的房子，我不敢住，还不如漏雨的住得舒服！”

换样接过饭碗，吃了半碗地瓜干饭，坐在床上掉眼泪。他想不明白，自己做的事儿，到底是错的还是对的。在他小小的心灵里，父亲是那么高大，做的事儿都是对的，但是父亲带着族长的人撵他和马凤娇的情景，让他想起来就浑身颤抖。

住在师父家的那些天里，他晚上经常做梦，梦到自己和马凤娇变成了两只孱弱的小白兔，族长变成了一条他想象中的恶龙，指挥着父亲等一帮长得奇形怪状凶恶至极的人，来抓他们两个。换样多次向父亲求救，但是父亲冷冰冰地告诉他，他现在是族长的手下，是纪姓家族的勇士，他只听族长的，没有什么父子之情，父亲带着众人，张开血盆大口扑向他们，换样每次都是满头大汗，惊叫着从梦中醒来。

第一次醒来之后，换样吓得呜呜哭。睡在同一铺炕上的纪大鼓被惊醒，问怎么回事。换样把梦中情形告诉师父，纪大鼓叹气不说话。

换样问纪大鼓：“师父，您说，我爹是坏人还是好人啊？”

纪大鼓说：“你爹当然是一个好人。三年前，胶东大旱，遍地土匪，有一天晚上，天快亮了，从东山上下来一帮土匪，到村里抢东西，你爹先发现，喊了几个小青年，边跟土匪打边吹响了牛角，要不是你爹带头打跑了土匪，村里起码要死几个人。”

换样还是不理解：“师父，那我爹为什么要带着人去抓凤娇姑姑呢？您说过，凤娇姑姑脾气不好，但她是一个好人啊。”

纪大鼓说：“你还小，长大了你就知道了，有时候好人不得不去做一些坏事。还有一些好人，根本就不知道自己做的事是好事还是坏事。你爹就是后者，什么事儿都听族长的，族长说对他就以为是对的。这世间事啊，麻烦着呢。”

换样说：“师父，照您这么说，族长是坏人了？”

纪大鼓摇头，说：“族长……怎么说呢，算不上坏人，也算不上好人。这个世界上，没有单纯的好人，也没有纯粹的坏人。”

换样迷茫了：“师父，那您是好人还是坏人呢？我觉得您可是个比我爹好的好人，也比王师伯要好。”

纪大鼓笑了，说：“你师伯其实可是个讲义气的汉子呢，不过现在没办法。我嘛，我在努力做一个好人。我们眼瞎了，心不能瞎。”

换样高兴了，说：“那我就跟着师父了，我也要努力做一个好人。”

09. 老管的病

张永禄与飞龙等人商量，觉得老管的事儿不宜拖得太久，如果侯正廷真的把老管送到了济南，那后悔都来不及了。

张永禄来找纪族长，说他愿意用一百二十万大洋，把人救出来。但是他没有那么多钱，他可以用铺子顶一部分，还有一个盐场，他也可以交出来。当然，他还有一些支票，剩下的，他出去借一借。

纪族长让他两天后来听信儿。两天后，张永禄和飞龙带着支票和商铺地契、盐场的各种手续来到了纪族长家，侯正廷赫然坐在纪族长家的客厅里。

张永禄一愣，朝侯正廷拱手，说：“侯兄果然露面了！高手啊，侯老板一招封喉，张永禄佩服。”

侯正廷微微一笑，说：“张老板才是高手，手段毒辣，侯正廷真是没有想到，张老板还有这种手段。”

张永禄摇头叹气：“算了，不提了，我是被人蒙了。侯老板也许不相信，这根本不是我的本意。唉，不说了，事已至此，这一百二十万，可是我的全部家当啊，侯老板真是把我给算计透了。”

侯正廷摇头，说："这不是张老板的全部家当，张老板有多少钱，我还是有数的。最近我的那些商铺都到了张老板的手里，这也值不少钱啊。"

张永禄拱手，说："侯老板啊，您总得给我留点铺面，继续做点小生意吧，我收您的这些商铺，就按照您给的价格还给您，您看如何？"

侯正廷点头，说："我侯正廷不是得理不饶人的人，这个价格公平。我答应。"

张永禄把几个原本是侯正廷的商铺、盐场、四艘船，抵了八十万给侯正廷，给了侯正廷四十万大洋支票，侯正廷接过支票和地契等手续，点了点头。

纪族长说："张老板，那个赊小鸡的已经在金口您的商行里了，不过这个老管身子不好，要等些日子才能恢复，您赶紧回去看看吧。"

张永禄朝着侯正廷抱了抱拳，转身走出了纪族长家。

张永禄等人回到商行后，果然见到了躺在商行屋子中间的老管。老管被人放在一个担架上，躺着一动不动。

张永禄很诧异地走过去，蹲下来，看到老管睁着眼，似乎认出了自己，但是手脚不能动，即便是嘴巴，也只是上下两片嘴唇抖动着，好不容易碰在了一起，没发出声音。

张永禄看了一会儿，问众人："这是怎么了？怎么回事？"

商行经理过来，说："张老板，您来的时候，来送老管的人刚走，我刚让人去请郎中了，等郎中来了就知道了。"

有人搬过来一把椅子，张永禄在椅子上坐下，擦了擦头上的汗，闭着眼睛，头仰靠在椅背上，一言不发。

郎中跟在飞龙的身后跑了进来，他蹲下来，掀开老管的眼皮看了看，又看了看舌苔，试了试脉，很诧异地站起来，围着老管转圈。

飞龙看得莫名其妙："老乔，耍猴呢？转什么圈啊？老管这是什么毛病？"

郎中站住，摇头，说："什么毛病都没有啊，脉象正常，别的也都没毛病。"

飞龙骂道："你胡扯，没毛病这人能像木桩子，一动都不会动?!"

郎中一脸的无奈："怪就怪在这里啊，我老乔行医三十年，还是第一次看到这种情形呢。"

张永禄摆了摆手，商行经理要给郎中诊费，郎中没收，说自己才疏学浅，看不出毛病，不敢收费。郎中匆匆走了，张永禄让人把老管抬到他自己家里，由商行出钱请人照顾着，让飞龙负责给他找郎中看病。

刚到手两个多月的盐场又回到了侯正廷手里，飞龙非常郁闷，他一边准备重新带领盐帮做生意，一边四处寻找郎中，给老管看病。

飞龙带着活死人一般的老管，寻遍了附近方圆百里以内有些名气和没有名气的郎中，却没人能看得了老管的病。飞龙被老管折腾腻烦了，解雇了看护老管的人，想把他饿死，过了十天后，飞龙让人去收尸，收尸的人去了后，又失魂落魄地跑回来告诉他，老管还活着，这十多天他不但没瘦，好像还胖了。

飞龙不相信，跑去看了看，果然，老管活得好好的。老管转着眼珠子，看到飞龙后，好像还朝他笑了笑。这笑容转瞬即逝，却让飞龙觉得浑身发冷。

他不相信，又让人关着门，又饿了老管一个月。一个月下来，老管依然活得好好的。飞龙吓得魂飞魄散，他把此事告诉张永禄，说老管肯定是被骚皮子附体了。张永禄让飞龙跑到三教堂，请张道士来作法驱邪，张道士来点着艾草熏，用稻米打，都没把骚皮子打出来，倒是把老管熏得直咳嗽。

张道士折腾了三天，退缩了，他告诉张永禄，老管肯定不是骚皮子上身，至于是什么毛病，他看不出来。

张道士草草走了，留下了一地狼藉。张永禄不泄气，他想把老管治好，再帮他想办法对付侯正廷，就让飞龙带着老管去青岛的教会医院给老管治病。

教会医院的大夫看了，也没看出个所以然，给老管吊了十天吊瓶，毫无进展，飞龙就带着老管回来了，张永禄花钱，把他养了起来。

张永禄此番对付侯正廷，最终是两败俱伤，他拿出了巨额赔偿后，生意一落千丈，在金口的众多老板中，勉强能排到第四名。侯正廷拿到钱，还了一部分债务，生意重新启动，虽然不如往日规模，在金口生意圈依然是老大，这让张永禄沮丧至极。

飞龙回归盐帮，继续带着盐帮的兄弟做生意。

侯正廷加强了盐场管理，盐帮无法大量收购私盐，利润下降得厉害，跟着飞龙混了多年的兄弟们受不得煎熬，走了不少，又不断有新人加入，飞龙每天焦头烂额，却不得不带着众人，奔波于路上。

10. 听到马凤娇的消息

年底，纪大鼓带着换样去祠堂唱《四通鼓》和《哀侯别国》，按照惯例，各村分别组织村中纪姓男人来祭拜先祖，顺便听两人说书。

瞎子在冬天的生活，就像冬天烧得热乎乎的火炕和寒风呼啸的院子，差别巨大。一些有能耐的瞎子，会找有钱人家，窝在他们家里给说上一个月两个月的书，直到把肚子里的书都说光了，才带着大洋心满意足地回家。这一两个月的辛苦，不但能好好过一个年，明年春天甚至半年的吃喝就有了。像王瞎子，每年冬天都去侯正廷家说书，要不是他家里有老婆孩子，老婆还天天生病，在侯正廷家里说上两个月够他吃大半年的。但是对于一些没有主顾的瞎子来说，在冰天雪地里四处跑着说书算命，掉河里井里甚至冻死是经常有的事。

因此，冬天出门的瞎子都三五成群，以方便救助，很少有单个出去的。

纪大鼓和换样的冬天，差不多就是冬天的火炕了，起码暂时是这样。

纪大鼓的师父活着的时候，要在祠堂里唱两个月的大鼓书。过了年之后，纪姓三个村甚至各个家族的分支都要请他唱别的大鼓书，直到开春开始耕地为止。那个时候的纪家大鼓传人，过的真是神仙日子。

从两年前开始，族长压缩了在祠堂里唱鼓书的时间。纪姓人分居于三个村子。这三个村每村只有十天的祭祖听鼓书的时间，这样，纪大鼓在祠堂里只能唱一个月的鼓书，祠堂能给他两个大洋。

两个大洋，在很多穷苦百姓眼里也是大钱，但是纪大鼓与别人不一样，别家多少都有点儿地，起码吃的没有什么问题。纪大鼓家本来也有一亩薄地，但是父亲去世后，办丧事卖了，因此这两个大洋，是他半年吃喝的保障。

一个月大鼓唱完，也就临近年关了，无论穷富，年都是要过的。换样的父亲纪大安每年都要来帮纪大鼓打扫卫生。打扫卫生的时候，换样在旁边帮忙，素枝也来了，帮纪大鼓擦洗家具，搬动小件物品，忙前忙后。

中午，纪大鼓的老母亲做了两个菜，请纪大安和素枝吃饭。

纪大安多喝了两口酒，嘴就有些把不住门了。他告诉纪大鼓，前些日子，他和村里几个人出去给族长的油坊收花生，在平度地界，听说有个瞎眼的年轻女子，被几个地痞锁在了一个破烂的土地庙里，那几个地痞想轮流奸淫她，但是听说这个女子挺硬气，虽然饿得没力气了，但是手里一直握着一把短刀，没让那几个无赖得逞。

纪大安觉得这个女子很可能是马凤娇，就带着那几个人赶着马车，找到了那个土地庙。在土地庙外守着的当地地痞，看到他们几个人都挺壮实，又跑到村里喊了一帮子人来，这些人都带着家伙，纪大安看情况不妙，就带着人走了。

晚上他们又偷偷去了。他们把守在外面的那几个浑蛋打晕了，砸开了门锁，冲进庙里，找到了那个躲在一堆乱草里的女瞎子。女瞎子蓬头垢面，大概是因为冷，胡乱套着各种衣服，与他在纪大鼓家门口看到的马凤娇判若两人。然而，此人就是马凤娇。他虽然没有看清她的模样，但是从她的身手上，他看了出来。

“这个女人真是烈女，手里拿着短刀，像一头要拼命的小狼。我本来想把她带回来，送给族长讨个赏钱的，但是看看她实在是可怜，就带着人走了。唉，这个女人也是作孽，要是她不救那个曲诗文，怎么能落到这个下场。”

纪大鼓听了，坐不住了：“你们是在哪儿看到的她？平度哪个村子？”

纪大安想了想，说：“那个村子西头有条河，叫……李家庄，对，对，李家庄。村后有座小山，据说山上有个狐大仙，百求百应。”

听了纪大安的话，纪大鼓这一下午就像丢了魂，勉强打扫完卫生，坐在桌子旁发愣。

换样和素枝年纪小，不知道纪大鼓这是怎么了，都站在旁边看着他。

纪大鼓终于长叹一口气，这口气又粗又长，吓得换样和素枝都瞪大了眼睛看他。纪大鼓说：“我们这是害了人家啊！想当初还不如不救，让人死了，就不用遭这个罪了！”

素枝脑子转得快，嘴巴也快：“大鼓舅，您说的是那个马凤娇吧？”

纪大鼓点头，说：“你大鼓舅真是作孽啊！作孽！作孽！我不应该把她留在家里，更不应该让人家走，我纪大鼓还纪家大鼓传人，呸！给祖宗丢人！”

换样说：“族长还要抓她，把她送给县衙呢，师父，族长是不是比你还丢人？”

纪大鼓摇头，说："族长早就不把自己当人了。也没办法，想当好这个族长，想在这社会上人五人六的，只能当狗或者当狼。"

换样说："师父，那我们去找凤娇姑姑吧？您说过，她是个好人。咱得帮好人，不能帮……不是人的人。"

纪大鼓说："唉，族长当年也是个好人呢，他带着族里的人打捻子，都是冲在最前面。这人啊，哪里有什么好坏，要是我当了族长，也许……也许跟族长一样，也许还不如族长呢。"

素枝摇头，说："大鼓舅舅，我听我爸爸说，我族长姥爷不容易呢，族里天天很多人找他，族长想当县里的参议员，县长还不同意。"

纪大鼓点头，说："都不容易。他当了参议员，还想当县长，当了县长，还想当更大的官，官越大，眼光就越朝上，就越要给人当狗，这是没办法的事儿。要是当官的，眼都朝下看，看着老百姓，那他就是一个好人了。可是谁会朝下看呢？他们跟我们是两条道儿上的人。"

素枝说："大鼓舅舅，您就是一个好人。对了，我们去找凤娇姑姑吧，我家是平度的，那里我熟。"

纪大鼓呵呵一笑，说："你个小孩子，就能说大话，你知道平度多大吗？"

素枝"哼"了一声，说："我比你知道得多！大鼓舅舅，我从三岁就跟着我爹赶集耍把戏，周围一百里，哪里赶大集，我比我爹记得都清楚！我爹说，赶大集赚大钱，赶小集赚小钱，好乡不如个破烂集，我还和我爹去坊子耍过把戏呢，我把戏耍得一般，但那周围的路，没有我不知道的。"

纪大鼓问："那你知道李家庄吗？"

纪大鼓这一问，把素枝问住了，她抓着小脑袋想了想，说："我现在想不起来，不过到了平度地界，一打听就知道了。鼻子下面有条路，这个您放心就行了。"

晚上，换样没有回家，住在了师父家。

纪大鼓睡不着，吃完晚饭后，坐在院子里发呆，换样坐在师父旁边练习三弦。纪大鼓沉默了一会儿，突然对换样说："换样，收拾东西，咱明天去找马凤娇！"

11. 找到马凤娇

让纪大鼓高兴的是，素枝一大早跑过来，说她爹准备回老家一趟。快过年了，他想回去看看自己的一个本家叔叔，送点过年的东西给他。而且，她父亲说了，如果纪大鼓也去，他就去向族长借一辆马车，大家一起坐马车去平度。

纪大鼓大喜。让素枝赶紧回去告诉她父亲，他和换样跟他一起去平度，他们去找马凤娇。

一番准备后，素枝的父亲老张驾着马车过来，纪大鼓和换样上了马车，老张驾车，直奔平度。

路上说起李家庄，老张告诉纪大鼓，据他所知，平度至少有三五个叫李家庄的村，还有李家站、李家营、李家铺子，等等。具体哪个村子，真不好说。

换样第一次出这么远的门，而且不用自己走路，坐在马车上很兴奋。要回自己从小长大的地方，素枝自然也很高兴，边走，边跟换样介绍路边的山山水水。虽然是冬天，但是晴空万里，阳光很温暖，也没有风，几个人心情不错。

他们从早上一直跑到晚上，终于到了老张的那个本家叔叔家。

凄冷的冬夜，老张的叔叔已经睡下，但是看到老张和素枝后，还是很高兴，忙把众人迎进屋内。老张在路上一处集市上，买了一大块煮熟的死猪肉，还带了两斤酒，当下，老张的叔叔切了肉，倒上了酒，大家就在温暖的小屋里吃肉喝酒，边吃边聊天。

在来的路上，纪大鼓和老张商量，遇到人就说马凤娇是纪大鼓的表妹，这样也好说话。闲聊的时候，纪大鼓就说起了自己的这个“表妹”，从家里跑出来，最近听说在平度李家庄的事儿。

老张的叔叔一听，马上告诉纪大鼓，他知道他的表妹。他表妹在这周围转了半年了，背着铺盖和三弦，在附近主要给人唱“赶喜”和“哭丧”为生。夏天来的时候，还穿得干干净净的，后来就越来越脏了，人也瘦得不行。听说她被几个浑小子暗算过，身上带的东西和赚的钱都被人抢没了。但是这个女子性格刚烈，有几个浑蛋看她长得漂亮，想占便宜，都没成。还有人说，只要给钱多，她就跟人睡，也不知道真假。反正到秋收完了后，就只看到她背着个破烂包袱，在附近转悠了。因为她穿得太破，加上众人觉得她名声臭了，“赶喜”和“哭丧”都不用她了，她就彻底成了一个要饭的。现在已经很少看到她了。有人说她住在离他们村有二十多里路的李家铺子，也有人说她住在李家庄，不敢确定，这么冷的天，说不定冻死了呢。

纪大鼓听了后，心里发急，要连夜去李家庄，被老张劝住。

第二天一早，众人匆匆吃了点早饭，便套上马车，直奔李家庄。到了李家庄后，老张找村子里的熟人打听，得知前些日子这个瞎眼女子确实是在这附近转悠，而且就住在村后的土地庙里，村里的几个小混混天天围着她转，打她的主意。前些日子，村里打扫土地庙，把她撵了出去，土地庙新做了门上了锁，派人守着，这个女瞎子也不知跑到哪里去了。

听到此消息，纪大鼓沮丧至极。老张要回去，纪大鼓不肯，让老张赶着马车，带着他们在附近挨个村子打听。纪大鼓觉得，这大冷天的，她又冷又饿，不会跑远，应该就在附近。

他们一直赶着马车在附近的村子里转悠找人，一直到了傍晚，终于在离李家庄约三十里远的一个村子打听到了这个可怜女子的下落。

据一个出去下扣抓兔子的老汉说，村后一幢看瓜的茅屋里，这两天刚住进去一个穿着破烂，看不清男女的人。这个人蓬头垢面，每天中午出来讨饭，对人非常警惕，老远看到人就跑，因此只能讨到很少一点饭。前天，村里的保长出于好心，想带几个人把透风的茅屋整理一下，没想到，这个人以为保长等人是来撵她的，竟然亮出了刀子，保长怕伤了人，也怕把这个可怜的人吓跑出去，在外面冻死，就带着人回去了。

纪大鼓等人按照那人指点，从村西头绕到村后，找到那幢茅屋。茅屋很简陋，歪着，一部分已经塌陷，随时都能倒掉的样子。纪大鼓带着换样、素枝喊着马凤娇的名字走了过去。茅屋里没人应声，他们不得不小心翼翼，走了进去。纪大鼓刚进屋，一个头发遮住了半个脸，身上穿着看不清颜色的衣服的人从角落里站起来，她手里握着短刀，像野兽一般咆哮着。

纪大鼓看不到这些，但是他还是从她的声音中辨别了出来，此人正是马凤娇。

纪大鼓喊道："凤娇，是我，我是纪大鼓啊，我和换样来接你回去。"

换样也喊道："凤娇姑姑，我是换样，你别怕，我和我师父来接你回家呢。"

让两人惊愕的是，马凤娇好像不认得他们了，她依然呜呜地吼着，虽然没有对他们发起攻击，却异常警惕，不肯与他们接触。

换样有些怀疑了，说："师父，她是凤娇姑姑吗？如果是她，她不会听不出我们的声音吧？"

纪大鼓很肯定地说："是她！她应该是听出我们的声音了，但是她不相信我们了。"

换样朝着马凤娇喊："凤娇姑姑，我是换样啊，我们藏在小树林里，我把我爹他们引开，回来找你找不到你了，你忘了吗？在我师父家，你还给我洗过衣服，包饺子给我们吃呢，你不能都忘了吧？"

换样说着，朝马凤娇身边走。马凤娇似乎有点相信换样，呜呜的声音弱了下来。正在这时候，老张带着几个人跑进来，老张说："大鼓兄弟，这个村的保长来了！"

马凤娇听到陌生人声音，声音陡然大起来，她举着短刀在周围乱刺乱捅，换样吓得朝后退，退得太急，摔倒在地上。

素枝要过来救换样，老张看素枝朝着换样跑过去，怕素枝有危险，边叫着素枝边朝她跑了过来。马凤娇听到这么多脚步声喊叫声，突然暴躁起来，左冲右突哇哇大叫。

素枝扯着换样跑到门口，大家都走了出来，屋子里只剩下了马凤娇自己，她慢慢安静了下来。

12. 绑回马凤娇

保长是个看起来很敦厚的中年人，他告诉纪大鼓和老张，这个女瞎子是个疯子，不说话，偶尔说出一句话，也是骂人。她很警惕，攻击性很强，要把她带走，得想办法。

纪大鼓实在没有想到，马凤娇竟然落到如此地步。他告诉保长，这个疯子是他表妹，不管用什么办法，他都要把她带走。

众人一番商量之后，老张从马车里拿出备用的绳子，纪大鼓让换样带着绳子走进屋内。换样一边跟马凤娇说话，让她放松警惕，离开墙角，一边悄悄用绳子在马凤娇身边转了几圈，他把绳头递给站在门口的老张和村里的一个壮汉，两人扯住绳子猛拽，马凤娇不防备突然摔倒在地上，手里的短刀也掉了。没了短刀的马凤娇异常惊恐，一边呜呜叫着一边四下乱摸。素枝早就跑过去，把短刀拿走了。保长带着的几个年轻人一起出手，按住马凤娇，老张用绳子把马凤娇捆成了粽子。

到了这时候，马凤娇还是不肯老实，她惊恐地摆着头，嘴里呜呜地骂。

众人帮纪大鼓等人把马凤娇抬上马车，纪大鼓和老张谢过众人，老张便赶着马车，一路疾驰。

此时天已经完全黑了下来，他们回到老张的叔叔家，在老张叔叔家睡了一觉。睡觉的时候，纪大鼓和老张把马凤娇从马车上抬下来，放在暖和的炕上。纪大鼓怕马凤娇闹，没敢给她解绳子，又怕她撒尿，因此只给她喝一点水，没让她吃东西。出乎众人意料的是，自从上了马车后，马凤娇开始变得安静了。她一动不动，也不出声，任凭纪大鼓等人摆布。

第二天一早，老张等人简单吃了点儿饭，便把马凤娇抬上马车，开始朝回赶。

怕马凤娇在马车上冷，老张还跟叔叔要了一床被子，把她给包上。

与昨天不同，今天早上起来的时候，天上飘着雪花，有些阴冷。众人坐在马车上，靠在一起取暖。

老张为了暖和，跟着马车跑一会儿，上来坐一会儿。到了中午，飘摇的小雪花停了，艳阳高照，天气暖和了些，一直躺着不动的马凤娇突然呜呜叫起来，跟马凤娇一起坐在被窝里的素枝喊："爸爸，停停，凤娇姑姑可能要撒尿了。"

老张停下马车，转回身。他把绑在马凤娇身上的绳子解下来一些，让纪大鼓和换样扯着绳子的一头，然后让素枝带着马凤娇去旁边的小树林里方便。

冬天的小树林，一片荒芜。素枝牵着马凤娇小心翼翼朝着树林深处走，一直走到众人看不到为止。纪大鼓怕人跑了，不时拽一下绳子。老张整理了一下马肚带，正要跳上马车，突然从树林里传来一声尖叫。是素枝的叫声。紧接着，马凤娇惊恐的呜呜声从树林里传出来，好像森林里突然出现一群神秘的野兽。

老张喊了一声，拿着马鞭子就朝着小树林跑过去。换样和纪大鼓也要朝里跑。

纪大鼓朝换样喊："你拽着马缰绳，别让马跑了！"

换样想想也对，就拽住了马缰绳，仔细听着树林里的声音。

老张跑进树林，看到树林竟然多了两个人。是一对高个子的外国人，一男一女，看起来像是夫妻。他们惊恐地看着面前的素枝和马凤娇，像是看到了鬼。

素枝和老张常年跑江湖，在青岛见过这种穿着高贵的外国人。但是在这种地方见到他们，两人还是感到不可思议。

面前的这两个洋人，似乎比他们更恐惧。这两人都是五十岁左右的年纪，女的穿着黑貂大衣，男的穿着皮衣，两个靠在一起，嘴里叽里咕噜说着什么，男的还频频用手指着旁边的一座孤坟。坟墓上，放着一个颜色鲜艳的小花圈，还有水果点心什么的。

老张有些明白，这两个人应该是来上坟的。但是，这两个外国人，怎么能跑到这里上坟呢？

众人正惊讶，一阵嘈杂的马蹄声从官道上传过来，马蹄声在他们的马车附近停下，随着一阵急促的脚步声，一个穿着风衣的中国男子匆匆跑过来。

他先朝着这两个外国人说了几句话，然后，朝着老张鞠躬："实在对不起，我刚刚去镇上买了一沓烧纸，没想到，惊着各位了。"

老张问："兄弟，听口音您是青岛人吧？"

这男子点头："青岛人。唉，日本人把德国人打败了，这一对德国夫妻要回德国了，来给他们的父亲上坟。当年这位老先生从青岛跑到这儿来传教，闹义和团的时候，老先生被当地的几个老百姓用锄头砸死了，现在老先生的儿子要回国了，来给他爹上坟呢。"

老张有些惊讶："这么说，以后这青岛就成了日本人的了？"

男子摇头，说："准确说，是被日本人占了。唉，都怪咱中国人没本事，好好的地方被人家占来占去的。”

这时候，纪大鼓也听着声音摸了过来。老张过去扶着他，对素枝说：“你带着马凤娇到另一边去。”

素枝扶着马凤娇走了。那个德国妇女对青岛男子说了句外语，青岛男子问老张：“你们为什么要用绳子绑着那个女子？是不是她犯了法？”

老张笑了笑，说：“不是。你没看出来？她犯病了，脑袋有问题。”

老张和纪大鼓回到官路上，等了一会儿，素枝也扶着马凤娇从小树林走了出来。

马凤娇上了马车后，老张边和纪大鼓聊天，边赶着马车。

纪大鼓问：“老张啊，那个中国人说的是怎么回事？青岛怎么又成了日本人的了？”

老张说：“这都是大清留下的麻烦事。当年大清没本事，把青岛租借给德国人，现在日本人把德国人打败了，德国人就从青岛溜了，青岛就成了日本的地盘了。”

纪大鼓不明白：“既然德国人跑了，我们的政府怎么不把青岛收回来？还要让给日本人？”

老张说：“那也得有本事收啊。我听说日本人打德国人，本来就是看好了青岛这地方。中国人要把他们撵走，双方就得打仗，现在的问题是，咱打不过人家啊。”

纪大鼓叹气。

老张甩着鞭子，赶着马车一路疾行，半路上还遇到一帮大兵扛着枪，稀稀拉拉从南朝北走。众人老远停下，躲到一旁，一直到当兵的过去，他们才继续朝着家的方向疾驰。

第五章 纪家村的秘密

01. 换样出徒拜新师

马凤娇这次来到纪大鼓家后，性情大变。她变得异常温顺，也不说话，几乎就是一个哑巴，每天吃完饭后，除了擦洗家，就是洗衣服。她非常喜欢水，喜欢洗澡，她的手一摸到水，就会有一种陶醉一般的模样。

这让纪大鼓和母亲感到很惊讶。

纪大鼓找到侯正廷，让侯正廷帮忙到官府打听消息，得知官府已经确认马凤娇死亡后，侯正廷找人帮马凤娇改了名字，上了户口。纪大鼓让纪大安帮忙放出话，说自己家的瞎眼女子是他的表亲，因为姨夫姨妈一家人都不在了，所以到他家投亲来了。

纪家村的人素来尊敬纪大鼓，纪大鼓这一番话说出来，众人也就信以为真，没人去追究了。

比较可惜的是，当年的马凤娇三弦冠绝莱阳海阳等地，说书唱曲声音清亮，这次回来后，这些都废了，给她一把三弦，她像拿笤帚一样拿着，不知该如何摆弄。唱曲更没门儿，话都很少说一句，更别说唱曲儿了。

她每日低眉垂目，潜心做事，与之前的马凤娇判若两人。

这样的马凤娇，却显出了她的美来。

连看不清人的眉眼的换样，有时候都说："师父，凤娇姑姑真漂亮。"

纪大鼓哼一声："你连她的模样都看不出来，你还能看出她是不是漂亮？"

换样说："我能。别看我只能看出一个轮廓，但是我能感觉凤娇姑姑的模样，那是沉鱼落雁、倾国倾城啊。"

纪大鼓已经三十岁了，几年前，还有人来给他说亲。那时候，纪大鼓发誓要找一个明眼的，不能两个人一对瞎子。但是明眼人，哪怕是找个瘸子，也不愿意找瞎子，人家来纪大鼓家一看，看到大名鼎鼎的纪家大鼓传人住的屋子破旧不堪，就更不愿意了。

纪大鼓的师父死了之后，族长大幅削减纪家大鼓传人的待遇，就更没人愿意嫁给纪大鼓了。

三十岁的纪大鼓终于有些惶恐了。

老母亲劝他干脆收了马凤娇算了，两人有个孩子，她现在还没老，还能替他们看看孩子，要是等自己老了，那就更麻烦了。

现在这个哑巴似的马凤娇，倒让纪大鼓有几分喜欢，纪大鼓想了些日子，终于答应了。

老母亲高兴得掉眼泪。她亲自去请素枝的爹做媒人，拿出所有积蓄，让纪大安帮忙收拾了一下屋子，做了几床新被褥，又请了街坊邻居亲戚吃了一顿饭，就算给两人结婚了。

当然，老母亲也询问过马凤娇的意见。马凤娇却像没听到一样，不置可否。如此一直到筹办婚事，结婚，纪大鼓抱着马凤娇一起睡觉，她都是一副事不关己的表情。

新婚之夜，纪大鼓抱着这个丰满鲜嫩的肉体，浑身发抖，马凤娇却早已疲惫至极，酣然入睡。

纪大鼓和换样、王瞎子一起出去说书，经常遇到飞龙和他的盐帮。几年过去，飞龙明显老成了很多。最近几年，胶东各种帮会、土匪风起云涌，他们都瞄上了盐帮这块肥肉，飞龙的盐帮不得不花钱买了几杆快枪，以求自保。

如此一晃十多年过去，换样长大了，纪大鼓经过族长同意后，把自己的绝活《四通鼓》和《哀侯别国》都传给了换样。换样学会后，在祠堂为族长和长老们举行了两场精彩的演出，纪大鼓就算是把纪家大鼓传人的位子传给了换样。

然而，让纪大鼓和换样都没有想到的是，到了年底祭祖的时候，换样准备进祠堂唱这两出戏的时候，族长却派人传话过来，说从今往后，祠堂的规矩改了，族里不安排唱大鼓了，轮到哪个村子，哪个村子自己做主，请或者不请，族里不管了。

换样听到消息，深受打击，异常沮丧地来找纪大鼓。纪大鼓鼓起勇气，去问族长，族长说现在不同以往，以往各村都是给祠堂上交份子钱的，现在份子钱没了，祠堂没有能力继续支付各种费用了，因此祠堂里的事儿都要重新安排。不过族长让换样放心，祭祖的时候，还是要唱这两部书的，而且给大鼓传人的钱，一个铜板都不会少。

纪大鼓无可奈何，只得把族长的话原样告诉换样。

祭祖的时候，族长确实让换样唱了十天的大鼓，给了换样一个大洋。然而，其后的两个纪家村分别祭祖，都没有请换样，他们的理由很充分，村里的人每年都听这纪大鼓和换样的鼓书，都能背出来了，实在是不想再听了。

听到这种说法，纪大鼓受到的打击比换样都要严重。他以前总是把纪家大鼓传人的身份看得无比神圣，现在看来，族中很多人根本没拿这个当回事。

过年的时候，纪大安请纪大鼓到他家中吃饭，说起了换样的事儿。

换样年近二十了，到了该娶媳妇的年龄了，但是家里穷，房子破烂，自己又是个瞎子，再不想法弄点钱，这媳妇就瞎定了。

纪大鼓对此深有体会，只能点头。

纪大安说，现在的大鼓传人不吃香了。他本来以为儿子成了大鼓传人，就能赚点钱，现在看来靠这个是不行了，儿子要想赚钱，还是要学会算命，他想给换样找个会算命的师父，想征得纪大鼓的同意。

纪大鼓听着纪大安的话，觉得脸上发烧，却也无可奈何，只能一杯一杯复一杯地给自己灌酒，他不知道什么时候喝醉了，也不知道什么时候回了家，第二天早上醒来的时候，他只记得好像是换样把他背回来的。

纪大鼓刚从炕上爬起来，换样就来了。

纪大鼓对他说："换样，你让你爹找辆马车，我带你拜师去。"

换样一愣："拜师？拜王伯伯为师吗？"

纪大鼓"哼"了一声，说："他那两把刷子，也就糊弄那些不懂的。去找张道士，三教堂的张道士。"

02. 张世伟来到三驾寺

侯正廷的正泰公司，经过这十多年的努力，终于恢复到了曾经的繁荣。张永禄也有些本事，他跑到淄博设立了一个商行，经营陶瓷，竟然把淄博的陶瓷经过福建王老板，卖到了东南亚。张永禄也借此大发其财，重新回到了金口第二大商行的位置。

老管依然躺在床上，睁着那双看起来越来越空洞的眼睛，盯着天花板，一直盯了十年。

其间张永禄找过不少郎中，中医西医、江湖大神都来给老管看过，却都没有看出什么毛病。张道士到金口天后宫设坛讲道，天后宫的人带着张道士去看老管，张道士看了一眼，对张永禄说："贫道知道有一人，可能看出此病病根，不过此人现在在哪里，是死是活，贫道不敢肯定。"

张永禄随口问了一句："道长，此人也是个道士？"

张道士说："此人曾经出家为道，后来投奔三驾寺，成了一名高僧。"

张永禄陡然明白："德清法师?!"

张道士点头，说："当年五处渡高家院有九十九名恶僧，在当地作恶多端，影响极坏，后来突然得病，症状与此人无异。有人请了德清法师，德清法师施法为众僧招魂，却只把浩惠禅师的魂给招了回来，而且这浩惠禅师为了破除身体内的煞气，瞎了右眼。"

张永禄惊愕："这么说……老管小命难保？"

张道士说："具体如何，贫道不知。张老板赶紧设法找到德清法师吧。"

这十多年，张永禄去了上百次三驾寺，但是德清法师却音信皆无。寺中和尚和张永禄都觉得，这个德清法师很可能不在人世了。张道士告诉张永禄，像德清法师这种高僧，德行皆足，六根清净，身上肩负重要使命，不到时候是不会离开尘世的。

老管在床上一躺十多年，虽然胖了些，脸色却很红润，皮肤变得透明，整个人仿佛越来越清明干净，仿佛他不是躺在床上睡觉，而是一直在修行，一直在改变自己，在等待蜕变的机会。

公元一九二八年春天，侯正廷花重金给三驾寺中的塑像重塑金身，并捐款重修了钟鼓楼，为僧人翻修了一下住宿的房子，使得一百多人的三驾寺，每个僧人都可以有一间自己的住宿之处。张永禄也为天后宫、三驾寺、黄金庵等寺庙道观捐款，作为修缮之用。

寺庙工程结束，三驾寺住持慧海率寺中众人，举行了盛大的春季祈福法会，感谢以侯正廷、张永禄为首的地方士绅的慷慨解囊。

法会从早上开始，一直持续到下午。侯正廷和张永禄等为首的几个人皆恭立院子两侧，等待法会结束。

法会即将结束时，突然从山门外闯进一群穿着新式学生制服、拿着小红旗的小青年。这些小青年很有礼貌，在门口站成整齐的一排，一个带头的跑到众人面前，问道：“请问谁是这里的方丈？”

慧海站起来，朝着小青年单掌施礼：“贫僧是小寺住持，请问这位施主，您有什么吩咐？”

小青年朝着慧海微微欠身，说：“您好，我是青岛中学的学生会主席张世伟，方丈先生，我们是代表省新文化生活会青岛学生分会，来劝您为国家的新文化运动贡献自己的力量的。”

慧海“噢”了一声，问：“这位施主，不知您想让贫僧如何贡献自己的力量？”

小青年说：“要是方丈先生同意，那就非常简单了。您带着僧人们返俗，把三驾寺让出来，以这里的规模，可以办一个中学了。我们这些人，都是附近的学子，我们愿意回来为家乡的教育事业，贡献自己的力量。”

慧海点头，说：“民国的新文化，贫僧也听说过。让僧人还俗，把寺庙变成学校，贫僧也有耳闻。这位施主，贫僧想请教一下，僧人可以还俗，但是如来佛像应该放在哪里？诸位菩萨的金身放在哪里？佛教虽然不能像新文化运动中所说的那样可以启迪民智，但是可以让众生心有所归，让众生生死有望，积德行善，施主如果以为寺庙之地是让众生迷信，那施主是真不了解佛教本义了。”

小青年挥手，说：“方丈先生，别跟我说这个。国家危难，寺庙却在浪费土地，浪费人力，让僧人回家种田，可以多打粮，把寺庙办成学校，可以教书育人，这么多和尚在这里诵经念佛，对国家有什么贡献?!”

慧海说：“施主应该不是本地人吧？三驾寺可是胶东佛教重地，县知事唐奎和本地士绅都是本寺常客，佛教教人向善，危难之时也曾挺身而出。施主如若不信，可以问问诸位乡绅。天下之大，难道除了寺庙，就没有可以读书的地方了？请施主饶了小寺，给普通百姓一处可以安心之地吧。”

小青年说：“方丈先生错了，我就是本地人。我爹在金口做生意，叫张永禄，我叫张世伟。三驾寺的事儿我从小就听我爹说起过，没错，佛教在特定的历史时期，是对民众有一定的安抚作用的。但是对于一个国家来说，宗教过于虚浮，现在世界已经进入工业革命时期，如果我们中华民国的百姓还沉浸在宗教中颓废下去，国家何时才能强盛?!”

慧海惊愕:“施主是张施主的公子?!”

这时候，院子里的众僧也都站起来，围拢过来。侯正廷和张永禄站在外围，这两年，两人交往渐多，竞争渐弱，现在两人都在谈论着一个对于他们来说非常重要的大事，因此对这年轻人与慧海的对话，一点都没放在心上。

张永禄只说了一句:“这些小青年，好像不是莱阳本地的。”

这时，有人转过身，看着张永禄，还有些居士，对着张永禄指指点点。

张永禄觉得有些奇怪，这时有人走过来，对他说:“张老板，您儿子带着人来，要撵慧海法师和各位师父走，说要在这里办学校呢。”

张永禄大惊:“什么?! 我儿子?! 我儿子在青岛读书啊，他怎么能在这里?!”

有人指着那个露出一半的脑袋，说:“张老板，他说他是您家公子，您过去看看，是不是假的，说话挺冲，我觉得不像您这种人家出来的孩子啊。”

张永禄一脸疑惑地走过去，瞅了一眼那个正在跟慧海法师辩论的学生，脸色大变:“你不好好在青岛读书，跑回来捣什么乱?! 慧海法师还没吃饭呢，滚一边去!”

张世伟没想到父亲竟然也在这里，他略微一愣，转头看了看站在他后面的一圈学生，又恢复了镇定:“爹，我们是奉青岛新文化运动委员会学生分会的命令，下来动员各地寺庙腾寺办学的。您也看到了，这些和尚每天正经事不干，就知道吃斋念佛，愚弄民众，他们就是这个社会的寄生虫! 国家要发展，我们要扔掉‘东亚病夫’的帽子，靠这些和尚能行吗? 不行! 我们要靠教育，靠科技，所以……”

张永禄忍无可忍，猛然扇了张世伟一个巴掌:“你才吃了几年地瓜干?! 给老子滚! 这是佛门重地，你再敢不知轻重胡咧咧，老子把你关起来!”

张世伟正是血气方刚的年纪，加上有一帮男女同学在后面看着，这一巴掌让他觉得自己很丢脸，他朝着张永禄吼道:“你没有这个权利! 国家有法律，你关我就是违法! 你有钱了不起啊?! 你们一个个站在这里，自我觉得是什么有钱人、乡绅，其实你们连佛教是什么都不知道，盲目崇拜附庸风雅而已!

你们是国家的罪人！是……”

张永禄怒不可遏，抓住张世伟打了两巴掌，对跟在他旁边的车夫喊：“来人，给我把这个不知天高地厚的小子绑了！别在这里给我丢人现眼！”

张永禄身边就带了一个人，年龄还比较大，五十多岁，他很为难地走到张世伟面前，说：“少爷，您别气老爷了，赶紧走吧。老爷说得没错，天下的道理不是那么简单，您年龄还小，等您经历的事儿多了，您就知道了。”

张世伟不肯走：“刘大叔，这件事儿跟您没关系，您还是别管了。我们是从青岛赶过来的，二百多里路，我们这么多的同学坐着马车跑了整整一天半才来到了这里，怎么能说走就走?！我们来之前，就已经定下了初步目标，今天三驾寺的住持不答应腾出地方，我们是不会走的！我可以告诉你们，黄金庵的住持已经答应了，他们愿意腾出寺庙，为国家的未来尽自己的力量！”

张永禄朝着车夫喊：“刘大哥，你听到没有，把这逆子给我拖出去！他要是敢动手，我今天就砸断他的胳膊！”

车夫还是不敢动手。张永禄暴怒，一把推开车夫，自己伸手来抓张世伟。

张世伟躲开，喝道：“张永禄，我今天是代表青岛学生新文化运动委员会来到这里的，我张世伟是委员会的主任！我今天是来跟住持谈判的，跟你张老板没关系！”

张永禄大怒：“你这个逆子！还反了你了！”

张永禄伸手要打张世伟，被张世伟抓住了手腕：“爹，你再不给我面子，我就要让人把你架出去了！”

03. 德清法师出现

张永禄想拽出胳膊，张世伟却不撒手。张永禄拽了三次，气得用脚踹儿子的肚子，张世伟才不得不撒手。

张永禄气愤至极，对慧海法师喊：“法师，让师父们动手，把这些浑小子给我从三驾寺打出去！所有的后果由我张永禄承担！我家这个孽子，打死拉倒！打死我再养一个！”

慧海法师拱手，说：“张施主，请少安毋躁。少爷只是年幼，做事难免偏激，现在法事结束，张施主请用餐，少爷既然是来找贫僧的，贫僧就跟少爷好好谈一谈。三驾寺是千年古寺，岂是几个娃娃能左右得了的?!”

慧海法师的话，被张世伟听得清清楚楚，张世伟“哼”了一声，说：“老和尚，说话不要太满，这个世界是年轻人的世界！只有我们年轻人，才能更好地接受新的思想，带动国家发展！”

慧海法师朝着张世伟拱手，说：“少爷，佛家远离尘世，并未阻挡国家之发展，无论新思想旧思想，皆与佛家无关，你们年轻人带动国家发展，贫僧也高兴，天下之大，三驾寺只占了这么一点儿地方。少爷胸有四海，抱负远大，却为何要来为难一个小小的三驾寺呢？贫僧才疏学浅，只有三驾寺一处安身之地，这三驾寺虽小，却是周围百里贫苦百姓无路可走之时的安慰之所，少爷是国家之精英，只看到了国家发展，却没有看到，在国家精英之外，在权贵之外，还有这些贫苦百姓求告无门，只能来到寺庙，寻求一种解脱。不瞒少爷，贫僧这两年也听到不少地方将寺庙变成学校，甚至烧毁之事，也因此对新文化运动有所了解，贫僧赞同新文化运动，却唯独不赞同拆除寺庙，世界各国皆有宗教，西方诸国信奉基督教，比中国之佛教更甚，贫僧未见西方拆基督教堂，西方却比中国发达得多，所以，贫僧劝少爷还是回去多读书，多研究强国之道，不要为难一座小小的三驾寺了。”

张世伟被慧海法师说得无话反驳，恼羞成怒，转身对身后的一帮同学喊：“同学们，这老和尚对抗新文化运动，我们怎么办?!”

学生们一齐举手，喊道：“砸！砸了那些泥胎！”

张世伟一挥手：“砸！拿出砸太清宫的勇气来，砸了这些装神弄鬼的泥胎！”

几十名学生喊了一声，要朝大雄宝殿里冲，和尚们都跑过来，挡在了学生的面前。

张永禄要过来拽儿子和学生，被张世伟一推，竟然一屁股蹾在了地上。

侯正廷忙过来扶起张永禄。张永禄气得捂着心口喊：“家门不幸，家门不幸啊！侯老板，我张永禄今天是丢死人了！我这是生了个孽子，养了个白眼狼啊！”

侯正廷说：“张老板，不管怎么说，你今天都要拉住少爷啊，要是真让他砸了大雄宝殿，那可就作孽了！”

张永禄猛然抓起旁边放在墙根的扫帚，朝着儿子就冲了过去：“我今天跟这个孽子拼了！儿子哎，你有本事你就弄死我，不弄死我，我今天剩下一口气，也不能让你进大雄宝殿！”

张世伟没有防备，突然挨了一扫帚把，把他打懵了。他摸了一下头，看了看手中的血，又转头看了看张永禄，竟然朝着张永禄笑了。

张永禄看着这个突然变得陌生的儿子，似乎有点害怕了，他擎着扫帚棍朝后退了几步。

张世伟抢过他手中的扫帚，一边喊叫一边疯狂地挥舞着，带着学生们朝着大雄宝殿冲过去。

和尚们不敢挡他，吓得纷纷让路。

张世伟带着众人冲到门口，眼看就要冲进宝殿内，突然从宝殿内缓缓走出一个胡须皆白，面容清癯，穿着一身百衲衣的老和尚。

老和尚迎面挡住了张世伟，朝着张世伟单掌施礼：“施主，此地你不能进。”

张世伟一愣，不屑地“哼”了一声：“老和尚，你算什么东西？你凭什么挡住我的路?！让开！”

老和尚笑了笑说：“施主，老和尚不算什么东西，不过当年要是没有我这老和尚，就不会有你的父亲，更不会有你。小施主，你刚才说得对，这三驾寺的和尚没有什么用，三驾寺也没有用，应该拆了办学校，不过三驾寺归莱阳县管辖，你们既然是从青岛来的学生，就应该知道，国家是有法律的，你们擅自破坏他人财产，是犯法的。新文化，就是学习西方，而西方最讲究的就是人人守法，小施主，我说得没错吧？贫僧刚从济南兴国寺回来，也听说过这新文化运动，但是济南的新文化运动，都是官府出面。官府执法，这是规矩，小施主要代替官府拆除寺庙，您这是执法还是违法呢?！”

张世伟被问住了，想了一会儿，才说：“我们……我们只是拆除那些塑像，方便教学，我们没想拆除寺庙。”

老和尚说：“小施主，你们只要得到官府同意，想拆哪儿三驾寺都没意见，现在官府都在搞新文化运动，小施主可以先去官府，征得当地官府同意，这才是正经的新文化运动，别让人觉得你们是一群是土匪流氓，小施主您说呢?”

有学生说:“世伟，这老和尚说得有道理，咱就是一帮学生，还是从青岛来的，连当地的学生会都没联系，就来这里闹，名不正言不顺啊。”

还有的学生说:“对，我也觉得咱这……有点像土匪。新文化运动，是要以文化培育社会，这跟打砸抢，就差一个‘抢’字了。”

张世伟还在犹豫，张永禄冲过来，站在他面前:“孽子，德清法师可是你奶奶的救命恩人！你要是敢在他面前撒野，会遭天打五雷轰的!”

张世伟转身，朝着学生们挥挥手，带着学生走了。

04. 老管的病情

张永禄和侯正廷一起去见县长唐奎。

唐奎是一年前刚回到莱阳复任的。十多年前，他在莱阳做了两年县知事后，迁任青州，此番又回到莱阳上任，不过称呼变了，不是知事，而是县长了。

唐奎此番回来，第一项任务就是推行新文化运动。民国的新文化运动是由陈独秀、李大钊、鲁迅、胡适、蔡元培、钱玄同等一些受过西方教育的人发起的一次“反传统、反孔教、反文言”的思想文化革新、文学革命运动，运动到了县里，却变成了“腾庙办学”这一项内容。

据侯正廷和张永禄得到的消息，莱阳比较有名的寺庙，比方高家院、刘海寺、李家白马庙、黄金庵、三教堂等都已经拆毁了塑像，有的出家人被迫还俗，而黄金庵剩下的几个僧人，则居于庵内的几间厢房内，把两进正屋和另一侧厢房都让了出来，作为办学之用。

侯正廷和张永禄见到唐奎，劝他不要打三驾寺的主意，给佛家留一处清净之地。

唐奎告诉两人，三驾寺的住持也来见过他，说了此事。不过现在不好说，上头号召学生监督“新文化运动”，要是学生闹起来，真要把三驾寺办成学校，他也不敢阻拦。现在莱阳境内的寺庙道观，大多被学生砸毁了寺中塑像，保存完好的不多了。不过他已经向济南打了报告，说这三驾寺躲在深山之中，离村子太远，不适宜办学。至于上级能否应允，那就要看运气了。

唐奎精神萎靡，唉声叹气，他告诉两人，最近可被这些年轻学生和出家人给烦死了："都是闲的，新文化确有可取之处，但是不能这么搞啊。佛家和道家，是老百姓的精神之寄托，特别是那些散落在村中的小寺庙，不过两三间屋子，却是百姓精神之家园。办学是大事，官府应该设法出钱，或者捐资建校，用这些小寺庙办学，简直就是胡闹！"

侯正廷说："唐县长，办学是好事，我和张老板一路上商量，决定都拿出一些钱来，支持办学。我倒是觉得，把一部分寺庙建成学校也是一个不错的办法，但是不可以如此没有章法，要把寺庙道观全部砸烂。侯某没什么文化，但是也知道，这些佛道之所，是民间文化之一部分。新文化要求新，相比旧文化，要有变化，但是不能不认祖宗，把旧的一锅煮了。侯某去过日本，日本几十年前就搞明治维新，学习西方，现在经济非常发达，日本的佛教同样发达，寺庙有七万多座，明治维新没有拆掉一所寺庙。要想真正让国家强盛，最主要的是上层有公心没有私心，否则拆再多的庙也没用。"

唐奎拱手："侯老板言之有理。两位放心，三驾寺是莱阳南部的佛教重地，对教化民众功不可没，对两位所托，我唐奎必然尽力。"

张世伟又带着学生来了几次三驾寺，张永禄和侯正廷联络了纪族长，三方派了人马守在三驾寺附近，学生一出现，三方人马一边与学生周旋，一边派人到附近村里喊人。附近村里的男女老少听到拆寺庙的学生来了，一齐出动，学生们不怕当官的不怕和尚，就怕村里的这些人。张世伟的一个同学动手打了一个村妇，被村民们抓住，学生们去向官府求助，唐奎让警局派人来救人，村民们没人承认抓了学生，被打的妇女反而借机向学生们要钱，警察在村里查了两天，没查出来，只得去求助张永禄。

张永禄找了三驾寺住持慧海，慧海派人到村里，让老百姓把学生放了出来，剩下的学生们再也不敢进三驾寺了。

三驾寺清静了，张永禄请了德清法师来到金口，查看老管的病情。

德清法师给老管把了把脉，看了看老管的脚趾，脸色陡变。张永禄看在眼里，问："法师，老管这是怎么了？"

德清法师摇头，示意到别处说话。

张永禄带着德清法师从老管家出来，一直来到永禄丰商行，走进他在二楼的办公室。两人坐下，德清法师问：“施主，这个老管是不是失踪多日后得的病？”

张永禄点头，说：“确实如此。”

德清法师问：“施主，你是否知道他失踪的那些天，是在谁手里吗？”

张永禄说：“老管失踪后，我派出人四处打听，后来得知他最后出现的地方，是纪家村。我就去找纪族长，这个纪族长说他也不知道这个老管的下落，但是他可以帮忙打听一下，后来我就是通过纪族长，花钱把老管赎了出来。永禄丰与纪族长没有生意来往，也素无恩怨，我怀疑是侯正廷让纪族长绑了老管。”

德清法师点了点头，好长时间没有说话，仿佛在回想什么。

张永禄忍不住，问：“法师，老管这个样子，还有救吗？”

德清法师长出一口气，说：“不好说。不瞒施主，当年我救出的捻军中，有一些是跟这老管一样的情况，我试着给他们治病，结果都死了。噢，对了，还有高家院的僧人，他们都跟老管一样。我经过多方查证，最后才弄明白，这是一种非常古老的巫术，要想破解，除非找到施用巫术之人，否则九十九个人中，只有一人能活命，还得瞎一只眼，心性大变。”

张永禄大惊：“就像高家院那样?!”

德清法师点头，说：“正是如此。高家院一百多个僧人，九十九人中了法术，只有浩惠禅师活了下来，且成为了一名得道高僧。”

张永禄很沮丧：“这么说，老管是没有希望活下来了。”

德清法师喃喃地说：“纪家村……我当年就怀疑是纪家村有人所为，但是这纪家村，谁还会有这般手段？难道是老族长吗？”

张永禄问：“那浩惠禅师……不是您给他治的？”

德清法师缓缓摇头，说：“确实是我给他们治的，不过浩惠禅师能活过来，并不是我的功劳，而是那九十九个人的精气都汇集在了浩惠禅师的身上。这种巫术，其实就是采集九十九个人的灵气，集于一人之身，也称九九归一之术。按照他们的说法，九十九个人中，才会出现一个好人，因此这种巫术，都是九十九个人活一个。要想把那九十九个人救活，那只有找到施用巫术之人。”

张永禄想了想，问："法师，您觉得施用巫术之人，应该就是纪家人？"

德清法师点头，说："除了纪家人还能有谁？这纪家可是古代纪哀侯的嫡传后人，家法严整，传承有序，能把这种古巫术传承到现在，恐怕也只有他们能做到了。"

05. 换样的狂妄与劫难

换样已经完全可以自立了。他跟张道士学会四柱预测和摸骨算命后，因为算得准，现在到他家求算命的每天川流不息，换样因为名声太响，直接影响了王瞎子的生意，王瞎子已经无法在附近立足，只能跑到更远处，凭三寸不烂之舌混几个小钱。

换样是个孝顺的孩子，赚了钱后，他经常到纪大鼓家，每次来都不空手，除了酒肉之外，每月还都要给纪大鼓送点钱，纪大鼓因此过得很是舒心。

换样还拿钱，给家里翻修了房子，他爹纪大安也买了几亩好地，他再也不用租族长的地种了。

有了钱的纪大安和换样都有些膨胀了，年底，纪家祠堂请换样去唱《四通鼓》和《哀侯别国》，换样以来算命的太多为由，拒绝了祠堂的邀请，这让族长非常不高兴。

幸亏纪大鼓去救了场。纪大鼓在祠堂唱了一个月，已经六十多岁的老族长找纪大鼓商量，想废了换样纪家大鼓传人的资格，纪大鼓不同意，老族长无奈。

年关时候，侯正廷的老母亲回娘家，要听《四通鼓》，此时纪大鼓和王瞎子赶羊郡集说书去了，老族长忙让人去请换样。换样终是年少轻狂，想到自己刚成为纪家大鼓传人，家中生计艰难之时，老族长却削减对纪家大鼓传人的补助，现在自己凭着本事吃饭，为什么还要听老族长的招呼呢？

换样因此又一次拒绝了族长。他告诉来人，自己前些天太累了，浑身没力气，实在是不能去为族长效力了。

族长听了手下报告，彻底愤怒了，决定找机会收拾一下这个目中无族长的小子。

此时，新文化运动如火如荼，换样的师父张道士因为学生们拆掉了三教堂内三清殿的塑像，把包括他在内的几十名道士撵了出来，愤慨不已。张道士带着几个师弟，回到三教堂找正在收拾房子的学生们讲理，双方由争吵到拳脚相向。三教堂的道士们都会点儿功夫，学生们不是对手，被打伤了几个，不得不退出三教堂。张道士等人还觉得没什么大事儿，一边召集四散的道士们回来，一边准备出去化缘弄钱，重塑张天师等人的金身。

第二天早上，警察便冲进了三教堂抓人。警察来的时候，张道士正在茅房里大便，听到警察开枪，吓得屁股也没顾上擦，从茅房里翻墙爬出道观，逃进了后面的小树林。

他顺着小树林跑出了十多里路，想想没别的地方可去，只得一路朝东跑，想先跑到换样家落落脚。而警察早就料到他会到他的这个得意弟子家，骑着马一路猛追。

张道士来到换样家，把自己遭遇的事儿向换样说了，他边说边喝水，话说了一大半，一杯水喝了一半，警察就在外面拍门了。

换样是个知恩图报之人，他让师父把外面的衣服脱下来，他换上了师父的衣服，让母亲把师父藏好，自己穿上师父的衣服，翻墙跳了出去。

其实壮实的换样跟瘦削的师父是有很大的区别的。但是一路追赶的警察们并不认识张道士，他们只认识张道士的那身道袍。警察们看到道袍从院墙一侧跳出，忙追了上去。

换样仰仗地形熟悉，很快跑进了村后的小树林，带着警察们捉起了迷藏。

张道士在换样家藏到了傍晚，让纪大安到门口查看一番，得知门口没人后，才穿着换样的衣服，从换样家走了出来。

警察也不傻，他们留了一部分警察，隐蔽在换样家附近。因为张道士犯有“破坏新文化运动”之大罪，唐奎命令警察局务必将张道士捉拿归案。

张道士走出换样家门口，被隐蔽在换样家周围的警察抓了个正着。张道士狡辩，说自己是换样家的亲戚。这也没用，上面有令，如果今天抓不到张道士，先把换样家的人抓起来，挨个审问。

纪族长家成了警察抓捕张道士的临时指挥部，警察把张道士押到族长家中，有人马上认出了张道士。

张道士被五花大绑，押上马车，直奔莱阳城。

换样藏到了半夜，把张道士的衣服换下来，偷偷回到了纪大鼓家。从纪大鼓的嘴里，得知张道士被抓，警察都撤了的消息后，赶紧回到了自己家。

族长的人正在家里等着他。

此番换样换上道长的衣服，引着警察跑到村后树林的行为，在纪家村引起了轩然大波。纪家村的老百姓怎么也没有想到，这个能掐会算，上知天文下知地理，会说话会弹三弦还会大鼓的青年瞎子，竟然会如此大胆又如此莽撞。这种事儿，更是给族长脸上抹上了一层厚厚的灰。

纪族长本来就对换样的狂妄有些恼火，此番他又给纪家村闹出了这么大的一个笑话，纪族长决定动用家法，惩罚换样。族长给出的理由有两条：第一条是他违反了族规，作为纪家大鼓的传人，却学习了算命等邪术；第二条可有可无，换样容留了犯罪之人进村，给纪家村带来了危险。

第二条的惩戒可大可小，族长宅心仁厚，按照最轻的族规处罚，连续巡夜两个月，换样眼神不好，由其父纪大安代为受罪。第一条的惩戒无法躲闪，按照规矩，要打断一条腿，或者割掉舌头。

族长让换样二选一，换样不肯服软，说两样都选。换样心里清楚，族长这是趁机报复自己，是要杀鸡给猴看，是要告诉自己以及众人，只有他族长可以为所欲为，而作为村民，要始终对他像狗一样服从。

族长让换样去祠堂唱大鼓，换样不去，纪大安就料到了这一天。作为昔日族长的得力助手，纪大安对族长的手段了如指掌，但是他无法说服正处于叛逆期的儿子，只能无奈地看着儿子陷入绝境。

换样被带进族长家后，纪大安来找纪大鼓，向纪大鼓求助。

纪大鼓长叹不已。

当年换样穷苦无路，纪大鼓介绍他去向张道士学习四柱之术，是经过族长的默许的。现在族长却以此为借口，要收拾换样，纪大鼓心知肚明，族长这是铁了心要收拾换样。

06. 马凤娇出马救换样

纪大鼓更明白的是，在老族长的眼里，纪家大鼓已经无足轻重了。这十多年来，老了的族长变得更加吝啬，眼里只有钱，这让包括侯正廷在内的众人都非常失望。人老了，应该诸事看开，而这个老族长，却变得更加踧凮，刚愎自用。他甚至一度想越过侯正廷，直接跟福建人做生意，但是因为没有经验，赔了一笔钱后，只得又乖乖地跟侯正廷合作。

县府对张道士的处罚不过是关几天，让他给学生们道歉，然后就放了。学生们虽然张狂，却是一些受到良好教育的孩子，他们不会太为难张道士。族长不同，他现在已经老朽，非常在意族人对他的态度，而换样作为新一代纪家人的代表，却对其很是轻慢，下重手收拾换样，给一众纪家人打一个样板，是老族长树立威信最好的办法。

换样，真是撞在枪口上了。

如何才能救出换样，纪大鼓一筹莫展。就在此时，素枝却抢先行动了。

素枝已经二十多岁，漂亮能干，每天求亲的踏破门槛，她却一直不肯应亲，她父亲老张是个老江湖，就托了村里一个会看人说话的媒婆，找闺女说话，探闺女的心思。素枝倒也爽快，告诉媒婆，她想嫁给换样。媒婆大惊，问她好好的一个女子为何要嫁给一个瞎子。素枝说因为换样是个好人，别看他是个瞎子，论仗义，强过村里大部分明眼人。

有件事，素枝没跟任何人说。换样小的时候，有一次跟师父纪大鼓去找王瞎子，王瞎子请他和纪大鼓去客栈吃了一顿香喷喷的死猪肉，换样惦记素枝，就偷偷把一块肉装进了兜里，带回了纪家村，偷偷把素枝叫出来，把肉给她吃。

换样的兜里不太干净，里面还有沙土，那肉素枝吃着，都不敢对牙齿，但是那肉的香味儿，她一辈子也忘不了。

就是那时候，素枝就发誓，自己长大后，一定要嫁给换样。

因此纪族长把换样抓走后，素枝马上来找老族长，求老族长放了换样。

老族长不同意。他对素枝和换样的关系也早有耳闻。虽然素枝不是自己的亲外甥女，但是老族长对素枝还是有些爱怜的。这么好好的一个漂亮女子，怎么能嫁给一个瞎子呢？

素枝不来还好，见了素枝后，老族长更是觉得换样罪孽深重，他不但要利用这个机会杀一杀换样的锐气，还要趁机打掉素枝对换样的好感，让这个瞎子再变成一个瘸子或者哑巴。

素枝的倔劲儿也上来了，老族长不同意，她就干脆跪在了他家门口，不吃不喝。这个烈女子，以这种自虐的方式威逼老族长放人，更是惹恼了老族长，老族长非常愤怒，更加痛恨换样。

纪大鼓知道自己去找族长没用，便去找了王瞎子，和王瞎子一起去求侯正廷出面。侯正廷仔细打听了前后情况后，说："这个事儿比较麻烦，再说了，这是你们纪家的事，纪族长是执行家规，我恐怕不好说话吧？"

纪大鼓说："侯老板，换样的事儿其实说大能大，说小能小。当年换样要学算命，我是先向族长说了，经过族长的默许的。现在族长却说他违反族规，现在祠堂不给纪家大鼓传人发钱，还不许纪家大鼓传人出去唱《四通鼓》和《哀侯别国》，换样要是再不会算命，难道让他饿死？"

侯正廷说："你们的老族长，现在越来越固执，现在说这些都没用，纪先生，您告诉我，这换样是不是违反族规了吧？"

纪大鼓点头，说："违反了。"

侯正廷说："这就很麻烦了。这事儿别说我出马，就是唐县长亲自去找纪族长，我都怕纪族长不会给他面子。"

王瞎子问："侯老板，那您说怎么办？就看着换样再瘸一条腿？"

侯正廷对两人说："你们先回去吧，我想想办法。"

纪大鼓和王瞎子一起来到纪大鼓家，两人一边吃饭，一边商量此事。

马凤娇自十多年前被纪大鼓等人从平度弄回来后，一直保持着沉默不语的静止状态，一年也说不上几句话。不但如此，她的小暴脾气也悄然消失了，没有了，像是一块会吃食会移动的木头。

因此两人商量换样的事，也不回避她。马凤娇在旁边听了两人说话，突然站起来走了。纪大鼓和王瞎子继续说话，也没当回事。

两人吃完饭，纪大鼓喊马凤娇收拾碗筷。自从老母亲去年去世之后，这些家务活马凤娇就主动承担了起来。以往只要纪大鼓吃完饭，即便是马凤娇在别处忙活营生，听到纪大鼓的喊声，她也会答应着，走过来，今天有点儿怪，纪大鼓喊了几声，一点儿回音都没有。

盲人收拾东西，主要都是仗着熟悉地形，熟知各种物品的位置。家中地形纪大鼓熟悉，但是碗筷都放在哪儿，剩下的饭放在哪儿，纪大鼓没数，他就不敢乱收拾。

纪大鼓坐着嘟哝："这个马凤娇，这是跑哪儿去了？"

王瞎子说："我刚刚听到她好像出门了。"

纪大鼓不相信，说："不能。这十多年了，她从来不出门。这个女人上了平度一次，吓傻了。"

两人又说了会儿话，纪大鼓站起来，到院子里找人，还是没有找到。这时候，纪大鼓才觉得有些蹊跷，但是他完全想不出来，这马凤娇是跑到哪儿去了。

两人正在胡乱猜测，突然有人从外面跳进院子："大鼓叔，俺婶子在族长家门口哭丧呢！"

纪大鼓一愣："什么?！什么?！她怎么能在族长门口哭丧?！"

那人说："俺也不知道，听人说好像逼着族长把换样放出来，不放她就唱哭丧。族长家里两个看门的想把婶子拖走，都被她打了。她手里拿着一根蜡棍，没人敢过去。"

纪大鼓惊叫一声，抓起门边的竹杖就朝外走，王瞎子跟在他后面。边走，纪大鼓边骂，骂声中带着哭腔："这个马凤娇，怎么这么能惹事呢？她这不是要害死换样吗?！"

王瞎子却感叹，说："这个马凤娇，真是一个行侠仗义的奇女子也！对付族长，就得这样的人！"

纪大鼓骂王瞎子："闭嘴吧你！还奇女子！惹祸精还差不多！当年要不是帮你救人，怎么能有这种事儿?！"

王瞎子不高兴了："怎么怨我了?！要不是我，你能找到这么好的媳妇?！"

07. 马凤娇受伤

果然，马凤娇就站在族长家的大门前。她像是突然又变回了十多年前的样子，捧着三弦，边弹边唱："我的个爹啊啊啊啊，你去西天要骑大马，身后跟着保镖啊四十八啊啊啊啊，前头搭着金，后面搭着银，真金白银他不掺假啊啊啊啊啊……"

马凤娇的身后，族长门口对面，已经围拢了一大圈人。这些人中，有抱着娃的妇女，有扛着镢头锄头要上山的汉子，还有牵着牲口的白头发老头儿，他们听着马凤娇嘹亮清脆的嗓音，都忍不住叫好。

马凤娇的脚下，踩着一根四尺长的蜡棍。这根棍子，是纪大鼓偶尔带她出去的时候，她用来探路的棍子。一般瞎子的两根探路竿，都是竹子，唯有马凤娇用了一根蜡木的。纪大鼓劝她换成竹竿，她不听，说紧要关头防身用。

本地人是比较讲究的，哪怕是山匪，也很少有抢劫欺负瞎子的。从外地来的流窜犯，就顾不得这个了。有一次王瞎子叫着两人去栖霞说书，三人在栖霞遇到一个慷慨富户，留他们在家里住了十多天，临走的时候，富户给了三人每人一个大洋。自从纪大鼓让出纪家大鼓传人之位后，纪大鼓很少能看到大洋了，赶集说书，一般一个集也就是能得二三十个铜板。此番怀揣大洋，纪大鼓心中高兴，和王瞎子、马凤娇一路朝家赶。

天将黑的时候，他们在一处山坡下稍事歇息，突然从山上冲下来几个壮汉，喝叫他们把钱财掏出来。三人佯装答应，马凤娇趁三人靠近的时候，先一脚踹倒一个，手中蜡棍又砸倒一个。

三个无赖竟然被马凤娇的气势吓得爬起来就跑。从栖霞走到莱阳城，他们一路上遇到三次劫匪，都被马凤娇打退。

当然，侥幸的是，他们没有遇到大股土匪。那两年胶东大旱，土匪多如牛毛，很多人白天要饭，晚上就成了劫匪。

应该说，马凤娇的这根蜡棍，已经成了卸任纪家大鼓传人的纪大鼓和王瞎子的主心骨。现在这根主心骨被马凤娇踩在脚下，随时准备打人。

纪大鼓走到马凤娇旁边，劝她回家。马凤娇置若罔闻，把纪大鼓推到一边，继续弹唱："我的个爹啊，你到哪儿都不用怕，有马票为证有二将哼哈，还有书童高庆侍女秋花啊啊啊……"

纪大鼓走过去，求马凤娇："凤娇，别闹了，族长……待咱不薄，你再闹下去，咱就没法在纪家村待了。"

马凤娇不唱了，也不弹三弦了，她转头对着纪大鼓："呸！纪大鼓，你这个尿货！族长真的对你不薄?！你师父在的时候，族里每年给他多少钱？你当大鼓传人的时候，给你多少?！现在换样当大鼓传人了，族长给他多少?！我跟你说，你别看你是什么纪哀侯的传人，人家族长眼里根本就没把瞎子瞧在眼里！人家看见的是当官的、是有钱的！你还觉得他对你不薄，你真是自作多情得可以，这些年，我们天天跑出去赶集卖唱，最穷的时候去赶喜哭丧，比要饭的强不了多少，人家族长看见你了没有?！要不是换样送吃的喝的送钱给咱，咱差不多要饿死了！现在换样日子过好了，他想害换样，我马凤娇死也不答应！"

马凤娇的声音浑厚清亮，周围的村民都听得清清楚楚。老族长这些年恃强凌弱，确实不太得人心，有胆大的就给马凤娇喊好。

素枝在旁边跪着，面对族长家大门，一动不动。

纪大鼓过来央求素枝，帮他把马凤娇劝回家，素枝说："只要我姥爷把换样放出来，我马上带着凤娇舅妈回家！"

纪大鼓无可奈何，正愁得不行，从东北街上跑过来一群手持棍棒刀枪的壮汉。其中一个朝着纪大鼓喊："大鼓，赶紧朝后退，刀枪不长眼，别伤着。"

纪大鼓知道，村里的护卫队来了。他朝着众人喊："兄弟们，马凤娇是一时糊涂，大家别下死手啊。"

没人听纪大鼓的。跑过来的人有二十多个，带头的壮汉走到马凤娇旁边，说："嫂子，族长让俺来抓你。你要是现在赶紧走，俺不为难你。你要是还不走，俺只能把你抓起来了。"

马凤娇"哼"了一声，说："别人怕纪家村的人，俺马凤娇不怕。上吧，不怕死的尽管上！"

马凤娇脚尖一挑，脚下踩着的蜡棍便到了手里。她抓着蜡棍，稳稳地站着。为首的汉子一挥手，跑在前面的几个壮汉，挥舞刀枪，就朝着马凤娇冲过来。

马凤娇看不见，只能侧着耳朵听声，她挥舞蜡棍，如蛟龙入海，一阵呼呼声过后，前面冲过来的几个就被她打倒在地。

看光景的村民们大声喝彩。

领头的恼了，一声招呼，二十几个人一起朝着马凤娇冲过来。这么多人打一个女人，看光景的村民不干了，有人喊："你们还算男人啊?！这么多大老爷们打一个女人?！真给老祖宗丢脸！"

马凤娇功夫了得，一个女瞎子，但是眼瞎心不瞎，一根蜡棍虎虎生风，一会儿工夫，又有四五个壮汉被她的棍子击倒，趴在地上起不来了。

带头的壮汉叫纪虎，是族长的亲侄子，纪家村现任护卫队队长，还管理着族长的两个油坊，心狠手辣，他示意众人继续围攻马凤娇，他蹑手蹑脚，悄悄朝着马凤娇身后走。

看热闹的人看出了纪虎的心思，赶紧朝着马凤娇喊："有人在后面偷袭！马凤娇，注意后面！"

马凤娇忙转身，朝身后甩了一棍子。纪虎趴在地上躲过棍子，趁马凤娇应付前面进攻之人，猛然挥刀，砍在了马凤娇的肩膀上，鲜血飞溅。马凤娇惨叫一声，转身飞脚踹倒纪虎，人也被涌上来的打手们摁倒在地上。

纪大鼓和王瞎子听到马凤娇的惨叫，都朝前扑过去，想救人。但是两个瞎子怎么能是这些虎狼打手的对手，两人被几个打手拧着胳膊摁倒在地上，直到他们把马凤娇五花大绑后抬进族长家，两人才被放开。

纪虎走在后面，过来还踹了王瞎子一脚："瞎子，你都改姓了，还回来管什么闲事?！"

王瞎子打人不行，嘴皮子厉害："我王瞎子眼瞎心不瞎，你们这些人，眼光亮，心都黑了。我王瞎子早晚会来收拾你们这些毒蝎子！"

王瞎子在纪家村本来有房子，王瞎子的爹死后，他妈带他改嫁，王瞎子改姓王，族长就把他的屋子霸占了，分给了纪虎。纪虎在王瞎子的家里养了十多只羊。

纪虎听王瞎子这么骂他，知道自己骂不过王瞎子，就狠狠扇了他两巴掌，转身走进了族长家。

08. 纪大鼓巧遇张世伟

到了这时候，素枝已经明白，自己的跪求已经没有任何的意义了。自己的这个族长姥爷之心狠手辣，是她没有预料到的。

素枝扶着纪大鼓，走进族长的家里，求族长放人。

老族长倒是很和气，一副很无奈的样子，他对纪大鼓说："纪丛啊，这人心怎么变了啊，变得不懂规矩、数典忘祖了！我一个被土埋了半截子的人，要不是实在没有办法，能跟这些年轻的置这个气？别人不说，就说换样吧，纪家大鼓传人的规矩他不是不知道，他既然已经是大鼓传人了，就不能去学算命这些乱七八糟的东西！这一代代的族书上，都是有条例的。他偷偷地学了，我作为族长没有追究他的责任，可是你作为纪家大鼓传人，竟然连到祠堂祭祖的事儿都不管了！这成何体统?！他这是打祖宗的脸啊！这次我为什么追究他的责任？张道士躲进他家里，他为了掩护张道士，竟然穿着张道士的道袍，引开警察！我豁上这张老脸，跟警察局长说尽了好话，人家才没有把换样抓进县大牢！你说，要是我再不管，咱纪家村还有法儿管吗？哦，纪丛，还有你媳妇，你媳妇的事儿，我可是也帮你担了风险的，她是什么人，你当我真的不知道吗？现在曲诗文虽然已经被正法了，但是县府真的追究下来，别说你媳妇了，你和侯正廷都脱不了麻烦！我真是没想到，我好心好意的，竟然赚得她跑到我的门口哭丧！纪丛啊，我不怨你，你是个好孩子，但是你媳妇既然是纪家人，这次我就得治治她的这些不知天高地厚的臭毛病！"

纪大鼓摸了摸头上的汗，说："叔叔啊，您说得对。我媳妇做得不对，我没管教好她，不过叔叔，她今天也吃了苦头了，肩膀被纪虎一刀砍得不轻，您就让人把她放了吧，我得找郎中给她看看伤。"

老族长纪方瑜长叹一口气，说："不管怎么说，她是我的侄媳妇，你放心，我不会为难她。不过这家有家规，我是一族之长，要是在过去，她这么骂族长，族长都有权力把她送进大牢！现在不兴这个，不过也不能一点苦头都不吃，让外人看了，以为纪家村没有规矩。我关她三天吧，否则，我这个族长更没有脸了，在族里说话更没人听了。纪虎那一刀砍得有点狠，我也教训他了，现在郎中正在后面给你媳妇包扎，这个你放心。”

族长这么一说，纪大鼓没话可说了。

素枝问：“姥爷，你打算怎么处置换样?!”

纪方瑜“哼”了一声，说：“我怎么处置换样是我的事儿。素枝，我虽然不是你的亲姥爷，但是我一直没拿你当外人。换样的事儿，是你给我出了一个大难题啊。我本来打算吓唬一下换样就算了，你这一跪，好了，我要是饶了换样，村里的人要说我听一个外人的，不按规矩办事了!”

素枝气愤：“您这意思，就是不打算饶换样了?!”

老族长点头：“不能饶。这次要是饶了他，这个族长干脆就让他当了。”

素枝要发火，被纪大鼓拽着，走出了族长家。

纪大安和王瞎子正在门口等着，看到两人出来，忙走过来问：“人怎么样了？没事儿吧?”

纪大鼓说：“族长找人给马凤娇包扎了，她得关三天。这是族规，没办法。”

纪大安小心翼翼地问：“大鼓兄弟，换样……换样怎么处理？您去找族长，族长总得给您点面子吧？当年他学算命，可是族长同意了的。咱俩一起去找的族长，族长没说不行，还点了头的。”

纪大鼓长叹一口气，说：“族长要是想治人，他有的是说辞，现在说这个没用了。我今天要是把这个事儿提出来，他更恼了。”

纪大安急了：“那怎么办才能有用？大鼓兄弟，您认识人多，您多帮忙啊。我把换样这两年赚的钱都装进了一个箱子里，需要送礼您就说。”

纪大鼓想了想，说：“只有一个办法，还得去找侯老板。”

纪大鼓和王瞎子、纪大安一起去找侯正廷，侯正廷正坐在商行二楼刚装修完毕的客厅里招待客人。

侯正廷给双方做了介绍，原来跟侯正廷坐在一起的客人，竟然是张永禄的儿子张世伟和他的几个同学，他们来找侯正廷，是商量为要筹建的学校捐款的事儿的。

纪大鼓一听是张世伟等人，不说话了。

张世伟对侯正廷说：“侯大伯，您家里来了客人，那我们就走了。”

侯正廷说：“没事儿，纪大鼓的徒弟的事儿，我都听说了，没什么可保密的。大鼓兄弟，纪家村的事儿，你也不用保密，说吧，大家都帮你出出主意，不要小看了这些年轻人，这几天我跟他们交流不少，他们都是很有思想的人，我们要向人家学习呢。”

侯正廷这么一说，纪大鼓就没有什么可犹豫的了，从张道士说起，一直到素枝跪求、马凤娇被抓，详详细细跟侯正廷说了。

最后，他说：“侯老板，我们实在是没有别的办法，只能来求您了。”

侯正廷点头，说：“换样的事儿我知道，你老婆是个讲义气的女子，我侯正廷佩服，你放心，我马上就让人带着金口最好的郎中，去给你老婆治伤。不过大鼓兄弟，纪族长既然说关三天放人，那就关三天呗。不管怎么说，你老婆这次闹腾得有点儿大，让纪族长马上放人，他脸上恐怕挂不住。”

纪大鼓说：“行，关她三天不多，不给她点教训，她这小脾气永远不知道收敛收敛。侯老板啊，换样可是没什么大错啊，族长说他违反了族规，可是族长为什么不说他违反了族规呢？族规上说，纪家大鼓传人，每年冬月、腊月、正月都要到祠堂和纪姓各支去唱大鼓，所有费用由祠堂支付。我师父在的时候，前任族长都是按族规办，纪家大鼓传人因此收入丰厚，是天下最幸福的瞎子。我成了纪家大鼓传人后，族长马上削减了一大半的工钱，现在换样成了纪家大鼓的传人，老族长一年就给一个大洋，你说他是不是违反了族规？换样没有办法，才去学算命，而且他学算命之前，我和纪大安还去找族长征求意见，族长说现在形势变了，年轻人不爱听鼓书了，换样应该想办法赚钱。你听听，他这是不是就算同意了?！侯老板，您说族长现在要惩治换样，是不是太不讲理了啊?！族长也不能出尔反尔，只让州官放火，不许百姓点灯吧?”

侯正廷沉思着点头，没说话。一旁的张世伟坐不住了，站起来，愤慨地挥着手：“这算什么族长?！他以为这是中世纪吗?！这种族长，应该把他抓起来，送进监狱！”

纪大鼓吓了一跳，说：“哎呀，话不敢这么说，族长终究是族长，我们现在就想把人救出来，别的不能乱说。”

侯正廷却突然笑了笑，说：“大鼓兄弟，我觉得要想把你的小徒弟救出来，还真得求这些年轻人帮忙！”

纪大鼓一愣：“他们?！他们能帮上什么忙?”

侯正廷说：“兄弟，时代变了，你可别小看了他们。张少爷现在是省新文化运动委员会学生动员会副主任，唐奎县长都不敢得罪他。”

纪大鼓惊喜：“真的?！哎呀，真是英雄出少年，张少爷，那俺纪瞎子就拜托您了。”

纪大安朝着张世伟就跪了下去：“张少爷，换样是个瞎子，他要是再被割掉了舌头或者打断一条腿，他还怎么活下去?！张少爷，俺纪大安给您磕头，您发发善心，把俺苦命的儿子救出来吧。”

张世伟扶起纪大安，说：“大叔，这个事儿我得跟同学们商量一下。不过我得先跟您说一声，即便我们把您的儿子救出来，我们也得对他进行批判。算命是封建迷信，是不能提倡的。”

纪大安说：“批判，你们尽管批判！我在县城看到过学生的批判，不捆人，不打人，跟上课差不多。你们尽管批判，打骂都可以，只要不把他弄断一条腿或者割掉舌头，怎么打都行。”

张世伟忙说：“大叔，我们倡导的是讲理讲文明，我们不骂人也不打人。这个您放心。”

09. 族长放人

张世伟带着学生去找族长要人，说是要以山东省新文化运动委员会的名义对换样进行批判。张世伟这些天与县里新上任的教育科科长一起，召集南乡士绅捐款办学，也来找过老族长，因此老族长认得他。张永禄的儿子说话办事很霸气，跟他一起来的教育科科长与他相比，简直就是一个唯唯诺诺的土包子，族长因此觉得这个年轻人的将来不可限量。张世伟带着几个学生在族长家里一站，族长马上感觉到了一种新生的、庞大的力量的压迫。在这些朝气蓬勃、有省政府背景的学生面前，族长感到自己的传承了两千年的传统权力，简直不堪一击。

族长虽然知道张世伟的用意，但是他权衡了一下得失，很快就答应了张世伟的要求。他只有一个条件，换样违背了族规，必须从纪家村搬出去，以后不得进入纪姓三个村子居住。

张世伟答应了族长的这个要求。

族长顺水推舟，送了张世伟一个人情，让他把马凤娇也一起带了出来。

张世伟等人把换样批判教育了一会儿，就让纪大安把他带回了家。

马凤娇肩膀上挨的那一刀伤得不轻。刀是斜着砍进皮肉的，肩膀上的肉不厚，皮肉翻着，露出了骨头。族长没有说谎，找人给马凤娇上了药，但是那药很奇怪，黑色的，有一股呛人的骚味儿。皮肉已经发白，有化脓的迹象。

素枝拿出了自己家制作的刀枪药，给马凤娇敷上，又去药铺抓了药，给她熬了喝了。

刚回家的时候，马凤娇精神头还好，破天荒地跟素枝还有纪大鼓、换样等人讲了一会儿话。按照马凤娇的说法，族长对她还不错，她没有被关进族长的地下大牢，而是被安排在院子里的某个房间里。她有此推断，是因为她早上能听到清晰的鸟叫声。甚至有一只鸟儿还跑到窗外，朝她卖弄歌喉。

族长把她安排在房间不久（马凤娇很文雅地用了“安排”这两个字），就亲自带着郎中来给她敷药包扎，郎中还给她服用了药丸。族长很和善地安慰她，说没事儿，她受的这点伤，跟他当年带着人跟捻军打仗受的伤相比，那根本没法儿比。当年他带着附近三十多个村子的青年，在德清法师的率领下抵抗捻军，那些捻军用尸体垛在一起朝围墙上爬，他带着一帮年轻人在围墙上朝下面扔石头砸人：“白天石头砸在脑袋上，能看到一团血光，像是用石头砸烂了一个西瓜。捻军在别的地方杀人不少，在娘娘山的一条沟里，他们找到躲在山沟里的几个村的老百姓，一千多人没有一个逃出来，全部被杀了。但是在羊郡，在三驾寺，他们吃了大亏。纪家三个村子，五百多个青壮年杀捻子，每人起码杀了两到三个人，逃进三驾寺的有三十多个村子的人，你想想有多少青年人?! 不过这捻子真是不怕死，白天黑夜连番进攻。白天好一点儿，照着脑袋上扔石头就行了。两三千人帮忙找石头，往围墙上搬，把山里的石头搬空了后，就有人专门开采石头，把石头破开。白天浪费的石头少，一般都是瞄准以后打。晚上就不行了，看不到人，捻子越学越鬼，专门晚上偷袭。我们没办法，就一边往下扔火把，一边扔石头。不过这也没多大用，捻子搞声东击西，他们用一帮人搞假袭击，吸引我们，一边用小股人马偷偷架梯子朝墙上爬。幸亏德清法师有办法，四个村子每一段，都编了号，白天黑夜巡逻，发现偷袭的就敲锣，哪段围墙敲几下，都是有规定的，所以啊，哪段地方的锣一响，我们就知道捻子在攻哪段围墙。大家就都跑过去，朝下面扔石头，开火铳。孩子，你是没听到晚上石头砸到人脑袋上的声音，那声音真难听，就像谁偷偷放了一个屁。你别笑，哎呀，听着瘆人啊，这人命有时候值钱，有时候一点儿都不值钱。现在谁杀人，那是天大的事儿，我们打捻子的时候，人命连草都不如，还特别讨人嫌，死人到处都是。你没看到啊，到那时候，你就觉得人真不是什么好东西，不如草啊花啊什么的，这些东西养人养牲畜，人多了就什么玩意儿都有了。其实那些捻子也可怜，他们大部分穿得很破烂，一看就是穷人家的孩子，还什么都不懂，就跑到这里来杀人，穷人杀穷人，眼都不眨。孩子啊，这人啊，到了一定的时候，其实跟猫啊狗啊什么的都一样，人味儿就没了。”

纪族长说到这里，突然很诡秘地嘎嘎笑了两声，小声说：“不过很少有人知道，我们能打败捻子，其实是靠本族的大法师。实在顶不住的时候，我就让大法师露两手，那些捻子就吓得屁滚尿流，所以在莱阳有句老话：胡成的围子一条船，濯村的围子老母猪圈，铜墙铁壁三驾院，生铁打的老凤山……噢，说多了，人老了，话就多。我想说的是，我有一次带着一帮纪家村的小伙子出去偷袭捻子，中了捻子的埋伏，我为了掩护小伙子们逃出去，身上被砍了六刀，哪一刀都比你身上的伤厉害。不过孩子，这身上的伤说好就好了，心里的伤那可是要命啊，你今天可是把我的心给伤大了……”

纪族长在马凤娇的耳朵边念念叨叨说了很多，马凤娇的伤口疼得她直打哆嗦，她咬着牙不出声。族长唠叨完了，最后叹了几口气走了。马凤娇装作昏睡了过去，一声不吭。

族长走到门口，还回头说了一句话：“你要是当年跟我打捻子，那就是穆柯寨的穆桂英，可惜了，可惜了！”

族长走了后，马凤娇仔细回想，觉得族长话里有话，但是想不出是什么意思。纪大鼓等人琢磨了一会儿，觉得族长大概只是随便说说吧，应该没什么别的意思。

众人走了后，马凤娇告诉纪大鼓，她还梦到了一个穿着古代衣服，脸上画成了黑白两色，头戴翎毛的巫师。这个巫师在她旁边蹦跳着作法，还说会让她感觉很舒服，但是到现在，她都没有感到舒服，伤口那儿还是疼。

素枝每天来给马凤娇熬药，查看她的伤势，奇怪的是，马凤娇的伤口一直不肯愈合。换样让人从莱阳城请来了最好的郎中给马凤娇看病，郎中看了看，很肯定地告诉纪大鼓，马凤娇这点皮肉伤，简直不值一提，过几天就会好的，药都不用吃。

但是郎中还是给马凤娇开了药，素枝带着换样给的钱按方抓药，给马凤娇熬了吃。三天过后，马凤娇不但没有好，还开始发烧了。

10. 马凤娇的死

纪大鼓日夜守在马凤娇身边，自从她突然发烧之后，马凤娇就彻底失去了说话的兴趣，躺在炕上一言不发。换样又让人去请了那个莱阳城最好的郎中，来给素枝看病。郎中把脉之后，这次不说话了，匆匆开了一个方子，便要走。

换样给郎中批过八字，改过家中风水，算是有些交情，他把郎中叫到另一个房间，向他询问师母的病情。

郎中告诉换样，这个女人的脉象突然变得不可理喻了。前天脉象平稳，跟正常人无异，今天这脉象散乱且变化无常，很是诡异。他刚搭上手的时候，她的左手关脉很强，但是只一会儿，便变得很弱了。最让人难以捉摸的是她左手的尺脉，非常弱，几乎感觉不出来。而这还是比较好的。更古怪的是，只一刹那的工夫，她的脉象便变得杂乱无章了。也就是说，好像许多的脉象正通过她的脉搏传了出来。

郎中满头虚汗，说："够呛了，这两三天吧，要是两三天能好起来，人就好了，要是好不起来，也就两三天的事儿了。"

换样问："两天前好好好的，为什么会突然这样了啊？她又不是伤了内脏，就这么一点皮肉伤，这是怎么回事儿？"

郎中边摇头边站起来，说："这种脉象，我听我师父说起过一次，好像传说中的鬼脉。"

换样一愣："鬼脉?！鬼脉是什么意思?"

郎中说："在下只是听说过，却不知其中意思。小兄弟，您叫我两次过来，我毫无怨言，事已至此，本人实在是无能为力。我师父只告诉我一句话，鬼脉千万别乱开药，病人越吃药，死得越快。因此我只开了一些温补之药。能力有限，只能如此了。"

郎中像逃难一般匆匆离去。

换样不肯罢休，让素枝驾着马车，拉着他到处找郎中。随着一个个郎中的摇头和惊惧，马凤娇迅速地凋零下去。不过这个马凤娇是个犟种，她真像莱阳那个最有名的郎中说的那样，在第三天咽气之后，在第四天早上又突然醒了过来。

本来纪大鼓已经找人把马凤娇从炕上抬下来了，躺在了正间的门板上，他也派人去行村给她家的人报丧了，马凤娇醒了之后，纪大鼓赶紧招呼人把她又抬到了炕上。

马凤娇的父母和兄弟来到纪大鼓家，看到瞎子闺女还活着，几个人说了几句话，马凤娇的父亲给纪大鼓扔下了两个大洋，就扯着哭哭啼啼的老婆走了。马凤娇倒没当回事儿，父母兄弟的来和走，她都反应冷淡。

马凤娇的家里人走了后，马凤娇又半死不活地在炕上躺了八天。她不吃不喝也不说话，却眼神明亮。她盯着屋顶的某个位置，一看就是半天，嘴角还带着鬼魅一般的笑容。

换样和纪大鼓都死了心，知道找再多的郎中也无法挽救马凤娇。素枝又提出找神婆，说马凤娇很可能是中邪了。换样同意，素枝赶着马车，早早出去，一直到晚上，才带着一个神婆来到纪大鼓家。

神婆在纪大鼓家挥舞桃木剑，烧了驱鬼符，在香火中念念有词东劈西砍，鬼邪没有整出来，倒是把马凤娇呛得爬了起来。

马凤娇边咳嗽，边对神婆说："你这个神婆，头顶的神太小了，就这样的小神，别说驱鬼了，就是看见个鬼，都能把神吓死。小神婆，我告诉你吧，我不是鬼，也不是神，你的法术实在太差了，你这就是糊弄人啊。这不行，穷人弄点钱不容易，你把纪大鼓的钱留下，赶紧走，要是不走，过了今天晚上，你就别想回去了。"

马凤娇说完，自己躺下，咳嗽了一会儿，又恢复了原来的样子。

神婆吓得屁滚尿流，把纪大鼓给她的赏钱掏了出来，马上让素枝把她送回家。

换样觉得这个神婆应该知道了什么，把神婆带到自己家，苦苦相问。神婆最后说了一句：“有高人在整她，没人能救得了她。”再也不肯说什么了。

马凤娇在炕上又躺了两天，在第三天的半夜，突然从炕上爬了起来。

纪大鼓正躺在她身边，准备睡觉，听见马凤娇从炕上爬起来，他吓了一跳，忙起身。

马凤娇说：“纪大鼓，这次我得走了。”

纪大鼓听着马凤娇清冷的声音，有些恐惧还有些爱怜。他不由得泪流满面，说：“凤娇，这些年你跟我受苦了，我对不起你。”

马凤娇摇头，说：“不说这些了，纪大鼓，我跟你说件事儿，你一定好好记着。”

纪大鼓点头，说：“行，你说吧。”

马凤娇说：“我在炕上躺着想了十多天，终于想明白了，纪大鼓，你以后要离族长远点儿。听我的，族长这人太狠了，你千万不要得罪他。”

纪大鼓点头，说：“行，我听你的。”

马凤娇眼里流出了泪水：“我是个苦命的人，十五岁上瞎了眼，变得脾气暴躁，我骂了不少人，也打了不少人，这次是把自己给折进去了。算了，活着也就那么回事儿，我谁也不怨。不过纪大鼓，我陪你睡了这么多年，你得给我置办一口棺材，还得给我扎两个童男童女伺候我，否则，我变鬼也要骂你。”

纪大鼓答应一声：“这个你放心，棺材已经买好了，童男童女、马车轿夫、金山银山这些都会有。”

马凤娇点头，说：“行，那我不多说了，我得走了。”

马凤娇说完，咕咚一声躺下，睁着眼看着顶棚，咽下了最后一口气。

纪大鼓连夜喊了街坊邻居，邻居又去喊了换样和素枝等人。纪大安和素枝招呼着众人，换样以儿子身份披麻戴孝，纪大鼓请人磨面买菜，也没有停尸三日，匆匆忙忙把马凤娇埋了，然后，众人在纪大鼓家简单吃了饭，丧事便告结束。一个曾经那么年轻健康的姑娘，就此成了一个土堆。

第六章 流浪在外

01. 离奇失踪案件

换样觉得师母死得蹊跷，他在张世伟的帮助下，从青岛雇了一个私家侦探，暗中调查此事。

这个私家侦探叫张同古，据说是上海青帮大佬黄金荣的手下，后来来到青岛，投奔了青岛青帮头目王子禄，在王子禄的帮助下，利用青帮的势力，成立了一个私家侦探社。

张同古带了两个助手，来到纪家村，晚上住在金口的客栈里，每天坐着马车来纪家村挨家挨户调查，此事在纪家村掀起了巨大的波澜。族长派纪虎带人监视这三个穿着西服、戴着手套墨镜的侦探。纪虎特意耍威风，一行人都佩戴大刀，皆一身短打打扮，看起来杀气腾腾。这帮人每日跟在三人后面，张同古等人来了四五天，再也不肯来纪家村了。

换样和素枝去金口找他们，加了钱，让张同古他们务必侦破此案。张同古从青岛调了十个青帮高手，来保护他们的安全，继续来到纪家村，进行调查。

有了这十个青帮高手保护，张同古他们干脆在纪家村住了下来。他们单独租了一处没人住的屋子，十三人一起住在了屋子里。

换样和纪大鼓以为族长会不高兴，没想到的是，族长让人叫上纪大安，一起到他们的住处，拜访张同古。

两人聊起来，原来族长还和青岛的青帮头目王子禄有过交情。族长让张同古一定帮忙找到马凤娇的死因，以便洗清村里众人对自己的怀疑。张同古答应了。

此后的日子里，张同古当然可自由出入包括族长家在内的纪家村的每一处角落。两天后的傍晚，张同古来找换样，很高兴地告诉他，他们已经有了一些线索，马凤娇的死很可能跟一种古老的巫术有关。他已经派人去上海，通过上海的青帮联系新疆的朋友，从新疆请一位巫师过来破解巫术。

“天下巫术一脉相传，不过我们中原的巫术已经失传，或者有一部分转入地下了。如果马凤娇死于巫术，那就说明，在附近还有精于远古巫术的人，这绝对是个大新闻，我会让青岛报社的人来采访报道这件事儿。换样先生，你们纪家村很快就要扬名天下了。”张同古很高兴。

换样却隐约觉得，这不是件好事。弄不好，他触碰到了一个他不该触碰的大秘密。他因此有些不安，说：“张侦探，我花钱雇您侦查此案，您就应该听我的。此案侦破后，您除了告诉我之外，对外必须严加保密，不可外传。否则，剩下的钱我可就不能给您了。”

张同古点头，说：“换样先生说得对，我听您的就是。”

换样来到师父家，把这个消息告诉纪大鼓。纪大鼓劝换样别查了，人都死了，即便查出来也没什么用了。换样不肯，他不想让师母就这么不明不白地死掉，何况师母是为他而死的。

纪大鼓自从马凤娇死后，闭门不出，衣冠不整，神情萎靡。他告诉换样：“别查了，再查下去，会得罪族长。我能感觉到，这件事儿不是族长干的，也跟他有关系。咱这个族长，可不是一般人啊。”

换样说：“师父，族长是中华民国的公民，我们也是中华民国的公民，在法律面前，我们是平等的。张世伟说得对，现在时代变了，我们要站起来，争取我们的权利！您说得没错，我换样豁上了，即便是丢了这条小命，我也要找到杀害师娘的凶手！”

纪大鼓摇头叹气，眼神迷茫。自从马凤娇死了之后，纪大鼓对任何事儿都失去了兴趣，也失去了思考能力。

换样离开他家的时候，纪大鼓说了一句话：“我们斗不过族长的，族长最擅长的就是这个。而我们，只会说书。”

纪大鼓说准了。

第二天一早，负责给张同古他们做饭的村妇，来给张同古做饭，看到门还从里面插着，就在外面拍门喊人，喊了半天也没人开门。村妇觉得很奇怪，就去找经常来帮忙的素枝。素枝翻墙进去，从里面开了门。院子里一个人都没有，素枝和村妇觉得奇怪。素枝去拍张同古的房间门，房间门关着，半天却没人吱声。张同古房间的旁边是个大房间，睡五六个人的，房间门也是关着的，没人应声。

素枝砸开了房间门，两人进去，发现里面同样一个人都没有。素枝感到奇怪，把所有房间门都砸开，没有看到一个人。

那个做饭的妇女害怕了，大叫着从屋里跑了出去。纪虎刚好带着两个人从外面经过，听人喊叫，他带人进来，四下看了看说："人家是不是走了？都回青岛了？"

素枝说："不可能！他们要是回去，起码要跟我们说一声啊。再说了，门都是从屋里锁着的，他们不可能从门缝里走出去吧？"

十多个人离奇失踪，在纪家村引起了轩然大波。村里的百姓都涌到他们租住的屋子观看，后来老族长带人来，把屋子保护起来，并派人报告官府。警察局的人，在第二天早上赶来。他们听了老族长的汇报后，又审问了换样和纪大鼓、素枝等人，没有得到什么线索，又不断扩大调查范围。警察们在纪家村折腾了四五天，毛都没找到一根，就只好收队回去了。

到了这时候，换样和纪大鼓知道，他们失败了。在他们面前，老族长再一次展现了他翻天覆地的能力和气魄。换样的努力在他的面前，简直就是蚂蚁挑战大象。

警察局的人走了后，换样来向纪大鼓辞行。

纪大鼓知道，换样离开纪家村，是明智之举。现在的纪家村对于换样来说，是一个深不见底的深渊，稍不小心，他就可能坠落深渊，从此万劫不复。

换样叫着纪大鼓一起走："师父，素枝也要跟我一起走，我们走了后，您就更加孤单了。跟我们走吧，我们一路走一路说书，走到哪儿就在哪儿吃，就在哪儿睡。"

纪大鼓说："我不走了。四十多岁的人了，在这周围赶集说书，怎么也能凑合着过下去了。昨天你王叔来过了，说三皇会刘会长想叫我一起去一趟胡集书会。胡集书会，是说书人的圣地，三皇会的人除了拜祭三皇，还供着东方朔，咱虽然跟东方朔不是一脉，却也该去看看，开开眼界。"

换样说："那行。那你们就去吧。我打算去青岛，张世伟说青岛人有钱，不过我不跟张世伟一起走，他们学生雇着马车走，我和素枝一边走一边说书算命，要是有合适的地方，就住下不回来了。"

纪大鼓说："先别这么说。现在青岛被日本人占着，这日本人可不好惹，你在青岛可要小心点儿。"

换样说："师父您放心，咱就是讨饭的瞎子，不管是日本人还是青岛人，咱都不惹他们。我现在明白了，我们不但是穷人，还是穷人中的瞎子，这个世界是富人和权贵的天堂，是穷人的刑台啊。现在想一想，族长对我还是手下留情的，他要是像对付张同古他们那样对付我，一千个换样也没有了。我以后不管到了哪里，都会像狗一样夹着尾巴，谁踹我两脚，我就朝自己嗷嗷叫两声，只要能活着能赚点钱，哪怕让我吃屎我都干！"

02. 张世伟被绑

张同古等人的失踪，让年轻的张世伟陷入了一种极度的困惑和隐隐的恐惧之中。

警察从纪家村撤走之后，张世伟带着青岛青帮的人来了纪家村几次，最后，青帮的人在纪家村转了一个圈，带着张同古等人扔下的几件破衣服和破鞋子走了，再也没有回来。

张世伟来找与老族长颇有些交情的侯正廷，想了解一下纪家村的内幕，来了侯家多次，却都没有找到他。张世伟在正泰商行遇到了侯正廷的儿子侯文德，侯文德告诉张世伟，自从德清法师回到三驾寺后，父亲就几乎天天往三驾寺跑，一去就是一天，生意也主要交给他来打理了。

侯文德曾经在天津读书，他告诉张世伟，现在青岛码头和烟台码头兴起，这两个码头无论是区域位置还是水深，都比金口有优势，现在金口的生意每况愈下。最主要的是，五龙河和莲阴河等众多河水携带的泥沙太多，二十多年前来到此地的德国人就说，金口港会在几十年内淤塞，到那时候，轮船无法进港，进出金口的只能是一些小帆船了。所以，现在侯家的生意开始朝烟台和青岛转移，作为侯家的继承人，他现在负责在外面的生意拓展，金口的生意由商行王经理负责，父亲现在对生意心灰意冷，只想在金口安稳地度过余生了。

只比张世伟大五岁的侯文德西装笔挺，梳着大分头，张口闭口都是生意经和经商之道，一副当代精英的样子，这让张世伟很是厌烦，他匆匆应付了侯文德几句话，就回了家。

张家也嗅到了金口港没落的危机，不过张永禄与侯正廷不同，张永禄开始收缩贸易，除了在青岛港开了一家商行外，把大量的资金用在购买土地上，他想回家做一个大地主，安安稳稳度过余生。

张世伟回家的时候，父亲不在家，这让他长出了一口气。这些日子来，他与父亲的关系剑拔弩张，父亲每次看到他，都逼他赶紧回家做生意，不要继续读那些没用的书了。

这些日子，张世伟都是住在客栈里，此次他回家，除了取一些衣服外，就是想跟母亲要点钱，马上赶回青岛。母亲倒没逼他回家做生意，却对他带人砸毁寺庙塑像、捐款办学之事颇有疑虑。

母亲给了他二十个大洋，同时嘱咐他："回去好，赶紧回去。读书就好好读书，回来砸那些塑像算什么事儿啊，这是作孽啊。"

张世伟不服气，说："妈，您不明白，这个世界上其实根本就没有菩萨，也没有如来，那都是用来糊弄人的，是愚昧……"

母亲挥手制止他说下去："人家也没逼你信啊，佛家的事儿，就是你愿意信就信，不愿意信就不信，信则有不信则无，这个世上的事儿，本来就没有什么完全的对错，你去砸它们干什么？我看是你愚昧！你啊，读书读愚了。"

张世伟"哼"了一声说："中国的事儿，就是被你们这种人给耽误了！中国要进步，要发展，就要先破除你们心里的这种小农意识，封建思想！"

张世伟从母亲手里拿了钱，腰杆直了。他来到客栈，请一众同学喝酒。同学之中，有两个有钱的公子哥，还从金口最有名的妓院"怡红院"带了两个妓女过来。这两个同学与妓女打情骂俏，暗中还摸来摸去，酒喝到一半，张世伟终于忍无可忍，带头与这两位同学吵了起来。

众人都喝了酒，情绪激动，吵了几句后，便忍不住动了手。幸亏有别的同学劝架，把动手的众人拉开。

众人散了后，张世伟回到客栈房间，刚要躺下，突然有人敲门。

张世伟以为是有同学过来，也没问什么，穿着内衣就开了门。

两个黑影闪进来，张世伟觉得这两人不熟悉，刚要喝问，其中一个猛然伸手，捂住了张世伟的口鼻。他的手中有一种奇怪的味道，张世伟还没分辨出这是什么味道，就失去了知觉。

等他醒过来的时候，已经是坐在了一辆摇摇晃晃的马车上，他的手脚都被绑着，嘴里塞着破布。他想动，没想到身边还有旁人，那人喝道："别动！张公子，你要是想活着，就老实点儿！"

张世伟想说话，想喊，但是他嘴里的破布把他的嘴堵得严严实实的，他只能从嘴里发出呜呜的抗议声。

旁边的人说："张公子，先委屈一会儿吧，马上就到地方了，到那时候，你想说什么尽管说，想喊想哭都行，反正也没人听见。"

听他这么说，张世伟有些害怕了，他暗中转动胳膊，想先把手解放出来。

他们是坐在马车的轿厢里，外面是黑夜，轿厢里更是漆黑一片，张世伟暗中运动，被旁边的人发现了，他说："张公子，我劝你还是老实点儿吧。你要是听话，我们老大兴许一高兴，还能饶了你一条命，像老管那样在床上躺一辈子。要是不听话，我们老大发话了，我们可以直接弄死你。"

张世伟听他说到老管，心里咯噔了一下，不敢动了。

老管在他自己的家里，躺了十多年，父亲雇了两个人，日夜伺候他。这个老管除了眼珠子会动，身上其他地方都不会动，简直就是一个活死人。

父亲告诉他，老管应该是被一种古老的巫术给控制了，他什么时候能摆脱控制，"活过来"成为一个正常人，没人知道。最大的可能是，老管就永远这样了，直到死掉。

张世伟装作害怕老实了一会儿，趁那人不注意，继续暗中活动。他先用牙朝外顶堵住嘴巴的破布，破布散发着一种让人恶心的味道。他拼命忍住恶心，终于顶得破布活动了，略微一动就掉下去了，他又用牙咬住了这块破布。

他不能让旁边的人发现他的这一小小的胜利。

张世伟又暗中活动胳膊，企图解开绑在手上的绳子。然而，绳子绑得非常结实，他努力了一会儿，累得胳膊疼，却毫无进展。

张世伟歇了一会儿，胳膊继续努力。坐在他旁边的人大概是睡着了，竟然一点声音都没有，只有外面赶马车的人，不断发出"驾、驾"的喊声。

马车跑了一会儿，张世伟突然听到了熟悉的马车铃铛的声音。是盐帮的马车！

张永禄现在跟飞龙合作，把盐帮的生意做到了蒙古等地。为了满足盐帮的运输要求，张永禄出钱给盐帮打了十二辆大马车，马车上的铃铛还是张永禄花钱从蒙古买来的，声音比别的铃铛要清脆。去年学校放暑假的时候，张世伟曾经跟着飞龙的马队去了一趟蒙古，来回一个多月，这铃铛声和马蹄声深深地刻在了他的脑子里。果然，马车朝前面跑了一会儿，张世伟就看到了一长溜挂在马车上的马灯。

平时为了省油，马帮在晚上赶路，都是前面和后面的马车各挂一盏马灯。所有的马车都点亮了马灯，这是盐帮回家了，在向挂念着他们的亲人们报喜呢。

张世伟知道，自己的机会来了。他不用像老管那样，在床上一躺就是十几年了！

大概是因为道路比较窄，拉着张世伟的马车靠边停下了。坐在张世伟的旁边的那个人，大概怕张世伟动弹，朝他靠了靠，一只手拽住了绑着的张世伟的胳膊。

随着清脆的马车铃铛的声音越来越近，张世伟都能透过轿厢的布帘，看到对面影影绰绰的人了。

张世伟耐着性子，一直等到过去了两辆马车，才把嘴里的破布吐出来，突然大喊："飞龙叔叔快救我啊，我是张世伟……"

坐在张世伟旁边的人猛然扑过来，要堵张世伟的嘴。但是已经晚了，盐帮可是在刀尖上混日子的人，刚过去的两辆马车和后面的几辆马车一起刹车停下，七八个人手提大刀，朝着这辆马车就扑了过来。

赶马车的人喊了一声"快跑"，跳下马车就跑。押着张世伟的那个人，踹了张世伟一脚，也掀开轿帘，跳了出去。

盐帮的人训练有素，他们迅速包围了马车。两个盐帮的小伙子举着马灯跳上马车，给张世伟解开了绳子，张世伟从马车上跳下来。

飞龙举着马灯，仔细打量了一下张世伟，很惊讶："大侄子，你怎么在这里？刚刚逃走的是什么人?!"

张世伟突然觉得浑身上下一点力气也没有了，他摆了摆手，说："我被人绑了，我也不知道他们是谁。"

03. 张永禄的调查

飞龙带着张世伟回到金口。张永禄听说儿子差点被人绑走了，很是惊惧。他仔细询问了张世伟被绑的经过，陷入了沉思。

一向敢说敢做的飞龙也不说话了，坐在旁边的沙发上，吃着张永禄夫人端过来的点心。

沉默了一会儿，张永禄没话找话，问："飞龙，你这几天去看老管了没有？"

飞龙摇头："没有。我这次出去四十多天，今天晚上才回来呢。"

张永禄说："我想明白了，人家不是真心想绑架，他们就是吓唬一下咱而已。青帮张同古势力多大？十多个人都平地蒸发了，如果人家真想绑架咱家世伟，那还不跟玩似的？"

飞龙惊讶了："大哥，您是说，他们知道半路会遇到我?!"

张永禄点头，说："是。"

飞龙把手里的点心放下了，瞪大了眼珠子："这……这也太吓人了！难道盐帮里有他们的人?!"

张永禄摇头，说："不必有，想知道盐帮行踪还不容易吗？他们绑架了老管，老管出来就这样了；他们收拾了从青岛来的大侦探和青帮十多名高手，干这事的人不但有实力，而且手段毒辣。我张永禄当年也算是一个狠人，但是跟人家那是没法比啊！"

张永禄转头对张世伟说："你赶紧收拾一下，我明天就派人送你回青岛，别在老家待了。这次人家只是警告你，让你赶紧走，要是再有这么一次，你小命就没了。"

张世伟点头答应。

第二天，送张世伟走了后，张永禄和飞龙来到老管家看老管。老管还是很平静地躺在床上，嘴角微微地露出微笑，眼神呆滞地看着两人。在炕上躺了十多年，老管的皮肤变得苍白且透明，脸比没躺下的时候大了一倍，耳朵深陷于脸腮横着长出的肉中，仿佛这老管变成了弥勒佛。

很少有人知道的是，这十多年来，张永禄一直派人在暗中调查老管被抓的前后经过。毋庸讳言，抓人的应该是纪族长，因此他找了纪钟伟，负责查这件事。

十年前，飞龙以纪钟伟经常不出车为由，把他从盐帮撵了出来。纪钟伟在朋友的帮助下，在金口开过包子铺、修车铺，都收入微薄，入不敷出。那两年，纪钟伟贫困交加，走投无路。张永禄看到小伙子眼看就要熬不住了，火候到了，就派人把他叫到商行，让他到商行打工。

纪钟伟自然是惊喜不已。张永禄先给他发了半年工资，让他把欠人的钱还了，又给家里送了点儿钱，才带着他去见老管。

这么多年老管音信皆无，纪钟伟一直以为他死了，或者回老家了，没有想到，这个笑呵呵的老管会成为一个活死人。

从老管家里出来后，张永禄请纪钟伟吃饭，并把要他做的事儿和盘托出。张永禄之所以敢这么做，是因为他知道，纪钟伟与族长之间有不可调和的矛盾。纪钟伟在纪家村有二亩山坡地，一直租给别人种着。他的地跟族长的地挨着，族长为了给自己百年以后找一块好风水，找了风水先生在自己的地里寻找好地方，结果风水先生看上了纪钟伟的那块地。族长派人找到纪钟伟，给他出了一个比较公平的价格，让纪钟伟把地卖给他。纪钟伟却存了老了以后回到纪家村的想法，因此不想卖地。他怕族长不高兴，跑到族长家里，向族长解释此事。族长笑呵呵表示理解，此后，纪钟伟家的这块地就一直没长出庄稼。不管租地的人种上什么，都会在某天夜里被铲了绿油油的嫩苗。

租户退租不种了，这个时候，纪钟伟也知道问题的症结所在了，他也豁出去了，索性任凭那地荒着，他也不肯卖给族长。当然，他也打消了老了回去的想法，家里的老屋也多年没有收拾了。

纪钟伟收了张永禄的钱，领了张永禄的命令后，以要准备搬回纪家村的名义，收拾了老屋，带着老婆孩子，回纪家村住了下来。

半年之后，纪钟伟便告诉张永禄，他打听到了，老管确实是被纪族长派人绑架的。纪族长之所以这么做，是受侯正廷所托。当年老管带着海州的“六哥”匪帮，烧了侯正廷的商船，侯正廷无可奈何，求纪族长帮忙挽回败局，纪族长便派人绑架了老管，以此要挟张永禄，赔了侯正廷一大笔钱。

事情确定，张永禄却不知该怎么办了。

在整个莱阳，纪族长算不上什么厉害人物，也并不是多么有钱，但是他却是深藏不露，没人知道这纪家村到底水有多深。

张永禄不怕侯正廷，不怕警察局，甚至不在乎县衙，但是提起纪家村，他都感觉后背发凉。

这些年，他与侯正廷关系改善。一次酒后，侯正廷吐露真言："千万不要去惹纪家村。这是德清法师跟我说的话。"

张永禄也不想惹纪家村，但是他想救老管。老管刚被救出来的时候，张永禄一次带着母亲去看老管。母亲看了老管后，就问张永禄，这个人是哪里人。张永禄说，大概是青岛人吧。

母亲不认识老管，听张永禄这么说，依然不肯相信张永禄的话，她仔细看了看老管，不由得喃喃说："这人怎么这么像我的狗蛋啊。"

张永禄听母亲这么说，差点晕过去。他无数次听母亲说起过，她在安徽老家还有一个儿子，叫狗蛋。她当年被德清法师救出来，嫁给了张永禄的父亲后，曾经偷偷地回到老家一次。但是她老家的屋子已经被烧了，清兵依然在挖地三尺，搜查漏网之鱼，她没办法，只得回到山东。

自从见了老管之后，老母亲一直念叨着这个人像她的儿子狗蛋，直到得病去世。临死之际，她扯着张永禄的手，让他一定要问一问躺着的那个人，他的小名是不是叫狗蛋，他是不是姓管。

张永禄现在差不多已经认定，这个老管就是他同母异父的兄弟了。正因如此，他才一直没有放弃他，想找到给他下药的人，把他救醒，把他带到母亲坟头上，给她磕个头。

张永禄又让纪钟伟查纪家村谁会巫术，纪钟伟查了四五年，却一点线索都没有。

现在张世伟又差点被绑架，张永禄知道，人家这是在警告自己，要是自己再查下去，下次恐怕就不是吓唬一下这么简单了。

04. 纪大鼓的规矩

换样和素枝是在晚上偷偷走的。临走前，换样给素枝的父亲老张留下了十个大洋。老张第二天早晨起来，看到了闺女给他留下的大洋，还有些迷惑，有些想不明白，他没见到素枝，就到纪大鼓家找她。当他得知换样昨天晚上走了，就知道不好了，忙赶到换样家。纪大安告诉他，换样昨天晚上走了，自己走的，没有看到素枝，不过换样临走的时候，素枝来找过她，换样好像还给素枝钱了。老张明白是怎么回事儿了，他气得大骂闺女，赶紧去找族长借了一匹马，骑着马在后面追。

他朝着去青岛的路一边追一边打听，找了五六天一点线索都没有找到。他又转回头，朝着平度方向走，又找了五六天，一直找到平度老家，也是一点线索都没有。老张气得脸色青紫，只得打马回到纪家村。

把马送还老族长后，老张来找纪大鼓喝酒。

吝啬的老张这次大破财，在大夼集上买了一斤羊肉，纪大鼓摸索着烧火，炒了一个韭菜鸡蛋，切了羊肉，两人刚要开始喝，纪大安来了。纪大安看到老张在纪大鼓家里，怕老张找他麻烦，转身要走。老张叫住了他："大安兄，算了，别走了，坐下喝酒。"

纪大安还是很忐忑："兄弟，真是对不起。换样这熊货快把我气死了，兄弟，您想怎么办，您尽管说，我纪大安绝不说个'不'字。"

老张苦笑："大哥，这一路上我想明白了，算了，这件事儿过去了。人啊就是瞎活，好活孬活最后都是个死。素枝喜欢换样，两人愿意在一起，那就行，孬好是他们自己愿意的，时代不一样了，咱不管了。其实换样带素枝走，你肯定知道，现在说别的我都不爱听。不过我不怪你，这些年有人给素枝提亲，素枝不应，我就知道她心里想着换样。我也不对，骂了她，不许她找个瞎子。所以，我现在不怪换样，不怪闺女，年纪轻轻的不懂日子艰难，只相信感情，咱也年轻过，也糊涂过，没资格说他们。今天咱只喝酒，不许说假话，谁说到换样和素枝，只能祝愿这两个孩子活得越来越好，不许……说别的。"

老张说到这里，眼里已经冒出了泪珠子。

这个纪大鼓看不到，纪大安看到了。他抓起酒坛子，给自己倒了一碗酒，端起酒碗，对老张说："兄弟，这碗酒俺纪大安敬您的，以后有什么事儿，您只管招呼，俺纪大安别的没有，就是有一身的力气！"

老张端起酒碗，与纪大安碰了碰，喝了一大口，说："酒咱慢慢喝，今天没别的事儿，咱就是喝酒，喝到天黑回家睡觉，明天该干啥干啥。"

三人喝了一会儿，王瞎子竟然也来了。王瞎子是担心纪大鼓心情不好，来安慰他的，他在羊郡还顺便买了一斤死猪肉，带了一斤苞谷酒。

四个人刚好一桌，大吆小喝，吃肉喝酒。每个人都不提换样，不提马凤娇，也不提素枝，谈的都是一些他们平时赶集拉乡遇到的趣事、怪事，纪大安负责烧水倒水，老张负责倒酒，四个老男人从中午喝到晚上，三斤烧酒下了肚子。

喝到晚上，纪大安和老张分别摇摇晃晃走了。纪大鼓和王瞎子在院子里坐了一会儿，抓起三弦边弹边唱了起来："……壮士三千啊列水边啊啊啊啊，铠甲不整啊皆伤残，敌军五万如虎狼，狼烟滚滚旧家园……"

王瞎子在旁边听得高兴，支起大鼓，边打鼓边跟着唱了起来："萧萧北风长啊，血泪三千里，破衣裹王妃，将军无坐骑。哀侯无声泪，隐隐铁蹄急……"

王瞎子的《四通鼓》调子准，鼓也打得慷慨激越，唱腔悲壮激越，一点也不比自己和换样差。

纪大鼓停住，惊问："师兄，你这是跟谁学的?!"

王瞎子"哼"了一声，说："你真的以为除了你，就没人会唱这《四通鼓》了？师父没教我罢了，我从小就跟着我爹进祠堂拜祖宗，听《四通鼓》和《哀侯别国》，虽然没背全，也有个差不多了。行了，以前的事儿不说了。你别拿着你那个纪家大鼓传人当什么宝贝了，纪家村的老人，听了几十年的《四通鼓》，哪个不会唱几句？再说了，你现在不是纪家大鼓传人了，祠堂也不给你发钱了，兄弟啊，要想赚点钱，还得学算命。以前是有换样接济你，以后没有换样了，你能凭着唱大鼓赚钱吃饭？"

纪大鼓长叹一声，说："师兄，换样已经破了规矩了，我要是再破了，那别人会怎么看我们师徒？我虽然把大鼓传人的身份传给了换样，但是不管怎么说，我曾经在师父面前发过誓，作为纪家大鼓的传人，我终生不违背先祖定下的规矩。师兄的好意我纪大鼓心领了，换样给的钱，我存下了一点儿，我也没有老婆孩子了，一个老瞎子，吃土咽糠都能活，怎么不能糊弄到死?”

王瞎子叹了一口气：“当初师父选你当他的传人，看来是真选对了。我当初恨死师父了，现在我觉得我得感谢他老人家，要不是当年他把我踢出来，我怎么能拜师学算命？我王瞎子现在在这周围孬好也算小有名气，咱没有换样那本事，起码饿不死。”

纪大鼓苦笑了一声，说：“师兄，你既然这么说了，我得向你道个歉。”

王瞎子“噢”了一声：“道什么歉?”

纪大鼓说：“当年我爹为了让我成为纪家大鼓的传人，给师父送了礼。当然，送了什么我不知道。为这个事儿，我一直很内疚。师兄，我对不起你。”

王瞎子哈哈大笑：“大鼓啊，你怎么还这么幼稚呢？谁不给师父送礼？师父要选传人之前，我爹把家里的一头猪两头羊都赶到行村集卖了，把钱都送给了咱师父。咱师父收了钱，结果也没选我当他的传人，我爹就说，肯定你们家也送了钱，最起码不会比俺家送的钱少。这事儿其实没什么，谁家到了这种时候，都会去送礼求人，人之常情。但是我爹是个暴躁脾气，为这件事儿把自己给气病了，后面的事儿你就知道了，不到一年人就没了，我妈就带着我改嫁到了羊郡。”

纪大鼓愣了一会儿，说：“真是没想到，这里面还有这么多的事儿。”

王瞎子摆手，说：“这人活着，就是别当真。就说咱族长吧，天天拿着族规吓唬族里的人，别人稍一违犯，不是大棒伺候，就是罚钱，他自己倒好，哪样守规矩了？族规不许偷别人的老婆，族长睡过的女人不止十个二十个吧？族规不许欺行霸市，族长现在有六家油坊，村里有两三家偷偷在外村开油坊，让族长知道了，都是直接没收油坊所有的东西，把屋子一把火烧了。族规不许把土地卖给外村，族长当年为了买下王家村在羊郡的药铺，把东河滩二十亩好地、十亩桃园，都卖给王家村的人，这个谁不知道？谁敢放个屁?!”

纪大鼓点头，说：“族长说，他这么做是为了能让村里人买到便宜好用的药。”

王瞎子大笑：“那偷别人的老婆是为了什么？别听族长的狗屁了。再说了，族长药铺里的药便宜吗？羊郡三家药铺，谁不知道咱纪族长家的药铺最贵？当然，纪家村的人不知道。为什么，因为族长不允许你们到别的药铺买药，说别买到假药。哈哈，师弟啊，村里那些婆娘听族长的，是她们没有走出过十里以外，你总不能跟她们一样，相信族长是村里最好的人吧？”

纪大鼓说：“我没有觉得族长是最好的人，也没觉得他是最坏的人。他啊就是个普通人，也贪钱贪色，唯一跟我们不同的是，他是族长，他觉得这个族里所有的东西都可以是他的，人也都要听他的。”

王瞎子点头，说：“你说的也有道理。”

纪大鼓说：“我愿意守族规，跟族长没关系，甚至跟师父也没关系，我觉得是跟我自己有关系。我纪大鼓既然在先祖牌位前磕过头，发誓要守规矩，我就不能破这个誓。做人，总得有自己的原则。”

05. 住在莱阳城

换样和素枝从纪家村出来后，没有直接朝青岛方向走，而是先朝东走，在离纪家村十多里路的换样的一个亲戚家住了十天，约莫找他们的人也该回家了，两人才在一个晴朗的早晨，出发朝青岛方向走。

为了避免被熟悉的人认出来，他们没有顺着羊郡、金口、即墨这条路线走，而是先朝着莱阳城走。莱阳城戒备森严。十多天前，“胶东抗粮军”突袭莱阳城，有个叫田益三的首领带着一队抗粮军从东门杀入，攻占了县衙和监狱，把监狱中的犯人都放了出来。但是他们没有料到的是，他们的行动早就被县衙知道了，县衙的援军来到，包围了这些抗粮军，抗粮军几乎全军覆灭，七八百人进来，冲出去只有三十三人，后来这三十三人也都被县衙抓住了。

抗粮军的首领换样和素枝都认识。这帮人驻扎在大夼羊儿山附近，首领田益三经常带人下山赶集买菜买粮。素枝听说他们跟共产党有点关系，都对其敬而远之。这些人倒很不错，看起来跟普通老百姓差不多，买菜也讲价，照价付款。抗粮军还有人偷偷来找换样算命，其中有个大概是学生，说话很文雅，他找换样算命，是算他得了病的老娘什么时候病能好。

换样和素枝来到莱阳城，在客栈住下后，听到客栈里的人还都在谈论抗粮军的事儿。客栈老板告诉大家，抗粮军攻城那天，尸体堆满了街道。抗粮军有机枪，杀人像割麦子。要不是最后没有了子弹，县保安大队和援军根本就不是人家的对手。

客栈老板让大家尽量少出去，县保安队和警察局现在还四处抓人呢。据说从监狱里放出来的人中有共产党，现在还有很多人没找到。晚上街上到处都是特务和便衣，看见人就抓。

换样和素枝不想招惹任何人，因此吃了晚饭后，就各自回屋休息去了。

半夜时分，莱阳城突然枪声大作，喊杀声惨叫声此起彼伏。素枝趴在窗口朝外看，只见外面一片一片的火把，把整个莱阳城的上空都点燃了。素枝想出去看热闹，客栈老板关了门，不让任何人出去。老板告诉众人，他在县衙吃俸禄的弟弟说，今天晚上好像在抓什么共产党，他弟弟让他关好房门，千万不要让人出去，要是牵扯上了，那就是掉脑袋的大事儿。

素枝在客栈门口听了一会儿，听到声音渐渐小了，枪声好像也远了，她就跑到换样房间，把她听到的跟换样说了。

换样听了倒是不惊讶，说他认识一个共产党。素枝吓得不轻，问是谁。换样说是马凤娇。

素枝长出一口气，“哼”了一声，说：“你可吓死我了。凤娇姑姑可是个好人，她怎么能是共产党？”

换样说：“我也不知道共产党是什么样儿，但是他们敢造反，肯定是和曲诗文还有凤娇姑姑一样的人。”

素枝说：“我爷爷在的时候，说国民党是好样的，造了大清的反。现在你说共产党是好样的，造了国民党的反，这么说，造反的都是好样的，都是好人了？我看也不一定，谁造反的时候不是说得好好的，等造反成功了，得了天下，又变了？”

换样摆手说：“算了算了，我们小老百姓不操那些闲心，不管谁得了天下，穷人还是穷人，睡觉吧。”

素枝回她房间，睡去了。

第二天一早，两人下楼吃饭，楼下小饭馆里，众人三三两两在一起讨论昨天晚上发生的事儿。有人说，饭店老板出去刚回来，现在城门还关着呢，据说昨天晚上打伤了一个“共党”分子，但是这个“共党”分子挺能藏，到现在还没找到。

吃完饭后，素枝让换样回到房间里待着，她出城门看了看。果然，偌大的莱阳城几乎成了空城，大街上没几个人，城门也关着，几个穿着制服背着枪的士兵，站在城门两侧，严阵以待。

素枝去的时候，没有遇到什么麻烦，回来的时候，遇到两帮盘查的。他们问素枝的身份，家住哪里，到城里干什么，要到哪儿去，问得很详细。素枝是老江湖，回答得滴水不漏，他们才把她放了。

不少穿着学生模样服装的人，直接就被他们抓走了。素枝看得心惊肉跳，回到客栈后，告诉换样，莱阳城到处都戒严了，恐怕今天是走不出去了。

两个人提心吊胆，在客栈房间里住了大半天，太阳西斜的时候，才有人喊说城门开了，要出城的人都朝着城门涌了过去。换样和素枝匆匆收拾了东西，跟着人流，直奔西城门。

穿着土黄色衣服的保安团的人，在维持秩序。一个军官模样的人，朝着众人喊：“都给老子排好队，把需要检查的东西打开！太阳落山之前关上大门，你们出不去就不要怪老子了！”

换样和素枝从旁边人的对话中得知，官府今天本来不打算开门的，但是架不住要出城的人吵闹，甚至有个牛贩子带着十头牛跑到了县衙，把唐奎撵得爬到了墙上。

素枝虽然走南闯北，却是第一次到莱阳城里来，昨天来的时候，她就对城门的高大嗟叹不已，现在要出去了，她仰头看着威武的城门，不由得对换样说：“换样，莱阳城真威武，比平度强多了。”

换样仰了仰头，说：“我看不见。”

素枝牵着换样，两人经过城门洞。城门两侧的两排背着枪的大兵都撤了，但是城门洞里外，还是加了两帮岗哨，盘查也格外严格。

临到换样和素枝的时候，背着大枪的岗哨走过来，仔细端详换样，问：“这是真瞎子还是假瞎子啊？”

素枝说：“当然是真的了，谁没事装瞎子玩儿？”

岗哨让换样打开背着的背包检查，检查过后，素枝把背包拉到一边，仔细叠起来，再给换样背上，两人才随着人流，走出了城门。

走出城门的时候，最外面的一道岗哨还对旁边的人说："这个瞎子挺有福，找了个这么俊的媳妇儿。"

换样笑了笑，没说话。他们顺着官道朝西走，走到一处叫旧店的地方，太阳就落山了。换样在夜里照样走路，但是素枝觉得世道乱，夜里走路危险，就和换样找了一个客栈歇了。

她安慰换样说："等出了莱阳，咱再找地方赚钱吧，现在别急。"

06. 遇到崔立山

旧店在古时便是交通枢纽，商业繁盛，客栈酒肆众多，尤其以众多的车马店闻名胶东。

素枝年纪不大，却是老江湖，和换样在街上走了一趟，她就知道，这旧店虽然没有城门可关，可是到处都是特务和联庄会的团丁，一派肃杀之气。

客栈老板照样叮嘱住店的客人，让大家不要乱跑，说保安团还在到处搜人呢，昨天晚上城里发现了两个，没抓到，现在保安团和下面各联庄会联合起来，四处抓人。

素枝和换样本来以为出了纪家村，外面会一片疏朗，没想到，这人间竟然到处是刀光剑影，没有一个消停的地方。

吃了饭后，素枝和换样坐在屋子里发呆。平常两人很少有单独在一起的机会，在一起就有说不完的话，现在两人在一起了，反而无话可说了。

素枝坐了一会儿，就站起来，打开窗户看看外面。

天已经黑透了，但是还是不断有人从窗外跑过。他们有的是几个人，有的是一队一队的，很显然，就在外面的黑夜中，一场生死较量正在进行。

素枝看几眼，就把外面的情况跟换样说说。

换样也不多说话，一副心事重重的样子。

素枝问："换样，你装了一肚子的书，要不你说段书我听听呗。"

换样苦笑："都这时候了，还听什么书啊。这世道，真是让人看不到希望。"

素枝说："天塌下来有人顶着，跟我们有什么关系？越是这种时候，就越得乐呵，来吧，唱一个。"

换样被素枝说动了："唱什么？"

素枝想了想，说："唱一个欢快一点儿的。"

换样想了想，说："那就唱一个《偷吃年糕》吧。"

素枝点头，说："行！"

素枝帮换样找出大鼓和铁片，换样敲着鼓，找到了节奏，一只手打着鼓，一只手打着铁片伴奏，先来了个前奏："天上的星多月不明，地上的人多心不平，山上的花多观不遍，河里的鱼多水不清。上场来先有四句闲言压场，再听我慢慢地道来……"

换样一只手轻敲鼓槌，一只手打着铁片，打了一个过门后，刚要开始唱，突然有人推门，问："唱戏的先生，我们能进来听听吗？"

素枝一愣，还没说话，换样答应了："行，反正闲着，谁愿意听就让他们进来。"

素枝没办法，只得打开门，请外面的人进来。进来的人有男有女，有七八个，大家在床上坐不开，有的就蹲在地上。

换样重打了一个过门，开始唱："十冬腊月那个雪花飘，眼看着大年三十来到了，家家户户把年过，家家户户蒸年糕。老公公和面婆婆做，儿媳妇坐在灶口把火烧，蒸的蒸烧的烧，一锅年糕做熟了。老婆婆出去把门串，老公公拾起担杖把水挑，儿媳妇一见心欢喜，一心里想偷吃这热年糕，伸手打开锅上的盖，拿起双筷子插年糕，插块年糕刚要吃，不好了老婆婆串门回来了，儿媳妇一见心害怕，急忙忙掀开棉袄大襟往里搭，这年糕贴在她的肚皮上，哎哟哟肚子烫个大燎疱，把个儿媳妇疼急了，急忙忙顺着窗户往外撂，顺着窗户撂出去，真凑巧，老公公挑水回来了，这年糕落在老头的嘴巴上，疼得老汉直哎哟，老汉一见直懊恼，骂声老天你听着，下雨下雪我都不怕，你不该天上下个热年糕……"

换样的嗓音清脆悠长，唱起来格外有种喜庆的味道。《偷吃年糕》是胶东一带大鼓书的经典戏曲，几乎所有靠说书吃饭的人都会唱，老百姓也都听了无数遍，但就是百听不厌。换样一唱，众人便被逗得哈哈大笑，仿佛这一曲大鼓，就把外面恐怖惶悚的气氛给挡住了，给消弭了。

换样又唱了《秀才逗妻》《猪八戒背媳妇》等曲子，众人听了一会儿瞌睡了，先后回自己的屋子睡觉去了，只有一个小伙子，蜷缩在角落里没有走。

众人都走了之后，小伙子站起来，说："我认识你们，你们两个是纪家村的。你叫换样，你叫素枝。"

素枝一愣："呃?! 你是哪里的？你怎么会认识我们？"

年轻人说："我也是南乡人，和张世伟是中学同学。他后来上青岛读书了，我在莱阳高中学习，张世伟到三驾寺和黄金庵拆塑像的时候，我都去过。我还到过纪家村，跟张世伟一起找你们族长捐钱办学。"

素枝看了看换样，问："那你怎么在这里？你要到哪里去？"

年轻人说："我负伤了，想请你们帮忙。不瞒你们说，我参加了田益三的抗粮军……"

素枝听到这里，吓得惊叫了一声。年轻人赶紧开门朝外看了看，说："我还是走吧，你们也不像能帮我的样子。"

换样说话了："你先不用说别的了，你就说说，你想让我们怎么帮你吧。"

年轻人小声说："换样师傅，您说话小声点，外面那些人，可都是抓我的。"

素枝笑了笑，说："你胆这么小还当抗粮军？咱说话这么点声，外面听不到的。"

换样压低声音问："你想让我们怎么帮你？"

年轻人说："我想上青岛找张世伟。"

素枝拍手，说："这简单，跟我们一起走就行了，我们也想去青岛赚钱。"

年轻人说："这一路上肯定会有不少人抓我，现在还没出莱阳地界呢。我肩膀上还有枪伤，他们一看就能看出来。"

换样问："那你怎么从莱阳混出来的？"

年轻人说："我一个亲戚把我送出来的。我那个亲戚认识保安团的人，他是做药材生意的，把我打扮成药店伙计，我跟着他出了城。我那亲戚也是胆小，出城不远就把我扔下了。我是走野地，来到这里的。我在街上看到你们，不管怎么说，我还知道你们是什么人，就冒险来找你们了。换样小师傅，你要是能帮我，我崔立山永远不会忘记你们。"

换样有些为难："这个可是要命的事儿，要是被保安团的人抓住了，我和素枝都要蹲大牢。我是个瞎子，自己走路都费劲，我怎么帮你？"

素枝沉默了一会儿，说：“换样，不管怎么说，咱不能见死不救啊。”

换样说：“我们连自己活着都难，怎么救人？”

素枝说：“我有办法，保证没事儿！咱把他打扮成一个瞎子，你把铺盖卷分开，让他背一半，你背三弦，让他背着大鼓，我带着你们两个去青岛！”

崔立山大喜：“这个办法好！谢谢素枝妹妹！”

素枝“哼”了一声，说：“先别妹妹、妹妹的，说不定我比你大呢！”

换样想了一会儿，叹了一口气，说：“那就试试吧。”

07. 大雨之夜

纪大鼓不肯学算命，也不肯加入三皇会，以便领取政府给三皇会瞎子的救济，王瞎子只能带着这个倔强的师弟，一起赶集唱大鼓。

附近的人听纪大鼓的戏都听够了，两人只得赶远集。为了赚点钱，有时候两人跑到一百多里外的小纪、即墨县城等地。

王瞎子算命赚钱多一些，但是有老婆孩子一家人要养，纪大鼓说书赚钱少，却光棍一人，怎么也能凑付活着。两人背着铺盖，就这么一路走，一路唱，一路算命，天晚了，就找一处比较深的门洞，或者草垛下面，铺开铺盖睡一觉。

瞎子不怕蚊子，不怕冷。蚊子咬不死人，冷就多盖些被子，睡觉的时候脑袋钻进被子里面，闻着自己的屁打呼噜，照样睡得挺香。

瞎子最怕睡到半夜下大雨。

无论是草垛下，还是人家的屋檐下，都无法挡住大雨。

但是奇怪的是，自从纪大鼓跟着王瞎子一起出来说书后，下大雨的日子越来越多。他们被雨浇醒后，只能赶紧把铺盖卷起来，坐在屁股下，把铺盖紧靠着人家的街门，尽可能不让雨水打湿。

这个时候，纪大鼓就会想起马凤娇。马凤娇活着的时候，两人一起出来，很少在外面过夜，晚上都是要赶回家的。马凤娇长得漂亮，三弦弹得好，两人一起都是纪大鼓打鼓敲铁片，马凤娇弹三弦，别说开唱，两人乐器一打台，就会吸引一大圈人围上来。所以，别看那时候只是赶纪家村附近的小集，两人赚的钱也够吃喝之用了。

现在马凤娇走了，换样和素枝走了，只剩下了纪大鼓和王瞎子，两人像野狗一样到处流浪，也像狗一样睡在人家的屋檐下，苟延残喘。

两人听着外面的风雨，无奈地感受着风雨斜着落在身上。王瞎子和纪大鼓背靠背靠在一起，以尽量保持一些体温。

纪大鼓说："这雨不小。今年的庄稼有希望了。"

王瞎子呵呵一笑，说："庄稼好，也跟咱俩没关系，咱俩家里都没地。"

纪大鼓说："不能那么说，庄稼好了，种地的人收成好，舍得花钱，咱赚的钱就多一点，要是庄稼收成不好，人家拿什么给咱？"

王瞎子说："说的倒是有道理。不过对于算卦的来说，这人越是遇到事儿，越愿意花钱。"

两人在门洞里缩了一会儿，风越来越大，门洞根本无法给他们遮风挡雨了，两人便背起湿漉漉的铺盖，在风雨中拍打着竿子探路，寻找别的避雨的地方。

大雨倾盆的夜晚，街道上没人，两人用竹竿探路，各自走在路的一侧，挥舞长竹竿寻找挡雨的地方。这个时候，竹竿就是他们的眼睛。他们根据竹竿落在物体上的力度和感觉，就可以知道竹竿是落在草上，还是树上，还是路边房子的墙壁上。

找到有墙壁的房子，摸着墙走，走着走着墙没了，就很有可能走到门楼下。这时候再用竹竿朝上拍打，就可以大约知道门楼探出的檐子有多大，是否可以避雨。

两人一会儿便被淋成了落汤鸡。

背着的铺盖也被淋透了，两人狼狈不堪，在风雨中瑟瑟发抖。

没办法，王瞎子就拍这些临街的门，想求人家开门，找个避雨的地方。

纪大鼓怕打扰了人家，不让王瞎子拍。王瞎子说："兄弟，这么大的雨，我们要是找不到一处避雨的地方，会被冻死！"

纪大鼓说："这么大的雨，谁会出来给我们开门啊？"

王瞎子说："会有的。这个世上有浑蛋，也有好人。我有数，拍二十家门，一般会有一到两家出来看看。出来十个人，会有两三个人可怜我们，允许我们到他们家避雨。”

纪大鼓说：“这么说，得拍一百家门，才能有人让我们进去?”

王瞎子呵呵一笑：“这就不错了，人家不认识你，也不知道你是个好人还是坏人，这时候能让咱进门的，都是菩萨。”

王瞎子的经验果然好使，他们敲到八十多家的时候，有个女人给开门了，还说白天看到过他们在唱大鼓，她穷，没钱给，但是避雨是不成问题的。

女人把两人让进院子，关了门后，还请他们进屋。王瞎子说：“大姐，您能让我们进门，我们两个瞎子就很感激了。我们不能进屋，这是咱县三皇会的规矩，您给我们找个草棚或者牛棚避避雨就行。”

女人家里没牛，也没牛棚，但是有个草棚。草棚刚披了新草，所以里面很干爽。两人在草棚里坐下，闻着草棚里干爽的草味儿，感到真是幸福。

女人打发男人送来了两件干爽的大褂，和一床被子。这家男主人也是个憨厚之人，一再邀请两人去正屋歇息，王瞎子和纪大鼓拒绝了。

男主人走后，两人脱掉了身上的衣服，把带来的毛巾拧干，把身上擦得差不多了，两人把草摊开，把大褂铺在地上，盖上被子，两人都舒服得长出一口气。

王瞎子高兴得哼起了小曲儿：“说的是那小和尚下山来化缘，遇见个小媳妇赛貂蝉，两只奶子像发面，小和尚一见心发慌啊啊啊啊，头也晕来目也眩……”

纪大鼓说：“师兄，你倒是挺容易满足啊。”

王瞎子呵呵一笑，说：“师弟啊，你这些年有祠堂多少给点钱，没有像我们吃这么多的苦啊。冬天掉雪窝里，掉河里，夏天睡野地，淋雨，都是常事儿。这还不错，能有好心人开门，有这么一个干爽地方睡觉。人家不给你开门，你淋一宿一天，也得这么受着。当年我和会长他们一起到海阳小纪去，有一个村子不让进，你花钱从他村子上走都不行。哎呀，把我和会长气得啊，没办法啊，只能转，转出三十多里路去，才到了小纪。咱这些人啊，按刘会长的说法，咱就是前世作孽了，这世来还债的，不管真的假的，你这么想一想，心里就平衡了。不信你试试，你就想自己前世是一个采花大盗，前世糟蹋不少的大闺女，这世让你瞎了眼做补偿，这多应该啊。”

纪大鼓呵呵一笑，说：“你倒是挺会安慰自己。”

王瞎子说："师弟，你不肯学算命，其实说书也有赚钱的妙招，你想不想学？"

纪大鼓心动了："真的?!"

王瞎子说："当然是真的。背地里，哪个瞎子没有自己的一些独门绝招？就你，傻不拉几的以为靠这点本事就能挣钱吃饭？"

纪大鼓问："师兄，你说的妙招是什么招法？"

王瞎子说："你啊，别一坐下就说那些杨宗保、三侠五义什么的，这些玩意儿，哪个瞎子不会？老百姓都听了多少遍了，你得有能拉住人的，他们愿意听的。"

纪大鼓说："师父就教了这些啊，《大姐挑水》还是我跟别人学的呢。"

王瞎子说："《大姐挑水》算个屁，你得学一些真正的黄段子，这东西不只男人爱听，女人也爱听。高格庄有个老高，说书能把女人说得心痒痒，他说完书回去，不少大姑娘都去找他睡觉，你说这样的人能不赚钱？"

纪大鼓说："这种书我不说，早晚得挨揍。"

王瞎子感叹："你啊，就是个穷命。能赚到钱，偶尔挨顿打能怎么的？咱瞎子赚钱两大招你都不学，你啊，早晚得饿死。"

纪大鼓说："没事儿，纪钟伟说给我联系，给张老板说包月，张老板一年能包我两个月，我纪大鼓就有饭吃了。"

王瞎子说："呃，这也是个办法。真是没想到，纪钟伟现在成了张老板的人了。这小子也算有点本事。"

纪大鼓说："睡觉吧，明天还要找地儿赚钱呢。"

08. 去推磨吧

第二天早上，纪大鼓睡醒，觉得浑身上下难受，身上一点力气都没有。

王瞎子摸了摸他的脑袋，说："坏事了兄弟，你这是发烧啊。顾不上赚钱了，咱赶紧回家吧。"

这家人不错，不但给两人做了饭，还给纪大鼓烧了一碗姜汤。两人换上湿漉漉的衣服，吃了饭，纪大鼓喝了姜汤，两人要给人家钱，人家老汉高低不收。

王瞎子没办法，就给老汉算了一卦，算是还了人情，然后，两人背上铺盖，开始朝家走。

这次两人出来五十多里路，他们紧赶慢赶，一直走到傍晚，才回到纪大鼓家。纪大鼓浑身像散了架，躺在炕上就起不来了。王瞎子没办法，只得忙里忙外，刷锅烧水做饭。

王瞎子对纪大鼓家不熟悉，忙活了半天，碰倒了桌子，打了盐坛子，纪大鼓没有办法，只得下炕，把咸盐先装进瓷盆里，然后烧水做饭。

纪大鼓不会做别的饭，只能把玉米面和一把从院子里割的韭菜加上盐、油一起放进锅里煮熟。煮熟后，两人每人盛了一碗，还都吃得喷香。

吃完后，纪大鼓上炕倒头睡觉，王瞎子也到另一个房间睡下。

王瞎子睡到半夜，被纪大鼓的哭声惊醒。他下炕摸索着来到纪大鼓的房间，纪大鼓还在边哭边喊：“妈啊，凤娇啊，你们终于来了！这炕太热了，我渴死了，赶紧给我舀碗水喝……”

王瞎子伸手想推醒纪大鼓，手碰到他的头，吓了一跳，纪大鼓的头简直就是一个烧开了的水壶。王瞎子把纪大鼓喊醒，纪大鼓红着眼珠子问他：“师兄，你干吗？”

王瞎子说：“兄弟，你发烧了，你得起来，把姜找出来，我给你熬点姜汤喝，你再出一场大汗，明早就好了。”

纪大鼓说：“师兄，你以为咱是有钱人家？我就是过年能买点儿姜，平常日哪儿有这东西？”

王瞎子说：“要不弄点葱吧，葱有吧？”

纪大鼓想了想，说：“葱有，在院子里，马凤娇求人帮忙种的，我去拔。”

纪大鼓穿上衣服，身体因为发烧而浑身发抖。王瞎子扶着他，两人摸索着走到院子里，纪大鼓按照自己的记忆，在院子里摸到葱，拔了几棵，又舀水洗了，用手撕碎了，扔进锅里。

王瞎子按照纪大鼓告诉他的位置，摸索到了水瓢和水缸的位置，舀了半瓢水倒进锅里，打着火镰开始烧火。

水烧开后，王瞎子舀了一大砂碗，逼着纪大鼓喝下，然后用被子蒙住了他的头和脚，让他发汗。

纪大鼓不想遭这个罪，王瞎子说："兄弟，你听我的，现在马凤娇也没了，换样和素枝都走了，自己过日子要学会给自己治病，还得学会少花钱。你要是今天晚上不发汗，明天肯定要去抓药，抓药就要花钱，以后花钱的地方多着呢，你就听我的，以后节省点儿吧。"

纪大鼓无奈，只得听了师兄的，钻进被窝里发汗。王瞎子怕他不认真发汗，躺在纪大鼓旁边监督他，给他盖着被子。

第二天早上，纪大鼓的烧果然退了。他起来做了饭，师兄弟两人胡乱吃饱了，就商量如何赚钱。

这次出去两人都没赚到多少钱，纪大鼓还好过点儿，光棍一人，怎么也能凑合过下去。王瞎子不行啊，家里有老婆孩子，还有个躺在炕上的老妈，全家人指望他吃饭呢，没钱拿回去，老婆非骂他不可。

纪大鼓说："今天大夼集，这个集白瞎，我去赚不到钱。你去也不行。"

纪大鼓说王瞎子不行，是因为王瞎子在大夼集给人算命算错了，臭了名声。那人是大夼集的大户，这个大户有意挤对王瞎子，找他算命。这人说自己命不好，让王瞎子设法给他改命。王瞎子借坡上驴，说他父母双亡，姊妹不和，导致财运不济。要想改命，得把门口的一块石头扔了，铺上黄土。

这人回家把王瞎子给他算的结果告诉了父母，两个老人勃然大怒，带着人来打王瞎子。王瞎子想跑，人多跑不出去，被人抓着，打得一个月没下来炕。从此王瞎子在大夼一带名声臭了，别说大夼集，就是附近的大夼村子都没人找他算命了。

王瞎子想了一会儿，说："兄弟啊，这人哪，走到哪步说哪步的话，我们今天去小张庄吧。"

纪大鼓"噢"了一声，问："去小张庄干什么？那里有人算命，还是想听书？"

王瞎子说："没人算命，也没人听书，小张庄有家做馒头的，天天雇人磨面，三皇会的兄弟门，没饭吃了就去磨面。咱师父说过，瞎子行三个行当，说书的、磨面的，最不济的是要饭的，咱起码还比要饭的好点儿。"

纪大鼓问："磨一天能给多少钱？"

王瞎子说："这要看你磨多少面了。我去干了几次，一天能赚一百多个铜板吧。也不是太累，就是转圈。咱瞎子转圈不头晕，比明眼人强，所以瞎子就出了这么个行当。”

纪大鼓说：“价钱倒是可以，咱去肯定能有活儿干？不能跑空了？”

王瞎子说：“这个你放心，三皇会的刘会长跟那个老板是亲戚，这人同情瞎子，只要瞎子去了，他们肯定安排活儿。”

纪大鼓心中一片苍凉。他以前总是以纪家大鼓传人为傲，从来没认为自己会没饭吃。现在他竟然无法靠说书养活自己了，要去卖苦力了，世事难料啊！

王瞎子听他没动静，就问他：“兄弟，你到底去不去？你要是不去，我可自己去了。”

纪大鼓说：“去试试，不管怎么说，总比没饭吃强。”

09. 逃出莱阳

素枝让换样拿出一套衣服，让崔立山换上，素枝又从换样的铺盖卷中拿出一条褥子，打好捆，外面再扣上一个脸盆，一个大鼓，让崔立山背上，她又去镇上的杂货铺买了一根长竹子，从中间断开，崔立山的两只手里就有了竹杖了。换样又做示范，让崔立山跟他学着怎么用竹杖探路。崔立山背着铺盖卷儿，两只手拍打着竹杖小心走路，素枝在屋里无论从前面还是后面看，感觉他都是一个瞎子的样子了，不由得哈哈大笑：“崔立山，你干脆跟着换样学算命得了。”

为了不让客栈掌柜起疑，崔立山在换样的房间里睡到天蒙蒙亮。天亮后，他换上换样的衣服，手里提着竹杖，先偷偷溜出了客栈，在拐弯处的杂货铺门口等着换样。

换样和素枝吃完饭后，收拾东西走出客栈，从胡同走到头，刚拐弯，崔立山就从杂货铺走出来。三人朝前走了一会儿，看看附近没人，忙闪身走进一个小胡同。素枝把背着的铺盖卷递给崔立山，崔立山背上，敲着竹杖，跟在换样后面，从胡同走了出来。

素枝从旁边打量了几眼，悄悄纠正了崔立山几个动作，就走在最前面，带着两人朝着青岛方向走去。

三人一路上遇到了很多联庄会和保安团的人，他们都是奉命搜捕从城里逃出来的崔立山的。他们看到在官道上稳当当地走着的三人，有的过来审查一番，有的干脆老远看几眼，连过来问一问的兴趣都没有。

他们还遇到了一个认识素枝的。此人是保安团的一个小队长，老家大夼集，离纪家村十多里路，他赶集见过素枝耍杂技，因此在这里看到素枝很惊讶，问她这是要到哪里去。

素枝怕他细查，只好搬出换样："你不认识纪家村纪家大鼓的传人换样？"

小队长听说过纪家大鼓，也听说过换样，但是不认识他，他仔细看了看换样，又看了看崔立山，说："我不认识他，但是知道。听说算命挺神的。"

换样说："我给你们村杀猪的老三，还有做瓷器生意的张麻子都算过命。我让老三两年暂停杀猪，他不听，结果赶集跟人打架，一刀子捅死了一个卖菜的。张麻子从淄博贩瓷器，生意做了十多年，我让他不要做了，多大的命担多大的财，他不听，去年过年前去淄博运瓷器，结果马车翻了，砸断了一条腿。这两个人，都是我给算的。"

小队长相信了，赶紧鞠躬："当真是换样师傅啊，俺有眼无珠，换样师傅不要见怪。那这位……"

素枝说："刘家庄的，离大夼集十里路，现在跟换样学算命呢。"

小队长说："好，好事儿。等学会了给俺算算，俺姥娘就是刘家庄的。你们走吧，这路上小心，现在到处都在抓共产党，世道乱了。"

素枝带着三人继续朝前走，走了一会儿，素枝转头看，看到小队长带着人朝后走，长出一口气，说："吓死我了，我们赶紧走，出了莱阳地界就好了。"

三人加快速度朝前赶，当天傍晚到达泽口地界，再往前走十里路，就是即墨地界，换样想在泽口歇息，被素枝拒绝了。

素枝说："那个小队长不是个善茬，我觉得他不会就这么算了。万一他找到刘家庄的人打听，说刘家庄没有一个年轻的瞎子，咱就麻烦了。"

换样和崔立山害怕了，跟着素枝朝前走。走了一会儿，换样就听到了身后急骤的马蹄声。他让两人站住，仔细听了一会儿，对两人说："坏事了，来了一队骑马的，最少得有十个人。”

崔立山说：“我们先找地方躲起来，别走了。”

素枝略想了想，说：“崔立山，咱分头走吧。换样走得慢，我陪着他，你快跑，这次要是跑不出去就完蛋了。”

崔立山于心不忍：“那你们怎么办?！要不我背着换样师傅，咱朝旁边的小树林跑吧。”

素枝说：“你自己能不能跑出去还没法说呢。快走吧，换样是个瞎子，我有办法对付他们。”

崔立山把包裹还给素枝，把竹杖一扔，朝着旁边的小树林就跑了下去，眨眼没影了。

换样听着越来越近的马蹄声，说：“素枝，这次我们惹上麻烦了。好人不能随便当啊。”

素枝说：“你放心，没什么大事儿。等他们追上来了，我对付他们。我从小就跑江湖，还对付不了他们?！”

素枝牵着换样手里的竹杖，两人继续朝前走。随着马蹄声越来越近，那个小头目骑着马，带着十多个人，挡在了两人的前面。

小队长跳下马，问：“耍杂技的，那个瞎子呢?！”

素枝说：“走了。中午头走到泽口的时候，说去找他舅舅，自己朝着泽口走了。”

小队长恼怒，用手指点着素枝，说：“你就能撒谎！我打听了，刘家庄根本就没有年轻瞎子！那个人，是不是逃出去的抗粮军?！”

素枝惊讶：“他是个瞎子，怎么能是抗粮军?！他还会唱大鼓呢，昨天晚上我们在旧店客栈认识的，他听换样唱大鼓，找他说话，还唱了一段大鼓给我们听。他说他唱大鼓不赚钱，想跟换样学算命，换样就收下他了。”

小队长不肯相信：“就这么巧?！你昨天晚上才认识的，今天就让我遇到了?！昨天晚上才认识的，你们怎么知道他是刘家庄的?！”

素枝理直气壮，说：“他说的啊！他还说春天的时候，换样和他师父去刘家庄唱大鼓的事儿，我们就信了啊。怎么了？他不是刘家庄的？他说等过年我们回家，他去给换样送拜师费呢。”

小队长有些狐疑了：“你们真的以为他是刘家庄的瞎子？他要是刘家庄的

瞎子，换样能不知道他？”

换样说：“这位长官，看来您是不了解我们纪家大鼓传人的规矩。纪家大鼓传人不加入三皇会，都是在三个纪姓村转悠，很少出村，附近哪个村有瞎子，我真的不知道。怎么了，他不是刘家庄的？”

小队长拍了拍脑袋：“我都被你们两个搞晕了！算了，老子看在换样师傅的面上，不管你们是真的不知道他的身份，还是假的不知道，这次就饶了你们。换样师傅，等过年回老家，你得免费给我算算命！”

换样拱手：“这位长官，这个不成问题。”

素枝还装：“这位大哥，那个瞎子真的不是刘家庄的？昨天晚上，换样教他半宿呢，他要不是刘家庄的，我们到哪里找他要学费啊？”

小队长摇头：“你们啊……算了，学费不学费的不归我管。这种事儿，你们以后还是少干的好！别丢了命，还不知道是怎么丢的！”

10. 到了青岛

换样和素枝朝着青岛方向走，路过村庄集市，就打出“换样算命”的幡子。换样算命虽然有一手，但是不会招呼买卖。往日都是在家里赚钱，靠着名声越来越大，来的人越来越多，过村走集市，那就得会忽悠会拉人，对于换样来说，这是他的缺点。因此这两人一路走，赚的钱不多。没钱住店，只能住在人家的屋檐下，或者草棚子里，白天找条小溪洗脸。

素枝早就习惯了这种生活，倒是没什么抱怨的，换样觉得自己很对不起素枝，心情就一直不佳。

经过二十多天的奔波，他们终于来到了青岛。

素枝踩着青岛的柏油马路，看着面前的高楼大厦，跟换样说：“换样，青岛真是太漂亮，太干净了。房子都是好几层的，连脚下的地，都那么干净。”

换样“哼”了一声，说：“地都是泥地，都是种庄稼的，下雨就粘脚，不下雨就起尘土，哪有干净不干净的。”

素枝“哼”了一声，说：“换样，你不相信啊，不信你蹲下试试，这地刚硬，黑色的，这叫柏油马路。我听人说，这条台柳路，是中国最早的柏油马路呢。”

换样不相信，蹲下用手挖了一下地面，没挖动，他很疑惑：“这是一块石头吧？”

素枝呵呵一笑，说：“你站起来朝前走十步，或者二十步，再蹲下试试。”

换样朝前走了一会儿，蹲下再挖，不由得说：“咦，这石头挺大。”

素枝笑得不行，说：“换样，你要是一个睁眼人，你就能看到这里有多么好看了。这地没有土，也没有草坯房，一色的大瓦房和楼房，这里的人穿的也好，一看就是有钱的样子。当年我和爹来青岛卖艺，人给钱也大方，就是有一样不好，地痞多。我爹有一次跟他们打起来了，还被他们打断了一根肋骨。”

换样笑了，说：“我哄你罢了，青岛什么样，我早就听张世伟说过了。他说这里现在到处都是日本人，来青岛要注意。很多地痞后面都是有日本人撑腰的，在这里，日本人就是官府，比国民政府都厉害。”

素枝点头，说：“原来你早就知道了。”

换样说：“知道了还是不如看看顶用。素枝姐，咱这走了二十多天了，你去附近找个便宜的小客栈，咱今天晚上睡客栈，洗洗澡。咱第一次来青岛，别让青岛人笑话咱。”

素枝高兴了：“真的？！那太好了！换样，咱今天晚上也吃点好的呗！”

换样说：“行。吃点好的。”

素枝和换样转悠着找到了一个看起来比较干净、价格还便宜的客栈。两人跟客栈老板聊起来，得知老板是即墨人，家离金口不到二十里路，父亲也曾经在金口做过小生意，现在每年金口庙会，他都要赶回家，陪老父亲去庙会上逛一逛，上娘娘庙上香磕头。这让换样和素枝突然觉得青岛跟他们好像也有了些联系，那种很疏离的感觉正在变得真实可摸。

老板听说他们从离金口不远的纪家村来的，也有些意外，给他们打了一个很大的折扣，一个房间五十个铜板，还管一顿早饭。

换样朝外掏钱。素枝看了看老板，又看了看换样，说：“老板，我们两个……开一个房间吧。”

换样一愣，说：“素枝姐，我钱够了。”

素枝脸有些红，她低下头，说："节省点花吧。老板，开一个房间可以了。"

老板很精明，他看出两人之间关系的微妙，忙说："好，好，出门在外，省一个是一个。我给你们开个大一点的房间。"

老板找了一把钥匙给他们，说："就在一楼，东头那个房间。"

素枝扯着换样，走进房间。

换样摸到床，在床上坐下，说："素枝姐，我们……我们这样不合适吧？"

素枝"哼"了一声，说："换样，你真的以为今天晚上就入洞房了？"

换样呵呵笑着，说："没敢想。我就是觉得咱这样不好。"

素枝说："只要你心里干净，就没什么好不好的。这样吧，今天晚上我打地铺睡，我们有铺盖呢。"

换样忙说："别，别，我打地铺，我是男人，不能让你睡地上。"

素枝笑了，说："你有这心我就高兴了。我从小跟我爹一起出去卖艺，都是睡地铺，我从来也没睡出什么毛病来，我习惯了。"

换样沉默了一会儿，突然说："素枝姐，你以后能不能不要老说你跟你爹出去卖艺跑江湖什么的，你们以前怎么怎么的，我没法管，但是现在你跟我在一起，你是我的人了，我就得管你，我可以受委屈，我不能让你受委屈。"

素枝一愣："呃？换样，你……什么意思？"

换样说："也没别的意思。我的意思是说，我换样虽然是个瞎子，但是我是个男人，我不能让你像以前那样，没人管没人疼的。"

素枝轻声说："也不是没人疼，我爹很疼我的，我们就是过那么一种生活方式，习惯了，也没觉得什么不好。"

换样说："这个跟我没关系。素枝姐，我纪换样这次遭难，你什么也不顾，也不嫌弃我个瞎子，就跟我跑出来了，我不管你怎么想的，在我心里，你就是我的人了，瞎子不会说好听的，以后有好吃的你先吃，有苦俺瞎子先受着。"

素枝一愣，眼泪要出来了，她赶紧擦了一把："换样，你这么说，我有点受不了，从来没人跟我这么说话。"

换样说："我说的都是心里话，素枝姐，你不知道，十多年前，咱去救凤娇姑姑那天晚上，你去羊郡买死猪肉，还偷偷给我留了一块。从那天起，我就下定决心，我这辈子要对你比对我自己都要好！”

素枝不由得抱住了换样，说：“换样，俺没看错人，你是个好人。”

换样愣了一会儿，想抱素枝，又不大敢。他犹豫了一会儿，头上都冒出了汗，正要抱住素枝，素枝突然抬起头，说：“走，咱吃饭去！”

换样很失望，只得站起来，被素枝牵着，走出屋子。

11. 初尝甜果

客栈老板还在旁边开了个小饭馆，换样和素枝吃了饭，素枝牵着换样在街上溜达。换样半瞎的双眼朦朦胧胧看到了几个亮闪闪的光圈，他很惊讶：“素枝姐，怎么这儿这么多的太阳?！这是怎么回事儿?！”

素枝扑哧笑了，说：“这是电灯！站在马路边上的路灯，晚上就亮了，马路两边都有。天上要是有这么多的太阳，我们早就被晒死了。”

换样问：“电灯？什么叫电灯？”

素枝想了想，说：“就是……就是……这么跟你说吧，就是一个大灯，不过不烧煤油，也不是蜡烛，它是烧一种人看不见的东西。这东西是用铁丝送过来的，比咱家的灯亮一万倍都不止。”

换样很惊讶：“什么东西是用铁丝送过来的？用铁丝送的东西人能看不见？你又不是瞎子。”

素枝说：“我也说不清楚，反正就是好东西。咱纪家村要是有这么个灯，整个村子都不用点灯，也不用点蜡。街上还有汽车呢，比马车多两个轱辘，不过不用马拉，是用一种机器拉着跑。”

换样又惊讶了：“什么东西能拉着两个马车跑？这机器得比两匹马还得大了。”

素枝摇头，说：“不是。机器不大，还有盖子盖着。算了，不说了，说了你看不见，也闹不明白。”

换样被“电灯”和“机器”两件事儿闹得很郁闷，觉得青岛这地方实在是太古怪了。

两人回到客栈后，换样让素枝给他在地上铺上铺盖，他躺上去歇息。素枝去客栈的洗澡房洗了澡，又逼着换样去洗。换样不想动弹，被素枝揪着耳朵拖到了洗澡房，把香胰子放在他面前，就出来了。

换样其实是个喜欢干净的人，他在洗澡房里，把自己洗得干干净净的，回到屋里，素枝抽了抽鼻子，说："不错啊，这么一洗，闻着也是香喷喷的。"

换样有些不好意思，说："这青岛稀奇古怪的东西真多，胰子也这么好闻。"

素枝叹了一口气，说："换样，你要是个睁眼的就好了。你就什么都能看见了，什么都知道了。像你这么聪明的人，要是个睁眼的，肯定能在青岛混出个人样来。"

换样"噢"了一声，说："素枝姐，你要是后悔跟我来了，你可以走，我没有意见。"

素枝苦笑一声，说："换样，你这么说话就太没良心了。我当初是缺心眼啊，要是没把什么都考虑了，我好好一个大姑娘，能连我爹都不顾了，跟你从纪家村跑到青岛？我是替你可惜，心疼你呢。"

素枝在床上躺下，换样睡在地上。这一路上，两人睡屋檐下，睡在看瓜人废弃的茅屋里，都是躺下便呼呼大睡，现在睡在这干净的屋子里，两人却都睡不着了。

素枝翻腾了一会儿，爬起来，问换样："换样，你睡着了没有？"

换样瓮声瓮气说："睡不着。"

素枝问："你为什么睡不着？"

换样不说话了。

素枝"哼"了一声，说："别乱想了，赶紧睡觉。"

换样"噢"了一声，素枝倒头躺下。

过了一会儿，换样又翻身，素枝爬起来，有些恼："换样，你怎么还翻身?！我刚刚快睡着了，又让你惊醒了。"

换样说："那我不翻了，你睡吧。"

素枝坐了一会儿，问："换样，你是不是想搂着我睡？"

换样说："嗯。"

素枝懊恼地骂了一句："奶奶的，不管了！"

素枝从床上跳到地上，钻进换样的被窝。换样猛地搂过素枝，就扒她的衣服。素枝亲换样，亲得换样喘不过气儿来，换样推开素枝，颤抖着说："姐姐，我的亲姐姐，你先让我把裤子扒下来。"

素枝笑骂道："这些日子你一动不动，我还以为你是个正人君子，没想到，你上来就给人扒裤子。"

换样说："我怕你不高兴，这些天都在装呢。男人都是狼，正人君子都是装的。好姐姐，我受不了了，你别抓着裤子了。"

素枝咬住换样的舌头："你先让我把舌头咬着吃了，我就脱裤子！"

换样脱不下素枝的裤子，只得死命搂着她，亲她。素枝亲了一会儿，把自己的裤子和上衣扒下，光着身子搂住了换样。换样一番努力，终于得逞，两人喘着气，在地上滚动。

两人正上天入地，宁愿就此死去的时候，突然外面响起了一阵清脆的枪声。枪声尖锐，带着不由分说的霸气和杀气，两人一愣。这时候，外面突然响起了一阵凄厉的喊声："杀人了！日本人杀人了！"

换样吓得从素枝的身上跳下来，两人迅速穿好衣服，素枝开门走到走廊上。客栈的灯光已经全部熄灭了，只有路灯的光照进来，依稀照在走廊里。素枝刚走了几步，突然一个黑影从旁边走出来，朝她摆手，示意她回去。

素枝吓了一跳，仔细看，原来是客栈老板。客栈老板走过来，小声说："别出声，赶紧回去，小鬼子抓人，天天这么折腾。"

素枝回屋，关上门。

换样正站在门旁，听到素枝回来，朝后退了退，问："怎么回事儿？"

素枝小声说："老板说是日本人抓人，让我们别出声。"

换样"噢"了一声，回到地铺上，刚要躺下。

素枝说："你傻啊，上床！"

换样上床躺下，素枝抱着他，小声说："再来！这次哪怕是小鬼子进来，我们也不管了！"

第七章 素枝失踪

01. 哥儿俩推磨

纪大鼓和王瞎子拍打着竹杖探路，来到小张庄，王瞎子轻车熟路，找到了那个做馒头和大饼的老板。

老板虽然在小张庄，却是姓王。他认得王瞎子，见他带着纪大鼓来了，马上说：“一家子，你们先一坐，我让人把麦子送过去。噢，你们两个要磨多少斤？”

王瞎子呵呵一笑，略有些尴尬地说：“老板，咱得先说下价格。先小人后君子，我师弟是第一次干这个，双方先说清楚，也让他心里有数。”

老板沉吟了一会儿，说：“咱都不容易，不过我是个明眼人，还是比你们要好过点儿，给别人是磨一袋子小麦十个铜板，给你们十二，怎么样，一家子？”

王瞎子说：“怎么又便宜了？上次还十三呢！”

老板干笑着说：“上次是上次，不管什么活儿，都有行情，随行就市嘛，我这还是可怜你们两个瞎子没活儿干，给你们找点活儿，要不，我今天还不用磨面呢。这面磨下来，放着风干了，做馒头就不如用新鲜的面有劲道，你们不磨就算了，明天来，十三个铜板。”

王瞎子“哼”了一声：“我们走过来，要小半天呢。算了，十二就十二，中午管饭吧？”

老板说：“用别人不管啊，都是一个村的，中午就回家吃饭去了。你们这么远过来，怎么能不管饭？孬好的，让你们吃饱就行了。”

王瞎子笑了笑，说：“行。我们先磨五袋，五袋磨完了，我们要是还能干，再说。”

老板说：“行，我让我老婆跟你们去摇罗。”

磨面需要人推磨，还需要有明眼人跟着扫磨、罗面。麦粒从磨眼下去被磨碎后，要用细眼罗，把面罗下来，把剩下的麦麸再倒进磨眼，再磨，然后再罗，如此三遍，方可成功。

对于两个成年人来说，磨面不算很累，但是熬时间，容易头晕。纪大鼓像驴一样，把套子套在肩膀上，在前面拉，王瞎子抱着磨棍，在后面推。老板的老婆负责收拾磨盘、罗面。

老板的老婆也是一个很精明的女人，一边干活，一边跟王瞎子搭话："王大哥，俺当家的对你们这些说书先生，可是真心好，别的不说，中午还管一顿饭，俺家的饭都是白面做的，要是卖，也能卖三四个铜板呢。这年头，谁家有拿白面给人吃的？"

老板娘的话，让纪大鼓感到脸发热，好像他们是来要饭似的。老板娘絮絮叨叨，纪大鼓几次想扔下磨棍不干了，但是想到家里实在是穷得揭不开锅了，想到中午的白面馒头，他还是忍住了。人穷志短，马瘦毛长，老祖宗的话，真是有道理。

老板娘絮叨了一会儿走了，纪大鼓愤愤地说："这个女人真能絮叨，把我们当要饭的了?!"

王瞎子长叹一声，说："老天没眼啊，我们这些人，现在跟要饭的有什么区别？没办法，兄弟，别把自己的脸面太当回事儿，咱瞎子看不见自己的脸，权当没长脸了。要不怎么办？咱饿死？人家马凤娇一个那么好的大姑娘，都能跑到平度唱喜歌哭丧，她遭了多少难？人啊，饿到极点，什么脸面就都顾不得了。兄弟，这种事儿我经历得多，你听我的，权当耳朵也聋了，不但看不见也听不见，要不，你就等着挨饿吧。"

纪大鼓长出一口气，低头拉磨。

两人马不停蹄，干到中午，才磨完一袋子面。到了吃饭的时间，老板娘送来了两碗饭，就走了。

纪大鼓和王瞎子端起饭碗，闻到碗里的饭有些馊。王瞎子怕吃了拉肚子，跑到老板家里，跟人家要了一头大蒜。

回来的时候，王瞎子一直叹气。纪大鼓早就饿得不行了，早就开吃了。饭虽然馊了，但是真的是白面做的，还是能吃出一些麦子的味道来的。

王瞎子从磨盘上抓了一把面放在纪大鼓的碗里，说："咱也吃点好的，不能光吃馊的。拌一下吃。”

纪大鼓吃了一口，很惊讶，说：“师兄，别让人家看到。”

王瞎子又抓了一把，放在自己碗里，说：“没事。人家吃香的喝辣的，咱吃点生面总可以吧。这个老板，越来越不把咱瞎子当人看了。”

纪大鼓笑了笑。他知道，师兄去前面找老板要大蒜，肯定闻到人家吃的好东西的味道了。其实何必呢，他们是人家的雇工，干完活给钱就行，人家吃什么喝什么，跟自己有什么关系？

王瞎子吃了几口饭，说：“要是论做人处事，还得说是人家侯正廷侯老板。我这些年，多亏了人家。一年在侯老板家说书两个月，赚的钱够我全家用大半年的。吃的，嘿，那就更不用说了。鱼啊肉啊，都是新鲜的，那个香啊，咱家过年都吃不上那么好的东西。”

纪大鼓说：“人家把咱当人，咱就把人家当人，不把咱当人的人，咱也不把他们当人。这个王老板，给咱吃馊的，他老婆还说这饭能卖钱，我看，这饭狗都不吃呢。”

王瞎子扒了几口饭，咬了一口大蒜，说：“狗不吃咱吃，咱不是为了来吃这饭的，是为了来赚钱的。只要晚上能拿着铜板回家就行。”

两人吃了饭，歇了歇腿脚，继续推磨。

下午来罗面的，是王家的长工。长工话不多，比较沉闷的一个人。他认识王瞎子，歇息的时候，还求王瞎子给他算了一命。作为补偿，他告诉王瞎子和纪大鼓，别人来磨一袋子面，都是十六个铜板，跟雇头驴一样的价格：“雇人家一头驴，中午要送回去喂草，还要给它收拾驴粪，老板心挺黑，其实雇人怎么也得十七个铜板吧，他给人十六个。”

纪大鼓有些气愤：“他说给别人都是十个呢，给我们十二个。”

长工听了很服气，说：“我这些年，熬了七八家长工，我算看明白了，真正能发家的，还就是像我们老板这样的，会算计，那些大方的好人，最终都会败家。”

王瞎子摇头，说：“也不能这么说。金口的大老板侯正廷，就是一个很大方的人，我给他说两个月大鼓，给我四个大洋。别人家，都是两个月两个大洋。”

长工说：“那你肯定没见过他做生意，侯老板我知道，也见过，侯老板做生意是最精明的。会算计的人要算计准地方，人家大老板，有些地方不屑于算计，在该算计的地方算计。我们掌柜的，就是一个做馒头的，馒头有市场价，他能算计的地方就是我们这些给他做工的。这个就是大老板跟小老板的区别了。”

纪大鼓和王瞎子一直推到天黑透了，才推了三袋子小麦。按照老板说的价格，三袋子小麦三十六个铜板，老板嫌地上有落面，要扣他们五个铜板，王瞎子不让。说落面跟他们没关系，他们也看不见，只负责推磨，扫磨盘是他老婆和长工的事儿。老板没找到合适的理由扣这五个铜板，很是不痛快，磨磨叽叽地把三十六个铜板付了。

两人从王老板家走出来，走出村子，王瞎子让纪大鼓赶紧撑开口袋。纪大鼓不解其意，但是还是把口袋张开了。王瞎子从身上里里外外的口袋里朝外掏白面和麦子，足足掏出来有一斤多。

纪大鼓一摸是白面和麦子，惊讶了：“师兄，这么多的面你这是放在哪儿弄出来的?!”

王瞎子有些得意：“他能坑咱，咱就不能弄他一下子？我这衣服到处都是口袋，起码能装三斤白面。走吧，咱哥俩回去烙油饼吃！干了一天活儿，咱犒劳自己一下子!”

纪大鼓突然叹了一口气，说：“咱在家里赚钱都这么难，不知道换样在外面怎么样了。”

王瞎子说：“人说，儿孙自有儿孙福，孩子大了咱就别管了。换样比咱心眼多，何况还有素枝照顾他，你就放心吧。”

02. 得罪了小混混

第二天一早，换样和素枝吃了饭后，就去街上摆摊算卦。

让两人没有想到的是，这青岛大街上人不少，来算卦的倒不多，而且这城市人比乡下人会讲价，换样熬了一天，只算了两个命，赚了四十个铜板。

天黑后，两人回到客栈，都很沮丧。客栈老板正在独自一人喝酒，看到换样和素枝，就招呼两人过去喝一杯。

换样不想去，被素枝拖着走了过去。素枝的意思换样明白，她是想在青岛多结交人，以便日后生存下去。

换样在老板旁边坐下，老板跟换样聊天，他告诉换样，台柳路是当年德国人在青岛修的第一条柏油路，不过现在青岛的有钱人都在中山路那一带住着，有钱人大方，闲着没事就喜欢找人测字算命，换样要想赚钱，还得到中山路去。从这儿到中山路有电车，一个铜板就过去了，很方便。

换样得此信息，大喜，便与老板喝了两杯。

老板喝滋润了，大着舌头告诉换样，其实他祖上居住在安徽，是大明朝皇帝的后人，大明末，农民起义军大肆屠杀老朱家后人，他的祖上跑到了胶东，隐姓埋名几百年，好歹算是活了下来。

老板边喝酒，边感叹说："这人啊，还是别张狂，张狂大了，肯定会有报应。我们老朱家坐了几百年天下，到处封王到处跑马圈地，让人恨得咬牙，最后怎么样？差点让人连根都拔了，老祖宗享的福，后人给填补上。这人啊，平平淡淡有吃有喝的最好了。"

素枝趁机说："大叔，您现在就很好啊。在青岛有生意，有吃有喝的，多好。"

老板点头，说："我老朱不管谁坐天下，也不管是谁当官，他只要不得罪我，我就不跟任何人作对。都一个鸟样。谁得了天下都想捞钱，谁得了天下老百姓都要遭罪，改朝换代，最后这个坐天下的后人，必然也会变成老百姓。所以这冤冤相报，最后报应的都是自己。"

换样举起酒杯，对老板说："大叔，您是明白人。我敬您一杯。"

此后的两天，换样和素枝就跑到中山路去摆摊。两人摆了三天，还是没赚到钱，换样手里没钱交住宿费了，只得和素枝从客栈搬出来，在路边睡。

好在现在不冷，中山路这边商铺不少，有些商铺外面还有门廊，睡起来还算舒服。

青岛确实有不少日本浪人，他们穿着和服，腰挂佩刀，大都是两三个人一伙，在大街上耀武扬威。最恶心的是，这些日本浪人后面，经常有哈巴狗一样的中国人跟着，让人看着牙痒痒。

素枝只要看到一个这样的中国人，就恨得跟换样说："又有一条狗跟在日本人后面。”

换样怕她惹事，就对她说：“别让他们听见，念叨这些干什么啊？”

素枝说：“我看到这样的中国人就生气，一点人样都没有。”

换样说：“祸从口出，少说话！”

他们在中山路的一家贸易行前摆了三天摊，终于有人来算命了。这是一个看起来很富态的女人，让换样算一算她的男人现在是不是跟一个女人在一起。女人一脸的愠怒，换样让她报出生日时辰，略一掐算，就算了出来。他告诉女人，她的男人现在在东南方向的一家酒店里，跟一个日本女人在一起。这个日本女人是从西南方向来的，做煤炭生意的。她男人跟这个女人，是贸易关系。

女人扔给换样两个大洋，气势汹汹就走了。这一个多月来，换样第一次看到大洋的模样，而且一下子就是两个大洋。他在纪家村最辉煌的时候，也没有人一下给这么多钱。换样摸着两个大洋，高兴地跟素枝说：“青岛人果然有钱！素枝，我们发财了！”

素枝也很高兴，说：“要是天天都能挣到这么多钱就好了！”

换样说：“我没有这么大的野心，几天能赚一个大洋，就心满意足了！”

然而，此后一个多月，换样依然没有赚到什么钱。两人住了十多天客栈，又从客栈搬出来，住到了大街上。

换样没赚到钱，但是素枝的美貌却引起了街上一帮公子哥的注意。公子哥围着两人捣乱，其中一个上来对素枝动手动脚，素枝恼怒，扇了其中一个一巴掌。公子哥大怒，喊来了一帮小混混，小混混们砸了他们的卦摊，要打素枝。换样忍无可忍，让素枝站在他后面，他抡起一根短棍，没头没脑地乱砸，两三个小混混挨了棍子。小混混们正要来狠的，一队巡警突然冲了过来，小混混吓跑了，换样和素枝也被请进了警局。

值班的警察询问了两人一番，得知两人是从莱阳来到青岛的，很同情他们。一个警察告诉换样：“你们两个惹了不该惹的人，那个公子哥姓周，他爹是日本的买办，在青岛黑白两道通吃，你们还是赶紧回莱阳老家吧。青岛这地方，鱼龙混杂，这些小混混和公子哥不是有日本人做靠山，就是有当官的撑腰，别说你们两个了，就是我们都轻易不敢惹他们，你们背后没人，在这里要饭都插不进棍子。”

素枝惊讶："国民政府不是说自由平等吗？我们老百姓连来讨个算命钱都不行吗？"

警察笑了，说："别说是政府了，就是一个家庭、一个村，它能平等了?!连猫狗都分三六九等，何况人了。小妹妹，别幼稚了，你要是相信政府的话，你死都不知道是怎么死的。回去吧，越早回去越好，回去找个人嫁了，穷日子富日子，都比你们在这儿挨揍要好。现在这青岛，光是有人报案的，每天就有上百人无缘无故被人杀了，那些凭空消失的、没人报案的更不知有多少了，就你们两个……哼！"

换样和素枝不敢说话了。两人从警察局出来，站在街头，不知如何是好。

素枝终究是女人，她有些担心地说："要不我们就回去吧，咱不去纪家村住，去金口也行啊。金口虽然也乱，起码咱认识一些人，不会这么平白受人欺负。这个地方太乱了。"

换样想了想，说："不能回去。天下的乌鸦一般黑，我是纪家村的人，我爹年轻的时候，还是族长的亲信呢，现在族长还不照样想害我?!凤娇姑姑多好的一个人，为了救我，骂了族长几句，就稀里糊涂死了，你说，哪里不乱？我们在哪里能安心住下去？这个社会，就是人吃人、人害人啊，除非你变得不像个人，那就没人理你了。"

素枝说："要不我们像我和我爹那样吧，到处跑，赚一个是一个，有人欺负就赶紧跑到另一个地方去。我们已经得罪人了，在这里肯定没法混了。"

换样想了想，说："要不我们还回台柳路那儿吧。那儿人虽然少，但是没这么乱。我们算命的，得先扬名，只要名声出去了，在哪儿都能赚钱。纪家村才多大点地方？要不是我得罪了族长，我现在在纪家村也不少赚钱。台柳路那周围，总比纪家村大得多吧？"

素枝点头，说："好，我们回去！"

03. 再见崔立山

换样和素枝回到台柳路，有钱的时候，就在朱老板的客栈住几天，好好歇息洗漱一番，没钱的时候，就背着铺盖出来，睡在人家的屋檐下。两人互相体贴，日子倒也不觉得苦。

生意不好，换样有时候就敲着大鼓，唱一段《乱插搬》或者《大姑娘挑水》。让他没有想到的是，他一开嗓，一下子就吸引了许多路过的人，他们围着换样，让他唱了一曲又一曲。很多人看到换样是个瞎子，就开始朝外掏钱，铜板、大洋，甚至还有日元和美元，还有德国马克，半天唱下来，换样和素枝清点收入，竟然有两个大洋和五百多个铜板，美元和日元素枝不认识，让朱老板帮忙看一下。朱老板看了很惊讶，告诉两人，这些外国钱能值五个大洋。

两人大喜，花钱请朱老板到旁边比较好的酒店，吃喝了一顿。

第二天，换样早早就开始唱曲。他让素枝给他打鼓和铁片，他自己弹着三弦，一曲《偷吃年糕》唱下来，众人欢呼着叫好，围观的人也越来越多。

一天忙活下来，换样的收入比昨天还多。两人正准备收拾东西回客栈，突然有个青年人来到两人面前。

素枝抬头看，竟然是崔立山！

素枝惊叫了一声，换样吓了一跳，伸手去抓旁边的棍子："怎么了?！那些坏虫子来了?！"

崔立山说："换样师傅，是我，崔立山。"

换样一愣，惊叫了一声："是你啊！你没被他们抓住?！"

崔立山说："差一点。幸亏有个池塘，我钻进了池塘里，加上天黑，他们看不清楚，就一直朝前撵过去了。我转身朝相反方向跑，一直跑到了灵山，从灵山跑到即墨，在即墨一个同学家里躲了几天，就跟着同学一起来青岛了。我现在在一家公司任职，换样师傅，您和素枝姐是我的救命恩人，我好不容易找到你们了，你们别在这儿唱大鼓了，跟我走吧。"

换样呵呵一笑，问："你一个月能赚多少钱?"

崔立山有些局促，说："刚任职，现在一个月两块大洋。"

换样有些得意："兄弟，你知道我今天赚了多少?"

崔立山摇头："不知道。"

换样对素枝说："你跟他说说，咱今天赚了多少。"

素枝说："今天有个好心的老板给了两个大洋，一共四个大洋，还有一些铜板，铜板太多了，我没数。”

崔立山瞪大了眼珠子：“换样师傅，您这是发财了啊。你这一天赚的，比我一个月的都多！”

换样说：“今天晚上别走了，我请你吃好的。”

崔立山听换样赚了这么多钱，也不客气，跟着换样和朱老板一起吃了一顿肉。吃饭的时候，崔立山告诉换样，他已经找到了张世伟，这活儿，还是张世伟帮忙给找的呢。张世伟听说换样也到青岛来了，很高兴，还说要是知道他的住处，要来拜访他呢。张世伟要是知道他能赚这么多钱，不知会多高兴呢。

在青岛遇到老家的人，又听说张世伟要来，换样高兴坏了，端着酒杯与崔立山和朱老板频频碰杯。朱老板酒量不错，让换样和崔立山都喝高了。

当天晚上，崔立山没走，朱老板给他开了一个房间，让他睡下。崔立山喝多了，动员朱老板参加革命，朱老板笑着拒绝了：“革命革命，其实就是杀人，就是换一帮人当皇帝，当大官。再过些年，又有一帮人革这些人的命，革来革去，其实就是轮番杀人。小兄弟啊，你别看我老朱现在就一开客栈的，我当年可是在美国留过学，参加过进步青年运动的。广州新军起义的时候，我因为与胡毅生是同学，还协助他筹措过军费，那时候我二十多岁，也是热血沸腾的。后来我看到他们之间也是钩心斗角，说是一心为国，其实啊，都有自己的小算盘，倒是那些年轻的小兵，个个都以为自己是在救国救民，要是他们知道上层之间的那些烂事儿，一个个得气死。我是看透了，在广州混了两年，就干脆回来了。小兄弟，我没说你们革命不好，而是有人的地方就会有私心，有利益冲突，城头变幻大王旗，跟小老百姓没有什么关系，你那些大道理，我讲得比你都好听，哈哈，没用。”

崔立山叹气，说：“朱大哥啊，我们跟他们不一样，我们宗旨是……”

朱老板拍了一下崔立山的肩膀说：“兄弟，你想说的话，我听过无数遍了。我就问你一句话，干革命的这些人，是不是跟我们一样，要吃饭要睡觉，要娶媳妇吧？”

崔立山说：“当然要了。”

朱老板说：“行了，你只要知道他们像咱一样，都是人就行了，只要是人，到最后都一样，端起饭碗，肯定要把饭挑进自己的嘴里。兄弟，咱不说这个行吗？不是有句老话，叫人各有志吗？我没有逼你跟我一样开客栈，你也不要逼我像你一样闹腾，行了，睡吧，你明天不是还要上班吗？”

崔立山点头，说：“行，大哥，我听您的。不过您放心，我会用我的行动，证明我的信仰的。”

朱老板笑了笑，说：“行，我期待着这一天。”

第二天早上，崔立山醒了，他迷迷瞪瞪走到正在大厅里吃饭的换样和素枝面前，问：“换样师傅，我昨天晚上没多说话吧？”

换样装傻：“多说什么了？没有啊，你没说什么啊。”

崔立山看了看周围吃饭的人，弯下腰，小声说：“我好像要朱老板参加我们的组织，哎呀真是喝多了，说话没数！我后悔死了！”

换样说：“坐下来吃饭吧，酒量不行，以后就要少喝酒，喝多了嘴就没有把门的了。朱老板是个好人，这个你放心。”

崔立山后悔得不行，草草吃了几口饭，就要走，说要去赶电车，别耽误上班。换样和素枝把他送出了客栈大门，换样从兜里掏出两个大洋，递给崔立山。崔立山不要，说自己有钱花。

换样摸索着抓住崔立山的手，把大洋放在他手里，说：“人活着就得互相帮衬，以后我换样要是有什么事儿，说不定还要兄弟帮忙呢。”

崔立山把大洋放进口袋，对换样和素枝拱手，说：“那我就拿着了。我今天晚上去找张世伟，过两天我们一起来看你。”

04. 世间之恶

换样和素枝回到房间，素枝收拾了一下房间，换样背着大鼓，素枝提着三弦，两人来到昨天唱鼓书的地方，摆开了卦摊。

早上很少有人来听鼓书，但是也有家里出了事儿，早早出来找人算卦的。换样打算先在附近打开局面，因此每天都是按时来摆摊，晚上太阳落山后收摊。早上人少，两人就坐在马路边歇着。一直到太阳爬上头顶了，街上的人多起来，有人走过来，催促换样唱大鼓，换样就和素枝开始唱。围拢的人多了，有人来算命，换样就给人算命。

到了中午，众人回家吃饭去了，换样喝水休息，素枝拿出带的包子，两人正要开始吃饭，一帮带着斧头砍刀的小青年突然从胡同里冲出来，没等素枝反应过来，他们便把两人包围了起来。

素枝拿起换样一直带在身边的蜡棍，挡在她和换样面前。素枝看到了那个被换样打了一蜡棍的周公子，穿着一身笔挺的西装，在几个小兄弟的簇拥下，走到了素枝的面前。

素枝眼珠子冒火，用蜡棍指着他："姓周的，你想干什么?!"

周公子不敢朝前走了，他站住，说："你们两个太能跑了，让我好一个找啊，哎呀，你们跑到这儿，就以为没事儿了?! 以为我这一棍子就白挨了?! 放下棍子，咱好好谈谈。我还告诉你，这个点街上也没警察，那个小子是个瞎子，你眼珠子好用吧？你转圈看看，你能打过我们这么多人?!"

素枝把收拾进兜里的钱都倒了出来："我就这些钱，你都拿走，算是给你的治疗费，上次的事儿也不都怨我们，是你先惹事儿的！江湖有江湖的规矩，大老爷们不能欺负女人，不能欺负瞎子！不过我素枝从来都是让人一步，我把这些钱给你，你们兄弟几个吃喝一顿，咱就算交个朋友，这事儿就算了。"

周公子笑了两声："狗屁江湖规矩，现在都民国了，打仗都用枪用炮了，你还以为是用刀子用棍子的年代啊?! 在我这里，没有什么规矩，我的话就是规矩，是不是，兄弟们?!"

众人一起喊了一声："是！"

换样有些害怕了，他朝着周公子鞠躬，说："周公子，您是大人物，我是个瞎子，我们来青岛就是混碗饭吃的，我和素枝给您赔礼道歉，这里有什么东西，您愿意要的尽管拿，求求您放过我们吧。"

周公子笑了笑，走到换样面前，小声说："你既然说软话了，我就不跟你计较了。这样，你让你媳妇陪我睡三天，咱就了事。以后在青岛，不管有什么事儿，我都罩着你，你……"

素枝听到这里，早就气得不行了，抡起蜡棍朝着这个周公子就砸了过去。周公子吓得朝后退，边退边喊："兄弟们，给我把瞎子打成瘸子！把这个小辣椒给我绑回去！"

换样和素枝背靠背，他拿起一根竹杖朝前乱拍乱打。两人拼了命，一帮小流氓兴奋起来，围着两人喊叫，猫戏老鼠一般。

有几个吃了饭的闲人要过来听大鼓，看到两人被无赖围着，皆不敢出声，悄悄地转身走了。

无赖们显然是久经战阵的，他们围着换样和素枝挑逗了一会儿，换样和素枝便有些累了，动作慢了，素枝头上的汗都淌了下来。

周公子喊了一声："兄弟们赶紧的，别把我媳妇儿累坏了。我们还得回去喝喜酒呢。"

众人发一声喊，刀斧闪烁，一群虎狼朝着这两人就冲了上去。素枝对换样说："换样，你赶紧跑，你跑了我就有办法跑了！"

换样咬牙切齿："你赶紧跑！别管我！我跟这些畜生拼了！弄死一个够本，弄死俩俺换样赚一个！我是看明白了，俺瞎子不管走到哪儿，都是受人欺负，你赶紧跑出去，俺跟他们拼了！"

换样手中那根一人多长的竹杖比较粗，前头用铁箍箍着，是瞎子走路时防狗用的，有几个小地痞被换样的竹杖打中，疼得躺在地上直叫唤。换样和素枝抡着手中武器，无赖们难以近身。有几个就从随身背着的包里拿出石头，朝两人身上扔。

换样被一块石头砸在了头上，血流了一脸，他愤怒了，抡着竹杖就朝着无赖们冲过去。无赖们齐声欢呼，把素枝和换样分别包围了起来。

素枝边喊着换样，边抡着蜡棍朝换样靠近。流氓们前后夹击，有人趁她对付前面的人，从后面抱住了她。流氓们一哄而上，把素枝手中的棍子抢下来，将她按在地上。

换样听到素枝的喊叫和流氓们的欢呼，手中的竹杖一路猛打，想来救素枝。有两个流氓被竹杖打中，其中一个捂着头倒在地上，另一个捂着屁股喊叫。换样不管他们，一路猛打猛冲，一个拿着刀的家伙，一刀砍在了他的腿上，削掉了换样的一半裤腿和一块肉，换样惨叫一声，倒在地上。

周公子喊道："从来没见过这么猖狂的瞎子，兄弟们，别用刀砍，能出人命。用斧头砸，给他砸断骨头！让他长长记性！"

众人哇哇叫着，分成两部分，一部分过来按住素枝，把她捆绑起来。一部分挥着斧头，像砸核桃一样砸换样。换样惨叫不止，素枝拼命挣扎，但是都没用。

无赖们在马路上横行霸道，天上太阳高照，远处近处都有人走过，看到这边的情景后，都赶紧闪开，躲在路边观看。

一众小流氓把素枝抬上早就准备好的马车，周公子喊了一声，一行人簇拥着马车，消失在旁边的胡同里。

这时候，躲在周围胡同里的众人才开始出来，边翘首看着无赖们消失的地方，边朝换样走过来。

换样抱着腿，在地上打滚号叫，众人围上来扶他，他却站不住了，腿断了。大家一边骂那些无赖，一边把换样抬着，送到附近的药铺。

药铺有坐诊的郎中，郎中把浑身是血的换样仔细看了看，说："别的没有大碍，左腿小腿骨都碎了，肯定是废了。"

有人说："不管怎么说，您赶紧给他弄弄吧。别两条腿都废了。"

郎中说："治倒是没有问题，谁给他交钱啊？"

换样闭着眼，一头的血水和大汗，说："我有钱，在朱老板的客栈里，这两天赚了些钱，这些人都能做证。"

有人说："这孩子可怜，大家都凑点钱吧。老张，你赶紧给孩子治病。这孩子在这儿没亲没故的，咱权当做点善事吧。"

郎中点头，说："好。那我就给他先把腿夹起来，夹起来后，得三个月不能动弹，否则夹起来也没用。"

05. 纪家村要来人了

纪大鼓和王瞎子去推了三天磨，最后实在是厌烦了，两人打算去金口试一试，王瞎子顺便回一趟家，把这两天赚的钱送给老婆。

两人早早起来做饭。昨天晚上回来的时候，做馒头的老板发了善心，一人给了俩馒头，还有一袋子咸菜。纪大鼓从鸡窝里摸出了两个鸡蛋，添水煮了，两人每人吃了一个馒头，一个鸡蛋，吃得肚子滚圆。

纪大鼓把家略微收拾了一下，两人背上铺盖和大鼓，正要出门，族长派人来找纪大鼓，说是族长请他，有要事商量。

纪大鼓虽然痛恨这个族长，族长的召唤却不敢不去。他让王瞎子略等他一会儿，他放下铺盖卷，跟着来人到了族长家。

老族长已经年近六十岁，却是耳聪目明，精神矍铄。他先对马凤娇的死表示惋惜，说马凤娇是天下少有的好女人，说他一直想去看看纪大鼓，可惜没有时间。

纪大鼓听得脑袋上直冒汗。他真是没有想到，他们纪家的这个老族长、昔日带着全族青壮年抗击捻军的少年英雄，现在竟然变得如此虚伪。

他现在真是庆幸自己是个瞎子，要是真看到族长的嘴脸，不知道会有多恶心。

他说："族长，您有什么事儿尽管说吧。我还打算出去赚点钱买饭吃呢。"

族长说："哎呀，你看我这年龄大了，把事儿都忘了。"

族长从桌子抽屉里拿出两个大洋，放在纪大鼓手里："纪丛啊，这点钱是族里对你的一点心意。自从你当上大鼓传人后，为族里做了不少事儿，这点钱你拿着买点吃的。"

纪大鼓一摸是大洋，有些迷惑了。族长从来没有如此大方，不管怎么说，没人会平白无故送他两个大洋。纪大鼓略略有些感动，说："谢谢族长，要是没什么事儿，那我就走了。"

老族长说："我话还没说完呢。是这么回事儿，你这两三天哪里也不要去了，族里有事儿。"

纪大鼓一愣："噢，族长，什么事儿？"

老族长说："大事。寿光和海阳的纪氏族人要来祭祖，祭祖嘛，当然要听一听《四通鼓》和《哀侯别国》，还有，先祖从寿光来到胶东的故事，你也要编一段大鼓，唱给他们听一听，就是先祖带着一帮人从寿光来到胶东，被东大河挡住，在河前村驻扎下来那一段故事。"

纪大鼓心里"噢"了一声，明白族长为什么要给自己两个大洋了。

他想了想，说："族长，逃到河边那一段，咱也没记载，就是一辈一辈传下来的，几千年了，万一……万一是假的怎么办？"

老族长说："一辈一辈传下来的，怎么能是假的？纪丛啊，寿光纪家，是咱的老家，老家来人了，咱得招待好，也不能让他们小瞧了。五十年了，上次老家来人，你还没出生，你师父刚刚成为纪家大鼓传人，那时候，我还不是族长，这次我是族长了，我得好好招待一下他们。”

纪大鼓问：“族长，他们是来填族谱的？”

老族长点头，说：“是，填族谱。不过你放心，你也看不见，你家的三辈我都让人填好，等他们来的时候，给他们就行了。份子钱呢，由族里给你出，你就把这个鼓词给我整好就行了。你回去先想想，我明天派人去把你想好的鼓词记下来，拿给我瞧瞧。”

纪大鼓回到家，把族长跟他说的话跟王瞎子说了，他要分一个大洋给王瞎子，被王瞎子拒绝了。王瞎子说：“那我走了，我先去金口试试，你要是去，去侯家码头找我就行。我天黑就住在侯家大车院里。”

纪大鼓说了一声好。王瞎子就背起铺盖，拍打着竹杖，走了出去。

纪大鼓拍着大鼓，开始边找着节拍，边编鼓词。

在莱阳，有一个传说。据说当年的纪哀侯被齐王打败，纪国成了齐国的附属国。纪哀侯不肯受此屈辱，把王位传给了兄弟纪季，自己带着家眷心腹卫士等人从昌邑一路向东，一直走到了河前村前的五龙河边。此时正是河水泛滥季节，河水滔滔，不见对岸。纪哀侯一行人走得精疲力竭，且西边山脉绵延，仿佛屏障，纪哀侯就决定在此居住下来。纪哀侯让人在此地建筑宫殿。宫殿雄伟华丽，村里人称之为“南大殿”。可惜的是，因为年代久远，现在南大殿痕迹皆无，只有一丘被乡民称为“侯子墓”的古墓，有人说是纪哀侯的墓地，却也没有什么文字记载。

纪大鼓敲着大鼓，边敲边唱边开始填词：“咱们说的是，两千六百年前的一个秋天啊啊啊啊啊，一队白衣白马军士穿着白铠甲，来到了河前村前的大河边啊啊啊啊啊……”

纪大鼓正在推敲鼓词，突然有人来造访。

来的是一老一少父子俩，他们来到纪大鼓家，是因为在大夼集上，认识了纪大鼓。

老的介绍自己，说他们也姓纪，是清初从寿光搬到莱阳来的，到他这一辈是十五世了。祖辈上就有一个话，说他们与胶东纪家村纪姓是一个祖宗，都是纪国国君的后人，如果有机会，一定要找到胶东纪氏，共同修一个族谱。

纪大鼓告诉两人，过几天，寿光老家的纪姓族人也会来到纪家村，为的也是修族谱的事儿。这两人大喜，要求纪大鼓为其引见族长。

此时正值中午，纪大鼓问两人吃饭了没有，两人都说没有呢，这一路上边打听边赶路，只顾得上赶路了，没吃饭。

两人说着，唾沫咽得咕咕响。听这动静，纪大鼓就猜得出，这两人也是穷苦人家出身。

来的都是客，纪大鼓去鸡窝里摸蛋。家里的几只鸡，还是马凤娇养的，养的时候有二十多只，马凤娇去世之后，纪大鼓也不喂它们，很多都跑了，只剩下了四五只。这四五只白天出去觅食，晚上自己就飞越矮矮的院墙，飞进窝来睡觉。下蛋也没有定数，有时候能摸出四五个，有时候很多天没有一个。今天也算巧，竟然刚好摸出了三个鸡蛋。

纪大鼓又在院子里割了一刀韭菜，来了个韭菜炒鸡蛋。馒头店老板送的馒头吃光了，还好，饭钵里还有两个地瓜面和玉米面掺和做的窝窝头，这是纪大安送的。纪大鼓闻了闻，还好，没馊。他端上窝窝头和炒鸡蛋，三人一人一个窝窝头，坐在炕上就吃了起来。

那爷俩真饿狠了，手里的窝窝头一会儿就进了肚子。纪大鼓把吃了一口的窝窝头掰开，分给爷俩，这爷俩一边客气，说自己吃饱了，一边把他手里的窝窝头接了过去，几口又下了肚子。

纪大鼓长叹一口气，说："你们饭都吃不饱，还这么惦记着族谱的事儿，唉，真是不容易。"

其实纪大鼓想说的是，你们这都饿成这个样子了，还来打听什么族谱啊，先想法吃饱肚子要紧。

年纪大的说："不怕一家子笑话啊，我们那里真是穷啊，靠着野菜活命。这人啊就是怪，年纪越大，越是想赶紧把自己填进族谱，进了谱，死了也算有个地方待着了。"

纪大鼓说："活人不入谱。死了才能入呢。"

年纪大的说："那就把祖宗先入上啊，有了祖宗，才能有我们这些小辈的位置呢。"

这两人又各自灌了一碗水，说是饱了，纪大鼓便带着他们去见族长。族长问这两人是哪个村子的，两人告诉族长，他们是石棚村的，离纪家村三十里路吧，不过路不好，马车得慢点儿走，走快了容易散架。

族长告诉两人，二十多年前，他们村里就有人来到纪家村，说要入谱。族长答应了，但是每户要交一个大洋，方能正式编入他们纪家村的纪氏族谱，那人走了之后，再没消息。

年纪大的听说要交这么多钱，当时就蔫巴了，说："我们拿不出这么多钱。别说一个大洋，一户能拿出半个大洋就不错了。有的户干脆就一个铜板也不愿意拿。"

纪族长笑了笑，说："那就算了。人各有志，不入族谱，也不耽误穿衣吃饭。"

两人告辞了族长和纪大鼓，走了出去。

纪大鼓小心翼翼地对族长说："族长，他们想入谱，是个好事儿啊，您怎么还收那么多的钱呢？都是一家人，少收点行不？"

族长"哼"了一声，说："一家子人太多了，烟台有，福山有，海阳更不少，这些人都是纪国王族的后人，当年纪家人被捻军围在三驾寺，我派人去向附近的纪家人求救，哪怕是送点粮食也行，结果一个来看看的都没有。别说这种从来没有什么来往的，纪家村怎么样？都是一个老祖宗，还不是都钩心斗角的？不操那么多心了，能把纪家村弄好就不错了。"

06. 无意中听到的内幕

寿光来了四辆马车，十多个人，他们还带着酒肉等不少的东西过来。海阳小纪来了三个人，也带着各种吃的用的。老族长很高兴，特意让人去金口把侯正廷请了过来，一起陪客。纪大鼓作为纪家大鼓的传人，也在酒席上陪客，这让纪大鼓有些受宠若惊。

席间，纪大鼓为客人演唱了《四通鼓》和自己新编的《南大殿》，众人非常感动，一起敬纪大鼓酒，纪大鼓喝了几杯酒，真有种天下纪姓一家人的感觉，又去敬别人，敬来敬去，把自己喝多了。

寿光来的年龄最大的叫纪重，八十岁了，论起辈分来，比老族长还大一辈，他看纪大鼓喝多了，就让老族长把他留下，晚上跟他们住在一起，老族长答应下来。

半夜时分，纪大鼓被尿憋醒了。他闻着族长家里陌生的气息，终于想起来，自己下午喝多了，这是睡在族长家里。

纪大鼓怕惊动别人，没有用竹杖，而是摸索着墙壁，从屋里走出，走到院子。在院子里，他听到了族长和侯正廷的谈话。

侯正廷说："老族长，咱把那个老管放了吧。我前几天跟张老板去看了那个老管，哎呀，人胖得不像样子了，再躺十年，这人就得瘫了。"

老族长呵呵一笑，说："瘫不瘫，这个咱说了算。侯老板，为了帮你，我可是把我们老纪家的独门绝招都拿出来了，怎么了，现在后悔了？"

侯正廷说："不是后悔。我看到老管的样子，觉得他受到的惩罚也差不多够了。这人也是不容易，听张老板说，他的父母在他很小的时候就参加了捻军，他是被他爷爷养大的。他爷爷死了后，他就每年装扮成赊小鸡的，从老家一路沿着他父母走过的路线来莱阳，找他父母。听说当年他的父母，就是在莱阳三驾寺失踪的，因此这个家伙每年都在三驾寺周围活动，找他的父母。"

族长"哼"了一声，说："当年捻子在这里杀了那么多的人，纪家村跟我杀捻子的小伙子死了一百多个，我为什么要放了他?！不放！这个老管可是个狠角色，侯老板，当年老管可是害得你差点倾家荡产，要不是纪家村出手，帮你抓住了老管，震慑住了张永禄，你侯老板恐怕到现在也还不上那么多的债吧？你现在想放了他，这是好了疮疤忘了疼啊。"

对于老管的事儿，纪大鼓略有耳闻。人们都说，老管得了那么一个怪病，要不是遭了天谴，就是得罪老天爷了。他实在想不到，此事竟然是老族长所为！他知道此事非小，吓得一动不敢动了，尿意也没了。

侯正廷说："张老板请了德清法师去看了，我觉得……德清法师很有可能猜到此事是纪家村干的。张老板说，当年高家院曾经有过类似的事件。据说当年高家院的和尚们无恶不作，后来九十九个和尚全部倒下，成了活死人。有人请德清法师去破解，德清法师为其治疗后，结果只救活了一个，这个和尚还瞎了一只眼。"

老族长说："当年我年轻啊，刚做了族长，好胜。不过那些和尚也实在是太坏了，横行霸道，强奸妇女，这种事儿我怎么能不管？除了当年对付捻子我出过手，这几十年来，就对付过高家院的和尚，还有老管。侯老板，我可都是惩恶扬善啊。”

侯正廷说：“那纪大鼓的老婆呢?！还有张世伟从青岛请的那些侦探，十多个人呢，你把他们吓唬走就行了，何必做得那么绝?！老族长，这个你可做得有点过了。”

老族长有些恼火：“青岛来的那些人，我要是不弄死他们，他们就能弄死我，这种事儿要是给你，你能不下手吗？纪大鼓的老婆……那个娘们太凶，在我门口哭丧，我不惩罚她一下，我以后怎么管治村里的人？”

侯正廷说：“老族长啊，咱是老朋友，朋友之间就是无话不谈。人做事，千万把握好火候啊。把握不好，这火就很可能烧到自己身上。就说老管吧，如果他当年不是那么狠毒，我也不会让你出手。退一步说，即便当年你老族长不肯出手帮忙，我侯正廷也不会饶了他！我豁出命来，也要整他！老管这是咎由自取。我们做事也是同样，要适度。要是过了，别说你我，大清皇帝怎么样？还不是被推翻了？”

老族长叹了口气，说：“不瞒侯老板，纪大鼓老婆这个事儿我后来真是后悔了！那个女瞎子当时骂我骂得太难听了，把我气糊涂了，就让人下了手。她人快死了的时候，我派人去看了看她，那个时候，已经没法救了。后悔！这个事儿我确实是后悔了！老了，这气度怎么越来越小了呢?！至于那些侦探……”

纪大鼓听到这里，仿佛五雷轰顶，他浑身哆嗦站不稳当，不得不坐在地上。老族长和侯正廷说的什么，他再没有听进去，他的面前不断浮现出马凤娇死前痛苦挣扎的场景。他浑身哆嗦，真是不敢想象啊，对自己的老婆下毒手的，竟然是自己的老族长！

这时候，突然大门被推开，有人从外面跑进大院。

纪大鼓慌忙爬进自己屋子，爬上炕。这个时候，他才发现，自己不知什么时候竟然尿了裤子。

07. 纪大鼓拜见德清法师

来自寿光和海阳的客人走了后，纪大鼓拍打着竹杖，来到三驾寺找德清法师。

应该说，纪大鼓是被自己的腿带着来到三驾寺的。为什么要来三驾寺，为什么要来找德清法师，纪大鼓一直都没有具体的想法。他带着族长给他的一个大洋，从早上出发，一直到中午，才来到了三驾寺。

在三驾寺门外扫地的小和尚见来了一个瞎子，忙过来施礼："请问施主，您是来三驾寺上香的吗？"

纪大鼓把大洋掏出来，递给小和尚，说："小师父，这一个大洋，算是我的香火钱，麻烦您替我上几炷香吧。我来找德清法师，德清法师在吧？"

小和尚接过大洋，说："在呢。不过施主，德清法师在打坐，我带您去院子里稍等一下吧。"

小和尚扯着纪大鼓探路的竹竿，把纪大鼓带进院子，来到德清法师小屋门外，对他说："施主，您在这儿稍等，我替您上香去。"

纪大鼓答应了一声，稳稳地站在原地等着。

一会儿工夫，旁边的门开了，德清法师缓缓走了出来。他看了看纪大鼓，忙躬身施礼："施主是纪家村的大鼓传人纪大鼓吧？"

纪大鼓一愣，忙转身，朝着声音拱手施礼："纪大鼓见过法师，不怕法师见笑，今天不知怎么回事儿，抬腿就朝这里来了，想见法师，又不知道想跟法师说什么。哎呀，我纪大鼓这真是糊涂了。"

德清法师笑了笑，说："施主请进来喝茶吧。"

纪大鼓跟着德清法师进屋。德清法师拿出三驾寺自制的茶叶，泡好后，给纪大鼓倒了一杯茶。

纪大鼓喝了一口，赞不绝口，说："好喝，这茶有一股清香的味道。"

德清法师呵呵一笑，说："施主喜欢喝就行。茶有百味，有人喜欢喝香味重的，有人喜欢喝香味淡的，有人喜欢喝有点苦的，有人喜欢喝有点甜的。其实，无论是浓淡还是苦甜，都是茶叶。"

纪大鼓说:“苦的终究是不好喝的。”

德清法师说:“当然,对于喝茶的人来说,大都不喜欢苦的。但是对于茶叶本身来说,它已经完成了从发芽到长成叶子,到被人摘下、变成茶叶的过程了,个中滋味,都是由喝茶人评说。对于茶叶本身来说,这些味道跟它已经没有关系了。”

纪大鼓有些明白,说:“法师,我们可是还没被人摘下、变成茶叶呢,这日子难熬啊。”

德清法师呵呵一笑,说:“难熬也只是一个过程。就像这茶叶,在树上的时候经历风吹日晒,现在它想再回去,恐怕也回不去了。高官巨富,贩夫走卒,江湖乞丐,最终都会变成茶叶,任人评说。人这一辈子,谁不是历尽波折。就拿侯老板来说,当年他的商船被烧,他一下子从天堂跌入地狱,那时候,他想像你这样无牵无挂地来跟我喝茶,都是无法办到的。即便是现在,他是金口第一富商,那又如何?他得操心生意,要操心儿子女儿,生意越多,对于人来说,那就是枷锁越多。他现在最享受的,就是跑到我这儿坐一天,喝一杯茶水。不过他喜欢喝苦的。世间之人,就像这茶叶,被别人品味着,又比茶叶还苦,他还得自己品味自己。别人的品味,有各种滋味,自己品味自己,都是苦。”

纪大鼓拱手说:“法师,我想到您这儿出家,您能收留吗?”

德清法师笑了笑,说:“贫僧倒是觉得,人在世间也是一种修炼。出家人最终也是要死,四大皆空不是出家人想出来的,人生于世,本来就是空空而来,空空而去。就像这茶叶,品味你的那些人,最终都会死去,味道如何又有什么意义?既如此,何必要纠结于出家还是在家呢?”

纪大鼓喝了一口茶,仰头叹了一口气,说:“日子太苦,当官的、有钱的、拳头硬的,不管什么人,都不把瞎子当人,都欺负瞎子,瞎子活着,就像一只天天低着头找食儿的鸡,不不,还不如鸡呢。鸡很少有别的鸡欺负它,而我们这些瞎子,到处都有人欺负我们。古人说,欺负瞎子伤天理,现在的人都不管了,法师啊,我老瞎子是实在无路可走了,才来找你的啊。”

德清法师呵呵一笑,说:“世间之人,无论是在杀人的,还是高高在上穷奢极欲者,其实都是无路可走之人。他们的慧根没有了,看不到路了。即便是这大雄宝殿内的诸多僧人,有几个人能看到自己的路呢?他们唯一的路,就是稀里糊涂地等死。施主历经苦难，而且通古晓今，应该会比他们开悟得更早，人活着随缘就好，人能给自己找到的路，就是凡事看开，就像我等，虽处这深山之中，但是可以采叶做茶，可以读读经书。佛家说，一切众生皆自空寂，真心无始，本来自性清净，便是如此。”

纪大鼓拱手，突然问：“法师，您和我们族长年轻时交情深厚，现在为什么很少来往了呢？”

德清法师说：“心遇缘而不动，是则一切法无性，万事随缘，哪里有那么多的为什么。”

纪大鼓不肯放过他，继续问：“老管遭人暗算，躺了十五年，现在还是个活死人，德清法师应该知道此事。还有当年高家院的和尚一夜之间得了怪病，这个可是德清法师亲自为和尚们医治的，德清法师难道不知道是什么人用了这个法术吗？”

德清法师说：“贫僧只知道那是一种很古老的巫术，无方可解，其余不知。”

纪大鼓说：“我可以告诉法师，我老婆马凤娇与高家院的和尚死于同一巫师之手，而且我已经知道是谁下的手了，法师想不想知道？”

德清法师淡淡一笑，说：“知道不知道又如何？贫僧是出家人，不想涉及这些杀戮之事。施主，请喝茶吧。”

纪大鼓知道，自己的话德清法师这是听进去了，他也知道，自己该走了。到现在，他才突然明白，自己是要来干什么的。

他站起来，朝着德清法师鞠躬：“打扰法师了，俺瞎子走了。”

08. 王瞎子半路遇到老张

王瞎子从纪大鼓家回家，刚进家门，两个孩子就不知从什么地方蹿出来，给他把绑在身上的铺盖卷拽下来，打了开来。他们把被子、褥子统统打开，终于在里面发现了一个馒头和用布袋装的一点儿白面。

王瞎子看不到人，用手徒劳地四下乱抓，怎么能抓到两个比兔子跑得都快的儿子？两个儿子分了馒头，又抓着面袋子把白面往嘴里送。

王瞎子悲哀至极，不由得大骂："你们这两个催命鬼，那是白面啊，要是撒了，老天爷不会饶了你们的！"

妻子和老母亲也听到了王瞎子的声音，一前一后，一个哭一个骂地从家里跑出来。

妻子虽然腿瘸，却跑得快，她跑在前面，边跑边骂："王瞎子，你个缺了八辈子德的，你再不回来，俺就都饿死了！你个缺德的……"

老母亲在妻子后面喊："瞎眼儿子唉，你老婆不给我老人家吃的不说，药也没了，我的头疼死了，疼死了……"

妻子跑出来，看到一个儿子在生吃白面，愣了一会儿，哇地叫了一声冲上去，给两个儿子一人一个耳刮子，把面袋子抢了过来。

老母亲也跑到王瞎子面前了，王瞎子把这些天赚的铜板从兜里掏出来，递给老母亲一把："妈，您拿着这些钱出去买药吧，顺便买点吃的。"

老母亲手里有了铜板，不喊不叫了，转身就朝门外跑。

妻子从儿子手里抢过白面布袋，抬头看到婆婆拿了一把铜板朝外走，跳起来就追，被王瞎子拦住了："我还有钱呢，你要不要?！"

妻子站住，问："钱在哪儿?！你为什么不把钱都给我，要给你妈！"

王瞎子不说话，把剩下的铜板掏出来，递给妻子。妻子把手里的面袋子扔在地上，双手来抓铜板，她把铜板摊开，一个一个数，王瞎子趁机把被儿子摊开的铺盖卷起来背上，一只手抓起旁边的大鼓和三弦，转身走了出去。

妻子在后面喊："王瞎子，你死哪儿去?！就这点铜板这点面，够吃几顿的?！你妈那大肚子，这些面她自己吃了都不够！"

王瞎子边走边说："多买点地瓜干面，掺在一起吃，别买白面，太贵！我走了，去赚钱！"

王瞎子拍打着竹杖，从胡同走出来，走过南北大街，走到官道上，才仰头长叹了一声："老天爷啊！这人活着怎么这么难啊！"

王瞎子在官道上走了一会儿，侧耳听了听，觉得周围没人了，才停下，把刚刚草草卷起来的铺盖放下，仔细叠好，用绳子先把铺盖捆好，又把包着大鼓的布兜拴在铺盖上面，把三弦拴在铺盖一侧。王瞎子虽然什么都看不到，但是叠铺盖、用绳子扎好，再拴上大鼓和三弦，他都是动作娴熟，丝毫不比明眼人差。

拴好后，王瞎子把铺盖卷背上，开始拍打着竹杖顺着官道朝西走。

金口在羊郡西南约三十里处，南海的这个海汊子，像一条长长的巨舌，伸进了内陆，金口和羊郡位于巨舌的两侧，隔海相望。

当年羊郡码头的繁华不逊于金口，可惜因为上游的五龙河带着大量的泥沙日夜不停地淤塞，终于使得羊郡码头越来越浅，最终被废掉。

而王瞎子上次在金口听人说，金口的港口也越来越浅，再过几年，三百吨以上的大船恐怕就很难进来了。

即便是生活在最底层的王瞎子，也为此忧心忡忡。他知道，侯正廷和张永禄等老板，已经开始转移生意了，侯正廷在烟台码头开了商行，张永禄派人去了青岛码头，他王瞎子一年的生计，主要就靠年底去侯家说两个月的鼓书。要是侯正廷日后去了烟台，这份收入没有了，他王瞎子恐怕只能带着老婆孩子出去要饭了。

王瞎子顺着官道朝西走，走了约有十里路，遇到了正坐在路边歇息的老张。

老张自从闺女素枝跟换样走了之后，性情大变。

他虽然还是像往常那样，推着小车赶集卖针头线脑等杂品，却很少说话了。往常赶集他的嗓门最大，纪大鼓和王瞎子赶集，一般在集头，老张也在集头，扯着嗓子喊跑江湖的套话："哎，瞧一瞧看一看，胭脂顶针绣花线，一把头发三根针，大姑娘头发最值钱，孙二娘的剔骨刀，杀猪杀羊是真管……"

纪大鼓的大鼓和唱的曲儿，加上王瞎子的三弦，三样也赶不上他的嗓门大。那时候素枝一般就在小车前表演杂技，把人气都抢了过去，纪大鼓和王瞎子就不得不离他们远一点儿。

素枝走后，老张就被素枝带走了舌头，人成了哑巴。虽然推着车子赶集，但是都是把车子一放，人坐在一侧车把上，眼珠子直勾勾地看着脚下的地，有人过来买东西，他也惜字如金，价格都懒得说。

王瞎子走到他面前的时候，老张突然朝他喊："王大哥，这是往哪儿去啊？"

王瞎子一愣："老张?！你怎么在这里？"

老张不正经回答，说："我坐在这里歇歇，你这是要去金口啊？"

王瞎子用竹杖蹾了蹾地，说："去淘弄两个钱，金口有钱人多啊。钱真是个好东西，也是个害人的东西。"

老张说："那是真没本事赚大钱，要是咱有侯老板那本事，你就不会说它是个害人的东西了。"

王瞎子是犟种，他说："要是像侯老板那么有钱，我更说它是个害人的东西了。当年要不是为了钱，侯老板能让人家整得那么惨？还有盐帮那些人，赚钱了，就去金口的小红楼，那不都是被钱咬的？"

老张摇头，说："对了，王大哥，金口这几天最好少去，金口的盐税局刚被人砸了，警备队出马都吃亏了，现在警察局和警备队到处抓人呢。噢，不过你一个瞎子，没人抓你。"

王瞎子听老张这么说，吓了一跳，拍打着竹竿，走到离老张不远处坐下，问："谁干的？"

老张说："警察局都不知道谁干的，我怎么能知道？说什么的都有，有人说是共产党，有人说是盐帮，还有人说是东山抗粮军的余孽，到底谁干的，咱说不准。"

王瞎子问："死人了没有？"

老张说："死了十多个，受伤的更多。死的都是盐警，听说警备队没死人，受伤的不少。搞袭击的人用的是火铳，一打一大片。"

王瞎子说："警备队是从莱阳调过来的，我的两个侄子都在警备队呢，我得赶紧去打听打听。"

王瞎子起身就走。

老张看着王瞎子的背影，喊了一声："王大哥，你要是真没地方赚钱了，你就找我，我带你一起赚钱去。"

王瞎子以为老张是说笑呢，就随便应了一声，说："好。等我从金口回去，我就去找你，咱和我师弟一起喝酒去。"

老张答应着，也车袢上肩，弯腰推起小车，朝东走去。

两人一个朝西，一个朝东，都走得不快。

09. 王瞎子金口算命

王瞎子来到金口，先到侯正廷的大车院打听消息。大车院的人告诉他，警备队确实伤了几个人，不过都是那天晚上巡逻的，伤也不重，都在金口治疗。被送往青岛的，是盐税局的人。现在查得差不多了，这事儿是飞龙带着人干的。盐税局的人最近抓贩私盐的抓得挺狠，盐帮贩的盐，大都是从私人手里买的，没有上过税，但是盐税局的人势力有限，不敢跟势力强大的盐帮对抗。盐税局不想放过这块肥肉，就请警备队帮忙，抓了盐帮两次。

这两次盐帮损失巨大，所有的盐都被没收。警备队是从莱阳派过来的，有不少人飞龙都认识，还有的曾经跟飞龙干过，但是对盐帮下起手来，一点都不手软。

据说胆大包天的飞龙本来是想偷偷进入警备队，偷偷放几把火，杀几个人，吓唬一下警备队的人就跑的，但是他们还没进警备队的大门，就被警备队的伙夫给发现了。飞龙走到警备队门口，刚要往里冲，警备队的伙夫偷了点好吃的要送回家，一出门就看到了飞龙带着的盐帮。

伙夫是老江湖，认识飞龙，他把提着的一大块肉扔给飞龙，趁飞龙愣神的工夫，转身就跑进了警备队，进入大门后，就开始喊："飞龙来了！盐帮来杀人了！……"

盐帮虽然厉害，跟老百姓或者警察可以豪横一下，但是跟装备精良、人马众多的守备队豪横，那就是找死。飞龙自然懂得这些。

飞龙不敢耽搁，带着盐帮的几十名精壮汉子赶紧朝后跑。

活该盐税局倒霉，他们跑到盐税局大门附近的时候，看到有几个盐税局的人喝得醉醺醺的朝盐税局走，其中有一个正是带着警备队抓盐帮的副局长。飞龙看看警备队的人没追上来，就想砍了盐税局的这几个人。他们砍了三个，那个副局长虽然喝得走路不稳，跑起来却飞快，他哇哇叫着跑进了盐税局，飞龙杀性大起，索性杀进了盐税局。巧的是，那天晚上有从胶州过来的一帮盐警住在里面，这些盐警虽然穿着制服，也有枪，但是睡梦中看到凶神恶煞的盐帮，吓得枪放哪里都忘了，被盐帮的人冲进屋子一阵乱砍乱杀，最后，盐警们的枪都被抢走了。

他们快跑出金口的时候，警备队的人才骑着马赶了过来。

盐帮的人为了表示对警备队的尊重，拿着盐警的枪朝着他们放了一阵，警备队看到他们有步枪，以为是东山的抗粮军余孽下来了，吓得不敢追了，一溜烟回到了警备队大院。

事后，莱阳警察局和即墨警察局加上警备队联合搜查，在金口和羊郡等地抓了十多个嫌疑人，其中包括曾经参加过盐帮的纪钟伟。现在纪钟伟是张永禄的得力干将，张永禄去警察局保释纪钟伟，警察局到现在还没有放人。

金口现在提到盐帮，提到飞龙，没有不害怕的。

大车院管事的对王瞎子说："飞龙这次把事儿闹大了，民不与官斗，衙门这次恐怕不能饶了他。"

王瞎子说："盐税局的人也太狠。他们抓到没有势力的贩私盐的，都是朝死里打，好几个都被打断了腿，他们以后的日子怎么过？本来盐帮只剩下了几十个人，盐税局的人抓贩私盐的抓得太紧，那些力量弱小的私盐贩子都不得不加入盐帮，盐帮这才又繁盛起来。要不是他们逼的，飞龙也没有这么大的势力。"

管事的说："不能这么说，自古就是皇粮国税，要是做生意的都不交税，国家拿什么养兵？按我说，盐帮这些人就该杀！杀得一个不留，就不会出这种事儿了。"

王瞎子不想与他争辩，就从大车院走出来，想到码头摆摊弄几个钱去。

去码头，要经过盐税局门口。王瞎子朝前走了一会儿，被人告知，前面盐税局门口被挡了，过不去，去码头得从另一条大街走。

王瞎子只得跟着人拐弯，朝着码头走。

拐弯的时候，王瞎子听到盐税局门口哭声震天动地。他向别人打听，得知这是有些家属对官府给的赔偿不满意，在盐税局里闹呢。

听到哭声悲切，王瞎子不由得叹了一口气。不管是哪一方死了人，都是有父母有妻子儿女呢，这人啊，怎么就不能好好说话，非要苦苦相逼呢？

王瞎子来到码头，把铺盖卷放下，抽出八卦图在地上放好，便坐在马扎上，开始等候有算命的过来。

码头这种地方，说书是没人听的，更难赚到钱。但是这地方跑船的人多，这些人天天跟大海打交道，比较迷信。这些出苦力的船工赚钱也不多，王瞎子都是本着薄利多销的原则，算一个五个铜板，即便如此，来算命的船工们还都嫌贵。

主要的是，常年出海的船工们最相信海神娘娘，他们出海之前，都会去不远的娘娘庙上香祈福，让娘娘保佑，这就使得他们对王瞎子等算命的更加不屑一顾。

不过码头上各色人都有，经常会有一些想不到的人来找王瞎子算命。这种不期而遇的客户，才是王瞎子这种人的主要收入来源。

比方今天，第一个来找王瞎子算命的，就是警备队的伙夫。这个伙夫那天晚上被飞龙吓得够呛，来找王瞎子算一下，自己会不会有性命之忧。

王瞎子痛恨警备队的人。当年抗粮军在羊郡东部山区闹得厉害的时候，警备队常驻羊郡和大夼两地，他们横行跋扈，不敢到山里征伐抗粮军，对老百姓倒是挺横，好多次警备队的人找他算命，一分钱都不给，他也不敢说什么。

这个伙夫倒是跟他们不一样，说出了自己的身份年龄生日时辰后，先把十个铜板递给了王瞎子，还说："王师傅，您这价钱太公道了。"

王瞎子心里"哼"了一声，掐指算了几下，说："这位大哥啊，您两天前可是遇到了血光之灾啊，幸亏您为人善良，老天只是让您摸了摸阎王爷的鼻子，您可是完好无损地渡过了一劫啊。"

伙夫大惊："哎呀老天啊，您是个神仙啊，这个您都能算得出来?!"

王瞎子一脸肃穆，说："老大哥，您以后还是要多行善事啊，您今年还会有一劫，不过这个要化解……哎呀，难啊。"

伙夫害怕了，又掏出十个铜板递给王瞎子："师傅，求求您了，您一定告诉我，我怎么做才能化解了。"

王瞎子颠了颠手里的铜板，说："行善行善，老大哥，您这个心不是很诚啊。"

伙夫看了看王瞎子凸出的白眼球，心里明白了，把兜里剩下的十多个铜板一下子掏了出来，放在王瞎子手里："师傅啊，我就是个穷伙夫，给警备队做饭，一个月给三百个铜板，我家里还有一大家子人要养，所以这手里也没几个钱啊。我可是家里的顶梁柱，我要是没了，我那一大家子人可就完了。

这次盐帮的人杀的盐警里面，有一个跟我一个村的，全家八口人，老的老少的少，就靠他一个人赚点俸禄养家，他这一死，一个家就毁了，盐帮这些人真是狠啊。师傅，您千万帮帮我啊，要是我逃过这一劫，我一定回来好好答谢您。”

人家说到这份上，王瞎子就不好意思再敲诈人家了，他从兜里掏出一个纸包，递给伙夫，说：“这里面有八个我剪好的童男童女，你在今天晚上半夜，趁着没人的时候到门口，朝着东北方向把这八个童男童女烧了，你的灾它们就给你顶了。记住了，烧它们之前，要磕头祷告，怎么祷告，纸上有咒语。”

伙夫接过纸包，对王瞎子千恩万谢地走了。

王瞎子在码头上一直坐到黑天，又赚了十个铜板。这个收入不是很高，也不是很低。像算命这种事儿，有的时候遇到贵人，人家能一下子赏一个大洋，有时候一天一个铜子儿也赚不到。今天这种收入，算是比较正常的。王瞎子在大街上买了一个包子吃了，就去大车院睡觉。

第二天上午，他再次来到码头，一直坐到中午，赚了十个铜板。

最后来算命的是一个老女人。她行动迟缓，说话也很慢。她告诉王瞎子，她的丈夫和儿子，都死了，出海打鱼船翻了，两个人掉进了海里，被鱼吃了。现在她在世上的亲人，只有一个妹妹，妹妹年轻的时候，跟着南方来的商船跑了，至今音信皆无。现在的她活着，只是在等死。就像这个码头一样，大船已经进不来了，能进来的，只有二百吨以下的小船，码头上的人也比原先少多了。老女人让王瞎子给她算一下，她死的时候，会不会有人在面前照顾她。她死了后，村里的人会不会按照她的遗愿，把她埋在她看中的地方。那个地方是半山坡的一块地，原先是她家的，她丈夫和儿子的衣冠冢也在那里。但是地现在是别人的，她曾经去求过现在这块地的主人，把她埋在那儿，主人也同意了。不过她很怀疑，这块地的主人是在敷衍她。

老女人给了王瞎子六个铜板，她说这是她给人捡鱼赚的钱，是她所有的钱了，让他给她好好算一下。

王瞎子破天荒没有收这个老女人的钱，很认真地给她算了算，说她肯定会得偿所愿，葬在她丈夫曾经耕种过的地里，葬在她丈夫的身旁。

老女人反复证实了之后，逼着王瞎子收下她的钱，便很满意地走了。

王瞎子拿着女人的钱，突然觉得满心苍凉，他收拾了摊位，背起铺盖卷，就朝回走。他决定去找老张，问问老张有什么赚钱的办法。

瞎子赚钱，实在是太难了。

10. 送粮上山

王瞎子来到纪家村，直接来到老张家。

老张告诉他，自己说带他去赚钱，是开玩笑的。他一个货郎，跟要饭的也差不多少，哪会有什么赚钱的办法。

王瞎子很失望，喝了老张一瓢凉水后，就要朝外走。

老张看他蹒跚的脚步和一脸枯槁的样子，终于说："要不……要不你就跟我跑一趟吧，不过我先说一声，这事儿有风险，要是怕出事儿，你千万不要去。还有，这事儿不能跟任何人说。"

王瞎子一听这事儿还有风险，来劲儿了："老张，你这兄弟啊，是真小看我王瞎子了，我王瞎子是怕事的人吗?！眼都瞎了，像狗一样活着，咱还有什么可怕的?！别的不说，当年马凤娇被县衙抓走了，死了，我叫着纪大鼓和素枝还有换样，把她从杀人场给救了出来，不是我王瞎子吹牛，咱莱阳有几个人敢黑天去杀人场？现在我更不怕了，这日子过得还不如一条狗呢，大不了舍了这条狗命，早死早托生，这辈子把罪遭完了，下辈子说不定我王瞎子是王侯将相呢，我有什么可怕的？"

老张说："舍命倒是不至于。王大哥，你既然这么说，那咱就定了！咱吃点儿饭，天黑了咱就出发！"

王瞎子觉得有些意外了："这么快?！老张啊，好歹也是买卖，你得告诉我，咱是去哪儿，能赚多少钱吧？要不我这心里没底儿呢。"

老张嘿嘿一笑，说："咱这买卖，就是没底儿！去哪儿我不能告诉你，这是江湖规矩，赚多少钱我不知道，人家没给我钱，我怎么能知道赚多少钱呢？不过你放心，跟咱做生意的都是老熟人，不会亏待咱的。"

王瞎子骂了一句："去你的，你这江湖规矩有点不讲道理啊。俺老瞎子也算是江湖之人吧，怎么没听说过这种做生意的？"

老张说:“你去一回，你就知道了。”

老张做了饭，炒了一个菜，还有肉。王瞎子敞开肚皮，吃得饱饱的。吃完饭，老张抽了一袋烟，边抽边问:“王大哥，这些日子没听到素枝和换样的信儿?”

王瞎子摇头，说:“没有。不过这换样，一时半刻恐怕是回不来了。这孩子脾气有点倔，把老族长气坏了。”

老张恨恨地说:“这个坏小子，害了自己不说，把我家素枝害惨了！他们两个人满世界乱跑，这个世界是个吃人的世界啊，哪里有他们的好?！唉，我这些日子啊，都快被他们两个气死了！”

王瞎子只能安慰老张，说:“年轻人就得出去闯荡闯荡，万一闯荡好了呢？儿孙自有儿孙福，咱年纪大了，谁知道哪天就没了？他们还不得靠自己？老张啊，有些事儿要想开，这人有时候吃点亏是好事儿。他们年轻，以后自己的日子长着呢。”

老张显然听不进王瞎子的话，他抽完烟，把烟袋装进荷包，从屋里推出他卖杂货的小推车，自己在前面拉着，让王瞎子在后面推着小车，两人就上路了。

王瞎子看不到路，但是他有非常厉害的方向感。跟着老张走了一会儿，他就有些明白:“老张，咱这是一路朝东走啊，这路也不是官道，咱这是朝山上走吧？你这生意是跟山里的狐狸精做啊?”

老张笑了笑，说:“咱都说好了，你别的不用管，只管出力推车，到地儿拿钱就行。你要是觉得不行，现在可以回去。”

王瞎子不说话了，埋头推车。他一个穷得浑身掉渣渣的瞎子，有什么可怕的？只要有人给钱，管他到哪里去，管他干什么事儿呢?

走了一会儿，老张停下，小声对王瞎子说:“前面不管发生什么事儿，你什么话都不要说。要是有人问你去干什么，你就说不知道，说你只管推车赚钱，懂了?”

老张的口气很严肃，王瞎子有些忐忑:“你这么一说，我怎么觉得有些害怕呢？能说说是什么人问吗?”

老张说:“你别的不用管，记住我说的话就行。知道得越多你的麻烦就越多，想赚钱就闭嘴。”

王瞎子只得同意：“行吧。”

两人继续朝前走。路越来越陡，王瞎子弓着腰，努力推车，前面的老张拉车，也憋得吭哧吭哧的。走了一会儿，王瞎子累得满头大汗，两腿发软，脚又踩在了一块活石头上，身体失去了平衡，小车把握不住，歪倒了。

老张赶紧跑过来，两人把小车翻过来，把掉在地上的东西，朝车偏篓里捡。王瞎子捡到一大包用纸包着的东西，东西不沉，软乎乎的。他问老张：“老张，你这是卖药啊……”

老张似乎很紧张，忙打断他的话：“赶紧闭嘴！不说话能死人啊?！跟你说了，不管遇到什么都不要乱说话，不想赚钱了是吧?！”

王瞎子满肚子疑问，只得嘟哝了几句，不说话了。

两人把地上的东西都捡回小车里，继续推着朝前走。走了一会儿，突然从树林里蹿出几个人，挡住了两人的去路，其中一个喊道：“干啥的?！站住！”

老张放下绳子，从小车上摸出一包东西，赔着笑走过去：“警备队的兄弟们，我是老张啊，我前天还从这边走过一次呢。去山里送货，小张家村明天有人结婚，我这都有点晚了。这是从青岛进的哈德门香烟，兄弟们别嫌弃，每人分一盒。”

说话的这个看到是老张，声音变得有点热乎了：“又是你啊，你怎么天天朝山里跑?”

老张说：“我赶集拉乡做点小生意，有时候有人订货，就得给人送啊。这小张家村总共十多户，也没地方赶集，村里人想买东西，都是托我在外面进货，然后给他们送过去。这两天来得勤，是有人要结婚，哎呀，要的东西太多了，梳妆盒要买红木的，镜子要买洋货，还有袜子、脸盆，送去了不满意还要退，哎呀，拿我们这种小货郎不当人啊。兄弟们，还是你们好，枪一扛就有饭吃，我们这是跑断腿，受够了罪，还不一定能赚钱。”

几个人围过来，看着王瞎子，有人说：“不赚钱还找帮手？咦，这人好像是个算命的瞎子，我在羊郡见过。”

王瞎子不敢多说话，只是说：“是，是，算命的瞎子。”

老张说：“也是一个穷苦人，兄弟们，你们当兵吃粮，家里也有父母，有的还有老婆孩子，咱都一样。我这个大哥最近日子艰难，我就拉他给我帮个忙，都是穷苦人，能接济一下就接济一下。”

警备队的人听老张说得这么近乎，都放下枪，有人说："别看我们背个破枪，我们还不如你呢。你孬好能赚点儿，我们那点儿军饷，都两三个月没发了。当官的每天吃香喝辣的，坐着小汽车逛窑子，让我们来抓共产党，在这山上一待就是十多天，奶奶的，咱穷人啊没好日子过。行了，走吧，不过这山里可是还有抗粮军的人，他们杀人越货，你们要小心点儿。"

老张点头哈腰："多谢各位兄弟提醒，那我得快点儿。"

老张抓起绳子，拉起小车，王瞎子弓着腰使劲儿，两人推着小车走，边走，两人边听到后面警备队的人说："我看这小车挺沉啊，这个货郎是不是有什么猫腻啊。"

另一个说："咱一个小兵，上头看都不正眼看咱一眼，你还真把自己当成党国栋梁了?！管人家送什么呢，人家做个小生意不容易，别难为人家了。"

王瞎子眼不好使，耳朵特别机灵，这两人的对话他听得清清楚楚。这个时候，他已经感觉到，这个老张做的这趟买卖，恐怕不是一般的生意。

经过一番辛苦跋涉，在山里转了不知多少圈，他们终于到达了目的的。然而，他们停下的地方，却不是老张口中的小张家村，而是在山里的一处茅屋。

老张让王瞎子停下，带他走进屋里。茅屋也是一片黑暗，老张对屋子里的人说："大当家的，你看看这是谁?"

王瞎子听到了飞龙的声音："谁？这大黑天的，看不出来啊。"

有人问："老张，你给大当家的买上药了?"

老张说："当然买上了，在车里。我们走到半路车翻了，老王差点暴露了。"

飞龙问："哪个老王?"

王瞎子惊叹一声："飞龙兄弟，您做的可都是惊天动地的大事儿啊！我真是没想到，老张竟然是来给您送药来了！"

飞龙惊喜："王大哥！哎呀，真是想不到，想不到。老张啊，你可真行，竟然让王大哥给你推车子！"

老张笑了笑，说："我怕找别人让他看到了路，万一他再口松了，把你们卖了怎么办？王大哥这人我放心啊。"

飞龙哈哈一笑："你放心的是他看不到路吧！人家王大哥可是老江湖，能猜不出你这点小把戏?！是吧老王?”

王瞎子说：“不瞒大当家的，我还真是没猜出来。哎呀大当家的，这山里可是有抗粮军啊，你怎么跑到这里来了?”

飞龙说：“唉，没办法，我带着几个兄弟投奔抗粮军来了。人家现在不叫抗粮军了，叫游击队。还有啊，王大哥，以后不能叫我大当家的了，可以叫我飞龙大队长。当然，我这个大队长现在是个副的，不过副的也是大队长啊。”

11. 无尽的哀伤

换样在诊所里住了三天后，便被朱老板带人接到了客栈里。

崔立山和张世伟来找他的时候，看到换样一条腿被用木棍绑了起来，吓了一跳，问他这是怎么回事。

换样把他和素枝被打的经过向两人说了，他哀求两人帮他把素枝找回来。崔立山和张世伟答应换样，一定想办法找到素枝。张世伟安慰换样，那些浑蛋都有自己的地盘，只要到他们常去的地方找他们，早晚都会找到。

换样满怀信心地等待两人的消息，半个月后，两人再次来到客栈，很沮丧地告诉换样，没打听到素枝的消息。别说素枝了，那个周公子都好像凭空消失了，他们通过青岛的同学，打听了很多人，包括曾经是周公子手下的小弟兄，后来听说，这个周公子好像是日本人的间谍，被国民党的人给沉海了。至于素枝，他们只知道被周公子带到他在中山路的住处了，再不知其他。而周公子的住处，现在已经铁将军把门，连窗玻璃都被人打碎了。

换样在床上躺了三个月，能架着拐杖勉强走路，他就一只手架着拐杖，一只手敲着竹杖，背上背着大鼓，出去找人了。

他没有坐公交车，而是一路走，一路逢人便问：“您好，先生，您见过一个叫素枝的女人没有？她二十多岁，平度口音，穿一件黑底红花旗袍，短头发，个子跟我差不多……”

换样从客栈刚出来的时候，对找到素枝充满了信心。他把素枝的模样和她被人抓走的经过编成了大鼓，每走到一个地方，就支起大鼓，先唱一段《大姑娘挑水》或者《偷吃年糕》聚集人气，然后咚咚咚敲着大鼓和铁片，找到节拍，就开始唱为素枝编的鼓书："青岛的各位老师听仔细啊，说的是莱阳的姑娘叫素枝啊啊啊啊啊，素枝从小没了娘，跟着爹爹走江湖，这父女一起赶大集，起早贪晚做生意。俺与素枝青梅竹马，一起长大还一起赶集。俺瞎子逃难到青岛，素枝对俺是不离不弃啊啊啊啊啊……"

唱到这儿，换样不由得泪水长流，唱不下去了。

众人纷纷打听，这素枝是怎么回事儿，换样停了停继续唱："可惜恶霸心肠坏，打上了素枝的坏主意，他们带人把俺打，打得俺瞎子又变成瘸子，病床一躺三个月，最可恨俺的素枝被抢走，三个多月人不见啊啊啊啊啊，俺换样哀求各位好心人，帮俺传言把人找啊啊啊啊啊啊……"

换样不回客栈，走到哪儿唱到哪儿，走到哪儿就住在哪儿。有好心人给他点钱，他就买点吃的，没人给就饿着，换样就这样瘸着一条腿，在青岛到处唱，到处找，不洗脸也不换衣服。半年之后冬天的一个傍晚，当张世伟和崔立山找到换样的时候，他们只看到一堆破烂，堆在一户商行下面。张世伟喊了一声："换样师傅。"

换样顶着一头乱草一般的长发，从破烂中探出头来，问："是谁喊我?"

崔立山看到换样的样子，鼻子一酸，眼泪都流了下来。

张世伟说："换样师傅，是我和崔立山啊。你怎么跑到这里来了？哎呀，我们两个跑遍了青岛，这半年，我们腿都快跑断了，可终于找到你了。"

让两人没有想到的是，换样对两人反应平淡，他"噢"了一声，问："你们帮我找到素枝了?"

张世伟说："没有。我们一直没有她的消息。"

换样倒头躺下，说："素枝没找到，那你们找我干什么？我又丢不了，我得赶紧睡觉，明天早早出去找素枝，你们都回去吧。"

崔立山把换样拽起来，说："我们好不容易找到你，不能就这么走了。你看你现在的样子，比乞丐都脏。"

换样笑了笑，说："脏点怎么了？不耽误吃也不耽误喝，干净有什么用？干净就能找到素枝了？走吧，我这一身的跳蚤虱子，别跑到你们身上。我什么都不缺，你们是有学问的人，让人看到跟我在一起，会被笑话的。我什么也不想，就想找到素枝，死活都不要紧。行了，你们走吧，赶紧帮我找素枝，我得睡觉了。”

换样说完，推开崔立山，还想躺下。

张世伟过来，猛地把换样从一堆破烂里拽了出来：“换样！你就打算这么过一辈子了?！你要是永远找不到素枝呢?！你不能永远沉浸在你的过去里面，你这不是勇敢，你这是自私！你这是找人吗？不！你这是逃避！你其实知道，你这么找素枝是很渺茫的！你不想从自己的心情里跳出来，不想再进入外面的世界，你不想见到你的父母，不想见到你师父，更不想见到素枝的父亲！你当初的勇气哪里去了?！怎么现在变成了一个缩头乌龟了?！”

换样被拽了一个趔趄，差点摔倒。他也不说话，低着头，又钻进那堆破烂里，把自己包得严严实实的。

崔立山摇头，对张世伟说：“算了，别管他了。他这是钻到茧里，不想出来了。”

张世伟两次把换样从破烂里拽出来，他拖着瘸腿，又钻进去两次。张世伟气急了，划着火柴，把换样的那堆破烂给点燃了。

换样急了，要冲过去灭火，被张世伟死死拖住。崔立山从破烂里把换样的鼓和三弦找出来，其余的破衣服和棉絮，很快被大火吞噬。

火光渐熄，张世伟松开换样。

换样在火堆旁坐下，石像一般一动不动，一直看着火堆熄灭。

张世伟走过来，在他旁边蹲下，说：“换样，你这样是找不到素枝的。你找到了大半年了，青岛也转遍了，你要是能找到她，早就找到了。据我估计……素枝应该不在青岛了。”

张世伟的这句话，终于引起了换样的注意。换样转头看着张世伟：“你为什么这么说？”

张世伟说：“自从那个周公子把素枝抢走后，他就跟素枝一起从青岛消失了，连他的心腹兄弟，都不知道他去哪儿了。我和崔立山，花钱找周公子原先的小兄弟帮忙找人，他们都没有找到。我前后可是花了四五百个大洋，我还告诉他们，要是找到人，我再给五百大洋。他们为了钱，个个都是拼了命地找，都一点线索没有，你说她还有可能在青岛吗？”

换样没说话，他看着面前逐渐熄灭的火苗，突然呜呜地哭了起来。

张世伟和崔立山在旁边看着他哭，直到他哭完了，张世伟说:“有一点你放心，我会一直让人找素枝，一直到有她的确切消息为止。我以后主要就住青岛了，我家在青岛开了商行，你放心就行了。”

换样突然朝着张世伟跪下，张世伟一愣:“你这是什么意思?”

换样说:“张公子，我给您磕头。您要是能帮我找到素枝，您就是我和素枝的救命恩人，您花的所有钱，我换样加倍还给您！我真是没有办法了，我给您磕头了!”

换样朝张世伟磕头。张世伟把他拽起来:“你放心，我张世伟发誓，我一定给你找到素枝!”

第八章 凛冬将至

01. 换样回家

张世伟把换样接到他们家在青岛的商行，给他洗澡理发换了衣服，换样就又变成了原先的换样了，只是话少了，即便是张世伟和崔立山在他面前，他也很少说话。

张世伟带着换样回到金口，带着他去找侯正廷。

张世伟求侯正廷帮忙，去纪家村找一下老族长，饶了换样。现在换样真的丢了一条腿，成了瘸子，素枝也失踪了，他没地方可去了。

侯正廷看到换样的样子，听张世伟说了他在青岛的经过，很同情他。侯正廷让两人等他的消息，他马上让人驾车，来到了纪家村。

老族长下半年突然有些耳聋了，加上一头的白发，显得苍老了不少。这两年，很多到金口做生意的客户转去了烟台和青岛，侯正廷的生意缩水，花生油滞销，价格下跌，但是侯正廷依然保证老族长几个油坊的销路和价格，老族长心知肚明，因此两人关系不错。

侯正廷一来，纪族长惊喜异常，忙让人准备酒菜，要留侯正廷喝酒。

侯正廷本来想趁机去三驾寺拜访一下德清法师，但是想到要给换样办成事儿，要等老族长高兴的时候说才好，就留了下来。

两人喝茶说闲话，一直到了中午，下人摆上酒菜，侯正廷和老族长三杯酒下肚之后，侯正廷提到了换样的事儿："老族长啊，你们村的换样在青岛被人打断了腿，想回家，我来是想跟你求个情，让他回来吧。不管怎么说，他是纪家村的人，不能让他死在外面啊。"

纪族长一愣："换样？他怎么找的你？"

侯正廷特意把张世伟隐瞒了："这个换样跑到青岛说书，跟当地的痞子闹翻了，被人打断了腿，有个莱阳老乡认识他，把他送到金口了，现在人在我家里呢。”

纪族长“噢”了一声，闭着眼想了一会儿，说：“让他回来吧。你说的对，纪家村的人，不能让他在外面受人欺负。”

侯正廷大喜：“真的?!”

纪族长说：“侯老板啊，咱是老朋友，你说话没必要瞒着我。这个换样在青岛，是被张老板的儿子给救了，是这个小子把他送到了金口，我没说错吧?”

侯正廷呵呵一笑，说：“你都知道?”

纪族长举杯，跟侯正廷碰了碰杯说：“我明白你的用意。唉，我这半年闲着没事儿，在家里想过去的事儿，觉得我当年做的很多事儿有些过了，过了。当年换样的事儿还有……唉，不说了，喝酒。”

侯正廷回到金口后，把纪族长允许换样回家的事儿跟张世伟和换样说了，两人大喜。

侯正廷派了一辆马车，让人把换样送回了家。

换样在门口下马车的时候，纪大安刚吃了中午饭，从大门走出来。他看到换样从马车上下来，先是一愣，然后转身就朝家跑，边跑边喊：“换样妈，咱儿子回来了！咱儿子回来了！”

换样妈惊叫一声，哇哇叫着从屋里跑出来，两人跑出门口，马车已经掉头走了，两人看到了拄着拐杖，一条腿不能落地的儿子，都愣了。

换样叫了一声：“爹、妈！”

纪大安跑到换样面前，抓住换样的拐杖，给他扔到一边：“你这是怎么了?!”换样想站住，奈何一条腿不吃力，他摇晃了几下，摔倒在地上。

换样妈赶紧跑下来，把儿子扶起来，把拐杖递给他。换样熟练地拄着拐杖站住了。

换样妈看着儿子那条不能站直的腿，泪水哗哗流了下来：“儿子，你这条腿……这是怎么了?!”

换样疲惫地说：“妈，回家再说吧。”

纪大安瞪大了眼珠子：“是不是族长干的?!”

换样摇头，说：“这个跟族长没关系，被青岛的痞子打的。”

换样妈边抹眼泪边扶着换样，纪大安拿起地上的鼓和三弦，还有一个布袋，跟在两人后面，进了屋。

时至冬天，外面天寒地冻，换样妈把炕烧得很热乎。换样爬上炕，用手搬着那条断腿，塞进被窝。换样的母亲看着他吃力地搬着自己的腿，眼泪又哗哗流了下来：“这又瘸又瞎的，找媳妇更难了。”

纪大安说：“我得先去求求族长，族长不许儿子回来，他要是知道换样回来，不能饶了他。”

换样说：“不用了。我回来之前，侯老板先去找了族长，族长同意了，我才回来的。”

纪大安有些惊讶：“侯老板？金口的侯老板吗？他怎么能帮你说话?!”

换样说：“是张世伟找的他。我在青岛……得罪了痞子，腿被打断了，素枝……素枝也被他们抢走了。是张世伟把我送回来了。”

这次纪大安和换样妈都惊呆了，两人愣了一会儿，纪大安伸手抓住了换样的衣领，把他从炕里边拽出来：“你……你把素枝弄没了?!”

换样无力说话，只是点了点头。

换样妈急了，拍打着炕边，喊道：“老天爷啊，这怎么办啊?! 一个大活人怎么就没了?! 换样，到底是怎么回事?! 这怎么跟老张交代啊?!”

换样说：“我暖和一会儿，就去张叔家，他想杀我想剐我，你们都别拦着，我欠人家的。”

纪大安握起了拳头：“你说说，到底是谁把素枝抢走的?! 我叫几个人，去把她抢回来！”

换样摇头，说：“是个叫周公子的人。他现在不在青岛，张世伟找了很多人找他，都没找到，你去就能找到人了?! 没用。”

纪大安怒瞪双目：“那就眼睁睁看着一个大活人没有了？”

换样闭上眼：“先让我歇歇吧。等我睡一觉起来，就去见张大叔。”

换样躺下，盖上被子。纪大安想把他抓起来，被老婆死命推了出去。

换样歇息了一会儿，吃了午饭后，被纪大安带着，先去见了老族长，向老族长赔罪道谢后，纪大安又带着换样来到老张家。

老张家没人，门上挂着铁将军，纪大安便带着换样，来到纪大鼓家。

纪大鼓在家，他听到换样的声音，高兴地抱着换样掉眼泪。

换样在纪大鼓家坐了一会儿，把自己在青岛的经历跟纪大鼓说了，纪大鼓连连叹气。

纪大安请纪大鼓晚上去他家吃饭，被纪大鼓拒绝了。纪大鼓说：“你们一家人先团圆吧。换样，你傍晚再去一趟老张家。如果他在家，把事儿跟他说清楚，让他到我家来一趟，我开导开导他。如果他没回来，你就明天去。”

换样答应了。

02. 飞龙遇到逃兵

王瞎子和老张给躲在山里的飞龙送了约两个月的粮食和药材，直到警备队从山里撤出来，飞龙他们可以自己出来活动，王瞎子和老张的运输生意才算结束。

飞龙依然很大方，两个月，王瞎子和老张进山二十次，他给了王瞎子和老张各三个大洋的工钱。

这三个大洋，大大地减轻了王瞎子的生活压力。他给老母亲抓了药，给家里买了吃的，还给老婆买了一件新衣服，还了一部分外债，三个大洋就没了。

飞龙嫌山里日子太苦，没有酒店没有妓院，他的那些手下也过不了山里的清苦日子，伤好了后，不顾游击队王队长的苦苦挽留，带着他的人脱离了游击队，从山里跑了出来。飞龙怕警备队找他的麻烦，先跑到金口，躲进了张永禄的一处房子里。盐帮的兄弟们大都拖家带口的，跟着飞龙在山里躲了两个多月，家里的经济就出现了问题。他们偷偷回家看了看，不敢在家里长住，贩盐的生意暂时又不敢做了，只能想法做点别的生意，养家糊口。

还有的跑到金口找飞龙，想冒险继续贩盐。

飞龙袭击警备队，此事上了省里的报纸，省政府很是愤怒，下令莱阳县衙务必把飞龙等人捉拿归案。因此飞龙躲在张永禄的屋子里，不敢出门。张永禄带着金条去找唐奎，让他想办法不要再为难盐帮的人，唐奎告诉他，别说盐帮，这次省督军发火了，任何人要是包庇盐帮，都要严惩不贷。他唐奎这次能保住自己就不错了，谁也不敢保了。

不过张永禄此去莱阳城，也并不是没有收获。

占据烟台的胶东王刘珍年不听刚上任的省主席韩复榘指挥，韩复榘派兵攻打刘珍年，刘珍年派驻莱阳的旅长下令莱阳的保安团、警备队都归他统一指挥，设置防线，因此现在莱阳县衙根本没心思也没人抓飞龙等人，连设在金口的警备队，也准备撤回去了。

张永禄回到金口，把此事告诉了飞龙，飞龙得此消息，大喜。警备队撤了，现在的莱阳警局是不敢招惹盐帮的。飞龙命令陈勇召集人马，联系客户整理马车，准备开始做生意。

就在他们准备得差不多，飞龙和陈勇正打算去羊郡正式开始做生意的时候，纪钟伟来找飞龙了。

纪钟伟是受山里游击队的委托来找飞龙，商量两家一起夹击正准备撤退的警备队，弄点儿枪支弹药。

游击队给飞龙开出的条件也很诱人，无论得到什么，所有的东西两家平分。

飞龙摆手，说："纪钟伟，你去告诉游击队，他们这是找死。现在警备队归刘珍年管，刘珍年好几万当兵的，都敢跟省督军打架，你们游击队这不是找死吗？"

纪钟伟笑了笑，说："大当家的，这次您可错了，这个刘珍年敢打敢杀，就是不敢杀共产党。他的军队里有不少共产党，蒋介石让他把这些共产党抓起来，刘珍年都让人把他们偷偷送走了。现在咱的游击队副队长，就是被刘珍年放出来的。他原先是刘珍年手下的一个营长，对刘珍年熟悉着呢。"

不管纪钟伟怎么说，飞龙就是不肯再听纪钟伟的："我飞龙就是一个盐贩子，上次我听你的，去打人家警备队，你纪钟伟可是说游击队会来增援的，幸亏我没等你们，我带着兄弟们跑出了金口，才遇到了游击队，还差点跟我打起来，这算怎么回事儿？我飞龙算是长记性了，我这辈子不跟游击队打交道了，你们这些人太不讲义气了。"

纪钟伟说："大哥，上次那是您走得早了，说好的在金口外面集合，一起动手，您倒好，自己先动手了。"

飞龙拍了一下怀里的怀表，说："说好的十点会合，你们十点四十了还不到，我还以为你们不来了呢。哼，还天天打仗的，都不如我们盐帮的人麻溜。”

纪钟伟哭笑不得：“大哥，要说这脚力，他们还真是不如盐帮。那天晚上，他们遇到了驻扎在羊郡的保安队巡逻，不得不绕道走，这一绕就远了，您不能怨游击队啊。”

飞龙问纪钟伟：“纪钟伟，你告诉我，你是不是参加了共产党？”

纪钟伟一愣，摇头，说：“没有，我得赚钱养家呢。我认识游击队里的人，有时候帮他们干点事，赚点钱。”

飞龙说：“那就好。我这次从山里出来，给了他们一些钱，就是为了不欠他们的人情。兄弟，你给我记住了，盐帮的人虽然能打，但是都是一些正经的生意人。我们不愿意打人，也不愿意被人打，我们跟人打是没办法。现在我们得去做生意赚钱了，你明白了不？”

纪钟伟无奈地点头：“明白了。”

飞龙经过两天准备，终于带着盐帮出发了。他们从羊郡一些盐户家中收了盐，趁夜装了车，直奔高密。飞龙有个老客户，常年在高密收盐，然后通过火车发往北平，再从北平发往内蒙古等地。

飞龙带着盐帮的人，经过莱阳城外的官道，走到半路，被一队大兵拦住了。大兵告诉他们，前面正在打仗，他们奉命在此告知路人，不要再往前走了，再往前走，那就是送死。

飞龙好言好语谢过了当兵的，朝后走了一段路，抄小路朝西走。

他们过了大夼，顺着小路一直朝西，过了姜疃、团旺、白庙、孙受，在孙受村吃了面条，正要继续西行的时候，突然听到北边一阵震天动地的枪炮声，吓得十多匹马一起尥蹄子拽缰绳，嘶鸣不已。

飞龙知道那是真的打起来了，他带着大家绕开大路，继续朝西跑。跑了一会儿，枪炮声好像有点儿远了，马儿也累了，飞龙让大家放慢速度，让马儿休息一下。

大家从马车上跳下来，松散了一会儿筋骨，边说话边赶着马车慢慢走。

冬天天短，走了一会儿，昏黄太阳开始西斜了。

飞龙让大家加快速度，天黑前赶到古岘，去当年田单用火牛阵大破齐国军队的地方吃羊杂汤。众人欢呼。飞龙刚跳上马车，正要打马加速，突然从路边的小树林里跑出十多个当兵的。他们用枪指着飞龙等人，让他们停下。

飞龙从马车上跳下来，跟从后面走过来的弟弟陈勇等人走到当兵的面前。

陈勇拱手问："各位老总，前面也打仗？不让走了？"

其实陈勇和飞龙都看得明白，这些当兵的不是在这儿执行任务。他们穿的是在莱阳城见过的胶东军的土黄色衣服，军容不整，一脸疲惫不安，仿佛被人追击的兔子。

带头的那个骂了一句："打仗打仗，他奶奶的，都是中国人，天天窝里斗！这些当官的，还不是拿着老子的命去给他自己抢地盘？老子凭什么去给这些浑蛋送死?!"

听话听音，飞龙听明白了，这些小兵，都是一些最底层的小兵。他们不想给当官的卖命，所以逃了出来。

飞龙呵呵一笑，拱手说："各位兄弟，你们是在胶东王刘珍年那里扛枪吃粮吧?"

十多个小兵一愣，带头那个用枪指着飞龙："你是什么人？怎么知道我们是刘珍年的兵?"

飞龙指了指他们的衣服，说："俺是莱阳人，经常看见穿这一身的兵。"

带头的"噢"了一声："莱阳人？俺也是莱阳人。莱阳泽口的，你们是干啥的？这是到哪儿去?"

飞龙说："不瞒各位兄弟，我叫飞龙，盐帮的，这是去高密送盐呢。"

那些当兵的听说是飞龙，好几个都把枪放下了，还朝后退了退，飞龙看得明白，知道这些当兵的应该是知道他。带头的也把枪放下了，朝着飞龙鞠躬："大当家的，失敬失敬！俺们有眼不识泰山，得罪大当家的了。"

飞龙呵呵一笑："兄弟们认识我?"

带头的摇头，说："不认识，不过从小就知道飞龙大名。在我们那儿，吓唬孩子都用您的大名呢。我小的时候，只要一哭，我爷爷就说，你再哭，飞龙就来了，拿着大刀，把你的小鸡鸡割去喂狗，我就吓得不敢哭了。哈哈，真没想到，在莱阳没见到的人，竟然在平度见到了。"

一众小兵跟着笑。盐帮众人见当兵的笑了，也不那么紧张了，都围过来，跟这些来自老家的大兵说话。

陈勇问："你们怎么跑出来的？就不怕被当官的抓住?"

一个大兵说："怎么不怕？不过不跑就得死了，哎呀，你是没看到，人家对面的机枪突突打，冲上去的就像割麦子，一片片的就倒下了，我们要是不跑，现在都躺在地上等着收尸了。”

带头的摇头叹息，说：“当官的不把我们当人，我们要是不长点心眼，怎么死的都不知道。”

飞龙呵呵一笑，问：“兄弟们，你们打算上哪儿去？”

带头的说：“找个地方吃饭。我们早上跑出来的，不敢走大路，在山沟里跑了整整一天，都快饿死了。”

飞龙说：“那你们上马车吧，前面不远就是古岘了，到了古岘，我请你们吃羊肉汤。”

大兵们大喜，纷纷爬上了马车，飞龙也上了马车，扬鞭打马，疾驰而去。

03. 苦命的逃兵

进入古岘之前，大兵们跟盐帮的人要了一件衣服，穿在身上，把军服盖住，把帽子都扔了。枪就顺便给了盐帮众人，众人大喜。

到了古岘，飞龙带着这帮下身穿着军裤，上身穿着老百姓衣服的兵和盐帮的人一起走进了羊汤店。

飞龙让十多个当兵的在最里面的桌子旁坐下，盐帮的人坐在周围，把这些小兵围在里面。

羊汤店老板自然认识飞龙，忙着让人给他们上菜。

中午本来就没吃饱，大盆的羊汤上来后，飞龙等人各自舀了一碗，喝着羊汤吃着大饼，喝着白酒，大家吃得正欢，突然从外面冲进一队全副武装的大兵。

吃饭的众人都抬头，看着这些凶神恶煞的大兵，带头的军官朝着众人摆手：“父老乡亲们，大家只管吃饭。我们是奉命寻找临阵脱逃的士兵的，打扰大家了。”

这帮当兵穿的制服，跟他们在半路上遇到的不一样，飞龙因此判断，他们应该是胶东王刘珍年的对手，山东省主席韩复榘的兵。

当官的让一众士兵站在原地，他围着吃饭的众人转了一圈。这个当官的眼挺毒，他转到跟飞龙一起来的当兵的那桌旁边的时候，在他们面前站住了。

这些当兵的害怕了，有的放下了勺子，有的拿着勺子，但是都不敢动了。他们都低着头，看着面前的桌子，像十多个木偶。

当官的猛然大喝一声：“给老子站起来！”

十多个士兵一起站起来。因为站得急，他们身后的凳子纷纷倒地，那声音轰响在这个异常寂静的小饭店里，简直是惊天动地。

当官的问：“你们是哪个营的?！”

带头的那个士兵敬礼：“报告长官，我们……我们是三营二连三排的！”

当官的皱了皱眉头：“三营？三营在淄博呢，你们怎么跑到这里来?！说！”

旁边的忙补充：“长官，我们是二十一师第六十二旅梁立柱属下一团三营二连的。”

军官一愣：“什么?！你们是二十一师刘珍年的兵?！你们跑到这里干什么?”

军官声音一大，那些跟着他进来的士兵便都冲了过来，把这些逃兵给围了起来。

带头的士兵把眼一闭，说：“报告长官，我们……我们不想中国人打中国人，不想白白送死，我们想回家！”

军官“噢”了一声，挨个儿打量着众人。跟着军官一起来的一个士兵说：“连长，他们弄不好是梁立柱派来的奸细吧?”

军官摇头，说：“奸细能上身穿老百姓衣服，下身穿军裤？搜身，看看他们带什么了没有?！”

士兵们命令逃兵们来到屋子中间，他们对这些逃兵进行搜身，结果除了搜到几个铜板外，什么都没有搜到。

军官围着十多个人转了一圈，又蹲下仔细看了看他们的军裤，站起来说：“果然是刘珍年的兵。你们的衣服和枪呢?”

带头的逃兵说：“报告长官，我们的军服扔了，枪……枪……”

军官拽住他的衣领：“说！你再磨叽，老子毙了你！”

飞龙站起来说：“长官，他们把枪都给我了。我是个贩盐的，这一路上经常碰到土匪，我们就买些枪给自己壮胆。”

军官转身，看着飞龙：“把枪拿出来！你这个贩盐的好大的胆子，敢买军人的枪！”

飞龙让陈勇带着几个当兵的，到外面把藏着的长枪都抱进了屋子。军官点了点人数和枪，让手下把枪背上，对逃兵们说：“你们既然已经放下了枪，那就是老百姓了，我们是来讨伐刘珍年的，不杀老百姓。但是我告诫你们，刘珍年是个狠人，他要是知道你们当了逃兵，是不会饶了你们的。你们要是想当省政府韩主席的兵，马上跟我走，要是不想当他的兵，那你们就赶紧朝南跑，万一再遇到抓逃兵的，恐怕没人会放过你们！”

逃兵们惊喜不已，朝着军官鞠躬。军官朝着飞龙等人挥了挥手，带着人走了。逃兵们听了这军官的话，匆匆吃了饭，便也告辞了飞龙等人，从羊汤馆走了出去。

飞龙等人边喝酒吃饭，边议论当前局势。

这个刘珍年统治胶东，军队作风良好，并且闲暇之时，刘珍年还命令驻军帮农民兴修水利，办学习班，等等。但是另一方面，这个胶东王作风强硬，对当地百姓横征暴敛，巧立名目，对敢于反抗者残酷镇压。

莱阳百姓因为这个刘珍年的到来，多交了不少的税，而且他不顾百姓死活，与韩复榘闹对立，使得莱阳、平度等地成了双方拉锯战的战场。众人骂了一番刘珍年，吃饱喝足，才到屋里睡下。

这个羊汤馆前面是店，后面是客栈，还有一个放马车的大院子，生意做得不错。

飞龙睡到半夜，突然被一阵枪声惊醒。他爬起来，穿上衣服跑出去。盐帮的人也都穿上衣服，跑了出来。院子里站满了人，客栈老板站在大门口，不让大家出去，说外面乱，让大家好好地待在屋子里，不管有什么事儿，明天再说。

大家都回屋里去了，飞龙睡不着，坐在大厅里，跟客栈老板烤着火聊天。聊了一会儿，飞龙困了，准备回屋睡觉，突然外面响起了一阵激烈的拍门声。

客栈老板提着灯笼，出去开门，飞龙跟在老板后面。

大门打开。那个自称是莱阳泽口人的逃兵头目，靠在大门一侧，脚下是一地的血水。

飞龙大惊，也顾不得客栈老板的抱怨，把这个逃兵抱起来，抱到屋里，让他坐在火盆旁边。

客栈老板被逃兵身上的血吓得不知所措，把老婆和店里的两个伙计喊起来，让他们赶紧把外面的血迹处理干净。他则跑到屋里，了解情况。

逃兵肩膀下挨了一枪，贯通伤，流血不少，脸色惨白，气息微弱。飞龙让客栈老板给他请个郎中看一看，客栈老板犹豫了大半天，让一个伙计出去请郎中。

逃兵告诉飞龙，他们离开古岘后，朝北走了七八里路，因为晚上天太冷，就跑到路边的一个破庙里住了下来，打算明天早上太阳出来了再走。

天太冷，他们找了些破木头生火取暖，没想到，就因为这堆火，他们惹了大麻烦。梁立柱的一队侦察兵夜里行动，看到破庙里有火光，以为是敌方的兵，就把破庙包围了。

他们没想到，躲在庙里的是他们一方的逃兵。逃兵们被识破身份后，先是向他们求饶，侦察兵们不让，要把他们带回去，送军事法庭。逃兵们知道，回去那肯定是个死啊，大家没办法，只能跟这些侦察兵拼命。

侦察兵人不多，就六个人。逃兵们以为他们怕惊动对方，不会开枪，然而事与愿违，侦察兵们对着他们开枪了，十一个人，都死了，他中弹后咬着牙装死，等侦察兵们走了后，才跑了过来。

这时候饭店里的伙计带着郎中来了，郎中看到是枪伤，吓得转身要跑，被飞龙揪住。飞龙拿出一个大洋，威逼利诱，郎中没办法，只得给这个姓宫的逃兵把伤口包扎起来。

飞龙把逃兵搀到自己的屋子，和他一起躺在炕上，给他盖好被子后，飞龙就呼呼睡了过去。

第二天早上，飞龙醒过来，发现这个逃兵已经死了。

飞龙看着躺在自己旁边，脸色苍白如纸的这个老乡，感到很悲哀。他把陈勇等人喊醒，到他屋子里来商量事情。几十个人挤进飞龙住的屋子，他们看到躺在炕上已经死了的这个逃兵，都吓了一跳。

飞龙说："昨天晚上那阵打枪，是打这帮小兄弟的。他们自己的人，把他们给解决了。这个兄弟是受伤比较轻的，跑到这儿了，我找人给他包扎了，没用，人还是死了。剩下的那些人在南面的一个破庙里，都是莱阳人，不能让他们死了都没家回，我想把他们送回去。陈勇，你带着大家去高密，把我和老张的马车腾出来，我们两辆马车回去送人。”

众人商量了一下，同意了飞龙的决定。

大家匆匆吃了早饭后，陈勇带着人把飞龙和老张马车上的盐，分到别的马车上。众人又把逃兵的尸体抬到飞龙的车上，陈勇带着盐帮的人继续朝西走，飞龙向客栈老板打听到了古庙的具体位置后，和老张带着两个帮手赶车直奔古庙。

他们走得早，加上兵荒马乱，路上没有遇到行人。来到庙门前停下马车，飞龙先观察了一下周围，四周没有人影。很显然，韩复榘的兵应该还没有发现这里有死人。

庙门倒在地上。他们在门口朝里看，看到了横七竖八躺在地上的尸体。这些人昨天下午还坐在他们的马车上，跟飞龙等人说要回家，回家看看父母，再找地方躲起来，过三五个月，等事情过去之后，再回家种地。无论穷富，哪怕饿死，他们也不当兵了。

这些可怜的孩子啊，有的才十六七岁，就这么不明不白地死了。唉，这人世间，真没有地方说理去。

飞龙挥了挥手，众人从门口开始抬尸体。尸体都已经僵硬了，他们有的蜷缩在一起，有的大张四肢。两辆马车，一辆装五个，一辆装六个，把他们都装上马车后，却发现少了一个人。

飞龙让大家四处找，最后在庙外的沟里找到了一个，沟里有挣扎爬动的痕迹。这人显然是受伤后跑出来的，摔倒在沟里后，还想继续朝东，朝着家的方向走，最终却没有从沟里爬出来。

飞龙等人朝他鞠了一躬，把他抬上马车，用破布把人蒙上，用绳子固定后，便赶着马车朝回走。

04. 诡异祭祀

飞龙他们一路疾行，太阳未落，便来到泽口。他们先找到村里的保长，然后打听村里有没有一名在六十二旅当兵的。保长找几个人来问，然后告诉飞龙，他们村没有，让他到别的村打听。叫泽口的好几个村呢，有宫家泽口、解家泽口，等等。

飞龙他们打听了三个叫泽口的村子，终于在第四个泽口找到了那个姓宫的逃兵的父母。父母看到死翘翘的儿子，放声大哭。飞龙把其死亡的前后经过向他们说了，逃兵的舅舅大怒，说飞龙冤枉他们的孩子，他们的孩子自小便接受岳母刺字等忠君爱国思想的教育，绝对不会临阵脱逃。

飞龙跟他们解释，说他外甥跑了是对的，他们给刘珍年这种军阀卖命，不值得。这次姓宫的父母听了也都不让他说了，说飞龙是个“奸臣”，要跟他拼命。飞龙等人不得不打马疾驰逃出。

他们中午没吃饭，本来以为到了泽口，人家父母感恩他们把孩子送回来，起码会让人做饭给他们吃，但是他们实在没想到，人家非但不感激他们，反而还骂他们。

飞龙一路郁闷至极，不说话。老张说：“大当家的，我说个故事你听听。”

飞龙不说话。

老张说：“这个故事，还是王瞎子讲的。说是有个老头，养了一条狗，后来他嫌这条狗太能吃了，就想把狗杀了吃肉。他把狗绑好，正要杀它，一个路过的书生看到了，见这条狗可怜，就想救它的命，跟老头商量，要花钱买狗。老头不想卖，书生就谴责老头，说他没有爱惜之心，狗通人性，不可随意杀它。老头骂书生多管闲事，两人就吵了起来。那狗见书生跟老头吵架，挣脱绳子，就去咬书生。老头就对书生说，你说这狗通人性，其实狗就是狗，不明事理，你想救它，它反而帮我，想咬你。这些人啊，就跟这狗差不多，你说你跟狗生什么气啊？”

飞龙说：“我是替这孩子伤心啊。孩子在外面那么惶恐，想回家过平安日子，他们的这些糊涂父母，还觉得应该忠君爱国，这都是些什么玩意儿？比那条狗都要糊涂！”

老张说：“先别说那些人了，没意思。大当家的，这剩下的十个人怎么办？咱连他们是哪儿的都不知道，总不能把他们送到六十二旅旅部吧？”

飞龙也愣了一下：“噢。我还没想这事儿呢，你说，剩下的这些该怎么办？”

老张说：“没名没姓，也不知道哪个村，这上哪儿送去？天都黑了，我们怎么办？先把他们拉自己家里去？”

飞龙拍了拍脑袋，说：“让我想想。”

飞龙让人赶着马车，自己坐在另一侧想了一会儿，说：“要不……我们先把他们送到三驾寺吧，让德清法师帮忙想想办法。这事儿还不能让当官的知道，要是传到梁立柱的耳朵里，那就麻烦了。”

老张说：“行吧。那就去三驾寺。”

飞龙等人赶着马车来到三驾寺，天就已经黑透了。飞龙把马车停在寺庙外，自己走进去找德清法师。让他没有想到的是，德清法师不在，小和尚说他去黄金庵了。飞龙有些无奈，但是车上的十个死人，还就得放在像三驾寺这种地方，好在黄金庵离三驾寺不远，他们只得打马回头，来到黄金庵。飞龙让老张等在外面，自己进入庵内找人，庵内的僧人告诉飞龙，德清法师傍晚走了，说是去三教堂，找张道士去了。据说张道士病了，下不来床，德清法师看望他去了。

黄金庵的大部分房间都变成了学校，剩下的几个和尚住在东厢房里，很显然，他们不能把这些尸体放在这里。

飞龙和老张没办法，只得赶着马车赶往三教堂。

这么一番折腾，等他们走到通往河前村的十字路口附近，离三教堂只有六七里路的时候，已经是子夜了。

按照当地的规矩，子夜是鬼魅行动的时候，行人应该让路了。飞龙心急，打马疾驰，那马不知踩到了什么东西，突然一阵阵的黑烟冲天而起，把飞龙和马整个儿包围了起来。

马慌了，惊恐地怪叫一声，朝前冲了两步便刹住了脚。这黑东西蹿进飞龙的鼻子和嘴里，让飞龙猛打了几个喷嚏，他没料到马会刹住脚，差点从马车上摔下来，头撞上了马屁股，才算稳住了身子。在他另一面的一个小伙子，则直接从马车上摔下来，掉进了旁边的水沟里。

他回过神来，发现那些黑烟竟然是有人烧的烧纸！

这官路上，纸灰竟然深及膝盖，而且似乎铺满了前面的道路，这是什么人干的?！这也太吓人了！

老张和后面的两个人也从马车上下来了，四个人看着面前看不到头的纸灰，知道这是有人在告诫走在这条路上的人，不要往前走了。民间有一种说法，晚上走路，如果遇到一堆纸灰，那是人祭奠鬼的，只管朝前走则可；如果看到有人在烧纸，那是鬼在祭奠鬼，必须绕开走；如果遇到纸灰及膝，且无风无浪，四周静寂，那就是神在祭奠鬼，必须停在原地，不可随意跑动。等风起来，把纸灰吹走了，那才表示神走了，凡人可以行动了。

飞龙心中嘀咕，他们拉了这么多死人，又遇到此种怪事，难道跟他们车上的死人有关系？飞龙虽然天不怕地不怕，但是遇到这种事儿也难免心慌。要是车上的这十多个死人突然被唤醒了，那是多可怕的事！

飞龙和老张赶着马车朝后退了一里多路，又从包袱里取出正月里张道士给的符箓，贴在马车上。退后一里，看不到那些烦人的纸灰了，周围的空气变得正常了，飞龙让老张和两个小伙子看着马车，他要到路口看一看，神祭鬼到底是怎么个玩法。老张也很好奇，要跟飞龙一起去，被飞龙训斥了几句，老实了。

飞龙朝前走，走到纸灰起始的地方，然后朝路西走，过了水沟，上了路西边的荒地。

路西是一个小山坡，有些地方被人开垦了出来，种了庄稼，但是现在是冬天，地里光秃秃的，什么都没有。有些地方还荒芜着，长着各种杂木，虽然现在叶子落光了，但是走起来还是很费劲儿。

飞龙从山坡上，走到路口的位置，又小心翼翼地朝前走，直到能看清路口的模样了，他才找了地方躲起来，观察着路口的动静。

路口跪着两排人，皆是一身白衣。在漆黑的夜里，这两排白衣显得很是瘆人。一个穿着花里胡哨，脸上画成了白色和别的颜色，腰系铜铃手持铜锣的人，正在跳大神。

但是细看，他这诡异的跳大神动作，与飞龙见过的跳大神有所不同。民间跳大神的一般都是女人，她们边跳边哇哇叫，动作僵硬。他眼前这个跳大神的看不出男女，但是动作非常优美娴熟，而且鸦雀无声。不只是他，周围跪着的人，皆一声不发，像是一场哑剧。

他跳了一会儿之后，那些白衣人突然站起来，分为两队，跟在这个跳大神的身后，竟然朝着飞龙走过来。

最奇怪的是，那两队白衣人，变成了两队骑着白马，手持刀枪，身穿白铠甲的威风凛凛的武士。那个跳大神的，则是一身红衣，金色铠甲，容貌俊伟，一副王者之相。

飞龙想起身跑，却发现自己根本动不了了。他急得出了一头大汗，却只有眼珠子能动。

他害怕了，看着朝自己越来越近的这些人马，只能等死了。

然而，让他没有想到的是，这些人走到离他面前有十多步远的地方，却站住了。他们在这个红衣服的人指挥下，就在飞龙的面前，开始认真地互相砍杀起来。

两帮白衣人，也不知躲闪，你刺我一枪，我砍你一刀，鲜血飞溅，骨肉横飞，脑袋被大砍刀一刀砍了下来，丢了脑袋的那家伙，竟然还不死，骑在马上乱冲乱撞，脑袋在地上张嘴呈大喊状。不过奇怪的是，他们的拼杀也是哑剧，刀光剑影，战马奔腾，脑袋乱飞，这些情景就在飞龙的面前上演，甚至那鲜血都溅到了飞龙的脸上。但是诡异的是，飞龙听不到任何的声音。马的嘶鸣、人的喊叫、刀枪的碰撞，竟然悄然无声。

那些被刀砍下了脑袋的、砍掉了胳膊的，好像也都没有死，只是退出了战斗。砍掉了脑袋的，在四处找他的脑袋，但是因为他看不到，脑袋就在他骑着的马的马蹄子旁边，被马蹄子踢来踢去。而脑袋看到了自己的身体，瞪着眼睛张着嘴在无声地喊叫，但是脑袋没有手没有脚，无法移动，只能徒劳地张合着嘴，瞪大眼睛，被马蹄子踩来踩去。

那个没有脑袋的人，异常哀伤，他高举两手，表示自己的哀伤和怨恨，但是没用。砍掉了胳膊的好些，他们把自己的胳膊捡起来，想安在伤口上，却也不好使，胳膊放上去就掉了下来。

飞龙真想告诉他，这么安没用，得赶紧去找郎中，看郎中是否有办法。但是他发不出声，动弹不得。

那个站在一旁观战的君王模样的人，突然转头朝着飞龙笑。到了这时候，飞龙才隐隐意识到，这事儿有些蹊跷。都民国了，怎么会有这么多穿着铠甲的人呢？就算他们是演戏的，但是也不能把脑袋砍下来吧？他们难道真的是神仙？神仙来这地方跟自己玩这个？

飞龙意识到自己可能中了迷药了，但是晚了，他脑袋晕眩起来。在最后的时刻，他看到那个诡异的巫师依然在跳舞，那些白衣人在他身后跪着，仿佛根本就没有互相砍杀的情景，也没有什么白马白铠甲，他还没想明白这到底是怎么回事，就晕了过去。

05. 王埣的遗言

飞龙醒过来的时候，看到德清法师坐在自己的面前。身后，是陈勇以及老张等盐帮的几个兄弟。

他很惊愕。老张告诉他，他昏睡了七天，像个活死人，症状与老管无异。是德清法师守了他七天，把他给救醒的。

飞龙坐了一会儿，记忆慢慢恢复，他把他看到的情景，跟德清法师说了，德清法师只是点头，不说话。

飞龙问："法师，我看到的那些杀人的是什么人啊，太惨了，一个个脑袋就在我面前，被砍了下来。"

德清法师说："那是幻觉。你被人下了迷药。"

飞龙"噢"了一声。

老张说："大当家的，那些死人我们都送到三教堂了。万字会在三教堂有接收处，他们会帮忙把那些死人送回家的。"

飞龙有些吃惊："万字会还能干这个？"

陈勇点头，说："万字会比衙门好多了，现在老百姓不管出了什么事儿，都去找万字会，家里有病的、死人的、被人打了的，万字会都管。"

飞龙点了点头，说："这就好，比麻烦德清法师要好。"

陈勇告诉飞龙，刘珍年的军队和韩复榘的军队打得越来越凶，他们从高密回来的时候，遇到了刘珍年军队的一队巡逻兵，他们要征用盐帮的马车，他们没办法，只得把他们都杀了，否则，他们的二十多辆马车现在就没了。

飞龙"噢"了一声问："巡逻队有多少人？"

陈勇说："八个。多了我们也不敢动手啊。"

飞龙点头，说："你胆子越来越大了。好，到这时候，该动手就得动手，咱没人伤亡吧？"

陈勇说："伤了一个兄弟。我们是把他们分别骗上马车再动手的。他们都累了，躺在马车上睡了，我们拿刀割他们的脖子就行了。那个伤了的兄弟，手抖了，刀没割在气管上，当兵的咬了他一口。"

飞龙低头，说："唉，其实当兵的也不容易。不过没办法，我们不杀他们，他们就会祸害我们。兄弟们，赚了点钱，咱再歇息一阵儿吧，等当兵的撤了，咱再做买卖。"

飞龙还想在三驾寺住几天，把自己的一些疑惑向德清法师讨教个明白，德清法师却让飞龙回金口养病，他太累了，需要歇息。

飞龙想想也是，自己在三驾寺躺了七天，人家德清法师不眠不休七天，确实该让人家好好休息一下了。

他辞别了德清法师，走出寺庙，上了马车。老张驾车，他们从三驾寺出来，朝东走到官道上，老张刚要吆喝马车朝右拐，向羊郡方向走，飞龙对他说："老张，朝左拐，上纪家村。"

陈勇劝他说："哥，你这七天没吃食儿，赶紧回去调养一下呗。也没什么急事儿，等调养好了再去纪家村。"

飞龙对老张说："别听陈勇的，去纪家村！"

老张无奈，只得勒马掉头，直奔纪家村。

飞龙去纪家村，是想去找纪大鼓。他突然想起来，纪钟伟曾经跟他说起过，说纪家村每年年底都要到河前村附近举行祭祀活动，而且他们最神秘的祭祀都是在深夜举行的，很少有人知道祭祀内容是什么，有什么人参加祭祀。纪大鼓好像可以参加一些祭祀活动，但是最神秘的祭祀他是否能参加，纪钟伟也不知道。

飞龙要去问问纪大鼓，他看到的是不是纪家村的祭祀。

马车进入纪家村，经过老张家门口的时候，飞龙看到老张家门口围着很多人。从人群里传出一阵阵的哭叫之声，很是凄惨。

飞龙催促老张驾车过去看看。马车在老张家门口停下，老张去了老半天没回来，飞龙和陈勇有些纳闷，也跳下马车，钻过人群，跑到前面。

老张正在挥舞着木棍打换样。

换样跪在老张面前，身上的棉袄已经被打烂，棉花随着老张的棍子起落，四处飞扬。换样的老爹纪大安站在换样后面，看着儿子挨揍，急得团团转，却不敢上去拦老张。

围观的村里人，似乎也没人同情换样。他们都知道，这个瞎子把人家老张的黄花大闺女拐着跑了，现在他自己回来了，还把人家闺女给弄没了，这要是不挨揍，天理难容啊。

换样虽然忍不住阵阵惨叫，却丝毫没有反抗或者申辩的意思。他跪在老张的面前，头抵着地，撅着屁股，一副豁出去的架势。

飞龙也知道其中内情，他看了一会儿，看到血已经洇透了棉花，棍子打下去血花四溅，换样的声音已经有气无力了。他走过去，对老张说："老张，别打了，再打就出人命了。"

纪大安刚刚跪在了地上，一直央求老张饶他儿子一条狗命。现在看飞龙来了，纪大安也爬起来，继续央求老张。

老张边哭边继续打："大当家的，俺老张没法活了啊。闺女没了，俺活着还有屁意思啊！俺把这个浑蛋打死，俺老张给他赔命！"

纪大安看了看飞龙，似乎央求飞龙再帮他说话。

飞龙抓住老张的胳膊，把他手里的棍子夺下来。陈勇等人怕飞龙身体弱吃亏，都围过来，连劝带拖，把老张弄进了屋里。

纪大安见老张进屋了，忙扶起换样，围观的人也有人过来帮忙，把换样扶到纪大安的肩膀上，纪大安背着换样，匆匆朝家里走去。

围观的众人也都散开，三三两两边走边议论此事。

老张被陈勇等人拖进屋子，趴在炕上哭得一把鼻涕一把泪。飞龙劝了他几句，就带着大家来到了纪大鼓家。

他没有想到，王瞎子也在纪大鼓家。

飞龙有些疑惑："你们都在这里，也不去劝劝老张？纪先生，老张可把你的徒弟打得不轻。"

纪大鼓叹了口气，说："这事儿没法劝啊。惹出了事，就得自己担当，劝了没用。老张亲生的闺女没了，总得让老张有机会出口恶气啊，这口气要是出不来，能把老张憋死。"

王瞎子说："换样该挨这个揍。太年轻了，历练太少了，不多吃点儿苦头，以后还得吃亏。"

王瞎子在场，飞龙那些话也没法问了，只得与纪大鼓和王瞎子告辞，带着陈勇等人回到了金口。

由于河沙淤塞，海水越来越浅，三百吨以上的船无法进港，没办法，大一些的商船只得转去青岛和烟台等码头贸易，金口的生意萧条了很多。侯正廷关掉了码头附近的十多个商铺，商铺里的货物和人员被侯正廷的儿子侯文德带着去了烟台港，侯正廷每日修身养性，码头的生意靠着那个已经近六十岁的王经理来应付。

张永禄更是关掉了大部分商铺，他把最得力的助手和商铺经理都派到了青岛，在青岛做起了生意，他还动用大笔钱财，在老家附近购买土地，打算回家做一个土地主。

码头淤塞是天灾，侯正廷等人早已有心理准备。而让他们感到恐慌的，是前清内阁学士兼礼部侍郎王垿临死前说的一句话。王垿老家在莱阳蚬子湾，离金口码头约有二十里路。大清灭亡后，王垿寓居青岛。

三年前，寓居青岛的王垿回老家，在金口吃午饭，侯正廷、张永禄与莱阳的一众乡绅，与王垿有过一面之缘。三年后的这个冬天，王垿病危，他老家的一些古旧亲友要去青岛看望他，但是苦于没有可长途跋涉的马车，无法成行。侯正廷得知后，派了商行两辆带篷的马车，拉着这些老人去了青岛。

老人们从青岛回来后，侯正廷在金口设宴招待他们。席间，老人们说起此番青岛之行。王垿躺在床上，已经气若游丝。其中一位老人问王垿，他经历了这么多事儿，对后世之人有什么劝谕，王垿对这些来自老家的人说了四个字："卖地吃肉。"

王垿的话让老人们非常失望。老人们为此事讨论了一路，觉得这个族中翘楚是老糊涂了，对于庄稼人来说，地是根本，怎么能卖呢？大吃大喝更是要不得，那不是要败家吗?!

张永禄听了老人们的话后，却一直暗中品味王垿话中深意，难以抒怀。

06. 这个寒冷的冬天

飞龙一行人回到金口，在码头边的"老张海味馆"匆匆吃了午饭后，找到了张永禄，对他说："大哥，我知道谁能救活老管了。"

张永禄"噢"了一声，问："谁？"

飞龙说："德清法师！我这次也被人算计了，陈勇说，我的样子跟老管一模一样，德清法师守了我七天七夜，把我救活了！"

张永禄摇头，说："不是这么简单，你先说说，你是怎么回事，怎么被人算计了？"

飞龙把这两天的经过简略地跟张永禄说了，重点讲了自己在河前村西路口的遭遇。最后说："我听人说，有人碰巧看到过纪家村的祭祀，我看到的那场面，跟那人说的几乎一模一样！不过如果是纪家村，他们应该去河前村前的那个空地啊，据说那里曾经是纪哀侯的南大殿，他们怎么能在村西路口呢？"

张永禄朝飞龙摆摆手说："飞龙，你以后记着，能惹县衙不要惹纪家村。我早就知道，老管是着了纪族长的道儿。不过这些年我想通了，老管这是替我受罪。当年我们和老管火烧侯老板的货船，做事太绝了，人家纪家村这么做，也是应该。"

飞龙嘟哝说："我们烧的是侯正廷的船，跟纪家村有什么关系？"

张永禄说："纪族长当年开油坊，开药铺，那可都是侯正廷帮忙开的。他的油坊所有的油，都是侯正廷高价收购，侯正廷有难，纪族长出手帮忙，他也算是一个讲义气的人。这做人啊，各有各的路数，标准也不一样，但是关键时候能站出来，这人就算不错。"

飞龙"哼"了一声，说："他在村里可是得罪不少人。对纪大鼓和他的徒弟挺小气，听说还害死了纪大鼓的老婆。"

张永禄说："人嘛，都有自己的缺点。至于他出手害了纪大鼓的老婆，手段是有些毒辣，但是他作为一族之长，纪大鼓的老婆在大街上那么骂他，他要是原谅了她，村里人会觉得老族长通情达理，但是，从此以后他的威信就没了，村里会有更多的人欺负他。他要是弄死了纪大鼓的老婆，村里人会说他心狠手毒，但是以后绝对不会有人再敢去他的门口骂他。世事没有两全其美，如果我是老族长，我也会用老族长的手段，否则，以后他这个族长怎么当？"

飞龙点头，说："这么说，这个老族长倒也不是个坏人？"

张永禄说：“天下没有天生的坏人，也没有天生的好人。出去少惹事，跟你作对的人就少。对了，你知道王埗吗？这个前清的二品大员死了。”

飞龙“噢”了一声，说：“知道，老家是蚬子湾。这人当年命令莱阳县令镇压曲诗文，杀人不少，不是个好人，死了活该！”

张永禄苦笑：“这事儿……唉，不是你说的这么简单。当年他是清朝大臣，官居二品，如果曲诗文造反，他包庇了曲诗文，是不是渎职？所以，评价一个人，不能只从自己的角度来看问题。你啊，这么大岁数了，以后做事要学着点儿。”

飞龙点头答应，但是心里想的还是纪家村的事儿。

年关临近，今年是纪家村的大祭之年，寿光和海阳等地的纪家族人，都派了人来参加对先祖的祭祀。纪族长让人把换样和纪大鼓都请到了祠堂，让他们为参加祭祀的寿光和海阳等地的纪姓代表演唱《四通鼓》和《哀侯别国》。两家纪姓代表大都是第一次听到如此悲壮凄婉的鼓书，皆一脸肃穆。

纪大鼓和换样这两年也算是经历了一些苦难，对先祖当时的困境有了更深刻的体会，因此唱得更加悲凉激昂，让人喟叹不已。

中午，两人从祠堂出来，回家吃饭。纪大安在祠堂外，请纪大鼓一起到他家吃。纪大鼓也没有客气，就和换样跟在纪大安身后，来到了纪大安家。

换样从青岛回来后，变得寡言少语，事事谨慎。即便对师父纪大鼓，也好像疏远了很多。两人情同父子的那种场面，成了久远的记忆。

现在纪大鼓跟换样说的话，还不如跟纪大安说的多。纪大鼓多次跟换样搭话，想解开他的心结，换样却把自己包得死死的，不肯多发一言。

换样妈擀了面条，纪大安陪着换样和纪大鼓在炕上吃饭，三人吃到一半，张世伟突然带着一个年轻人闯了进来。

张世伟给换样的父母提了礼品，张口“叔叔、阿姨”，听着很洋气很喜庆。纪大安自然把两人视为贵客，忙让两人上炕。

让人诧异的是，换样听到张世伟的声音，却只是侧耳听了一会儿，便复归冷淡。

他问上炕坐下的张世伟：“你们没有找到素枝吧？”

张世伟一愣，显然没有料到换样会一句寒暄话没有，直奔主题：“呃……没有，还没有找到。”

换样“噢”了一声，就一句话不说了，低着头继续吃饭，好像张世伟等人的来临，与他毫不相干。

纪大安觉得尴尬了，忙让老婆赶紧再擀些面条。张世伟好像没觉出什么，他对换样说：“换样，介绍你认识个朋友，于世琦，北京朝阳大学毕业的，法律专家，我把他请来，是来帮助你和纪大鼓先生的。”

纪大鼓一愣：“我？我有什么需要帮助的？”

张世伟说：“帮您打官司啊。纪先生，您夫人的死，肯定是与你们的族长有关系的。即便我们没有确切证据，但是从法律上讲，族长是没有权力拘禁人的，何况您夫人从族长家里出来后就病了，如果起诉成功，族长要坐牢的。”

纪大鼓、换样、纪大安都惊讶地叫了一声，纪大鼓忙摆手：“不行不行！族长是一族之长，我们要是把族长送进监牢，村里人还不骂死我们?！换样，咱不能那么做。”

没等换样说话，纪大安说：“张少爷，您的好意俺都心领了，我们可不能去告族长，那是谋反！俺还得在村里活下去呢，要是俺告了族长，族长一生气，俺还怎么在村里活下去？换样要不是得罪了族长，他能这样？张少爷，您千万别说这样的话了，俺听都不敢听。”

于世琦呵呵一笑，说：“现在是民国了，人人平等，即便是族长，违犯了法律，也要受到法律的惩罚的，这是国人的基本权利。”

换样长出一口气，说：“兄弟，我不要什么基本权利，有什么用？我现在就想找到素枝，一起老老实实在老家说书过日子，别的什么都不想。你们要是真想帮我，就帮我找到素枝吧，她现在在外面，不定受多少苦呢。一想到她，我这心就疼。”

众人沉默了一会儿，张世伟说：“好吧。你们既然这么想，我也不为难你们，素枝的事儿你们放心，我会动用我所有的能力，找到她。”

让人没有想到的是，换样突然爬起来，朝着张世伟连连磕头，大放悲声：“兄弟，我求求你了！我换样对不起素枝啊，素枝那么好的姑娘，跟我吃了那么多的苦，我……我还把人家给弄没了，你要是能帮我找到素枝，我换样下辈子给你当牛做马，给你当狗看门，当石头给你垫脚，我都愿意！”

张世伟慌了，忙把换样扶起来：“换样，你起来，找素枝的事儿，你放心便是。不瞒你说，我已经有了点儿线索了。本来不想跟你说，但是……看你这么担心，我只能跟你说一声了。”

换样大喜：“她在哪里?！你快告诉我，我去求族长派人把她弄回来！”

张世伟说：“你别急啊，我只是刚得到一点线索，至于这线索准不准，那还没法说呢。我们下一步需要去找的那个人，现在不在青岛，他回河北老家了，等过完年，他从河北回来，我们才能去找他打听素枝的下落。”

换样问：“他在河北哪个地方？你告诉我，我马上就走！去河北找他！”

张世伟苦笑，说：“要是我知道他是河北哪里的，我早就派人去了！我爹商行里那么多人，他们做生意，天南海北地跑，去趟河北很容易。我找的人只知道他是河北的，不知道他具体在河北哪个地方。河北地面大了去了，你到哪儿找人?”

换样听张世伟这么说，又蔫巴了，不说话了。

张世伟说：“换样，素枝的事儿你放心，我张世伟发誓，肯定要找到她。噢，你要是不想跟你们的族长打官司，那我就走了，于世琦还有别的事儿，我们要去趟莱阳城。”

换样拱手：“我又瞎又瘸，现在靠着族长帮忙活着呢，我怎么敢再得罪族长？也许是我换样胆小了，不管怎么说，我现在不能得罪族长。”

张世伟下炕，拒绝了纪大安一家的挽留，和于世琦一起走了出去。

换样吃了个半饱，再也不肯吃了，纪大鼓一碗面条下肚，叫上换样，两人继续去祠堂唱鼓书。

换样自从上次被老张打得在床上趴了半个多月后，吃饭很少，身体虚弱，一下午的鼓书唱下来，从凳子上站起来的时候，人摇晃了几下，突然晕倒了。

老族长不在祠堂，管祠堂的叫了两个人，把换样背回了家。

纪大鼓跟在众人后面，来到换样家。纪大安一看儿子昏迷不醒，蒙了，要找马车去请郎中。纪大鼓让纪大安舀了一碗凉水，他用毛巾蘸了，拧在换样头上，换样皱了皱眉，醒了过来。

纪大安两口子惊喜不已。

纪大鼓嘱咐纪大安杀只老母鸡熬汤，给换样补补身体，他便从纪大安家走了出来。

他拍打着竹杖，朝家里走。两天前，下了一场大雪，有的地方化了雪又结了冰，有的地方雪还没化。纪大鼓走了几步，天上又飘飘摇摇下起了雪花。

纪大鼓边走，边仰起头用脸接雪，不小心跌了一跤。

有个路过的妇女喊了一声："哎呀，大哥，你走路怎么不小心点儿？"

这个妇女的声音酷似马凤娇。那年的冬天，纪大鼓走路滑倒，恰巧被出来迎接他的马凤娇听到，马凤娇也是这么喊了一声。

纪大鼓不由得恍惚起来，难道马凤娇没死？

那个妇女过来扶他，他带着侥幸的心理问："你……你是马凤娇？"

妇女"嘿"了一声："大哥，我凤娇嫂子早没了，你这是糊涂了？我是纪有福家里。"

纪大鼓忙道歉："噢，对不起弟妹。刚才脑子走神了。"

妇女把他扶起来，说："你这是想我凤娇嫂子了。唉，这人跟人是个缘分，她走了，那是缘分尽了，你就不要惦记她了，好好过自己的日子才是。"

纪大鼓眼里涌出眼泪，怕人家看到，忙用袖子擦了："没事，就是脑子走神了。"

07. 纪族长救人

金口的生意越来越萧条。来做生意的南方人，几乎一夜之间就把店铺转给了当地人。南方来的大船无法进港，当地人的生意越来越萧条，很多店铺纷纷关门。昔日码头附近的十多家妓院，如风吹落叶，半年之间，便只剩下了两家。

侯正廷和张永禄早早就开始转移生意，所以两人倒是很清闲，金口的生意有专人打理，侯正廷刚好趁此时间交接，让儿子侯文德全权处理在烟台的商行生意，他偶尔去看一下，做一下指导。张永禄有叔伯兄弟在青岛暂且打理生意，他想等儿子张世伟大学毕业后再接手，张世伟却对生意没有兴趣。张永禄没有办法，只得做了两手准备，让叔伯兄弟管理青岛码头的生意的同时，拿出了大部分资金，在金口周围的村子购置田地，准备作为家族基业。

一切都在有条不紊地进行，张永禄唯一的心思，还是老管。

现在他越来越认定，这个老管应该就是自己同父异母的兄弟了。

张永禄没事儿的时候，经常坐在老管的面前，看着这个在这张小床上一躺就是二十多年的人。岁月如梭，沧海桑田，连金口的海都变得越来越浅了，金口的人越来越少了，那些没有人经营的商铺，很快变得沧桑起来，有了破旧的样子，而这个老管，虽然比原先胖了一些，面容竟然不显老，与张永禄比起来，起码年轻十岁。

张永禄带着老管继续四处求医，也不断有人通过朋友推荐或者自荐来给老管治病。有人跳大神，有人扎针放血，有人熬中药，还有人给他扎了模样相同的纸人招魂，各种招法皆用过，寒来暑往，岁月更迭，老管好像特意憋着坏跟张永禄对抗似的，躺在床上一声不吭，一动不动，眼皮都不眨一下。

张永禄无奈至极，还有些怀疑，曾经暗中派人监视老管，看他是否趁没有人的深夜偷偷爬起来，四处玩耍。

那人监视了几天，老管一直都躺着不动，张永禄终于相信，这个老管也许是真的，像神仙一样在这里躺了二十多年。

当然，他也许是在进行一种修行，张永禄甚至怀疑他是想躺上几百年，那就直接成佛了。

侯正廷也来看过老管几次。侯正廷看到老管一副超然世外的样子，他感到有些心酸，特意去找纪族长，让他想法把老管放了。

老朽的纪族长也已经没有了那么多的戾气，他只是告诉侯正廷，经过了这么多年，当年的巫术已经在这个人身体里生根，成了他生命的一部分，现在没法救了。因为当年下的是一种巫毒，这种毒现在早就跟他身体结合在一起，巫师已经无法给他解毒了。

“当年你们侯家商行因为他死了两个人，就让他这么活着吧。人做了事，就得担事儿。当年捻军杀了咱多少人？这个捻军的后人，又来祸害你，这种人，还救他干什么?!”

侯正廷说：“老族长，我听说这些年有捻军的后人偷偷来拜祭他们的先祖，你听说了没有?”

纪族长点头，说：“听说了，不过他们主要是去泉水村外的万人坑。当年捻军的一部分在莱阳城外杀人，被联庄会给围住，好几千人，逃出去的没几个。每年清明节，都有人以赊篦子的名义到泉水村那个万人坑烧香烧纸，这些人还行，几十年了，几千里地跑过来，还算有点孝心。还有人跑到三驾寺山上烧香的，我都知道。”

侯正廷有些惊讶：“你都知道？”

纪族长说：“我派人跟踪过他们，怕他们报复。这都十多年了，有时候来两三个，有时候来七八个，他们也很警惕，一般都是两个人一帮，有卖梳子的，也有卖篦子的，卖篦子的大都是安徽涡阳人，当年西路捻军首领张宗禹，老家就是涡阳。我的人回来说，他们也很小心，来到三驾寺山上烧完纸后，就赶紧走了。没有人像他们的老子那样，犯下什么事儿。还有的人到三驾寺求见德清法师，说他们的父母，都是当年德清法师从清兵手里救下来的，德清法师不见。他们就花钱上香，为寺庙做功德。现在我明白了，德清法师是对的，即便是捻军，也是人。当年他救那些被抓的捻子，我带着村里人到三驾寺骂他，鼓动周围老百姓不到三驾寺烧香，德清法师因此让出了三驾寺住持之位。现在想想，我们目光短浅，只能看到眼前这点儿，而德清法师，是站在半空看我们的人。这些年，我年年都要去三驾寺看望德清法师，希望他谅解我，最让我羞愧的是，他说他从来都没有记恨过我。唉，我们跟德清法师相比，真是大海跟一盆水之间的差距啊！”

侯正廷趁机说：“纪族长，那我们就救一下那个老管吧。”

纪族长一愣，不由得笑了，说：“侯老板，既然你想饶了他，那行，我就派人跟你一起去吧。不过他救人的时候，屋子里不能有外人，屋外必须有我的人里外站岗。还有一条，无论是救活了，还是救死了，那个张老板都不能找事儿。最后一条，不能让任何人知道是我派人去救人。”

侯正廷点头，说：“行，这些都没问题。你只要能派人去把人弄醒，怎么都行。”

三天后的一个傍晚，侯正廷派了两辆马车来到老族长家。一个蒙面身穿一身黑衣的人，在四个壮汉的簇拥下，进入马车。马车一路疾驰，天黑后，便来到金口老管家门外。

马车在门外停下，众人从马车上下来，两个壮汉在门口站住，剩下的两名壮汉陪着上下一身黑的人进入院子。等在门外的侯正廷，陪着两名壮汉在老管家里家外一番搜查后，走出院子，里面的人把院门关上。

侯正廷上了马车，在马车上小寐，外面的两个人留下一个站在门口警戒，另一个在周围巡逻。

屋子里的黑衣人拉上了窗帘，摘下头上的黑纱，露出了白底、画着黑线条的一张脸。他把翎毛戴在头上，腰缠铜铃，手拿桃木剑，边念叨咒语边挥舞木剑，跳了一会儿之后，他掏出一张咒符烧了，把纸灰塞进了老管的嘴里，用水给他服下，然后把老管翻过来，掏出一根细细的银针，用带来的一种药水泡过之后，从老管的后背和后脑扎了进去。

老管身体抖了几下，从嘴里吐出一股黑血。那人找到一条毛巾，给老管擦了擦嘴上的血，人似乎累了，坐在椅子上呼呼喘气。

气儿喘匀了之后，他把头上的翎毛摘下来，用黑纱蒙了头，带着院子里的两个人，走了出来。站在门旁的那人打了一个呼哨，在屋后巡逻的壮汉跑回来。四名壮汉先扶着穿黑衣的人上了马车，他们四个则跑上了另外一辆马车。

黑衣人上马车后，在马车上坐下，长出一口气。

这时候，提前上了马车的侯正廷突然说话了："纪族长，辛苦你了。"

黑衣人一愣："侯老板?！你怎么在我的马车上?！"

侯正廷呵呵一笑，说："其实我早就知道，此事是你做的。纪国巫术能传到现在，而没有传出去，肯定是族长一代代传下来的。纪族长，我们可是多年的老朋友啊，你何必瞒着我呢?"

纪族长叹了一口气："罢了，你知道就知道吧。这巫术反正是传不下去了，我死了也就带走了，知道了也无所谓了。"

侯正廷很惊愕："为什么传不下去了?！这么好的巫术，要是失传了，那多可惜啊！"

纪族长声音苍凉："孩子在北平上大学，不愿意学这个，也不愿意当这个族长。唉，世道真是要变了。"

侯正廷说："王垿老先生的话，是有道理的。纪族长，老管怎么样了?"

纪族长说："够呛。时间太长了。没办法，听天由命吧。"

08. 鲁东行辕事变

一九三八年的冬天，在莱阳著名学者于世琦的记载中，是一个阴郁寒冷、罡风怒号，极少有太阳的冬天。

这一年的冬天，三十出头的换样，突然患上了严重的精神疾病。他经常出现幻觉，只要听到女人的声音，就觉得是素枝来找他了，就会瘸着一条腿，去追人家。那年的冬天，在冰雪覆盖了大街小巷的纪家村，就经常会看到一个拍打着竹杖，健步如飞却有点瘸的瞎子，在追逐一个个惊魂落魄的妇女的景象。这个纪家大鼓的传人还学会了爬墙、上房，父母把他锁在家里，他照样能撑着竹竿，像运动员那样跃上墙顶，然后把竹竿搭在地上，顺着竹竿像猴子一样敏捷地落地。

这年的换样，突然就成了纪家村的一景。他还经常追那个年近五十、曾经带着老管找到被族长关押的陈勇的傻子，傻子跑路不会拐弯，只能跑直线，因此他最终不是跑到村后的山上，就是跑到村前的河里，换样也跟着他上山下河，毫不犹豫。

纪大安不得不让换样已经出嫁了的姐姐，带着她的丈夫赶着马车拉着换样四处求医。

奇怪的是，换样只要坐上了马车，病情马上就会好转，而当他带着大包小包的中药回来后，病情马上就会加重。

换样多次找到老张，一脸严肃地告诉他，素枝来找他了，就在纪家村大街上。那时候还没下雪，他去师父家，给师父纪大鼓送几个白菜包子，素枝突然出现在他的面前。素枝穿着白衣金袍，戴着红色的呢帽，像他在青岛看到的摩登女郎。素枝告诉他，要是想救她，赶紧去找王鲁风。老张痛恨换样，没听换样的解释，直接把他从家里推了出去。这个王鲁风是莱阳的县长，老张不认识他，却认识国民党设在莱阳的鲁东行辕主任卢斌。卢斌与驻扎在莱阳、海阳一带的八路军关系比较密切，老张作为八路军的线人，多次秘密找地方，安排卢斌与八路军见面。

老张听八路军的人说，这个卢斌虽然是国民党高官，却非常认同八路军的主张。主张国共密切合作，抗击日寇。因此老张就跑到山里，找到八路军领导，想托付他们求求卢斌，让卢斌找王鲁风，打听一下素枝的消息。王鲁风是莱阳县长，卢斌刚好管着他。

八路军的人答应了老张的请求。老张就数着日子，等待山里的消息。

快过年的时候，张世伟和他学法律的同学于世琦再次来到换样家，这次他们不是来帮换样打官司的，而是想让换样带他们去见纪族长，采访他关于纪家村来历的故事。于世琦在民国十六年参与过政府号召的“卢乡丛书”的编撰，从此对莱阳的本土文化和历史故事产生了浓厚的兴趣，先后出版发行了多部著作。现在他虽然在青岛上班，却依然抽空编写关于莱阳本地历史的文章。

这次回来，他去了传说中纪国国君在莱阳第一个落脚点河前村，拜祭了传说中的侯子坟，采写了一些故事。这些半真半假、扑朔迷离的故事更是唤起了他对这段神秘历史的兴趣，所以他就让张世伟带着他，来到了纪家村。

换样见到了张世伟，精神突然正常了。他问张世伟：“张世伟，你没有找到素枝吧？”

张世伟摇头，很艰涩地说：“没有。”

换样点头，说：“我知道怎么能找到素枝。她前些日子来过纪家村，就跟我说了一句话，就被人抓到了车上，四个轱辘的汽车。我想喊人把她抢下来，还没出声，就被人打晕了。”

张世伟说：“换样，国家现在正在危难之际，我们应该先把个人的事儿放一放，拯救国家才是。”

换样摇头，说：“我现在没别的心思，就想找到素枝。只要你们能帮我找到她，让我跟她说几句话，让我马上死都行。”

张世伟叹了一口气，说：“换样，你先带我们去找纪族长吧。素枝，我会继续找的。”

换样说：“族长的家你也不是不知道，你自己去吧。我得去找素枝。”

换样说完，穿鞋下炕，不顾父母以及张世伟等人的拦阻，直接出门走了。

张世伟无奈，只得自己带着于世琦走了。整个春节，张世伟带着这个于世琦，去过三驾寺拜访德清法师，去过金口拜访侯正廷。

春节后，张世伟也通过自己的父亲介绍，带着于世琦拜见了当时驻胶东高官、鲁东行辕主任卢斌。鲁东行辕主任位置重要，所辖范围西到昌乐、寿光，南到胶县、即墨，东到威海、牟平，共计十五个县，地位显赫，却也暗藏危机。

卢斌对于世琦和张世伟的到来非常高兴，让县长王鲁风做东，在莱阳最高档的酒楼“德兴楼”宴请两人。席间，作为国民党高官的卢斌大谈国共合作抗日救国，于世琦非常兴奋，相见恨晚，张世伟却很少说话。

饭后，张世伟和于世琦回到于世琦家，于世琦说："这个卢斌是我见过的国民党军官里，最有远见卓识的一位。张世伟，你今天好像不怎么高兴啊？人家卢斌对共产党很有好感，说中国要兴旺，必须国共合作，联合抗日，联合执政，否则，中国是无法屹立在世界之林的，你听听，人家说得多好！"

张世伟摇头，说："你是学法律的，我是学历史的。中国人跟欧美人不一样，中国人讲究喜怒不形于色，外国人讲究的是凡事都要论个长短，所以啊，外国人都是有事说在当面，我们中国人喜欢背后搞小动作，于大律师，这样的中国人能联合执政吗？"

于世琦摇头，说："那够呛。非打个两败俱伤不可。"

张世伟说："所以啊，这个卢斌是个理想主义者，是个好人，但是他说话毫无顾忌，国民党很难容下他。"

于世琦说："要是容不下他，能让他当这么大的官儿？"

张世伟说："我知道这个卢斌，他以前是跟着沈鸿烈打鬼子的，能打。到莱阳才半年，鬼子现在还没到这儿，所以他才能有时间跟当地的八路军取得联系，并大谈国共合作。你看吧，国民党方面不会让他跟共产党接触下去了。"

张世伟住在城里的自家商铺里，白天就跟于世琦一起，寻访像参加过县志编撰的王钝园那样的对莱阳历史文化有些了解的人。他们怕日本人来了之后，这些莱阳的文化精英会逃亡他处或者被日本人杀害，因此他们需要抓紧时间，尽量多地记录下莱阳的历史文化。这些日子里，两人目睹了这个小县城，在日本人即将大兵压境时的恐慌和无助。年前，日本人对县城进行了几次轰炸，死了一些人，最主要的是，日本人很成功地把死亡的恐惧笼罩在了每一个莱阳人头上。

新年期间，不断有日本人将要进攻莱阳城的消息传来。住在莱阳城的有钱人过完年后，就开始谋划出逃之路。特别胆小的，在吃了初二的送年饺子后，就赶着马车离开了莱阳城。

尽管卢斌和王鲁风一再安抚民众，但是国民党连连败退的消息，还是让民众不敢相信他们。这其中还有一个比较主要的原因，是前莱阳县长梁秉锟逃出莱阳。梁秉锟在莱阳执政期间，赏罚分明，勤政爱民，重视教育，唯一不好的一点就是搞个人崇拜，他要求学校师生在提到他的名字时，要像提到孙中山、蒋介石的名字那样，全体起立以示尊敬。虽有此癖好，但是梁秉锟确实是莱阳老百姓眼中的一个好县长，唐奎与之无法并提。但就是这样的一个好县长，在去年六月份日军轰炸莱阳之后，突然带着家人不辞而别了。此事对莱阳官民影响巨大，受其影响，从去年六月起，就开始不断有人逃离莱阳。

正月初八夜，于世琦和张世伟、崔立山聚在张世伟家的店铺里喝酒，喝得晚了，于世琦也没回家，三人就住在张世伟家的店铺了。

半夜时分，突然枪声大作。三人惊醒，崔立山打开窗户朝外看，东南方向一阵阵手榴弹爆炸发出的光芒，照亮了半边天空，各种枪声铺天盖地，仿佛世界末日。

张世伟首先看出来，枪声是来自卢斌所住的鲁东行辕方向。

于世琦先害怕了："是不是日本人打进来了？"

崔立山"哼"了一声，说："城门守军没动静，日本人能飞进来？听这动静，都是国民党军队的武器，我估计应该是内讧。"

张世伟最近这些日子对国民党各部比较了解，以他对卢斌和周围的国民党各部势力的了解，总觉得卢斌早晚会出事，因此说："我担心是卢斌出事了。这个人不搞党争，唯国家利益为重。国民党派系斗争厉害，恐怕容不下这样的人。"

崔立山急了："那怎么办？这卢斌可是个一心想与八路军联合打鬼子的人！他要是出事了，对八路军来说，可是一个非常大的损失！"

张世伟说："我们没有办法，只能等着天亮再说了。卢斌也不是一般人，他手下有卫队，鲁东行辕跟铜墙铁壁差不多，这种内讧，都是小范围突袭，对方恐怕不一定是卢斌的对手。"

崔立山说："哎呀，这火力可是挺厉害，我怎么觉得不像是小规模突袭呢？这种火力规模，起码得有两三百人。"

张世伟说："别管多少人，等天亮了我们再出去，现在出去太危险。"

一个多小时后，行辕方向的枪声停止，只有别的地方有零星枪声。

于世琦叹息说："又不知有多少人无端被杀，真是一个让人绝望的世界。"

张世伟说："于兄，这件事，你得打听清楚，认认真真记录下来。"

于世琦说："那当然。"

第二天一大早，张世伟等人从屋里出来，跟着街上的行人一起，朝鲁东行辕驻地跑去。行辕外面，早就被当兵的围了起来，不许外人进入。他们只能站在外面，看当兵的朝外抬尸体，尸体一具一具被扔上汽车，汽车装满了之后开走，又开来一辆。

于世琦听人说城东的城隍庙也有不少尸体，拉着张世伟和崔立山去看。结果他们去得晚了，城隍庙也被保安团封锁起来，并且不许行人靠近。很显然，城隍庙里也有不少的死人。

于世琦仰天长叹："倭寇将至，你们竟然还在互相残杀！真是悲哀至极！"

张世伟等人打听卢斌的下落，一直到中午才得到消息，卢斌以及督察处处长宋振庭等四人被人杀死于城外的山上。

第九章 族长之死

01. 日本人进入金口

日本军队进入金口，很是有些突然。

事后有人说，这队日军很可能是去莱阳或者海阳城，途经金口，看到这个地方不错，就掉头走了进来。

在此之前，很多金口人都见过日本人，因此日本人刚进入街头，“鬼子来了”的消息便像一只只扇动着翅膀的邪恶的小鸟，飞遍了金口的大街小巷。

此时，原住金口的警备队早就撤回莱阳城，保护县城去了，日军优哉游哉地进入金口大街，大街上已经空无一人，家家户户门窗紧闭，人们都躲在窗户后面看着这群东洋鬼子。

日本人站在无人的街头茫然四顾，终于发现了一户没有关门的人家。

这户人家的户主，就是老管。

负责侍候老管的人，听说日本人来了，先跑回自己家里关门去了，他本来打算关了门之后就回来，结果没等他跑回来，日本人就走进老管家了。

日本军官看到这户人家大门敞开，院子也显得很宽敞，就朝着旁边的翻译官挥了挥手，带着翻译官和几个手下走进了院子。

院子里自然没人。翻译官在院子里喊了一声：“喂，家里有人没有？快出来欢迎‘皇军’！”

没人答应。日本人正准备出去，翻译官跑进屋里，看到了躺在床上的老管。老管经过纪族长的医治，眼珠子已经会转动，也能说一些简单的词了，但是还不能动。

翻译官对外面的日本人喊：“小仓队长，这里有人！”

日军队长带着几个人走进屋子，看到了躺在床上的老管。老管的屋子里有股浓重的屎尿味儿，这让几个日本人很是不习惯，其中两个想退出去，看到小仓没退，就站住了。

小仓朝着老管笑了笑，伸出手，用蹩脚的中文说：“您好，您为什么……还不起床呢?”

老管朝着小仓笑了笑，说：“妈……妈……的。”

小仓很疑惑，转头看翻译官。

翻译官忙用日语告诉小仓：“这个人……应该是病了，他是……是想找妈妈。”

小仓跟旁边的日本兵说了一句日语，日本兵敬礼跑了出去。

一会儿，日本兵的身后跟着一个拎着药箱的随队军医，走进了屋子。军医看了看老管的手脚和舌苔，又扒开他的眼皮看了看，跟小仓队长叽咕了几句话，他就打开药箱，从里面拿出针管和药水，给老管打了一针，又找了几粒药，让翻译官倒了水，给老管服下。

老管不想服药，翻译官给他用水灌进去，他就吐出来。吐出来后，还朝着小仓嘿嘿乐。

没办法，小仓只得挥挥手，带着人从老管家走了出去。

老管的脖子周围，都是他吐出来的药和水，这让他感到很不舒服，看到日本人走了，他骂道：“妈……的。”

这队日军在原警备队住的地方驻扎下来。一开始，为了博得当地老百姓的驯服不反抗，也是对环境不熟悉，他们装得很守规矩，大部分时间都躲在警备队的大院里不出来，偶尔出来，也显得很随和。他们知道孩子是大人的心头肉，看见小孩，还故意给他们糖吃。但是大人们怕日本人下毒，不让孩子吃。镇上的半傻没人管，吃了日本人给的糖后，觉得好吃，看到日本人就跟他们要，日本人觉得这是个突破口，很高兴，还给半傻送糕点，这个半傻成了日本人的第一个好朋友。

众人见日军没有杀人放火，买东西还付钱，就渐渐放松了警惕，家门开了，店铺也开始开门做生意了。

这期间，金口的一部分人开始朝着日本人靠拢。这其中有几个不大不小的商行老板，也有金口街上的一些小痞子。这些人先是跟日军的翻译官套上了近乎，然后在翻译官的介绍下，跪见了小仓队长。小仓队长对他们不是很热乎，但是都给他们封了官。比方原先码头上的混混，就成了保安队长，那几个不大不小的商行老板，就成了商会的副会长。

摸清了金口的情况后，小仓亲自出面，穿着长袍马褂，打扮成中国人的模样，来找侯正廷。

他想让德高望重的侯正廷，出任当地商会会长，被侯正廷一口拒绝。小仓倒是很礼貌，没有强迫侯正廷，从侯正廷家里出来后，他转身去找张永禄，也被张永禄拒绝。

小仓从张永禄家里出去后，张永禄就让人迅速收拾细软，关上大门，回到了早就收拾好的老家居住。

侯正廷则让人套上马车，去找纪族长。

纪族长已经七十多岁，身体有些佝偻，但是听说当年的倭寇竟然快打到家门口了，他很是气愤，腰竟然挺直了，他对侯正廷说："这些倭寇真是欺人太甚！侯老板，你放心，我马上带着纪家的小伙子，去把他们都打回海里去！"

侯正廷摇头，说："老族长，这些鬼子可不是当年的捻军！当年捻军拿的是大刀，你们拿的也是大刀，现在鬼子拿的是枪是炮！你们除了大刀，只有几杆火铳，根本不是这些小鬼子的对手！"

纪族长不肯服气："侯老板，你小看了本族长了！前些年，我也买了十多杆好枪！去年八路军的游击队来到纪家村，想跟我借粮，我让我的那些年轻人亮出家伙来，八路军吓得灰溜溜走了！还八路军呢，他们的装备还不如我！不过侯老板，你可别以为我老糊涂了，八路军是中国人，我不打他们，他们也不打我，这小鬼子不行，我得想办法收拾一下他们！"

侯正廷说："我来正是此意。趁着小鬼子立足未稳，把他们从金口撵出去！我听说小鬼子计划修炮楼，要是他们的炮楼修好了，想打他们就更难了。"

纪族长说："行，你放心，此事就交给我了！"

02. 纪族长抗日

三天后的晚上，纪族长带着二十多名精壮的纪家子弟，袭击了驻扎在金口的日军。

他们打扮成生意人，大白天进入金口。天黑后，七十多岁的纪族长披挂上阵，穿上纪家祖传的巫术装束，把脸化成大白脸，加上几道黑线，刚刚还佝偻着腰的纪族长像得到了神力，马上精神抖擞脚步轻松了。

他怀揣短刀，带着这二十多名精壮汉子，走上了大街。在街上，他们遇到了日本人的巡逻队。纪族长一挥手，纪虎带着壮汉们隐身胡同里，纪族长穿着这一身黑衣，从日本巡逻队的面前飘过。

日本兵们看到这鬼一般的装束和模样，都吓愣了。纪族长有意逗着日本人玩，他从日本人面前飘过之后，又飘回来。六个日本人互相壮着胆，追过来看究竟，他们经过纪虎等人藏身的地方，纪虎等人冲出来，用短刀干脆利落地干掉了三个。剩下三个边开枪边跑，被纪虎等人开枪打死两个，跑了一个。

第二天，日本人被鬼袭击的消息便传遍了金口的大街小巷。日军和保安队对金口码头和村子进行大搜查，纪族长他们早就趁夜回到了纪家村。此番袭击，纪家村只有一人受伤，杀了五个日本兵，得了五杆枪，还让日本人人心惶惶，可谓大获全胜。

日本人老实了几天，开始在金口西头修筑碉堡。

老族长与纪虎摩拳擦掌，正与众人谋划如何再干他们一票，老张带着游击队王队长来到了族长家里，游击队想请老族长一起打这帮修碉堡的日本人，老族长表示同意。但是两人就战利品如何分配的问题，产生了矛盾。

纪族长表示，即便没有游击队，他们自己也能打了这些小鬼子，因此这战利品本该全部是纪家村的，但是两下合作，他不能一毛不拔，所以，战利品要八二开，游击队二，纪家村八。

王队长当然不同意。他们要五五分，最多四六。纪族长不答应，老张劝老族长目光要长远，打日本人就要两家合作，才能互为后盾。游击队在山上缺吃少药，需要这批物资保证后续行动，希望老族长理解。纪族长不听，让人把老张和游击队队长给轰走了。

纪族长让人化装侦察，得知了修碉堡这帮日本人的人员和火力情况，信心满满。他怕这帮人被游击队先打了，马上让纪虎召集人马，他亲自带队，四十多人分乘十辆马车，直奔金口。

马车到了金口北边的小树林，纪族长留下四个人看护马车，他带着剩余的人，朝着修建碉堡的地方悄悄进发。

自大的老族长还是小看了这帮日本人。日本人怕有人袭击他们，早就在碉堡周围设好了伏击圈。

就在纪族长他们要钻进伏击圈的时候，老张和纪钟伟带着王队长赶了过来。他们撵上了纪族长等人，要他们赶紧撤，撤晚了，日军包围上来，他们就走不了了。

纪族长不同意。要知道，一支快枪的价值，能顶五六十亩地一年的收成，他都打探清楚了，晚上守在这里的日本兵有十三个人，十三支枪啊，还有子弹，这得多少钱？游击队队长越是劝他，纪族长越是觉得这游击队队长是怕自己吃了独食，越是不肯回去。

王队长气得不行，忍不住骂他：“你这个老糊涂，你就带着你的人送死去吧！”

纪族长不耐烦，让几个人架着王队长回去。王队长无奈，只得让纪钟伟跟着纪族长一起行动，并叮嘱他，让纪族长带的人呈长条形进入，要三五个人一组，不要一下子扑上去，这样万一被包围，外面还有救援的人。

纪钟伟把队长的话告诉了纪族长，纪族长倒是听了纪钟伟的话，他把人分成了三部分，让纪虎带着十五个人做先锋，纪大安和纪钟伟带了一队，他自己带着最后一部，作为后援。

纪虎带的十五个人带着短刀，顺利摸到了日本人睡觉的帐篷外。他们刚要冲进帐篷，里面的日本人突然冲了出来，朝着纪虎他们就开枪，冲在前面的几个兄弟，马上倒在了地上。纪大安和纪钟伟一看不好，赶紧带着第二队的人冲过去增援，他们终究是没有战斗经验，马上被从附近沟里、小树林里冲出来的日军给包围了。

纪钟伟带着人和纪虎的人会合，一起朝外冲。纪族长也带着他的人在外面朝里打，日军终究人少，纪钟伟和纪虎带着一部分人冲了出来。大家朝马车停的地方跑，日军在后面追，幸亏游击队王队长带着人甩了几个威力不大的手榴弹，把日本人镇住了，撤了回去，众人才安全回到停着马车的小树林里。

上马车前，纪虎一点人数，一共折了十一个人。纪族长心情沮丧，带着众人回到了村子。害怕日本人来报复，纪族长在通往村里的路上都设置了暗哨，暗哨都带着牛角号，万一日本人来了，吹号为令。

三五天过去了，日本人那边没有动静，游击队王队长来了。他给纪族长带来了纪家村上次损失的十一个人的消息，他告诉纪族长，他希望能用这个消息，换纪族长的一部分粮食。

纪族长虽然不高兴，但是看在上次王队长也算帮了他们的面上，答应给王队长十升小米。

王队长苦笑，说："纪族长真不愧是纪家的掌门人，出手真是大方。游击队一百多人呢，十升小米能吃几天？"

纪族长冷着脸说："纪家村损失这么大，王队长还趁机勒索，我没有让我的人揍你一顿，就算不错了。"

王队长想了想，觉得自己的行为确实不太妥当，就说："算了，说正事吧。纪族长，你的人当场死了四个，被鬼子捉了七个。这七个人中，三个重伤，恐怕活不几天了，剩下四个没什么问题，被关在警备队里面。我听我们的线人说，鬼子已经知道是谁在打他们，不过现在鬼子人马太少，他们不敢出来活动，等大部队来了之后，他们肯定会来纪家村报仇。"

纪族长问："鬼子死了多少人？"

王队长一愣，说："好像……死了两个。"

纪族长拍了拍大腿："真丧气！这次赔本了！王队长，我得想办法把我的人救出来，你得帮我！"

王队长摇头，说："鬼子可不是国民党的警备队，要想从他们的手里救人，太难了。"

纪族长说："你要是不帮忙，我也不勉强！我自己想办法！"

03. 换样入会

纪大安跟着族长进攻日军的时候受了轻伤，一颗子弹刮掉了他半个耳朵，回来后，族长让管家发了一个大洋给他，让他买药养伤。

换样的疯病，经过纪大鼓央求德清法师针灸治疗，已经好了很多，他不再听到女人的声音就以为是素枝，就要撵着人家跑，却喜欢整日坐在家里，除了给人算命批八字，极少说话。

三皇会的刘会长派王瞎子来请纪大鼓开会。按照规矩，纪家大鼓的传人正式把传人之位让出之后，他就可以加入三皇会了。三皇会每年会由政府和万字会发给瞎子们一些补助，铜板和米面都有，对于瞎子们来说，好歹能把生活对付着活下去。

但是因为老族长已经下令剥夺了换样纪家大鼓传人的身份，纪大鼓不得已，自动复位，继续作为纪家大鼓传人尽自己的义务，而换样已经不再是纪家大鼓传人了，纪大鼓因此让王瞎子带着换样去三皇会开会，加入三皇会名册。

换样不想去。纪大鼓把他说了一顿，加入三皇会，如果以后有了困难，起码有个可以求助的地方。换样想想也是，就跟着王瞎子去了。

三皇会是按照才艺能力分级造册的，刘会长本来是想让纪大鼓担任三皇会的副会长的，听了换样的鼓书，测验了他的算命本事之后，刘会长大吃一惊，于次日来找纪大鼓商量，想让换样担任三皇会的会长，让纪大鼓做换样的工作。

纪大鼓问刘会长，是不是因为日本鬼子要来了，他怕有麻烦，才另找人当这个会长。刘会长说不是，是因为一件非常重要的事儿，需要找一个年轻有能力有德行的会首去完成。三皇会不是没有年轻的瞎子，但是没人能有换样的威望，带着莱阳的瞎子去完成这样的一件壮举。当然，还有比较重要的一条，换样是个半瞎，他靠着眼睛能把东西的大体轮廓看清楚。

刘会长告诉纪大鼓，后年春天，是十年一次的胶东瞎子前往德州祭拜三皇会的祖师爷东方朔的日子，莱阳的瞎子将由会长带队，前往招远，与栖霞、海阳、文登的瞎子聚齐之后，一齐朝德州进发。这是胶东三皇会瞎子的荣耀，也是一个非常艰难的历程，何况现在正逢乱世，刘会长觉得能胜任会长职位，带着一众瞎子去德州拜祭东方朔的，非换样莫属。

纪大鼓没有马上答应刘会长，只答应试试看。刘会长走了后，纪大鼓去找换样，把刘会长让他当会长，带着瞎子去德州拜祭东方朔的事儿向换样说了。

让纪大鼓没有想到的是，换样对三皇会会长的职位没有什么兴趣，却很希望能带着瞎子们去德州，拜祭东方朔。

换样早就听说过东方朔的很多故事，因此对纪大鼓说：“师父，我很敬佩东方朔。何况即便是纪家村的瞎子，也只有纪家大鼓传人没有加入三皇会，其他人也是跟其他的瞎子一样，加入了三皇会。我们一开始学的那些大鼓，别的瞎子都会唱，所以我应该去拜祭给瞎子找到一条活路的祖师爷。”

纪大鼓点头，说：“你说的有道理，三个纪家村有七八个瞎子，除了我，他们都参加了三皇会。行，你既然想去那就去吧。”

换样再次跟着王瞎子一起来到莱阳城的时候，莱阳城已经被日军占领。莱阳县长赵保原龟缩在离纪家村约有二十里路远的万第，天天以光复莱阳城的名义征兵征粮。

王瞎子带着换样来到刘会长家，刘会长告诉王瞎子和换样，日本人让他带着三皇会的人唱他们改写的鼓词，歌颂“大东亚共荣”“中日亲善”，他不愿意，所以在家装病。三皇会一个叫孙秉田的副会长跟日本人走得挺近，带着二十多个瞎子在城里成立了书社，歌颂日本人，去听书的人还可以领到米面等物，老百姓一开始都不愿意去，现在都被东西诱惑了，去的人越来越多，去唱鼓书的瞎子因为可以领到钱物，所以去的也越来越多了。

刘会长的瞎眼里冒出浑浊的泪水：“这些人啊，眼瞎了心也瞎了啊，人家跑到咱的家里祸害咱，咱还去歌颂他们，真是一群畜生！”

换样安抚刘会长说：“会长，您别生气了，他们也是为了口吃的。不管谁坐天下，咱穷人都先得活命啊。”

刘会长长出一口气，说：“这个我知道，三皇会的瞎子，什么样的都有，能靠说书算命吃上饭的不多，他们中的大部分靠着帮人推磨和要饭为生，当然了，行行出状元，要饭的也有两三个高手，赵文的‘哭丧’不只莱阳人知道，栖霞和海阳还有人来请他，这也算是不容易。咱最怕的是瞎子行里出小偷出专门害那些寡妇人家的，这是瞎子行的大忌！咱这行本来就是下九流中的下流，如果再弄臭了，那就成了大粪了！换样啊，莱阳三皇会这上百名瞎子，我可就拜托你了！”

换样有些怕了：“这么多人?！刘会长，我就会说书算命，我可不会领导他们，这样吧，会长还是您当着，拜祭东方朔，我带他们去。走路我不打怵，这个您放心。”

刘会长说：“咱这个会长简单。平日里大家也是各忙各的，每季政府发点补助，也是由县衙民政科派人发。会长要做的，就是要知道他们的行踪，每次政府发放补助的时候，三皇会要趁机开会，对那些溜妇女门子的、偷窃的，该打的打该罚的罚，严重违犯规定的，可以把名字提交民政科，让民政科取消对他们的补助。”

换样听得头大：“刘会长，那算了，俺换样真不是当会长的料，我听着都头疼！”

刘会长叹气，说：“要不这样吧，这个会长我先当着，你当副会长，先带着大家设法赚点钱吧。”

换样答应了刘会长的请求，从一众瞎子中，挑选了几个擅长各种乐器的，组成了一个十人的瞎子帮，背着铺盖卷，开始于各村流浪说书、算命。

换样组织的这帮瞎子中，有擅长三弦的，有擅长胡琴的，有擅长大鼓的，有擅长脚打鼓的，有擅长快板的，同样的一部大鼓书，乐器多了，各个声部都有，听起来自然比一两个瞎子唱得好听。老百姓第一次听这种样式新颖的大鼓书，感到很过瘾，这帮主要由年轻人组成的乐队，成了附近百姓眼中的大明星，很多人听上了瘾，跟着换样他们各村去听，一直到瞎子们跑得太远了，他们才不得不罢休。

换样的这种新方式，是他在青岛唱鼓书的时候，跟一些大戏班学的，瞎子各种乐器的配合，还是素枝跟他说的。他一开始只是想试试用这种方式说鼓书是否合适，没想到竟然一炮而红。

然而，他们跑的地方多了，遇到的问题就多了。在一些村子，经常有人让瞎子们唱黄书。鼓书起源于民间，生存于民间，老百姓大多没有什么文化，唱大鼓聚集人气最好的办法，就是说黄书。各地都有一些说黄书的高手，但是各地也都有一些正派人士，反对此事。莱阳最有名的说黄书的瞎子皮三，靠着一张巧嘴，赚了些钱，也睡了不少女人，后来莫名其妙掉进了河里，做了一名淹死鬼。

从此后，瞎子们极少有人敢说黄书。不过他们也有办法，很多鼓书的开场书就带有明显的隐喻和挑逗意味，比方换样他们经常唱的《大姑娘挑水》：“有一位大姐本姓刁嗷嗷嗷嗷嗷，这大姐早晨起来把水挑嗷嗷嗷嗷嗷，大姐行走来到了这南河沿，看了看有个怪物它水上漂嗷嗷嗷嗷嗷，啊大姐越看越爱看，原来是公蛤蟆搂着母蛤蟆的腰，大姐越看越爱看，不好了……大水把水瓢冲走了……”

这种鼓书富有生活气息，虽然有明显的挑逗意味，却也是适可而止，不惹人烦。

书归正传，一般都是《三侠五义》《隋唐英雄》这些传统段子，有人听烦了，鼓噪换样等人来一段黄的，换样也有准备，唱一个《小和尚钻炕洞》这种诙谐有趣，说黄又能惹人笑，说不黄还多少带那么一点意思的，众人在哈哈大笑之余心头攒动，算是穷苦劳作之余的一点乐趣，也就放过了换样他们。

换样他们四处游荡，经常能遇到下乡“扫荡”的日伪军。日本人虽然无恶不作，对这些瞎子倒是不感兴趣，最多有伪军趁着休息之时，逼着换样他们唱一段黄曲儿，骂几句骚瞎子，便哈哈笑着让他们滚蛋。

04. 族长之死

纪族长经过一番侦察，决定救出被关在警备队里的四个纪家村后生。这次老族长吸取了上次的教训，让游击队的人暗中打探消息，自己则偷偷做一些准备。

他让人到海阳的纪家宗族中，请了几个打枪和功夫都是一流的高手，又花高价从青岛买了五支匣子炮，二百发子弹，分给纪虎和纪家村的几个高手。纪族长则带上了自己配制的两瓶迷药，带上了精心准备的面具和巫师装束，便再次亲自率领八十名壮汉出发了。

他打听得很清楚，金口依然只有那个五十多个人的小队驻扎。纪族长相信，凭着他们的三十多杆枪，五十多副五百多支箭头皆抹了毒药的弓箭，他们即便不能全歼了这五十多名日本兵，起码能把人救出来。

他本来还想带着纪大鼓和换样。在他们冲杀之时，在他施用法术之时，让换样和纪大鼓在警备队门口唱着大鼓，让金口老百姓出来看着他们是怎么杀小日本的，那是多么风光。可惜，纪虎和纪大安都不同意他的这个浪漫的想法，说带两个瞎子来救人，太不方便了，还要占用一辆马车，老族长只得遗憾作罢。

老族长带着众人来到金口，按照预先部署，纪大安带着四十人，从东侧翻墙进入，作为主攻力量吸引日本人的火力，纪虎带三十人从围墙南侧进入，寻找被关押的纪家子弟，把他们带出来，然后纪大安等人撤出。

当然，这两帮人马的行动要等待族长的信号。

老族长让剩下的十个人跟他拉开距离，他则先来到警备队门口。

门口的岗哨是新招的伪军，几个人看到穿着很古怪，打扮得像古代巫师的老族长，自然想到了前些日子被杀的日本人，都害怕了，端起枪，朝着老族长喊："什么人?！站住，再不站住就开枪了！"

老族长朝前走了几步，呵呵笑了笑，说："各位老总，咱都是中国人，有什么害怕的？我不过是迷路了，来向各位老总问个路。"

伪军们听老族长说话是本地口音，绷紧的神经略略松弛下来。一个伪军骂道："你上哪儿去？怎么穿成这么个样？吓死老子了！"

族长趁伪军说话之际，又朝前走了几步，对伪军们笑了笑，说："本族长上哪儿去？呵呵，本族长是来教你们这些浑蛋怎么做人的！"

纪族长边说，边猛然朝着这几个伪军扬了一把迷药。伪军不知道老族长手里扔的是什么，吓得赶紧趴在地上。但是已经晚了，纪族长的迷药早就钻进了这几个伪军的鼻孔。他们觉得脑袋有些迷糊，想爬起来，却觉得浑身发软，想抓枪，手也抬不起来了，他们眼睁睁看着这个诡异的身影走进了院子，却连喊一嗓子的力气都没有。

纪族长走进院子，猛然大喊了一声："老天助我，纪国哀侯之一百三十世孙纪方瑜，求天降神威，斩杀倭寇！呜嘛迷底雷吽……"

老族长边念叨咒语，边从后背扯出桃木剑，在院子里跳起了诡异的舞蹈。

他的喊声惊动了住在大院里的日本人和伪军，他们端着枪，从屋子里跑出来，看到戴着诡异面具，一身黑衣，头顶翎毛的老族长跳着像木偶一般诡异的舞蹈，都愣了，不知道该怎么办才好了。

日本人哇哇乱叫，有伪军朝老族长凑近，问他干什么的，是不是发神经了。老族长边念叨咒语，暗中撒出了迷魂药。围过来的伪军们身体一抖，便扔了枪，跟着老族长舞蹈起来。

日本人看到情况诡异，不敢过来，想开枪又怕伤着伪军，就逼伪军过去看看，把那些跟着族长乱跳的伪军拽过来。老族长哪能放过这个机会，一把迷药撒过去，过来的伪军们又围着老族长跳起来。

老族长边跳，边哈哈大笑。外面的人便吹响了牛角号，纪大安等人早就在外面准备好了，他们跳上墙，从墙上一跃而下，朝着日本人就开枪。

日军的探照灯照不到东侧围墙，他们喂的狗也早就被纪大安等人下了迷药药晕了，等他们听到枪声，才知道不好，在付出了四五个人的代价后，忙找地方躲起来还击。日军开始还击，纪大安才感到麻烦大了。

纪大安带着的四十多个有钢枪有火铳还有弓箭的勇士，被日本人的二十支枪压得死死的，而且不断有人中枪，倒在地上。

在南墙外等候的纪虎听到纪大安跟日军打得正急，以为得手，忙带着三十余名勇士翻墙进入，结果三十人刚一落地，一个日本人人影还没有看到，就遭到了日军的猛烈打击，十多个人倒在了地上。

纪虎被打蒙了，他也不知道应该卧倒，带着人朝前猛冲，等他们冲到可以躲避子弹的地方，仅剩下四个人，纪虎这个莽汉，被子弹打在了肚子上，他还捂着肚子冲在前面，胸部又连中两枪，踉跄了两步，倒在了地上。

剩下四个人终于发现了日本人的藏身之处，但是晚了，他们被日本人的子弹压得一动都不能动。

纪大安带的四十人，也损失了十多个。纪族长看着情况不妙，猛然举起桃木剑，嘴里念念有词，带着十多个木偶一般的伪军，朝着日本人就走过来。他手里抓了一把迷魂药，老远就朝着鬼子撒了过去，但是风向不好，迷魂药被风吹了回来，呛得老族长边念咒语边咳嗽。

几个日本人看着老族长带着伪军离他们越来越近，举着枪瞄准了老族长他们，但是不敢开枪。

小仓队长带着几个日本人从后面跑过来，他看了看穿着远古的巫师服装、跳得越来越吃力的老族长，笑了笑，从兜里掏出手绢捂住了口鼻，举着手枪，朝着老族长就走了过去，后面的几个日本人也学着他的样子，用手绢捂住了口鼻，举着枪，朝着老族长走过去。

老族长终究是老了，手脚舞动得越来越慢，他的大白脸、头上的翎毛，一身黑色衣服，现在没有丝毫诡异的感觉了，而是显得有些滑稽。唯一让他显得还有些威风的，就是那几十个围着他的伪军。伪军们倒是不知道疲倦，依然木偶人一般朝前走。

小仓走到老族长面前，老族长猛然朝小仓撒去一把迷魂药，小仓枪口一低，朝纪族长大腿开了一枪，纪族长猛然失衡，倒在了地上。

小仓放下枪，看着他。

纪族长咬着牙，慢慢爬起来。

跟着纪大安的几个纪家子弟看到老族长倒地，跳起来要过来救他，被日本人几枪撂倒。纪大安朝众人喊了一嗓子，众人老实了，趴在地上与日本人对射。

这时候，翻译官也用手绢捂住口鼻，跑了过来，小仓与翻译官叽咕了几句话，翻译官问老族长："你老老实实告诉太君，你是什么人，叫什么，为什么要装神弄鬼，你让太君满意了，太君说不定能饶你一条狗命！"

老族长笑了笑，说："你告诉你的日本主子，老子是中国人！是专门打鬼子的中国人！"

老族长说完，手里突然多了一把短刀，朝着小仓就冲了过来，小仓举枪，朝着纪族长胸脯连连开枪，纪族长扑到小仓面前，身体摇晃了两下，手中的短刀掉在了地上。

这时候，翻译官抖搂着举枪，朝着老族长又连开两枪。纪族长骂了一句："狗东西！"人便猛然摔倒在地上。

老族长留在外面的十个人，任务是接应纪虎的。他们来到南侧围墙外等了一会儿，听到里面枪声很激烈，本来以为等一会儿纪虎就会带着人原路返回，结果等了好长时间，人一直没有露头。带头的爬上围墙观察，却被日本人一枪爆了头，人一下子就栽了下来。

众人围过来一看，知道情况不妙，抬着尸体跑到前门。他们想把此事汇报给老族长，却刚好看到了老族长被杀的情景。

大家看到这个情景，傻了，也害怕了，知道这个大院不可随便乱进了，有人主张进去救人，有人主张赶紧回纪家村，准备逃命吧，日本人这次肯定会去纪家村报复的。

带头的没了，主张进去救人的和主张回家的，在外面争吵了起来。

有两个生猛小伙子不屑争论，抄起火铳就冲进院子。他们刚跑进门口，就各自挨了两枪，倒在了地上。

剩下的七个人这次没人说话了，转身就朝后跑，刚跑不多远，还没跑出金口大街，就被对面一队人给挡住了。原来是听到消息的游击队赶过来了，听说纪家村的人被日本人围在了里面，老族长也死了，游击队的人二话不说，朝着警备队的方向就跑过来。纪家村的这七个人看到游击队人多势众，有了主心骨，带着他们来到警备队的东侧墙外。

游击队王队长让人搭着人梯，朝里面观察了一下后，便让游击队队员们搭着人梯，让投弹好的人站在上面，让他们朝正对着纪大安他们开枪的日本人扔手榴弹。

几十个人在围墙外搭好人梯，呈一排躬身藏在墙后。王队长悄悄探出头，观察好位置后，让众人一齐朝着日本人扔手榴弹。八路军的手榴弹是土造，威力不大，有的还不响，即便这样，几十个手榴弹在二十多个日本人周围爆炸，硝烟弥漫，弹片乱飞，七八个日本人受伤，两三个被炸死，日军一下子就失去了战斗力。

王队长又让大家各扔了一个手榴弹，然后对着大院里喊："大家赶紧跑啊，再不跑就来不及了！里面还有几十个小鬼子呢！"

纪大安等人刚才被日本人压得孙子似的，现在终于翻身了，大家一窝蜂朝外跑。纪大安喊着众人，让大家把战死的兄弟们背走，只有一部分人跑回来，大部分人却都先逃命了。

纪大安让这几个人背上了几个负伤的兄弟，已经死了的就不管了。小仓队长也受伤了，被跟着他的日本兵背着跑回了屋子里，纪大安趁机背起了纪族长，众人在门口游击队的掩护下，一窝蜂跑了出去。

05. 无奈的纪大安

纪家村陷入了无尽的悲伤之中。此番纪族长带着八十余名精壮汉子去救人，却白白搭上了五十多人的性命。而且去的人，只有四个人的遗体被拉了回来，其余的连遗体都没弄回来。

众人在无限的哀伤中，埋葬了纪族长，纪家村就群龙无首了。纪族长的儿子纪尚远在北平，已经娶妻生子，他回来埋葬了父亲之后，一天都没耽误，转身就去了北平。对于纪家村的族长之位，他没有丝毫兴趣。

纪族长也有兄弟和侄子，但是对于现在纪家村面临的危局，纪族长的这些亲属心中清楚，没人愿意担这个责任。村里的长老们无奈，只得在祠堂里成立了临时协议会，处理村里的事情。

他们要处理的第一件大事，就是设法跟日本人要回纪家村五十三名青年的遗体，让他们入土为安，也让他们的亲人有个寄托哀思的地方。

他们派人来金口，找侯正廷商量此事。侯正廷出面，找到了小仓。小仓听侯正廷说明了来意之后，告诉他，他可以把那些尸体交给他，但是他有两个条件：第一个是要侯正廷答应，做他们的金口商会会长和维持会长；第二个条件就是让扛着纪族长尸体的那个人，来见小仓。

侯正廷把日本人的答复告诉纪家村的长老协议会，长老们派人把纪大安叫去，把小仓的话告诉他。

纪大安不肯去："我家里有老婆孩子呢，换样还是个瞎子，我要是让鬼子杀了，我一家人怎么办？"

协议会的长老说："大安啊，我们虽然是纪家村的协议会，但是这个事儿，也不会逼着你去，去不去，你自己拿主意。"

纪大安很坚决地说："我不去！"

纪大安从祠堂出来回家，走到家门口，看到家门口围着一圈人。这些人有的靠在门口的石墙上，有的坐在有阳光的地方，低着头晒太阳。还有几个妇女离他家门口远一些，站在他前面人家的屋后，面对人家的后墙，像是在研究墙上的石头。

纪大安看了两眼，就知道了，他们都是那些死在金口的青年的父母，或者妻子，或者兄弟姐妹。

纪大安硬着头皮，朝家里走。大家自动让出一条路，让他通过。

他们不说话，纪大安也不说话。纪大安开门进家，关上门走进屋里，坐在凳子上一言不发。纪大安老婆开门出去，劝大家各自回家。大家也不多说话，只是离开她家门口，在她家门口附近转悠。

纪大安老婆进屋，说："这些人真是太自私了！为了家里的死人，要把我们家的活人送给日本人啊！纪大安，我跟你说，这次我不允许你去出这个头了！你给老族长做了那么多的事，你看他对咱家换样怎么样?!"

纪大安摆摆手，说："这件事跟族长没关系。族长已经死了，不管怎么说，他是纪家村的英雄，我很敬重族长。死者为大，不要再说老族长了。"

老婆说："不管怎么说，我不许你把自己送给日本人！你带人跟他们打，他们不把你大卸八块才怪！"

纪大安打怵见外面的人，一天没有出门。第二天一大早，吃了早饭后，他打算把猪粪送到地里去，推开门，看到外面已经聚集了二三十人。他们没有堵在他家门口，而是站在大街的另一侧。听到开门的声音，他们一起转头，看纪大安。

纪大安扛着铁锨，低头走出大门，关了门下了台阶，把铁锨插在门口一侧的粪堆上，打算去邻居家借牛车一用。

围着的人看到纪大安的举动，知道他要去送粪，有人就朝他喊："大安哥，你不用去借牛车了，我家有！"

说完，他也不等纪大安回话，转身就朝家跑。

众人有的回家拿铁锨，有的回家拿䦆头，等那人把牛车牵来，大家一哄而上，刨粪的刨粪，装车的装车，纪大安连挤都挤不进去。

纪大安手足无措，在旁边看了一会儿，突然把铁锨一扔，转圈朝着众人作揖："各位兄弟，大叔大婶子，我明白大家的意思，说句实在话，俺纪大安真想去把那些兄弟给搬回来，但是俺也有一家老小啊，俺纪大安也怕死啊！俺求求你们了，别这样了，我给你们跪下了！"

纪大安朝着众人跪下："你们走吧！这样俺纪大安受不了啊！"

众人有人来拉纪大安，有人叹口气，转身走了，更多的人却只是朝后退了退，转过身不看纪大安，一声不发。

纪大安跪着，转圈看了众人一眼，爬起来赶着牛车走了。

一袋烟工夫，纪大安赶着牛车从地里回来，他低着头，把牛车缰绳递给旁边的人，低头走进屋里。

他让老婆给他拿出干净衣服换上，不管老婆的哭骂，走出屋子后，在外面把门锁上。

外面的众人都看着他，纪大安一直走到祠堂，让值日的协议会长老派车送他去金口。长老大喜，忙喊管祠堂的人驾起祠堂里的公车，直奔金口。

纪大安抱着赴死的心，直奔日本人的军营。

他向在门口站岗的伪军说明了自己的身份，伪军大惊，把他从上往下仔细搜了一番，带着他走进大院，走进小仓的办公室。

小仓听说纪大安来了，有些意外，他从上往下仔细打量了一番，跟翻译官嘀咕了几句，翻译官问："你就是纪大安？"

纪大安点头，说："就是！你们不是要让我来吗？我现在来了，愿意杀就杀，想剐就剐吧！别不讲信用，把我们的人还了就行！"

翻译官跟小仓队长叽咕了几句话，翻译官说："纪大安，你误会了！小仓队长让你来，不是要杀你的，而是要让你当官！"

纪大安一愣，赶紧摇头，说："不行，我不能当日本人的官！"

翻译官"哼"了一声，说："那你走吧，不但你们的人不会给你，皇军还要发兵纪家村，把纪家村的男人都杀光！"

纪大安闭着眼，想了想，问："你们想让我当什么官啊？"

翻译官说："保安大队副队长，负责金口一带的治安，每月两个大洋薪水！"

06. 换样回家

换样带着三皇会的瞎子们靠着组队说书，坚持了一年多。

日本人几次到三皇会找会长，都没找到人，他们就派人去找串乡说书算命的换样等人。换样得知他们是想让瞎子给他们宣扬"大东亚共荣"，就跟刘会长商量，暂时解散了鼓书队，让大家暂且回家。

众人各自带着这些日子赚的钱回家了，换样也跟刘会长告辞，回到了纪家村。

回到家之后，换样先去看师父。

纪大鼓已经五十多岁，日子虽然贫穷，却也平静。他的收入，还是靠着跟王瞎子一起出去说书。换样来到师父家，纪大鼓正坐在院子里晒太阳。

院子还是那个小院子，但是没有师娘和纪家奶奶的声音，小院子显得很是空阔。

虽然已经是春天，换样穿着夹袄都觉得有些热了，但是纪大鼓依然穿着棉衣。他听到有人进来，迟疑了一下，问：“谁？是不是换样？”

换样已经多少年，没有见过师父坐在院子里的情景了。当年他跟师父学艺的时候，就经常和师父坐在院子里，师父手把手教他打鼓、弹三弦。

现在奶奶没了，曾经给师父带来过快乐和希望的马凤娇也没了，师父的声音显得很孤单。

换样答应了一声，走到师父旁边。纪大鼓拍了拍旁边的石头，说：“坐坐吧，当年我经常和你师娘坐在这里说话，一晃十多年了。”

换样在师父旁边坐下，把手里提的点心递给纪大鼓：“师父，这东西叫蜜三刀，我从城里买的，您尝尝。”

纪大鼓接过，打开盒子，从里面摸出一块，递给换样，换样接了递进嘴里咬了一口，不由得惊叫：“哎呀，太甜了。”

纪大鼓吃了一块，闭上眼细细品味，点头，说：“好东西！真好吃啊！竟然有这么好吃的东西！换样，这个东西你给老张了没有？”

换样说：“我给张大叔准备了东西，不过不是这个。”

纪大鼓拿出了两块点心，把点心盒子递给换样，说：“我留下两块就行了，剩下的你给老张送过去。孩子，我不要紧，你不能忘了人家老张。人家的闺女跟了你，现在闺女又没了，你得拿老张当亲爹待！”

换样把点心递给师父：“师父，您就放心吃吧。这事儿您说过很多次了，我记着呢。噢，师父，我这些日子赚了几个钱，我也花不太多，这些给您。”

换样掏出一个大洋，放在纪大鼓的手上。纪大鼓摸了摸，又把大洋塞给换样：“这个点心我留下了，大洋你给老张也行，你留着也行。你还年轻，得娶妻生子，花钱的地方多着呢。”

换样笑了笑，说：“咱一个瞎子，谁跟咱啊。”

纪大鼓说：“会长孬好也是个官，睁眼的不一定能找到，找个女瞎子不费劲。你告诉我，这些日子在外面，就没有女瞎子跟你套近乎？”

换样说：“有呢。不过我等素枝。”

提到素枝，换样的话一下子就没了。他低着头，坐在纪大鼓旁边，两人好长时间都不说话，静静地坐在这老院子里，晒着太阳。

换样终于说话了：“师父，您和王叔叔在这周围转悠，也赚不到什么钱，等过些日子，我再组织人出去说书，您跟我一起去得了。”

纪大鼓说："不去了。我这年纪，走远路不行了。你王叔叔家里有老有小，他得过三五天就回家一次，你们一走就是十天半个月，他肯定不能跟你们去，我要是走了，扔下他自己跑单帮，连个照应都没有，那怎么能行？再说了，我们年纪都大了，钱多钱少，只要有口吃的就能过。到了这个年龄啊，什么都看开了，人生一世不过草木一秋，死了死了，一死百了，什么也不想了。我最近经常去德清法师那儿喝茶，再过几年，我就去三驾寺出家，跟着德清法师念经喝茶，那才是正经日子。"

换样"噢"了一声，没说话。

纪大鼓说："换样，你跟我们不一样，人啊，到了哪山念哪山的经，你现在年轻，应该找个媳妇，养个孩子，以后老了，也有人养老。"

换样说："师父，您放心，您老了我养您。"

纪大鼓呵呵一笑，说："好孩子，你有这个话，师父就高兴死了。"

纪大鼓没收换样的钱，让换样把大洋送给老张。

此时太阳已经偏西，坐在外面有些冷了，换样劝纪大鼓回屋。纪大鼓说他该出去抱柴火做饭了。换样出去帮师父把柴火抱进屋，看着师父生了火，才告别师父，来到老张家。

老张加入了八路军的游击队，在纪家村几乎尽人皆知。老张不在乎，说八路军现在跟国民党合作打鬼子，小鬼子这么不是东西，能打鬼子的才是真正的中国人。说起来老张是族长的侄女婿，但是不管怎么说，也是外姓人，加上老张没有土地，靠当货郎为生，以前在村里没什么地位，现在他加入游击队了，感觉腰杆硬了，在村里走路都很神气。

老族长活着的时候，看不起老张，觉得他加入游击队是穷嘚瑟，跟老张很少有来往。家族中的人，自然也有点看不起这个外姓人。老张在纪家村，来往最多的就是纪大鼓和王瞎子，再就是纪大安一家人了。

换样回到家，提着东西来到老张家，老张正坐在炕上吃饭。一个窝窝头，两块咸菜，两根葱，算是比较丰盛的晚饭了。

老张看到换样提着东西，"哼"了一声，说："你来干什么？"

换样听到老张的声音，还是有些害怕，他摸索着，把点心放在桌子上，说："叔，我来看看您。"

老张嘴下不留情，说："你一个瞎子能看什么？！"

换样不跟他计较，说:“叔，点心包里有两个大洋，是我这些日子说书赚的，您留着买点吃的。我走了，您慢慢吃。”

换样转身走出屋子，经过院子，刚要走出大门，老张从屋里跑出来，拽住他，把两个大洋放在他手里:“点心我留下了，钱不要。”

换样要把钱塞给老张，老张把换样拽出院子，关上了大门。

换样无奈，叹了一口气，朝着家里走去。

07. 纪大安回家

小仓给纪大安发了一套军服，一把枪，纪大安便稀里糊涂成了保安队副大队长。

这套军服，纪大安只穿了半天，便脱了下来，继续穿着自己平时穿的便服。他的任务是带着伪军在码头和大街上巡逻。纪大安一开始觉得这活儿还可以，比在家种地舒服，很多人看到他还点头哈腰的，称呼他为“纪队长”，这让他感到很得意，他甚至觉得这日本人也没什么不好，有句话叫“不拘一格降人才”，要是日本人不来，像自己这种人，怎么能有这种当人上人的机会呢?

小仓发现他没有穿军服，把他叫到办公室，批判他没有“军人该有的样子”，纪大安想想也是，就把军服穿上了。他在金口耀武扬威待了一个月，第一次拿到两个大洋的薪水，高兴得几乎一宿没合眼。

第三天，他在街上遇到了纪钟伟。自从日本人来到金口后，张永禄便把金口的事儿交由纪钟伟管理，他则带着家人跑回了老家，做起了地主，因此这纪钟伟现在在金口也算是个人物了。

纪钟伟让纪大安中午到德行楼吃饭，他请客，不过只请他自己，一个人都别带，纪大安犹豫了一下，答应下来。

自从他当了这个副队长之后，金口很多老板都请他吃过饭。生意人嘛，不管什么朝代，都要做生意，都讲究个和气生财，他这个负责码头和金口大街安全的保安大队副队长，自然就成了大小老板眼中的香饽饽。纪大安因此沉浸在了美食和一众大小老板的恭维之中。

纪钟伟现在是张永禄的金口大管家，纪大安觉得他请自己吃饭，也算是情理之中。

让纪大安没有想到的是，纪钟伟没有像其他的小老板那样，对自己毕恭毕敬，极尽恭维之词，而是把他教训了一顿。

纪钟伟是这样开头的："大安哥，你这些天过得挺逍遥啊。"

纪大安觉得纪钟伟这话对自己有些不太恭敬，没接话。

纪钟伟笑了笑，继续说："大安哥，咱都是纪家村人，都是一个老祖宗，我这人说话直，你别见怪。"

纪大安不得不说："没事儿，兄弟，你有什么事儿尽管说，我当大哥的，一定尽力帮你。"

纪钟伟点头，说："大哥现在在金口也算是个人物了，不过大哥，有些事儿要掂量着做，你知道不知道，你前脚走，有不少人后脚骂你呢。噢，包括那些请你吃饭的老板。"

纪大安大怒："都有谁骂我?！你告诉我，我弄死他们！"

纪钟伟说："请你吃饭的那些老板，大部分都会在背后骂你。当然也有不骂你的，那是他们心机重，他们比骂你的那些人，都要恨你！大哥啊，你现在在金口，可比当年的老管都让人恨啊。老管你知道，日本人装好人，天天给他打针，他也不能动弹，还是个活死人。"

纪大安张大了嘴巴："我不过是赚日本人一点薪水，吃他们顿饭，我也没做什么坏事啊，他们为什么那么恨我?！"

纪钟伟说："是，你当然没做坏事，要是做坏事，你回家的路上，就让游击队给解决了。不过不管怎么说，你现在是给日本人做事啊！日本人到咱中国来，烧杀抢掠，无恶不作，有良知的中国人都团结起来打鬼子，噢，咱纪家村的纪族长，就是一个英雄！当然了，纪族长活着的时候，你也是一个大英雄，也正因为你是个大英雄，日本人才让你当这个保安队副队长。他们就是让跟他们作对的中国人看看，中国人中的英雄现在都成了日本人的奴才，如果像你这样的人多了，中国人抗日的信心就会受到打击，国家就完了！所以啊，很多人都骂你，说你给纪家村的人丢人，给纪族长丢人！"

纪大安坐不住了："真的是这么回事？我……我觉得不过是赚日本人几个

钱儿，怎么你说得这么严重？”

纪钟伟“哼”了一声，说：“大哥，不是谁的钱都能赚的，你孬好是咱纪家村的人，我才跟你说这些。否则等你变成了第二个老管，或者直接被人当汉奸杀了，那就麻烦了。”

纪大安站起来，朝下脱衣服：“这个钱我不赚了，我回家种地去！”

纪钟伟笑了笑，拍了拍纪大安的肩膀，说：“我就说嘛，兄长不是个不通事理的人，你给小鬼子当差，不过是一时糊涂。”

纪大安说到做到，跟纪钟伟一起吃完饭后，让纪钟伟派了一辆马车，麻溜把他送回了纪家村。

小仓得知此事后，气得大骂纪大安，但是纪家村位置奇特，东面不远就是国民党第十三区司令员赵保原的大本营，且毗邻八路军经常活动的东南山区，小仓也不敢贸然行动。小仓非常无奈，只得放出话，说纪大安欺压百姓，被爱民如子的“皇军”给开除了。

纪大安回来，老婆有些不高兴。这些日子，纪大安在外面连吃带拿，家里也跟着沾光，以前过年都舍不得吃的猪羊肉，现在经常吃，正吃着过瘾呢，他竟然回家了，说不去给日本人当汉奸了。

老婆不高兴归不高兴，却也没说什么。第二天纪大安下地干活，村里人看见了，都很好奇，问纪大安为什么不去当保安队队长了，多神气啊。

纪大安向来话不多，就说自己不想干了，不如在家种地舒服。对纪大安的决定，有人说他有骨气，也有人说他傻。

中午，他下地回来，进家刚坐下，纪大鼓和老张来到他家。老张提着一个竹篓子，从里面拿出一块熟肉，一个酒坛子。

纪大安看着有些愣：“你们两个……这是什么意思？”

纪大鼓说：“喝酒，来跟你喝酒。”

纪大安老婆给他们把肉切了，又炒了一个鸡蛋，老张启开酒坛子，倒了三碗酒，自己端起了一碗，对纪大安说：“兄弟啊，你这次能从那个保安大队副队长的位子上自己退下来，不容易！多少人都眼馋啊，你纪大安能说不干就不干了，我老张佩服得不得了。说句实在话，要是我在这个位置上，天天有人请吃请喝还送礼，一个月两个大洋，我都不一定舍得！敬你一个！干了！”

纪大安端起碗，和两人碰了，一仰头，把酒喝了，说："唉，确实有点舍不得，咱一个庄户孙，做梦都没想到会有那种好日子。不过纪钟伟兄弟说得对啊，不管怎么说，那是替日本人干活，是汉奸，咱是纪家村人，怎么能干那营生?！你们都知道，我当初去金口，是为了把咱村那些好兄弟的遗体给弄回来，入土为安，现在他们入土了，咱就得回来了。"

老张竖起了大拇指："兄弟，你是咱纪家村的英雄！加入八路军怎么样?八路军是专门打鬼子的，王队长早就知道你这个人，你要是加入了，他肯定给你个官当当。"

纪大安想了想，问："我要是加入八路军，一个月能给多少钱?"

老张有些尴尬，呵呵笑了笑，说："这个……这个……兄弟啊，八路军是咱自己的军队，现在八路军没钱，不过你想想，要是把鬼子从中国打出去了，咱中国人的日子是不是就更好过了?"

纪大安摇头，说："没钱不行啊。老张大哥，我家这个情况你又不是不知道，我得想法赚钱养活一家人呢。不像你……"

纪大安说到这里，觉察到自己话说多了，忙住口，说："老张大哥，对不起对不起，你别生气啊。"

老张笑了笑，说："没关系，事儿都过去了，喝酒喝酒，你不参加也对，这么一大家子人，好好过日子吧。"

08. 老管成了傻子

小仓队长是一个奇异的入侵者。据民国时期莱阳著名的人文学者于世琦记载，小仓的身上经常会出现人性的两个极端。比方他嗜杀，曾经把一个藏匿游击队队员的村子里的男人全部杀光，而且喜欢用刀砍，砍得刀刃都卷了，他还把刀收藏起来，像狼一样经常拿出来欣赏。另一方面，他却对昏迷的老管表现出了病态的关心。

他让随队的军医经常去给老管检查，给他打针服药。看到老管不见好，他就派人把老管送到了青岛，让青岛的大医院给他检查治疗。青岛医院的日本医生听了小仓派来的人介绍，得知老管的病是古代的巫术所致，他们对老管也感到非常好奇，像看珍稀动物似的围着老管观察多日，看不出什么问题，又派人把老管送到了东京，由东京的医学精英们会诊后，给老管做了开颅手术。

不得不说，手术很成功。半年后，老管被辗转送回金口，送到小仓队长的面前的时候，老管已经能够站立了。

小仓看着面前的这个老管，很是有些自豪。他觉得自己为“大东亚共荣”做了一件标杆性的好事。他朝着老管伸出了手，想跟他握手。他当然知道，老管虽然能站能坐能吃饭了，但是智商出现了一些问题。不管出现什么问题，握手他总会吧。

此时小仓身边已经聚集了金口周围的社会精英，他们都一脸敬仰地看着他们身边的这个侵略者，看着老管，期待着这场可以震惊世界的奇迹握手。

从东京和青岛来的记者都举起了照相机，对准了小仓伸出去的手。

老管却伸手，掏出了生殖器，也不管在场的女记者，旁若无人地朝着小仓撒起了尿。

小仓忙朝后退，老管边撒尿，边孩子一般畅快地大笑。在场的女人们有的忍不住笑，有的边骂边慌忙转头。记者们忙收起相机。小仓一挥手，过来几个日本兵，把正在撒尿的老管推到一边。

于世琦是作为青岛精英，被日本人带到金口，来见证这“中日友好”的历史性一幕的。

小仓懊恼地带着众人站在一边，一直等到老管撒完尿，也不管他手里还残存着尿水，便让旁边的日本人用枪驱赶着，强行跟老管握了握手。旁边的男女、中日记者们，赶紧用照相机拍下了这历史性的一幕。

应该说，日本医学工作者的水平是很高的，能把一个躺了近三十年的人，通过手术让他站起来，还能自己掏出家伙撒尿，这本身就是一个奇迹。

从此以后，金口大街上便一直徘徊着老管的身影。一开始，小仓还经常让人给他换换衣服，送点饭吃什么的。张永禄雇的那个负责照顾老管的护工也经常在大街上撵他，给他喂饭。后来小仓的戏演够了，张永禄雇的雇工经常被老管追着扔石头打，护工退缩不干了，老管就彻底没人管了。

但是老管很快乐。老百姓可怜他，无论他走到哪儿，都有人给他口吃的。

日本军营里戒备森严，除了日本人，中国人中只有老管可以大摇大摆地进去，去伙房找吃的，在院子里随意拉屎撒尿。

侯正廷也嘱咐商行里的伙计，看到老管，一定要给他点吃的，咱是中国人，不能让日本人看笑话。

老管在街上游荡了半年后，竟然学会了骂人。本地人骂他的一些话，他会一边走在大街上，一边排着队把那些话骂出来。他似乎还会记得一些事，比如他经常站在侯正廷的商行门口，指着商行大骂不已。

负责商行的王经理气得不行，让人把他从商行门口撵到一边去，他又跑回来。侯正廷得知此事后，让王经理不要撵他了，一个智障，跟他计较什么？

老管好像还认识纪大鼓和王瞎子。两人转悠着来到金口说书算命，没赚到多少钱，却被老管黏上了，两人走到哪里，老管就跟到哪里。纪大鼓把带的窝头给他吃，他嫌不好吃，不吃，却一直跟着两人。

现在听鼓书的本来就不多，两人靠着在码头给一些等活干的苦力们说书算命赚点小钱，老管跟上这两人后，来听鼓书的更少了。很多人都去捉弄老管，让老管把鸟儿掏出来，他们给他细绳，让他自己系上，苦力们拉着鬼哭狼嚎的老管朝有妇女的地方跑，众人们看着这人间闹剧大笑，追着看热闹。

王瞎子气得不行，老管跟着他们，他就撵他。老管不走，王瞎子抡竹杖打他，反而被他抓住，拽了王瞎子一个狗吃屎。

纪大鼓就劝王瞎子，算了，现在他就是一个傻子，你跟傻子较什么劲儿啊。两人无奈离开金口，老管还经常跟着他们，跟他们两个赶集，走村串乡，有时候还能帮他们打狗。

当然，他也不是完全傻，他似乎认得路。他跟着纪大鼓他们走了几天后，会突然消失，等纪大鼓他们再次回到金口的时候，老管必定会从某个路口出来，还好朋友重逢似的欢呼一声，好像他等了他们多日似的。

现在张永禄已经彻底不管老管了，曾经给老管住的房子，也给了纪钟伟，纪钟伟本来就痛恨老管，现在老板都不管了，他自然不肯管这个闲事。

纪大鼓觉得老管可怜，他出来的时候，都多带一床被子，晚上老管跟他们睡在人家的屋檐下，他就给他盖上一床。王瞎子是个刀子嘴豆腐心的人，跟老管相处久了，也就不那么讨厌他了，有时候有人给点好吃的，他就分一点给老管。

老管吃得高兴了，就表扬王瞎子："你个傻子你个傻子你个傻子！"

王瞎子知道没法管他，也就不管了，让他骂去吧。

09. 一场战役

日军、赵保原的军队、八路军，三方人马暗中互相试探一年之久，终于在纪家村东南的山上，爆发了一场稀里糊涂的大战。

这场战争一开始是在赵保原和八路军之间展开的。八路军好不容易弄了一点粮食，被赵保原的兵痞子发现，想敲八路军的竹杠。八路军肯定不愿意，两下就发生了冲突。然后双方的增援部队赶到，双方就各据山头，粮食也顾不得要了，乒乒乓乓打了起来。

驻在金口的日军知道后，马上电话联系了驻在莱阳城的日本人，双方各开了一辆汽车拉着日军，赶了过来。

八路军是专门打日本人的，赵保原老奸巨猾，有时候跟八路军联合起来打日本人，有时候跟日本人联合起来整八路军，因此日本人这次是面条馄饨一锅煮，八路军和赵保原的国民党兵都打。

八路军的装备不行，人马也少，正被赵保原的军队压得死死的，国民党那面突然不打枪了，转头打日本人去了。八路军一看日本人来了，国民党跟日本人正面杠上了，王队长就指挥大家从侧面攻击日本人。

日本人很狡猾，他们仰仗武器厉害，分出了两挺机枪，专门打八路军。国民党和八路军打，都没有置对方于死地的意思，都想从气势上压倒对方，因此并没有认真布置兵力。日军来了后，充分占据了有利地形，把八路军和国民党军队压在了山上。

第一次正儿八经跟日军交锋的王队长，想给日本人一个下马威，亲自带着八路军主力迎战日本人。可惜他们的武器实在太差，几杆汉阳造和土制地雷实在无法与对方的机枪抗衡，在付出了十多个人的生命后，不得不停止进攻，并被对方死死地压在山半坡上，进退两难。

对付八路军的两挺机枪架在连绵群山的一个小山头上，与八路军原先占据的山头是连体山，离得很近，互相也看得很清楚。小仓看到一百多名八路军游击队战士被压在山坡上，很兴奋，马上命令十多个日本兵带着一队伪军，朝八路军发起进攻。

王队长看到情况危急，想带着八路军撤退。小仓用望远镜看得清楚，命令迫击炮封住了八路军撤退的路线。

正在这危急时刻，半空里突然响起了一阵“咚咚咚”的大鼓声。大鼓的声音浑厚，漫天的枪炮声，不但无法对其有丝毫的遮掩，反而皆成了鼓声的伴奏。小仓让炮兵停止发射，他听了听鼓声，用日语问旁边的翻译官：“这是什么声音？”

翻译官说：“大鼓。瞎子唱鼓书的时候敲的鼓，这周围的瞎子都会敲。”

大鼓敲了一会儿，找到了节奏，突然有人用苍狼一般的声音，唱起了《四通鼓》：“四通鼓声夜未醒啊啊啊啊啊，将军扶戟出大营，八千将士五千伤啊啊啊啊啊，国师祈天天不应。齐王五万虎狼师，层层围住了纪王城，八千军士听王令啊啊啊啊啊啊啊啊啊，刀枪见血杀人惊，告别父母与妻儿，此番出去难回营啊啊啊啊啊啊啊啊啊啊啊啊啊啊啊……”

《四通鼓》曲调悲怆，歌词凄婉，日本人听不懂，那些正在朝山上八路军发动进攻的伪军听懂了，他们互相看着，不肯朝前冲了。有的干脆趁前面的日本兵不注意，躲进了旁边的树丛里。

小仓觉得很好听，点头说：“好听！好听！”

翻译官忙用日语说：“报告队长，这曲子应该叫《四通鼓》，是纪家村瞎子唱的曲儿。”

纪大鼓继续唱：“将军上马大声吼，谁敢与我杀敌酋，三千伤者守城墙，五千军士杀出城……”

纪大鼓唱到这里，突然猛敲大鼓。几乎就在同时，在机枪手埋伏的山顶上，突然出现了十几个黑衣人。他们手持大刀，悄悄朝着四个正在扫射的机枪手靠近。然而，就在他们快要到机枪手身后的时候，一个机枪副手转头，发现了他们。这个副手大叫一声，朝着他们开枪，两个黑衣人中弹，倒在了地上。剩下的黑衣人迅速冲上来，把刚转过头、朝他们开枪的四个机枪手砍成了烂泥。黑衣人也死伤了四个，活着的把死伤的背上，迅速消失在山林里。

小仓正要安排人去抓纪大鼓，纪大鼓却又唱了几句后戛然而止，不唱了。

三帮人马在山里打得要死要活，山外聚集了很多看热闹的老百姓。老百姓有支持赵保原的，因为他们的孩子在那里当兵呢；有暗中支持日寇的，自然也是因为他们的孩子在那里吃粮饷；当然，支持八路军的多一些。

这附近属于三方角力的地方，却因为赵保原势力强大，且他的军队驻扎此地，可以横着走，因此赵保原的国民党兵在附近横征暴敛，这就很不得人心。他的军队还犯了所有统治者的通病，对一心抗日的八路军横挑鼻子竖挑眼，经常仗着个儿大欺负他们，这就使得大部分老百姓对赵保原的军队更加没有好感。

但是事情往往没有那么简单，老百姓最讨厌日本人，在保安队那儿当兵的饷银却最多。在赵保原那儿当兵的，饷银略微少点儿，发钱也没有那么及时，却早晚都能发下来。当八路军的可就不行了，饷银那是根本不用想，还穷，连军服都没有，鞋子衣服都得自己从家里带。所以，老百姓也是很复杂。对好些人来说，不管是国民党坏，还是八路军好，自己家孩子更重要。

东南这片山区地形复杂，日本人也不是很多，三方从早晨打到黑，也没有具体分出个胜负，就都撤了军。

众人看到日本人把受伤的和被打死的抬上汽车跑了，很是有些兴奋。不管怎么说，中国人把日本人打死了，是件值得高兴的事儿。有孩子在日本人那儿当兵的，心里就担心了，怕自己的孩子吃亏。

日本人刚走，老张就和几个人推着小车朝山里跑。老张看到围着看热闹的人中有纪大安，就叫着他一起，去帮忙救人。看热闹的人分为两派：一派朝着国民党的军队那边跑，想去看看是否有自家的孩子受伤或者被打死；一派朝着八路军这边跑。纪大安犹豫了一下，便跟在老张身后，朝八路军那边跑去。

让大家没有想到的是，山里的人很多。涌进山里的老百姓举着火把和马灯到处乱跑，乱喊乱叫，赵保原的军队和八路军都不明底细，各自迅速撤离了。

老张到底是八路军的人，熟悉八路军的作战方法，他把小推车放在山脚下，带着纪大安和几个人爬上山，找到八路军刚刚打仗的地方，在附近找了一圈，什么都没有找到。

老张有些沮丧，似乎对八路军没给他一个表现的机会很不满意。

纪大安和众人倒是没太当回事儿，带着大家边说话边朝后走，他们快要到达山脚的时候，突然听到有人喊：“纪队长！救命啊！”

纪大安和众人一愣，都站住了。纪大安转头四顾：“这声音怎么有些耳熟呢？”

声音从旁边的一堆乱石后面传了出来：“纪队长，我是王四啊，我受伤动不了，那些王八蛋也不管我了，您是个好人，救救我吧！”

纪大安和众人朝着那堆乱石头后跑过去，看到了一个半躺半坐、靠着石头堆的人。他的枪放在一边，手还搭在枪上。

老张先跑过去，把枪抢到手，问：“你叫王四？哪个村的？”

王四频频点头，说：“我就是王四，李家沟的。”

纪大安看了看他，问：“伤在哪儿？能走不？”

王四说：“不行。打腿上了。”

老张用枪指着王四，有些不知所措。纪大安把他推了一把：“你拿杆破枪瞎比画啥呢？赶紧帮忙救人！”

老张不肯放下枪：“他是俘虏，得把他送到八路军那儿！”

王四害怕了，说：“大哥，我当这个兵就是为了赚点钱养活老婆孩子，我可是没朝八路军放一枪啊。纪队长……不……纪大哥……纪大哥曾经跟我们说，中国人不打中国人，跟中国人打仗的时候枪要朝上放，我一枪都没朝八路军放，我怕被鬼子看出来，就跑到边上，没想到就因为离他们远了，我受伤了他们都不知道。”

老张有些犹豫，看着纪大安：“你真的说过这话？”

纪大安说：“当然说过。保安队的人有几个是真想给鬼子卖命的？行了，赶紧帮忙抬人吧。”

众人帮着纪大安抬着王四，来到山下老张的手推车旁，把他放在了车子上。老张有些不高兴，说他的车子里还有药，是要送给山里的八路军的。纪大安就让他把药拿出来，让他提着药去找八路军，他推着王四回家。

老张拿出药，背着王四的枪就要朝山里走，王四抓住枪，不肯松手。老张坚持这枪是他缴获的，要送给八路军打鬼子。王四说要是枪没了，他倾家荡产也赔不起，不肯松手。

两人僵持不下，围观的众人议论纷纷，有人说老张不对，乡里乡亲的不能不给人留后路，有人说王四不对，命都差点没了，鬼子也不管他，干脆把枪送给八路军得了。

最后，还是纪大安一把把枪从老张的肩膀上拽了下来："这人是我救的，你这是要干什么？乡里乡亲的，还让不让人活了？"

老张也急了，来夺枪："要不是我叫你来，你能来救他?！把枪给我！八路军太缺枪了！"

纪大安被老张拽急了，一脚把老张踹倒在地上："八路军缺枪也不缺这一杆啊！王四没了枪怎么办?！他能赔得起钱？他一家人日子怎么过?！要不这样，你拿一百五十个大洋，这枪就归你！"

老张爬起来，从小推车上往下拽王四："枪我不要了！你们拿着孝顺你们的鬼子爹去吧！车子是我的，我的小推车不推汉奸！"

纪大安无奈，只得让人帮忙，背起了王四。老张推着小推车朝山里走了，纪大安背着王四，让旁边的人帮着拿枪，一直把王四送回了家。

路上，众人议论老张和纪大安，有人觉得老张是有些过了，有人觉得纪大安是非不分，让人鄙夷。纪大安劝王四别给日本人当兵了，虽然钱多点儿，名声不好听啊，真要想当兵挣钱，还不如去当赵保原的兵。王四说，现在保安队里不少人都是从赵保原那儿跑来的，赵保原军队里，当官的欺负当兵的太厉害。纪大安见劝说没用，就不再劝了。

10. 换样要出发了

那十多个袭击日本人的英雄，是纪家村护卫队的年轻人，他们早就谋划为老族长和纪家村死难的兄弟报仇，一直没有找到机会。这次听说日寇在山里围攻八路军，他们迅速做好了准备，在老张的带领下进了山。巧的是，他们在山下遇到了被日本人困在山里的纪大鼓和王瞎子，两人要求上山唱一个曲子，为中国人鼓鼓气，老张就让人带着两人爬上了附近的山头，唱了那么一曲。战斗结束后，为了防备日本人报复，纪家村长老协议会派出了五十多人的明暗哨，监视日本人的动向。为了保护纪大鼓，他们还把纪大鼓送到山里，跟着八路军躲了一个多月。

老张突然被赵保原的兵抓走了，此事惊动了长老协议会，经过协议会商量，长老们派人去找赵保原，请他放人。

赵保原曾经与纪族长有过交往，听说手下抓了纪家村的人，他让手下查问清楚，为何抓人。

手下出去了一会儿，回来向赵保原报告，说这个老张有通共嫌疑。赵保原命令手下放人，说现在是国共合作打鬼子，不能搞自相残杀，当场下令放人。

老张回来后，推着他给游击队送过粮食的小推车，绕着村子转了三圈，众人看着奇怪，就问他瞎转悠什么，老张说给举报他的人看看，他老张又活蹦乱跳地回来了。

老张推着小车绕着村子转了三圈，就推着小车走了，此后就很少回到纪家村了。一直到七八年后，他回来的时候，他住的屋子屋顶都塌了。

换样收拾好东西，准备带着瞎子们去德州拜祭东方朔，临走的时候，他去向师父纪大鼓告辞。走到师父家门口，他遇到了背着铺盖卷的师父和王瞎子。师父这些年腿疼，走路瘸着腿，王瞎子也老了，秃顶不说，剩下的几根毛也都白了，他就一年到头戴着个帽子。

换样心里有点酸。他突然想到师父想去三驾寺当和尚的话，要是真去了三驾寺，倒比现在好多了。

纪大鼓听到换样来了，和王瞎子站住，问："是换样吧？"

换样站住，说："是我，师父，你和王叔叔这是要上哪儿去？"

纪大鼓说："我们去金口转一转，跑远了也不行，去码头上赚点小钱。"

换样说："师父，我就是想跟您说一声，我明天一早就走了，去德州。"

纪大鼓"噢"了一声，说："我前天还打算去你家问问这事儿，这两天又忘了。你都准备好了？"

换样说："准备好了。"

纪大鼓说："好，那你就走吧。来回三个多月呢，路上小心一些。见到当兵的躲着走。"

换样说："我知道了，师父，您和王叔叔也多保重。"

王瞎子哈哈一笑，说："你自己多注意就行了，这个世道，兵荒马乱的。我和你师父天天在附近转悠，不会有什么事儿的。对了，我听说德州扒鸡挺好吃的，回来给我和你师父带个扒鸡，我们尝尝啊。"

换样笑了笑，说："王叔叔放心，我肯定会给您和师父带的。"

纪大鼓"哼"了一声，说："别听他的，这天越来越热，等你拿着扒鸡从德州回来，那鸡肯定都臭了。好了，你忙你的去吧，我们也要走了。"

换样答应一声，听着师父和王瞎子拍打竹杖的声音走远了，自己才转身回家。

还没走到门口，他突然听到有人喊："换样！哎呀，我还怕你没在家呢！我有个好消息告诉你！"

换样站住，问："于世琦大哥吧？"

于世琦呵呵一笑："是我。我先到你家喝碗水，渴死我了。"

换样带着于世琦进屋，让妈赶紧烧水。于世琦却也不讲究，自己舀了一碗冷水喝了，急不可待地对换样说："换样，素枝这次终于有确切消息了！"

换样一愣，抬起头问："你见过她了？"

于世琦摇头，说："没有。不过这次我敢肯定，素枝跟人回到青岛了！我一个朋友还看到她了，不过有点可惜，他当时没跟她说话，没要她的住址。"

换样苦笑："那还是没希望。这些年，张世伟跟我说了无数次，说有人看到她了，马上就要找到人了，到最后，还是影子都没见到。于大哥，您就别费心了。很多年前，我曾经在村里见到过素枝，她穿着很高贵的衣服，说如果我想救她，就去找县长王鲁风，当时没人相信我。后来我也想明白了，素枝从小就吃苦，天天被她爹逼着练把式，比我还苦，现在能穿上那么好的衣服，吃的肯定不会差，所以我现在也不怎么挂念她了。"

于世琦有些惊愕："换样兄弟，你不会说你忘了素枝了吧？你和素枝的故事，咱青岛的莱阳老乡没人不知道，大家都很感动，都在帮你找人呢。"

换样拱手："替我谢谢各位老乡！于大哥，怎么这些日子没见张世伟呢？"

于世琦沉吟了一会儿，说："他……他两年没在青岛了，我也不知他在哪里，在忙活什么。过年的时候看见他，他瘦了不少，身体还不错，就是不知道他在干什么。张世伟是个好人，忧国忧民，不过有些过于单纯。他每次见到我，都让我尽力帮你找素枝，他说他人不在青岛，但是必须把这个事儿接力下去。还带我去了他们家在青岛码头的商行，说要是缺钱，可以去商行支。兄弟啊，张世伟虽然是富贵出身，却绝非纨绔子弟，你交上这么个朋友，真是不易。”

于世琦来纪家村，目的是想叫换样到青岛唱鼓书，赚点钱，还能一起找素枝。换样告诉他，自己要带人去德州，祭奠东方朔。现在莱阳三皇会会长身体不好，自己要接任三皇会会长之职，很难随意外出了。于世琦只得作罢。

于世琦走了之后，换样收拾好了东西，向父母告别，便背上铺盖卷，朝着城里走去。

他和刘会长从一百多个瞎子中，挑出了十个年轻活泛做事靠谱的，今天晚上在莱阳三皇会集合，明天一早出发，去招远。胶东总共五十个瞎子，在招远集齐后，将由曾经去过德州的人带队，一起去德州。

道路熟稔，脚步轻松，换样早早就赶到了莱阳城，经过了城门伪军的检查，来到莱阳三皇会会馆。刘会长为了给兄弟们送行，也早早来到了会馆，帮助一众第一次出远门的瞎子们检查所带之物。伪县长李梅五得知三皇会的人要去德州，也派民政科送来了一些吃用之物，刘会长让众人分别带上。

去德州的一众瞎子中，有两个女瞎子，其中一个二十，一个十九。二十岁的女瞎子姓胡，已经嫁人，其先生此番也是去德州中男瞎子的一员。十九岁的女瞎子叫赵青云，刘会长曾将其介绍给换样，赵青云也对新晋会长有些意思，但是被换样拒绝了。

换样不想让赵青云去，因为这么多的男瞎子，她会非常不方便。此番去德州男瞎子多，女瞎子少，要想找个家口，女瞎子几乎是男瞎子们唯一的选择，因此这单身的赵青云，肯定会有不少的男瞎子趁机骚扰，甚至霸王硬上弓。

刘会长把换样叫到一旁，说：“换样，你也知道瞎子行的规矩，谁先把女人睡了，这女人就是谁的了。赵青云是个好女子，我让赵青云去，是因为你能照顾她，这么好的一个女孩子，也只有你能配得上她。她想去德州，也是因为有你带队，换样，你明白我的意思吧？”

换样一愣：“不行！会长，这不行！我不能带她去！让她回去吧，我不能对不起素枝！”

刘会长说：“素枝不是找不到了吗？都这么多年了，你别傻等了。换样，像赵青云这么好的女瞎子可不多，过了这个村可就没有这个店了！”

换样说：“只要没有素枝的消息，我就不会再找。会长，我求求您了，您就别让我为难了！”

刘会长无奈，只得去找赵青云，让她回家。赵青云却不肯，很明确地告诉会长，德州她是去定了，她不用任何人照顾，她随身带着刀子，男瞎子的那些招数对别的女瞎子好使，在她这儿没用。

刘会长无奈，只得嘱咐姓胡的女瞎子多照顾她。

第十章

黄金通道

01. 救了张世伟

换样他们从莱阳城出发，一路打听，傍晚时分，来到招远城外一处叫王家庄的村子，找到了住在此处的招远三皇会的温会长。

换样把县民政科代写的介绍信递给温会长，温会长找人读了，然后与换样握手，这就算正式接受了换样等人。

屋子里到处都是瞎子。有来自海阳的、栖霞的、蓬莱的、福山的，加上莱阳和招远两地，六处地方，共五十个瞎子，温会长介绍，众人用声音打过招呼。

温会长告诉众人，胶东三皇会拜祭东方朔源自明末清初的于七起义。当时于七与清政府二十万大军在牙山一带大战两年，清兵调集附近团练，把起义军围在山里，凡进出山中者，都要接受严格盘问。

于七需要与山外的人取得联系，都是依靠在各处转悠、吃百家饭的瞎子。后来清兵调来了红衣大炮，把牙山轰了个遍，起义军损失惨重，阵脚大乱，于七“前山脱鞋”，带着几个心腹从后山下山，打扮成了瞎子，混在一队瞎子之中，逃到了青岛，后来出家在青岛崂山华严寺。

清兵的密探通过当地线人得知于七在瞎子的掩护下逃跑，将此事告知当地清军，清军大怒，在附近大肆捕杀瞎子。当地的瞎子十有八九被杀，剩下的八个瞎子一路西逃，却无处落脚。后来他们想到了素日拜祭的东方朔，就一路讨饭，来到了德州东方朔祠，祈求东方朔保护他们。说来奇怪，本来是春光明媚的三月阳春，瞎子们来到东方朔祠拜祭后，突降大雪，大雪挡住了从登州一路追杀过来的清军杀手。杀手们在滨州耽搁了十多天，等他们再次启程，赶到德州的时候，刚好接到了从济南传过来的停止追杀瞎子的命令。清廷当局终于意识到，对这些瞎子的追杀，已经搞得天怒人怨了。

死里逃生的瞎子，从此每隔几年，就要去拜祭东方朔。后来胶东各地的瞎子们合计了一下，决定每五年去一次，登州各地计九个县一个州，每次去五个县，每县十个瞎子，后来海阳的瞎子与文登的瞎子因为争一个女瞎子，双方打成了仇人，海阳的瞎子便与莱阳、栖霞的一起。因此，他们是六个县。按照原先规定，这次应该去六十人，但是很多县没有那么多合适的，因此此番只有五十个瞎子去德州。

瞎子们互相看不见，但是耳朵好使，当天晚上，一众瞎子们互相用声音交流，就算是认识了。

招远的三皇会有金矿老板做善事支持，所以他们比较有钱，温会长给五十个瞎子每人发了一包吃的用的东西。瞎子们收拾好，晚上又在温会长家中大吃一顿，好好休息了一晚，第二天便启程，朝着德州走。

边走，温会长边告诉大家，他们走的这条道，从招远一直到昌邑这一段，经常有日本人和八路军出现。八路军从招远一带收购黄金，运往鲁西南，然后由鲁西南转运到延安，据说这些黄金，是在延安的共产党的经济命脉，所以日本人千方百计想要截获八路军的黄金运输队，八路军则不顾危险，一直不停地运输黄金。所以，他们无论是遇到日本人还是八路军，都要离他们远一点儿。日本人不是东西，八路军倒是好人，但是离八路军太近了，会受到牵连。

他们顺着官道朝昌邑方向走，一路上，果然经常能看到蝗虫一样的日本人和伪军。有的队伍里还押着浑身是血的中国人，他们被绳子捆着，有的还被长长的绳子串成一长串。这些中国人皆低着头，一脸的茫然。

他们的旁边，押着他们的伪军表情复杂。

碰到日本人，瞎子们能躲就躲，实在躲不过去，就站在路边，等日本人过去。队伍前面的日本人会让人搜查瞎子，到这时候，温会长就会拿出驻招远的日本人开的条子，日本人看了看，再看看瞎子们奇形怪状的眼珠子，就放他们走了。

瞎子们一路马不停蹄，按照温会长的计划，傍晚的时候，他们来到了一个叫齐山镇的地方。温会长先派来的到此地开了场子，因此瞎子们来的时候，已经有不少的老百姓围坐在村子中间了。

瞎子们又不辞劳苦，放下铺盖就打了一会儿台。几十面大鼓，十几把三弦、琵琶等各分音调一齐奏响，声音之宏阔悦耳，一下子惊动了整个村子，村里的老百姓几乎全家出动，来到村子中间的这个小广场。

瞎子们按照各自县域分成六组，沿着大街拉开距离，各自开始表演节目。

换样带着赵青云等人先打了台，按照围观者的要求，开始唱《杨宗保大战穆桂英》：杨宗保下山把路迷，不辨南北和东西，跑过一匹桃红马，上面坐着一个女的，这个女的年纪不过十七八，模样长得真不离……

让众人没有想到的是，他们开场唱了没多久，就有一队日寇带着伪军来到现场搜查，说是有八路军混了进来，让老百姓分各村站好，瞎子也都站在一起。

温会长去跟日本人交涉，换样正跟旁边的栖霞的会长说话，突然有人拽他，并轻轻拍他的腰。换样有些不耐烦："谁啊？"

有人轻轻在他耳边说："换样大哥，是我啊。"

换样一愣，跟着那人来到瞎子队伍的最后面。换样小声说："你是崔立山吧?！你怎么在这儿?！"

崔立山小声说："换样大哥，先什么都别问了，我和张世伟大哥都在你旁边，小鬼子把我们堵在这里了，你得帮我们。"

换样有些害怕："鬼子可是真杀人啊，你们真是的，我……我怎么帮你们？"

崔立山说："你别怕，鬼子不认识你们，这些汉奸也不认识，待会儿他会让你们这些当头的喊瞎子的名字，你记住了，喊我们两个人名字的后面两个字。还有，找两根竹杖给我和张世伟。把你的大鼓和三弦都给我们。"

换样暗中跟旁边的瞎子要了两根竹杖，把自己的大鼓和三弦给了张世伟和崔立山，他便走到了前面。

因为瞎子人少，围观的老百姓人多，带头的日本军官让温会长先点瞎子的名。温会长点完自己县的瞎子的名字，把十个瞎子带出来，就让各县的会长点名领人。换样虽然心中害怕，但是还是按照崔立山说的，把他俩的名字点上了。

点完名后，日本军官让带头的伪军队长也点一遍，队长点了两遍，问温会长："喂，你不是说总共是五十名瞎子吗？怎么五十二名了？"

换样抢着说："老总，是五十二名，温会长是记错了。"

温会长也是个聪明人，他马上跟着说："噢，对对，五十二，五十二，我一开始点的是五十，后来又来了两名。"

汉奸问："什么时候来了两名？把这两个叫出来我看看。"

换样喊了赵青云和另外一个瞎子出来，说："老总，这两个昨天傍晚到了郭家庄，又出去玩了，半夜才回来，温会长一开始不知道，他就记成了五十名。今天早上跟他说了，他大概没记住。"

汉奸举着手电，仔细看了看赵青云和那个男瞎子，不怀好意地笑了："这小媳挺俊啊，我知道了，这两人肯定是出去干好事了。哈哈，瞎子也是人，理解理解，行了，你们走吧。"

日本军官不放心，让翻译官告诉温会长再点一遍数。众人点了一遍，日本人打着手电挨个看。好在崔立山和张世伟穿的也是破破烂烂的，跟瞎子没什么两样，两人还背着大鼓和三弦，加上日本军官的心思主要在看戏的老百姓身上，换样很顺利地带着众人回到住处。

他们的住处是村里大户人家的马车棚子，天没下雨，马车拖到院子里，一众瞎子就住了进来。张世伟和崔立山暂时不敢出去，也跟着进了棚子。

进来后，温会长就把换样叫过去，说："换样会长，你跟我说，这两人是什么人？"

换样避重就轻，说："都是莱阳老乡，多年老朋友。"

温会长说："都是老江湖，说实话吧。他们是不是八路军？"

换样实话实说："我不敢肯定，但是应该差不多。"

温会长有些恼怒："换样会长，我们都是跑江湖的，你这样做是坏了规矩！你会害了咱这些兄弟姐妹的！"

换样忙说："温会长，您放心，他们待一会儿就走了，我让他们赶紧走。"

02. 撵走张世伟

换样从温会长那儿回来，对张世伟说："兄弟，你们两个赶紧走吧，温会长生气了。”

崔立山不高兴了：“换样大哥，你还没跟张队……噢……没跟世伟说上几句话呢，这就撵人走？”

换样说：“哎呀兄弟，这地方不是咱老家！我已经豁出命救你们两个了，我还要怎么做？你们别看这些人都是瞎子，心里头比明眼人都亮堂。他们都知道是怎么回事，你们住的时间越长越危险！谁敢保证这五十个人都是好人?!”

张世伟几乎是一字一顿地说：“换样，我们不怕死，我们今天不走了。”

换样一愣，几乎是喊了出来：“什么？你们为什么不走?!”

崔立山忙说：“你小点声！这么大声干什么?!你想把鬼子招来啊！”

换样说：“两位兄弟，不是我急，刚才你们也看到了，温会长是帮了我们的，他如果当场说我们是五十个人，那你们两个和我麻烦就大了！温会长是个聪明人，谁也不得罪，谁也不招惹，他能帮我们这次，已经很不容易了！你们赶紧走吧，要是惹恼了他，我们就都完了！”

张世伟把换样拽到一边，说：“换样，不是我们非要赖在这里，而是我们实在没有办法了，需要你们的帮助。现在外面到处是鬼子和伪军，我的人也不知跑到哪里去了，我和崔立山为了引开鬼子，跑到了这里，我们要是不设法找到我们的人，鬼子会把他们全部找到并杀掉！换样，我们是中国人，你们的族长都能为打鬼子把命都不要了，你爹也是打鬼子的好汉，你不会眼看着那么多的年轻人被鬼子杀了吧？”

换样说：“世伟兄弟，别用那么多的大帽子压我，我就是一个瞎子，一个连自己老婆都保不住的瞎子。什么中国人外国人的，欺负我换样的都是中国人，我老婆也是被中国人抢走的，把我腿打断的也是中国人，我们这种人，不管谁当皇上都是要饭吃的命，当年蒙古人和金国都曾经统治中国，老百姓还不照样活？兄弟啊，我劝你还是回青岛好好读书去吧，打鬼子是国家的事，你一个小老百姓能挡住日本人？”

张世伟冷冷地问：“这么说，你是不打算帮我们了？”

换样说：“我已经帮过你们了，还了你当年帮我的情了。我一个瞎子，有多少能耐帮你们？你们还是赶紧走吧，我们走了一天的路，还没吃饭呢。”

张世伟站起来，说：“换样，我们是多年的老朋友了，我再问你一句，你是帮我们还是不帮?”

换样说:“我已经说清楚了,你们的情我都还清了。我是一个穷瞎子,谁当皇帝,也跟我没关系,我们就是要饭的命,你们赶紧走吧,我得吃点东西歇着了。”

张世伟走进屋里,拉着崔立山就走。崔立山说:“我们现在出去就是白白送死啊!我们死了倒没什么,运输队怎么办?”

张世伟说:“闭嘴!咱不能让瞎子瞧不起咱!”

张世伟和崔立山经过换样身边,走了出去。换样站在院子里,心里有些难受。赵青云拍打着竹杖走过来,问他:“这两个人都是英雄,换样大哥,你不应该撵他们走。”

换样烦躁地说:“你个小女子知道什么?现在是日本人的天下,要是让日本人知道我们帮八路军,我们还能活命吗?”

赵青云沉默了一会儿,说:“大哥,他们都开始吃饭了,我们也回去吃饭吧。温会长让村里的人给熬了一锅汤,还有肉呢。”

赵青云伸手来拉换样,换样的手触到赵青云的小手,不由得朝后退了一步。赵青云呵呵一笑,转身先走了。

换样回到自己的铺盖旁边坐下,拿出了瓷碗,有人提着桶走过来,给他舀了一碗汤。

温会长说:“各位兄弟姐妹,今天的肉汤大家随便喝,明天就出招远的地界了,咱就得受苦了。我当年跟着师父去德州,是一路要饭走过去的,有时候没人给吃的,就吃路边的草,我们有个兄弟,就是吃了一种草,拉肚子拉死了。所以,有种说法,咱瞎子是前世作了孽的人。没办法,既然前世作了孽,这世咱就得受苦。好了,大家使劲吃,能吃多少就吃多少,吃饱了咱去拜祭祖师爷,让祖师爷把咱记住了,下辈子当个全乎人!”

众瞎子都是历尽苦难之人,根本不在乎吃苦,因此温会长的话根本没吓着他们,今天有肉汤喝,那就是幸福,明天的苦难,明天再说。

瞎子们一片欢声笑语。村里的人还给准备了一坛子白酒,瞎子们喝着酒,吃着肉,还有人唱起了黄色小调。

换样不喝酒,他边就着肉汤吃带的窝头,边想着张世伟的话,心中有些沉重。

赵青云突然惊叫了一声，换样问："怎么了？"

赵青云恼怒地喊："哪个畜生摸姑奶奶了?!"

瞎子们听了，没人谴责摸她的人，倒是一片起哄："谁摸的，怎么不敢说话啊？"

有人喊："瞎子摸瞎子，天经地义，谁上了你谁就是你汉子。这个小女子，你越喊，摸你的人越多。"

果然，赵青云连声惊叫起来。她的铺盖在换样旁边，叫骂了几声之后，赵青云就跑到了换样身边："换样哥，刘会长让你保护我！"

有人喊："咱瞎子的规矩，让你换样哥把你睡了，就没人动你了！"

众人一片哄笑。

正在此时，外面突然传来了一阵刺耳的枪声。众瞎子一瞬间没了声音。枪声很激烈，一片清脆的枪声，像镰刀一般，把瞎子们的笑声收割干净。

枪声在附近响了一阵，又渐渐远去，屋子里的气氛才渐渐松弛下来。

温会长说："时间不早了，大家赶紧吃饭早早歇息，明天早早开始赶路。"

瞎子们吃完饭后，都迅速钻进了被窝。

换样刚要睡着，突然有个柔软的身体碰着了他。换样一惊，刚要说话，一只小手捂住了他的嘴。

赵青云在他耳边说："有人钻我被窝。换样哥，你别说话，让我在你这儿睡一宿吧，他们太讨厌了。"

换样无奈，只得答应。

赵青云躺在他旁边，一会儿就睡了过去，她的一只手搭在了换样的肚子上，换样不由得心跳加快，血撞头顶，好长时间睡不着。

一会儿，赵青云又翻了个身，半个身体压在了换样的身上，她身体的香味也浸泅到换样的腿上、肚皮上、胳膊上。换样也是个俗人，不由得浑身发抖，转身轻轻地抱住了赵青云。好在他实在是累了，把她抱住之后，身体很快放松下来，竟然沉沉地睡了过去。

03. 飞龙出山

日本人在金口码头驻军后，来码头做生意的人就更少了。昔日桅杆林立、汽笛轰鸣的大码头，很快就变成了出海打鱼的小渔船的停靠场所。各种渔网、蟹笼，摊晒在码头上，偶尔有小商船进来，以为走错了地方，来到商业街一转悠，看到大部分商行店铺都关门了，有的门口已经长草了，剩下的几家除了鱼行就是小吃店，曾经三层楼的二十几家妓院、几十家酒楼，早就人去楼空。乘兴而来的人不得不感叹一番，匆匆离去。

金口的大小老板，只要有点门路的，都纷纷离开金口，到附近的烟台、青岛、即墨或者莱阳开门面做生意，留下的除了一些没有势力的小生意人，就是一些做水产生意的。

唯一例外的，就是侯正廷。侯正廷选择留在这里，除了偶尔有些老主顾来交割生意，就是把这里当成一个收购点。附近生产的蚕茧、花生油、丝绸，都送到金口，然后再由马车送往烟台。

儿子侯文德坐镇烟台，因此烟台成了侯家的商业中心。看到金口的生意日渐凋落，生意人越来越少，小仓也不想成立什么商会了，他也不再来找侯正廷的麻烦了。

这也是侯正廷能在金口待着，而不必远走烟台的原因。

侯正廷经常在码头上遇到王瞎子和纪大鼓。虽然码头凋落，但是与附近的集镇相比，金口依然称得上繁华，这两人就隔三岔五来码头上唱大鼓算命，赚点小钱。

有时候遇到侯正廷，恰好侯正廷心情好，还会请两人到附近的小店饱餐一顿。当然，金口神人老管也会跟在纪大鼓和王瞎子后面，讨一些好吃的。

侯正廷虽然出面找纪族长救过这个老管，但是他对老管依然没有什么好印象，不肯让他进入饭店。饭菜上来后，他也只是象征性地吃一点儿，就先走了。走之前，他会让饭店老板拿个碟子，给老管随便弄些吃的，老管就蹲在门口，用手抓着饭菜吃，吃得一脸幸福。

唯一出乎众人意料的，是飞龙突然成了保安队的大队长。

这事儿说来也简单，日本人和赵保原的军队都管制枪支弹药，飞龙的盐帮做生意，只能带着大刀等武器。而这个时候的盐帮，已经没有昔日的威风了，土匪遍地，而且无论大小匪帮，都打着“抗日救国军”的旗号，却干着打家劫舍的勾当。飞龙的盐帮在被“救国军”劫了几次后，无法做生意，只得解散。

小仓的保安队长因为打八路军太积极，被王队长的锄奸队给除掉了，没人再敢当这个大队长，小仓经人介绍，觉得飞龙合适，就派翻译官去找他。飞龙正闲得要死，听说当大队长每月有三个大洋的饷银，就欣然上任了，盐帮的很多人，也随之成了保安大队的兵。

飞龙很明白，他这个“保安大队长”不是很光彩，因此见到镇上的人都很客气。他下令手下，不许欺负老百姓，不许敲诈商户，金口街上有他镇着，倒是安稳了许多。

跑到老家住了两年的张永禄，看到金口的局势好像平稳了，又回来了。回来后的张永禄经常找侯正廷一起喝酒聊天，对昔日的好友飞龙却冷淡了下来。

他瞧不起飞龙在小仓面前点头哈腰的样子。

飞龙为了挽回与张永禄的友谊，多次带着礼品登门拜访张永禄，甚至还请了曾经的一灯会的几个骨干去拜访张永禄，张永禄对他都是爱搭不理。

最让飞龙不理解的，是张永禄对老管的不闻不问。飞龙只要看到老管，都要给他买一些吃的，因此老管很快成了飞龙的贴身护卫，不管他走到哪里，老管都跑在前面，挥着胳膊给他开路，飞龙想撵他都撵不走。

飞龙来找张永禄，想让他把老管养起来，被张永禄一口拒绝：“现在日本人养着他，报纸上都登着呢。我是中国人。”

飞龙对张永禄的变化，感到很是不理解，加上他在当了一阵子的保安队长后，觉得自己也算是个人物了，就对张永禄很是有些不满意、不高兴了。

张永禄过生日，请了侯正廷等金口大大小小的老板、亲戚故旧，包下了整个酒楼，就是没有请飞龙。这让飞龙觉得自己很没有面子，因此对张永禄怀恨在心。

飞龙开始跟踪张永禄。

其实他一开始跟踪张永禄，纯粹是因为一时的好奇，就像你在大街上看到突然慢悠悠跑过一只兔子，虽然明知抓不住它，却不由自主地想跟着它一样。

飞龙为了跟踪张永禄，买了有各种明确身份标志的衣服，比方教书先生穿的长袍马褂，比方当地渔夫喜欢穿的粗布蓝褂、有钱人穿的羊皮大衣，等等。为了让自己的一张老脸能配上衣服，飞龙还置办了墨镜、文明棍、皮手套、假胡子等各种东西。他甚至一度喜欢上了化装术，有一次他突然心血来潮，把自己打扮成了一名风韵犹存的中年妇女。

他穿着旗袍，手提黄色坤包，脚穿高跟鞋，跟着张永禄的马车一路向东，来到羊郡，在羊郡村外的一幢小屋门口停下。

张永禄推门进了屋子，飞龙躲在能看到屋子的一处胡同内，一直等到天黑，等到张永禄从屋子里出来走了后，才随之离开。

飞龙经过了解，得知住在这个屋子里的，竟然是当年金口最大的妓院怡红院里的妓女蒋小翠！

飞龙对这个蒋小翠的印象简直太深刻了。

她是从一艘南方来的大船上下来的。那时候最多十五六岁，但是她的忧郁气质，像南方的绵绵细雨一样，随着她的脚步，笼罩了整个金口码头。那是十多年前，三百吨的大船还能进来，金口码头还处于即将开始走下坡路的高光时刻。这个小女孩身上浓郁的书卷气，一下子就把整个金口的女子比了下去。与蒋小翠相比，她们都像是来自菜地里的一群咋咋呼呼的土鸡。

蒋小翠从船上下来后，直接走进了金口最红的妓院——怡红院。

金口的土豪们以为蒋小翠是来自南方的一名读书人家的女儿，很多土豪直接找到妓院，想为其赎身。蒋小翠却语出惊人，她不愿意做什么有钱人家的小妾，她就愿意做妓女，一手交钱一手脱裤子，完了两不相欠，干脆利索。

想睡蒋小翠的大老爷们在怡红院排队，蒋小翠却一个月只接四次客，一次五百大洋。

那时候，飞龙的生意尚且红火，他也没有勇气拿出五百大洋跟蒋小翠睡一觉。

况且，即便有钱也不一定能睡上。据说想上她的人，从即墨、青岛到莱阳、烟台，都派人在怡红院摇号排队，很多人排了大半年，却连蒋小翠的笑容都没有看到。

没错，这个蒋小翠躲在屋子里，极少出门。

蒋小翠女神一样在金口红了五六年，后来突然失踪，没人知道她的行踪，这两年，金口人都快把她忘干净了，她竟然突然在这里出现，而且竟然成了从来不逛妓院的张永禄的外室，这实在是太让人感到意外了。

飞龙心头撞鹿，把持不住，一有时间就朝羊郡跑，以各种打扮出现在蒋小翠的屋子周围，渴望见到蒋小翠。但是这个蒋小翠依然像当年在妓院里一样，不肯露面。那两扇古旧干净的木门，像来自古代的一张脸，冷冰冰地无视飞龙。

飞龙跑了几个月，每次都要在蒋小翠门口监视半天。他甚至费尽心机，把一天的时间分成各个时间段，每个时间段都监视一段时间，期望蒋小翠能突然在某个时间出来，让他一睹芳容，但是这个小女子好像特意玩躲猫猫，就是不肯走出门口。

飞龙监视了蒋小翠半年后，基本就把张永禄忘在脑后了，他的心思都用在了蒋小翠的身上。

最后，飞龙终于忍不住了，他带着十多个手下，乘坐两辆马车，来到蒋小翠门口，让手下以搜捕八路军为由，闯入了蒋小翠家，他则跟在后面，走了进去。

蒋小翠站在门口，看着十多个“黄皮子”（黄鼠狼）在自己屋子里、院子里胡乱翻找，飞龙走进院子的时候，她抬头看了看他，笑了笑，说：“我认识你。”

04. 飞龙遇到八路军

蒋小翠的温润秀气丝毫不比十年之前差，相反，经过十年的滋养，蒋小翠显得成熟了，眉宇之间有着淡淡的哀怨。飞龙看了一眼，就不由得心旌摇动，有些不能自持了。

蒋小翠继续说：“真没有想到，十年没见，堂堂的盐帮大当家，成了日本人的哈巴狗。”

飞龙大怒，血冲头顶，他拔出枪，忍了忍，又把枪插了回去。

他说："蒋小翠，我是来找八路军的。我的手下说，你这里有八路，我告诉你，你要是私藏八路，那跟八路同罪！"

让他没有想到的是，看起来如弱柳拂风一般的蒋小翠却是一副伶牙俐齿："飞龙大队长，我这里有没有八路，你心里应该很清楚。你要是真有本事，直接把我杀了啊！"

飞龙被她气笑了："真没想到，大名鼎鼎的蒋小翠，说话挺毒。"

蒋小翠说："大队长监视我有半年了吧？什么时候发现我这里有八路军呢？"

飞龙没想到自己的行动竟然早就被人家掌握了，气得不行。手下自然也没有搜到什么八路军，他只得灰溜溜地带着自己的人回去了。

但是男人这东西就是贱，仅仅过了几天，飞龙就不恨蒋小翠了，又想去看她了，只要能看到她，哪怕挨一顿骂也好。

飞龙是个想到就要做的人，他带着两个手下，再次来到蒋小翠家。

让他没有想到的是，他竟然在她家遇到了张永禄。

飞龙心一横，早晚要跟张永禄闹翻，索性这次就撕破脸皮了。

他对张永禄抱了抱拳："大哥，你怎么在这里？我们是来抓共党的，有人举报……"

张永禄"哼"了一声，说："飞龙，咱就别演戏了，你心里怎么想的，我很清楚。你要是还把我当大哥，那就听我的，这个地方你以后别来了。"

飞龙笑了笑，说："大哥，这儿可是我们保安队的管辖范围。再说了，你早就不把我当弟兄了，我还怎么把你当大哥?!"

张永禄"哼"了一声，说："飞龙，这么说，你这是要跟我较劲儿了?!"

飞龙说："没有，我现在是保安大队大队长，查找共产党，是我的分内之事，不是存心想跟你较什么劲儿。"

飞龙转头对两个手下喊："兄弟们，大家仔细搜一搜，搜完了，咱去吃海鲜！"

飞龙站在院子里，他的两个手下装模作样，把蒋小翠家搜了一遍，都来向他报告："报告队长，没有八路军！"

张永禄走过来，气得脸色发青，手乱哆嗦："好！好你个飞龙！从今天起，我张永禄与你势不两立！"

飞龙"哼"了一声，带着两个手下，从蒋小翠家走了出来。

从这一天开始，飞龙就算跟张永禄把关系挑明了，他也彻底放开了自己当盐帮老大时的蛮横劲头，在金口横行霸道，没人敢说二话。

纪钟伟仗着曾经在他手下干过，劝他说："大当家的，你也是有老婆孩子的人，做事要讲究分寸，得罪人多了，会吃亏的。"

飞龙"哼"了一声，说："谁敢?！纪钟伟，我知道你是八路军的人，不过你没得罪我，我也不整你，你在金口给我老老实实的，你要是跟张永禄一样，也跟我作对，小心我弄死你！"

纪钟伟苦笑："大当家的，我这是为你好啊。你怎么听不进孬好话呢?"

飞龙说："我也不是傻子，谁对我好我心里有数。以后不要叫我大当家的了，我现在是保安大队大队长！"

飞龙已经对蒋小翠死了心，但是为了报复张永禄，他还是经常带着几个人闯进蒋小翠家中，以查找八路军的名义，翻腾一番，然后扬长而去。

他没有想到，有一天会在蒋小翠的家里真的遇到八路军。

在蒋小翠家里等他的，是他的老朋友王队长。当年土得掉渣的王队长，现在穿着一身很讲究的长袍马褂，马褂里面，却藏着匣子枪。王队长的人把飞龙和他的手下的枪都收了，把他的手下让人看押着，王队长单独审问飞龙："飞龙大队长，我听说你到处找八路军? 好啊，找我干什么? 是请客吃饭，还是要杀我的头?"

到了这时候，飞龙不得不说好话了："王队长，你误会了，我不过是随嘴这么一说，我当这个大队长，就是为了赚点钱养家糊口，怎么敢找八路军的麻烦?！"

蒋小翠说话了："大当家的，怎么不敢给自己说的话做主了? 你这些日子，哪次来不是说要查找共产党? 现在共产党来了，你怎么又当缩头乌龟了呢?"

蒋小翠的伶牙俐齿太伤人，应该说，后面这几次，飞龙都是因为蒋小翠说话太难听，特意找她的麻烦的。因此蒋小翠一说话，飞龙就气得压不住火："你这个不要脸的贱货，老子根本不是来找八路军的，老子就是来找你的麻烦的！要不是你和张永禄气我，老子来你这个窑子窝干啥?！"

蒋小翠嘴是不肯吃亏的："你来干啥你心里清楚！你是吃不着葡萄说葡萄酸！你们这些男人是什么东西，别以为我不知道！"

王队长忙说："蒋小翠，你这话打击面可太大了啊。咱不能一棍子打翻一船人。"

飞龙跟王队长要枪，说他带人走，以后再也不来找这个女人了。他说没想到，这个女人外表柔弱，内心这么狠毒。

王队长呵呵笑了笑，说："飞龙大队长，你以为我们八路军这么远来找你，这么轻易就把你放了？不行，不能就这么走了，上次在东山，保安队的人打死了张虎他们，是你干的吧？"

飞龙点头，说："是啊。这个张虎拦路抢劫，当年还打伤了我盐帮的一个兄弟，你们八路军不会跟他是一伙的吧？"

王队长有些尴尬，说："我们当然不是一伙的。不过你应该知道，张虎虽然拦路抢劫，但是他还打小鬼子。我们八路军正在争取他，让他参加八路军，张虎也答应了，就在他要投奔我们的时候，你带着人把他打死了。所以说，飞龙大队长，你其实打死的，是一个正要参加八路军的抗日战士。"

飞龙有些不耐烦，说："行了王队长，你就告诉我，你有什么条件吧？"

王队长拍拍屁股，说："飞龙，废话不多说了，你现在给鬼子做事，就是汉奸！我们八路军随时可以除掉你！你应该知道你前任的下场吧？今天我们来，是想问问你，你是想死心塌地给鬼子做事儿，还是只是想在鬼子那儿赚点钱花？"

飞龙说："我当然就是想弄点钱花了。要是你们八路军给我钱，我也去参加八路军，你们有钱吗？"

王队长说："我们没钱，但是我们是为中国人民打鬼子和汉奸的！我现在给你两条路，让你选：第一条，随时向我们汇报鬼子的动向，八路军会给你记功，将来可以将功补过；第二条，我们今天以锄奸的名义除掉你。选吧。"

飞龙说："这个简单啊，我当然选第一条。不过这事儿不能让任何人知道，否则小仓会杀了我！"

王队长说："这个你放心。以后你只跟我联系。"

05. 帮助八路军

换样等人第二天早早就踏上了征程。

路上，他们遇到了好几队日伪军。这些日伪军似乎在执行什么紧急任务，每次看到瞎子们，都有伪军先跑过来，让瞎子们让路。瞎子们赶紧跑到路边，日本人一路小跑，迈着让人窒息的整齐步伐，从换样等人身边路过。

温会长告诉换样，今天早上临走之前，村里的保长对他说，昨天晚上，日本人在村外看到了两个逃跑的八路军，两下都开枪了，两个八路军肯定有人受伤了，因为他们留下了血迹，鬼子跟着血迹一路追下去了。据说这两人很有可能是黄金运输队的，是附近的鬼子最想抓到的人。要是能抓到运输队，那就更好了。去年鬼子伏击了运输队，缴获了一百多斤黄金。一百多斤，你想想那是多少钱，都成了鬼子的了。招远的鬼子大队长因此升了官，现在他有更多的鬼子，在抓运输队的八路军，这些八路军真够倒霉的。换样听了，心里说不清啥滋味，就是有些懊恼。

中午，换样等人来到一个不知道名字的村子，跟村里人要了水，边喝水边吃了带的窝头。

吃完之后，大家分散开，窝在草垛旁或者人家的门楼下歇息。换样正在假寐，张世伟突然来到他旁边，在他身边坐下，说："崔立山死了。"

换样吃了一惊，差点跳起来。

张世伟把换样拉住，继续说："他临死之前，还嘱咐我，让我一定帮你找到素枝。他说他这些年的命，都是你和素枝给的。"

换样问："张世伟，你告诉我，你是黄金运输队的吗？"

张世伟点头，说："是。"

换样问："你是队长？"

张世伟想了想，说："是。"

换样说："你告诉我，我应该怎么办吧？"

张世伟说："把我打扮成瞎子，然后带我去大王庄。"

换样摇头，说："不行。我们要朝西走，大王庄在南边。"

张世伟说：“这儿到处都是鬼子，没有你们帮忙，我去不了大王庄。我的人都在那儿等着我呢，时间长了，要是让鬼子知道了他们的行踪，那就完了！”

换样想了想，说：“我去问问温会长。”

换样找到温会长，提出要到大王庄，看望一个朋友。温会长心领神会，说：“换样会长啊，你的意思我明白啊。这次我带着胶东六县三皇会去德州，责任重大，不容闪失啊。咱虽然是瞎子，但是都是中国人，换样会长，你愿意去大王庄，我不拦着，不过我得带着大队人马继续朝前走，我会在下一个村子等你们。”

换样把自己的铺盖卷让张世伟背上，给了他一根竹杖，找了两件破衣服让他穿上，让他混在瞎子队伍里，就带着莱阳的这帮瞎子朝大王庄走。

半路上，他们遇到了两帮搜查的日本人，换样让张世伟沉住气，闭着眼，很顺利地经过了日本人的检查，他们终于在天黑后，来到大王庄。

张世伟找到八路军在大王庄的线人，线人带着他们来到了村外的一处隐蔽的山谷里，张世伟与运输队的同志见面了。

然而，如何带着黄金从这里走到昌邑，从昌邑过铁路线去鲁西南，依然是摆在他们面前一个异常严峻的问题。到处是日伪军，所有的道路都有日寇在巡逻，还有负责传送信的日本骑兵，躲很难躲过去，要是靠硬打，他们这一百多人的运输队，根本不是敌人的对手。

害怕换样等人受到游击队的牵连，张世伟让换样带着人跟线人到村子里睡觉。

换样等人安安稳稳睡了一宿，第二天一早，那个线人给换样等人做了饭，让换样他们吃了赶紧走。换样吃了饭后，说要去见一下张世伟。线人无奈，赶上马车，拉着换样来到山谷里。

换样找到张世伟，问他：“张世伟，要是没有什么需要我们帮忙的，我们可就走了。”

张世伟说：“你们走吧。换样大哥，谢谢你了，这次要不是你，黄金运输队就完了，我不能再拖累你们了。”

换样说：“我知道你们现在的情况，别的不说了，我也是一名中国人，要是我们这些瞎子能帮上你，你就说话，不能让崔立山还有那些被鬼子打死的中国人就这么白白死了。”

张世伟沉默了一会儿，说：“换样大哥，要是你真心帮我们，还真的能帮我们大忙。”

张世伟向换样介绍了他们面临的状况。

他们这支运送黄金的游击队，被称为“黄金部队”。这些年，他们从招远带着黄金，通过莱州、昌邑，把黄金运送到鲁西南省委驻地，运送的黄金不计其数，最多的一次运送了一万多两黄金，一两都不差地送到了省委驻地，省委再派人设法送到延安。日本人现在对运输队走的这条线路进行了最严酷的封锁，这次的一千多两黄金，看样子很难送出去了。

换样听到这里，心跳加速：“一次送这么多，你们能赚多少？”

张世伟苦笑：“大哥，你想什么呢？我们这是革命，是打鬼子，不是你们纪家村打架，出去打一次架发一次钱，死了还要赔钱。我们这个不但不赚钱，死了也白死，起码现在不要期望有人给你赔钱。”

换样有些不明白了：“那你们这是图什么？”

张世伟很严肃地说：“我们的目标很简单，那就是打鬼子，为了咱中国人不受小鬼子的欺负。”

换样有些将信将疑：“小鬼子不欺负中国人了，咱中国人还不照样是大鱼吃小鱼，互相欺负？算了，我不跟你说这个，我们瞎子天天讲的都是忠义故事，其实心里清楚，这天下人就像老虎啊猫啊狗啊一样，都是互相欺负的，你说的那些俺换样不想听，你和崔立山当年帮过我，现在算我帮你们。你就说吧，我们怎么帮你们。”

张世伟想了想，说：“其实也简单，我们这里有一百斤黄金，你们十个人，每人背十斤，帮我们把黄金送过铁路线，我们的任务就比较容易完成了。”

换样想了想，说：“我们有两个女瞎子，她们背不动。”

张世伟说：“这个容易，我再找一个游击队员，跟我一样打扮成瞎子，混在你们里面，你要负责让鬼子看不出他是一个瞎子。”

换样说：“这个简单，你放心就是。”

线人赶着马车回去，把一众瞎子又拉回山谷。众人听换样命令，打开铺盖，把游击队带的金子分别夹进背包里。赵青云和另一个女瞎子，把铺盖卷让张世伟和另一个游击队队员背了，张世伟命令游击队先就地休息，等候当地游击队的联系，然后就跟换样等人一起背上铺盖乐器，朝前走去。

两天后，换样等人追上了温会长他们，温会长一句话没说，与换样等人休息了一天。当地的瞎子带着他们说书，赚了些吃食铜板，大家继续朝西走。

06. 保长出卖张世伟

瞎子们走得慢，一路上还要说书赚钱，耽误时间不少，张世伟急得不行，却也无可奈何。

运送黄金的游击队突然消失，日本人觉得蹊跷，开始加强了对道路的巡逻和检查。一个月后，瞎子们到达卜庄，遇到了日本人的突击检查。

这次带头的日本人是个大官，他命令伪军把瞎子身上带的所有东西都仔细检查，不许有任何遗漏。换样带的十多人在最后面，日本人检查了前面二十多名瞎子的铺盖，进行了仔细的全身搜索，没发现什么可疑的，后面的就比较宽松了，只是看一眼就放行了。

大家都过得差不多了，到张世伟的时候，日本军官突然把他拦下了。

日本军官拽下了张世伟背上的铺盖卷，张世伟没有像其他瞎子伸手乱摸索，而是突然做了一个掏枪的动作。当然，他的腰里没有枪，他的手摸空了。

他这个动作，却吓坏了旁边的日本人，日本人迅速后退子弹上膛。旁边的日本人以为出了什么大事，都围拢过来，用枪瞄准了张世伟。

换样听动静，就知道麻烦了，要出事。

就在这危急关头，走在前面的赵青云，突然回头，伸手就打了张世伟一巴掌。这一巴掌把张世伟打蒙了，他还没来得及说话，赵青云突然骂了起来："你这个不要脸的，这一路上摸了我多少次了?！你晚上摸下就摸下，守着这么多人还摸?！摸上瘾了啊?！"

张世伟很委屈："我……我没有摸你啊！"

赵青云摸到张世伟的头，把他背的铺盖夺过来，背在了自己的身上，又打了张世伟一巴掌，吐了一口唾沫："呸，不要脸的男人！别脏了我的铺盖！以后少给老娘献殷勤！"

赵青云这一巴掌打得狠，张世伟的鼻血都流出来了。他不得不蹲在地上，很狼狈地用手擦鼻子。正在用枪瞄准张世伟的日本兵们，看到张世伟狼狈的样子，不由得哈哈大笑起来。

日本人过来仔细检查了一下张世伟，看到他腰里根本没有枪，便踹了他一脚，挥了一下手，放众瞎子走了。

温会长带着众人一直走出了五六里路，才停下来歇息。

张世伟觉得日寇好像开始注意这些瞎子了，他跟换样说，要出去找当地的游击队，把黄金交给当地的游击队运过胶济线。

换样还没说话，赵青云说："鬼子这么多，游击队能打过鬼子？"

张世伟无奈地笑了笑，说："鬼子装备这么好，当地游击队，一百个人能有十条好枪就不错了，怎么跟鬼子打？不过游击队的战士都很勇敢，没人怕死。"

赵青云说："不怕死有什么用？不怕死鬼子就能让你们把黄金运走了？"

张世伟一愣，不说话了。

换样说："算了，继续走吧。我们虽然是瞎子，很多人还瞧不上我们，但是我们这些兄弟姐妹，也并不是贪生怕死之徒，不信你问问咱这些兄弟姐妹，要是怕死，谁敢帮八路军运这个？还有温会长他们，他们不说话则已，其实我们在干什么，温会长心中明白着呢，他也担着天大的责任呢。"

张世伟点头，说："我知道。你们这些人，都是好样的，都是值得尊敬的。"

赵青云幽幽地说："算了，说这些就没意思了。平常我们瞎子走路，都要靠边走，谁还把瞎子放在眼里？"

张世伟说："赵青云，话不能这么说，在有些人眼里，人分三六九等，在我张世伟眼里，人都是一样的。不信你问换样，我什么时候小瞧他了？"

换样呵呵一笑，说："瞎子就是瞎子，穷人就是穷人，有钱人就是有钱人，这个不管小瞧不小瞧的，不一样就是不一样。你愿意跟我交朋友，并没有说明我跟你是一样的人，你只是可怜我罢了，换样是瞎子心并不瞎。我师父说过，人分三六九等，就像畜生分猫狗一样，是无法改变的。世伟兄弟，我这不是对你有什么成见，而是说实话，不过你确实是个好人，是我换样最好的兄弟。所以，我换样帮人就会帮到底，你放心吧。"

温会长与张世伟商量后，当天下午从卜庄朝南走，打算从朱家庄过铁路，与铁路那边的游击队取得联系。

傍晚，众人来到朱家庄，在村里歇息。温会长带着换样去拜访保长，让保长同意他们在村里借住一宿

保长是个粗壮个子，却很胆小，他怕出事儿，建议瞎子们朝西走五里，去另一个村子住下：“那个村子是个大村，有钱人多，我们是个小村子，也没钱。”

温会长说：“朱保长，我们就是在村里住一晚上，不说书也不赚钱，您放心，我们不会打扰任何人，您只要找人给我们送碗热水喝就行了。当然，实在没有热水，舀一碗凉水也行。”

朱保长无奈，只得答应了温会长，让他们住在村里的土地庙里。

中午他们经过一处集镇的地方，温会长给大家买了大饼，朱保长亲自带人送来一桶热水，大家就着热水吃了饼，因为太劳累，就早早睡下了。

让张世伟等人没有想到的是，这个朱保长以前曾经当过伪军，而张世伟一年前曾经在昌邑一带的游击队当过政委，两人打过交道。张世伟对朱保长没有印象，朱保长却记着这个张世伟。朱保长看到张世伟后，很是惊讶。为了证明自己是不是看错了人，朱保长特意给张世伟舀了一碗水，递给他，然后装作无意，洒在了他身上。

张世伟的衣服被淋湿，不由得睁开眼看了看，又马上闭上了眼。他这一个小小的动作被朱保长完全收进了眼里。

别看朱保长当过伪军，现在只是一个小小的保长，却熟读兵书，胸怀“大志”。在他看来，日本人进入中国，正是给他这样的“有志青年”送来了一个可以借力的机会，他要抓住这个机会，借力发力，弄个一官半职，光宗耀祖。

因此朱保长提着水桶回到家后，马上手书一封，说这个装成瞎子的前游击队指导员，很可能就是从“皇军”面前神秘消失的黄金运输队队长。他派人带着他的手书，迅速送到了离此最近的日寇据点。据点里的日伪军大喜，迅速纠集人马，朝着朱家庄杀来。

换样等人不知道的是，张世伟和他带领的游击队队员，两人晚上是轮流睡觉的。日伪军进村的时候，被正在警戒的张世伟发现，他迅速跑回来，叫醒了换样，把此事告诉了他。换样不知所措，温会长让他马上带着众人，跟着张世伟快走。

换样等人虽然满肚子的埋怨，却无可奈何，只得收拾铺盖，跟着张世伟从村后小树林撤出村子，朝南一直走。

幸运的是，这个日寇据点只有十几个人，无法对村子形成包围圈，也没有力量追击换样等人。他们把温会长等人关了起来，询问张世伟的下落。温会长以自己看不见为由，说自己不知道有什么人什么时候加入了他们的队伍，也不知道有什么人走了，他们这些瞎子行动自由，半途经常有人加入，也有人离开。其余众瞎子皆口调一致，说什么都不知道，也不认识除了自己县里的瞎子之外的任何人。

日本人恼怒，想杀了这些瞎子，又因为现在日军正竭力塑造“中日亲善”的形象，只得作罢。

日本人把温会长等人押回招远，在监狱关了两个月，什么也没有审问出来，还要管他们吃喝拉撒，只得放了出来。

07. 换样等人来到金口

换样等人跟着张世伟踉踉跄跄奔突了一夜，第二天一早过了铁路线，来到联络点，联系上了当地的游击队。

换样等人在游击队给他们安排的地方歇息了两天，第三天早上，他们刚要返回，去寻找温会长继续西行，游击队的线人送来了温会长等人被日本人抓住，送往招远的消息。换样与张世伟商量，想让张世伟救人。张世伟答应他，派人继续打听温会长等人的消息。换样与众瞎子商量，觉得温会长等人不能去德州了，他们应代表胶东六县的盲人去德州，祭拜东方朔。

张世伟则劝他不要继续走了。现在盲人放走了黄金运输队队长的消息，已经在附近传开，日伪军四处抓捕他们，如果他们出现在路上，必然会落入日本人的手里。

换样不信，觉得他们不过是一帮瞎子，日本人不会对他们怎么样。张世伟亲自带着换样，跟当地游击队的人一起，跨过铁路线，到朱家庄附近打听，得知附近的日伪军都疯了，不但在路上巡逻、抓捕行走的瞎子，还到各村打听，只要是瞎子，都要去接受日伪军的审讯，如果近些日子有行动不明的，马上就会送到潍坊的日军监狱。

换样回来后，垂头丧气。张世伟与他商量，不要去德州了。日本人早就知道他们要去德州，肯定在去德州的路上设置了埋伏，他们要是上路，那肯定是有来无回。要知道，从这里到德州，现在到处都是日本人。

换样生了一天闷气，与众人商量，到了这个地步，大家也都打消了去德州的念头，决定听张世伟的，还是取路回老家吧。

张世伟联系当地的游击队，找了两辆马车，在各处线人的接力帮助下，一路经高密、即墨，直接把换样等人送回到了金口。

换样带着张世伟的书信，找到了纪钟伟。纪钟伟把换样等十人安排在金口暂时住下，避一避风头再回家。

此时已经是夏天。因为是淡季，侯正廷的儿子侯义德从烟台回到金口，看望父亲，并在金口小住。

小仓已经升为中队长，这两年，他突然对围剿八路军的事儿不那么上心了，喜欢上了下象棋。没事的时候，他就找张永禄研习象棋之术。张永禄也是刚跟着张道士学习棋艺，两人算是棋逢对手，切磋起来颇有滋味。

纪钟伟和换样也常来观战。换样看不见，但是听到两人互相抱怨，也听得津津有味。

小仓会汉语，居然讲得很流畅。其间休息时，小仓告诉张永禄，他爷爷是中国福建人，当年去日本做生意，留在了日本，所以严格来说，他应该算是一个中国人。

众人有些惊讶，突然觉得与小仓拉近了距离，说话格外随意起来。张永禄甚至动员他脱下军服，跟他一起合作做生意，去日本开几个商行，他投资，算是永禄丰商行在日本的分行。纪钟伟胆子更大，动员他参加八路军，说他要是参加了八路军，必然会轰动世界，成为世界名人，他的名字将进入中国史册。

小仓同意张永禄的建议，说等“圣战”结束后，他很希望与张永禄合作，在日本开家商行，做一个远离杀戮的老板。对纪钟伟的建议，他只是笑了笑，没有具体回应。

与张永禄闹得几近翻脸的飞龙，看到上司跟张永禄关系这么好，也不敢放肆了，主动修复与张永禄的关系，经常提着礼品来看张永禄。张永禄似乎也变聪明了，经常与飞龙一起喝酒吃饭，众人的关系很奇异地找到了平衡。

张永禄还带着小仓去了一趟三驾寺，见到了已经行动不便的德清法师。

德清法师现在已经很少说话了，但是思路清晰。

于世琦因为搜集莱阳的历史典故，经常来三驾寺，向德清法师讨教几天。自从德清法师双腿无法行走之后，于世琦觉得德清法师时日不多了，干脆从青岛提着皮箱带着铺盖卷来到三驾寺，住了下来。他比德清法师的弟子更加悉心照顾德清法师，张永禄带着小仓来见德清法师的时候，于世琦与德清法师还有早稻田大学哲学系毕业的小仓进行了很认真的交谈和辩论。

他们从人的生死谈论到东西方文化，从日本的明治维新谈到中国的现状，最后双方发生了明显的争执。

小仓觉得当年日本学习大唐文化，提高了日本的经济文化发展，而现在，中国应该放弃抵抗，接受日本人的“大东亚共荣”计划，虚心向日本学习。

德清法师很少说话，于世琦驳斥了小仓的观点。他毫不客气地说，日本人并不是真的要让中国像他们一样，拥有更多的发展机会，而是自欺欺人，瞒天过海，企图占领中国，攫取中国的资源而已。

小仓最终拂袖而去。

小仓再没有到三驾寺来，依然在金口与张永禄下象棋，偶尔喝个小酒，一副与民同乐的样子。

纪钟伟去莱阳城，换样托纪钟伟捎信，告诉刘会长他们现在在金口的消息。纪钟伟从莱阳城回来，却给换样带来了刘会长去世的消息。

换样帮助张世伟运输黄金，日本人查到了换样等人是来自莱阳，就派人找刘会长，让他提供换样等人的名字。刘会长设法拖延时间，并派人送信，让了解底细的瞎子迅速找地方躲避起来。等知道底细的三皇会瞎子躲起来之后，刘会长便吃了砒霜。

换样很悲伤，与众人在住处设置香案，哀悼刘会长。

纪家村离莱阳城远，而且此处离八路军驻扎的山区和国民党赵保原部驻军都很近，日本人很少来纪家村，因此换样回家没有问题。其余的人情况各异，也有的住在山区的，就回家了，离城里近的，比如赵青云等四个人暂时不敢回去，依然住在张永禄的客栈里。

换样在金口好多次看到纪大鼓，纪大鼓和王瞎子来金口的时候，也趁机蹭吃蹭住，经常在金口跟换样他们住在一起。

换样也回家了几次，看到家里没什么事儿，就又返回了金口。他与赵青云等五人，加上纪大鼓、王瞎子，一共七个人，闲着没事，在金口临时凑了一个班子，乐器有琵琶、三弦、胡琴、大鼓还有笙。赵青云精通乐理，她给大家分了声部，众人在客栈院子里或者大街上弹奏训练，吸引了不少老百姓过来观看。

金口码头虽然与往日不可同日而语，但是依然比一般的集镇要繁华一些，来来往往的人依然不少，很多人都围过来观看。换样等盲人在昌邑一带跟日本鬼子周旋的事儿很多金口人都知道，而且越传越玄乎，当地人对盲人好感频生，看到他们在大街上弹唱，以为是摆摊卖艺呢，纷纷慷慨解囊。半天演奏下来，竟然赚了几百个铜板，这让众人出乎意料，也产生了组班在附近卖艺赚钱的想法。

08. 换样与赵青云

换样的想法得到了张永禄和侯正廷的大力支持。在他们的帮助下，莱阳的盲人第一次在天后宫前的戏台上开鼓唱戏，换样的一曲《空城计》震惊金口。换样带着众人在金口连唱三天，赚了不少钱。

飞龙带着保安队维持秩序，顺便听戏。当年他当盐帮老大的时候，很照顾纪大鼓和王瞎子、换样三人，三人念着他的好，即便他当了保安队大队长，也对他很客气。因此半路上飞龙只要遇到纪大鼓等人，便让保安队给瞎子们让路，并下了死命令，不许保安队的人欺负瞎子，否则他不会轻饶了他们。

三天之后，换样带着瞎子们从张永禄的客栈搬了出来，以金口、羊郡为中心，在附近的村子转悠唱戏、算命。在乡村赚钱少，但是瞎子们都是历尽苦难的人，这么多人在一起，还有些收入，虽然住在人家的屋檐下，或者草棚里，有蚊子等各种虫子咬，大家却也觉得很开心。

赵青云自认是换样的人，对换样贴心照顾。

在金口的时候，张永禄竟然看上了这个多才多艺的女瞎子，曾经央求换祥做媒，换祥想趁机把赵青云推出去，就和王瞎子一起去找赵青云商量。王瞎子认识赵青云做小生意的父亲，去他家吃过饭，因此跟赵青云也算是旧相识。

赵青云却很气恼，骂了换祥一顿。她说她已经跟换祥睡了，是他的人了，怎么能再跟别人？

从赵青云那儿出来后，王瞎子还把换祥骂了一顿。说他假正经，把人睡了，还想把人再送给别人，真是不要脸。

换祥却很委屈。从招远去德州的路上，他确实跟赵青云一个被窝睡过，但是老天可以做证，他换祥面对这铺天盖地的诱惑，只是抱了抱她。当然，幸亏赵青云是个很传统的女子，不主动，加上走了一天的路很累，换祥才坚守住了。到了金口后，换祥陡然想到曾经与素枝在金口的过往，便有意疏远赵青云，怎奈赵青云不肯罢休，不管换祥如何，她对换祥还是一如既往。

晚上睡在人家门楼下，一般两个人睡在一起，换祥怕被师父和王瞎子说，不肯与赵青云睡在同一个门楼下。两人吵起来，赵青云被气哭，去找纪大鼓。说在招远的时候，换祥就跟她睡同一个被窝了，他自从回到金口后，就变心了，不肯理她了，她虽然是一个瞎子，却是一点都不掺假的黄花大闺女，换祥不要她了，这让她以后可怎么活啊！

在金口的时候，纪大鼓就觉出换祥和赵青云有些不一般，现在听说换祥睡了人家，现在又不理人家了，纪大鼓挺生气，去找换祥。

换祥刚要睡，听到师父拍打竹杖的声音，忙喊了一声："师父。"

纪大鼓在他旁边坐下，说："说说，你跟赵青云是怎么回事。"

换祥不敢隐瞒，把刘会长给他介绍赵青云，赵青云跟他一起去德州，路上睡在一起，但是没动她，他不想对不起素枝等事儿，向师父和盘托出。

纪大鼓听完，好长时间没说话。换祥说："师父啊，我是真的没办法啊。赵青云是个好女孩，比我小十二岁，我跟她一个被窝，是怕她被别的人给糟践了。瞎子里面，什么人都有，但是大家遵守一个规矩，女瞎子跟男的睡了，别的瞎子就不能动她了，我跟她睡一个被窝，那是为了保护她啊。"

纪大鼓说："换祥，依我说啊，你等了素枝十多年了，她在不在人世，都两说呢。再说了，即便她还活着，谁知道她现在在哪里？恐怕很难回来了。"

换样说：“不，师父，素枝早晚会回来的，我有这个预感，我就是不知道，她什么时候能回来，或许三年两年，或许十年二十年，或许三十年。我了解她，她肯定会想法回来找我。”

纪大鼓说：“你和素枝的感情深厚，师父都明白。不过这人啊，转眼就老了，你爹已经五十多，眼看就六十的人了，他就你这么一个儿子，你得给你们纪家传宗接代啊。当然，这只是师父的一个建议，你也这么大了，大主意你拿。不过我告诉你，我们男人不可以伤女人的心。我们是瞎子，但是女瞎子比我们都可怜，我们不能欺负她们。”

换样说：“我知道，师父您放心。”

换样坐着想了一会儿，便躺下了。他想到了素枝，想到了她对自己死心塌地的好，也想到了赵青云。相比之下，赵青云自然不如素枝，但是她对自己的痴心，还是让换样觉得不知如何是好，思来想去，想了好长时间。换样的脑子越想越乱，最终变成了一团乱麻。他索性不想了，迷迷糊糊睡了过去。

睡了一会儿，换样突然觉得有人动他，他醒过来，刚要问谁，一只手捂住了他嘴，是赵青云的声音：“换样哥，是我。”

赵青云死死地抱住换样，说：“哥，你这次打我我也不走了！”

赵青云身上散发出来的淡淡的女人体香，打败了换样。换样不由得张开臂膀，抱住了赵青云。赵青云像一条温润的蛇缠着换样，并张开有着淡淡香味的小嘴，咬住了换样的嘴。换样幸福地一阵战栗，咬住了赵青云伸进嘴里的小舌头。

换样浑身燥热，伸手扒赵青云的裤子。赵青云在他耳边说：“换样哥，俺这可是第一次，你得轻点儿。”

09. 王队长攻打飞龙

换样他们经常遇到日本人，也经常遇到八路军，还经常遇到国民党的兵。八路军装备差，打日本人主要以偷袭为主，偷袭完了，又经常被日本人追得到处跑。有一次在羊郡大街上，打扮成教书先生的纪钟伟带着八路军在前面跑，一队日本人带着保安队在后面追。日伪军追了一会儿疲倦了，坐在路边歇息。纪钟伟又不知从哪里跑出来了，他换了身衣服，提着几条梭子鱼。保安队的一些人认识他，但见他大摇大摆地走过去，跟保安队打招呼，还给他们分烟，坐在一起抽了一会儿烟，才扬长而去，不知底细的日本人就在一边看着，自得其乐。旁边明眼的人说起这些细节，换样等人听得目瞪口呆。

飞龙因为蒋小翠的事儿被王队长逮住，被迫给王队长等人提供了一些日本人的动向，游击队因而打了几次日本人的伏击，日本人损失严重。小仓不傻，知道他们的内部有了内奸，开始清查，飞龙自然成了首要的怀疑对象，飞龙因此不敢给王队长提供情报了。他还防了一手，早早把自己的老爹和老婆孩子都接到了金口，一家人住在了保安队院子里，这让王队长非常恼火。王队长以前当过盐贩子，飞龙带着盐帮贩盐时，还曾经打过这个王队长，王队长对此一直耿耿于怀，新仇旧恨加起来，王队长就决定给飞龙一个教训。换样他们在埠前村唱大鼓，纪钟伟带着王队长来找纪大鼓，说要让他们帮忙，把飞龙的保安队引出来，他们要打保安队。

飞龙刚当保安队队长的时候，曾经带着保安队四处围剿当年欺负过他的匪帮，也打过游击队，但是他现在老实了，小仓让他下乡打游击队，他都是带人在山里乱跑一气，就带人回来了。况且飞龙对瞎子们一直比较好，所以纪大鼓拒绝了王队长的要求。

王队长很不高兴，批评纪大鼓和换样他们不像中国人，两人低着头，不应声。

没有纪大鼓和换样做内应，王队长还是带着游击队，偷袭了保安队。可惜，飞龙这人也不是个善茬，他早就做了防备。游击队刚过山后村，离金口还有七八里路，就在路上遇到一个放羊的。放羊的赶了六只羊，递给了王队长一封信，就赶着羊走了。

王队长拆开信看，上面有一行字：王队长，金口别来了，来了恐怕就很难回去了，还是留着点人马，打小鬼子吧。落款是飞龙。

王队长大怒，让人找送信的人。可是路边只有那六只羊在啃草，哪里还有放羊人的身影？

王队长不肯输给这个飞龙，下令游击队继续前进，他们傍晚时分来到金口外面，在纪钟伟派的人的带领下，绕过鬼子的碉堡，进入金口。

保安队大院在金口大街中间的一个大院里，王队长带着人刚进入大街不久，大街上就传来了枪声。王队长还想带着人硬攻，纪钟伟突然从一个小巷子里跑出来，他找到王队长，把他扯到一处角落里，小声说：“老王，别朝里走了，赶紧撤吧。人家飞龙早就做好了准备！”

老王还不服气：“做好准备怎么了？保安队不就一百多人，我游击队现在有二百多人呢，一个顶一个，我最后还剩一百多！”

纪钟伟摇头：“你这账怎么算的啊？你死的一百多人不是人啊？留着打鬼子多好?！飞龙这个人我了解，他当这个保安大队大队长，不过是为了赚点钱而已。盐帮的人不少都加入了保安队，他们最多就是打周围的土匪，跟咱八路军打仗，都是演戏给鬼子看，你这是何苦啊?！”

王队长说：“纪钟伟，你可别忘了，你是八路军的一员！你得注意你的立场！飞龙是鬼子保安队队长，作恶多端，鬼子能在咱中国的土地上横行霸道，不就是靠着这些汉奸？杀了他，是给那些想当汉奸的人看看，要当一个有骨气的中国人，当汉奸是没有好下场的！”

纪钟伟点头，说：“王队长，您的意思我都明白。好吧，这个飞龙该死，但是现在是飞龙已经做好了准备，你们只要过了中心街，飞龙的人就会朝你们开枪，他们早早埋伏好了，你看不到他们，人家能看到你，这仗你怎么打？还有，你们这边一打，鬼子肯定就会增援，一百多个鬼子呢，你们能打过人家?”

王队长问：“是谁让你来送信的?”

纪钟伟说：“飞龙啊。他说不是被逼得没办法，他不想打游击队，所以让我来劝你们。”

王队长骂道：“这个盐贩子，真是老奸巨猾！”

王队长带着人从金口撤了，纪钟伟擦了擦头上的汗，转身走了回去。

飞龙就坐在永禄丰商行二楼纪钟伟的办公室里。看到纪钟伟回来，他问：“八路军走了?”

纪钟伟点头，说：“走了。”

飞龙吩咐身边的人让埋伏好的伪军撤回，同时加派巡逻哨，身边的人敬礼跑了出去。飞龙喝了一口纪钟伟给他倒的茶水，叹了一口气，说：“真是人善被人欺啊，要是我飞龙还像当年那么狠，跟小鬼子打个招呼，姓王的敢在我面前嘚瑟?”

纪钟伟笑了笑，说:“大哥，您要是那么做了，可就真成了汉奸了。八路军现在虽然势力不行，但是他们是真正打鬼子的人。赵保原是两面派，他们是怎么得便宜怎么来，要把鬼子从中国赶出去，还得靠八路军。”

飞龙笑了:“靠他们?! 那么几条枪，加上火铳、大砍刀就把鬼子打出去了? 别开玩笑了，兄弟。我飞龙很佩服这些人，穷得跟要饭的差不多，还天天想着打鬼子。但是有用吗? 我飞龙做生意出身，不管干什么事儿，都起码不要亏本，小鬼子能不能得天下不好说，这事得看运气。现在看，最精明的人是你纪钟伟啊，八路军那边挂着号，鬼子这边也不得罪，不管谁得了天下，你都亏不了。”

纪钟伟有些尴尬，说:“大哥，我跟老王有来往，不过是因为当年我跟他一起贩过盐，我可不是真正的八路军。”

飞龙“哼”了一声:“纪钟伟，你以为我飞龙是眼瞎了，还是缺心眼? 你也别害怕我，我早就说了，我当这个大队长不过是为了赚点钱，为了过过当老大的瘾，我不管你是共产党还是国民党，只要不找我飞龙的麻烦，我绝对不找你们的麻烦。大家都是中国人，多弄点钱过安稳日子多好啊! 要不是现在这些小鬼子来了，我这盐帮老大没法干了，我能来给小鬼子当差?”

纪钟伟摇头，说:“你不相信我也没办法，我也是有老婆孩子的人，但我相信八路军的本事。”

第十一章

瞎子宣传队

01. 素枝回来了

换样与赵青云有了夫妻之实后，两人便柔情蜜意，如胶似漆。换样带着赵青云回去见了父亲，纪大安大喜，马上请了族中兄弟帮忙收拾房子，打算年前就给他们结婚。

赵青云的父母通过莱阳三皇会的瞎子们，打听到换样的下落，找到了换样家，见到了自己的闺女。赵青云把父母拉到一边，向他们说了她与换样的事儿。赵青云的父母看到换样家日子过得扎实，换样虽然也是个瞎子，但是在莱阳也算是小有名气，当即同意了这门婚事。两下商量后，赵青云的父母决定带着赵青云回去，先把她安排在偏远一些的姑姑家，以免日本人找到，父母则给她准备被褥衣服等结婚物品，年前完婚。

赵青云恋恋不舍地辞别换样，跟着父母回了家。

纪大鼓叫着王瞎子一起，为换样的婚事精心打算。纪大鼓算计着，等为弟子完婚之后，他就上三驾寺，每日晨钟暮鼓，一直到死，多好的归宿啊！

转眼到了冬天。换样妈请了邻居帮忙，忙活了七八天，把三铺三盖六床被褥做好，王瞎子掐算了两天，给换样和赵青云择好了日子，一切准备就绪，众人就等着吉日了。张世伟突然来到了张家。

跟他一起回来的，还有素枝！

当张世伟和穿着旗袍烫着卷发、一脸激动的素枝从马车上下来的时候，站在门口的纪大安和换样妈以及邻居都呆住了。十年过去，素枝的模样有些变化，显得成熟了，也更加有风韵了，说话的口音也有些变了。但是当她用家乡话喊了一声站在马车前的“换样哥”后，换样的整个世界就像突然被这个声音笼罩了，霸占了，挤压了。换样看着素枝影影绰绰的影子，还有种做梦的感觉。

素枝，自己心心念着的素枝啊，你终于回来了。可是……可是你怎么选择在这个时候回来呢？

换样站着，不止手脚没动，脑袋也几乎僵住了。张世伟和素枝走到他面前，他一点反应都没有。

张世伟哈哈笑着，打了他一拳："换样，没想到我能来吧？更没想到素枝会来吧？"

换样"噢"了一声，喃喃地说："没想到，真是没想到。"

张世伟笑着对素枝说："素枝，你看换样这样子，傻了，高兴大了，缓不过来了。"

素枝走到换样面前，含着眼泪，深情地叫了一声："换样……"

素枝伸手，想抱换样，伸到半途，大概又觉得在众乡亲的面前这么做不妥，又把手缩了回来。

纪大安在后面喊："张少爷，素枝，赶紧进屋，进屋暖和暖和。"

素枝走到门口，跟站在门口的换样母亲等人都打了招呼，对张世伟说："张少爷，您先进屋，我回家看看我爹。"

纪大安说："素枝，先别忙回去。你爹现在忙着呢，经常两三个月不回来一趟，他家的钥匙都在换样的师父那儿，先进屋，我想法帮你找找老张。"

素枝一听急了："大舅，我爹这是忙活什么去了？没什么事儿吧？"

纪大安一挥手，说："没事儿，你放心，他就是给山里的那些人送点东西，自从你走了后，老张就不正经过日子了，不知道他都怎么想的。"

素枝眼角涌出泪水，她忙擦了。换样拍打着竹杖走过来，说："进屋吧，有话进屋说。"

众人进屋，换样妈赶紧生火烧水，换样让张世伟和素枝上炕暖和。张世伟上炕坐下，纪大安转身去了正间，跟老婆子嘀嘀咕咕。

素枝显然是觉察到了众人的异样，问换样："我怎么觉得大舅和舅妈有些怪怪的啊，换样，你们是不是有什么事儿瞒着我？"

换样忙说："没有没有，能有什么事，他们都是……高兴的，都没想到你能回来。"

张世伟小声问换样："这边的鬼子没找你什么麻烦吧？"

换样说："没有。鬼子到三皇会要人，把刘会长逼死了，我们又都躲在金口，金口的鬼子不属于莱阳管辖，这个事儿就这么放下了。对了，温会长他们怎么样了？”

张世伟说：“都放出来了，一帮盲人，鬼子还想搞什么中日亲善，就把他们放了出来。换样，我得谢谢你，要不是你们，那次任务我们就没法完成了。”

换样“噢”了一声，说：“别这么说，你把素枝送回来了，我还得谢谢你呢。”

换样转身问素枝：“素枝，你这些年都上哪儿去了？怎么不想法回来？”

换样这么一说，素枝的眼泪就忍不住了，她边擦泪边说：“我每时每刻都想着回来，但是……哎，一言难尽啊。有一年冬天我回来过，老天有眼，我在街上看见了你，不过刚跟你说了一句话，就被人拉着走了，这事儿你没忘吧？”

换样说：“这个倒是没忘，我就是一直没搞明白，这个事儿到底是真的还是在做梦，我说我见过你，所有人都不相信，那时候我想你想得特别厉害，差点就疯了。我都能感觉到，我好像在朝着一个深渊里下坠，我清醒的时候，就告诉我自己，不能这么坠下去，要是自己坠落到底了，什么都不管了，你回来怎么办？我就随身带着针，觉得自己要坠落了，就拼命用针扎自己，我就这样把自己拉了回来。”

素枝拉着换样的手，说：“换样，我对不起你，这些年……”

张世伟打断素枝的话，说：“素枝姐，我们在路上说了，有些话还是等你们以后慢慢说吧，小鬼子就要被我们打走了，以后的日子长着呢。”

换样有些惊喜：“真的?！小鬼子要被打走了?！他们走了，那我们就能过上安稳日子了！”

张世伟点头，说：“真的。小鬼子在太平洋战场失利，美国参战了，小鬼子蹦跶不了几天了。”

素枝说：“把鬼子打走了，日子也不一定就好过了。中国人别的本事没有，欺负弱小，天下第一。我和换样当年在青岛，欺负我们的还不是中国人？”

张世伟说：“所以我们要团结起来，把欺压我们的这些大山从身上搬走，我们老百姓才会有好日子，才能自己当家做主！”

换样说：“别的道理我不懂，但是我师父说过一句话，我觉得非常有道理。不管到什么社会，都是富人欺负穷人，当官的愚弄老百姓。中国自商鞅向秦王献愚民之术，老百姓就没有过好日子。皇帝都会说爱民如子，王子犯法与庶民同罪，其实王子杀人根本就不用他出头，老百姓连自己怎么死的都不知道，哎，所以说啊，不管什么朝代，老百姓都是案板上的肉，待宰的鱼。让老百姓当家做主，那是人家糊弄你的，你读了这么多的书，还真信了？”

张世伟刚要说话，纪大安提着茶壶走了过来，给大家倒水喝。张世伟这才想起来，跑到外面马车上，拿来一盒茶叶拆开，让众人喝茶。

02. 老张回来了

纪大安让换样把纪大鼓叫来，他凑了四个菜，请张世伟和纪大鼓吃了一顿饭。张世伟吃了饭后，驾着马车回了金口，换样和素枝在炕上坐着说话，纪大安和老婆扶着纪大鼓，来到纪大鼓家，商量如何处置眼前的局势。

换样妈想让换样娶了素枝，两个瞎子，以后怎么过日子？纪大安则顾虑素枝这些年在外面不知做了些什么勾当，觉得还是赵青云干净，脾气也好。

两人让纪大鼓出个想法，纪大鼓两面为难，说眼前的局面是扔下哪个都不行。换样把人家赵青云睡了，赵青云对他死心塌地的，换样要是不要她，她一个女瞎子怎么活？素枝当年可是为了照顾换样，才跟着换样去的青岛，才被歹人抓了去，现在她历尽苦难，终于回来了，要是换样不收她，她去哪儿？恐怕只有死路一条了。所以说，这是个死局，这种局面，他们没法给换样出主意，舍谁留谁，只有换样自己取舍了。

纪大安两口子和纪大鼓走了后，素枝死死地抱着换样，一声不吭。

换样也抱着她，一声不吭。

换样不知道素枝在想什么，他抱着素枝，在想赵青云。就像那天晚上与赵青云激情之后，在想素枝一样。他总觉得抱着一个，亏欠了另一个。

两人默默无语地抱了一会儿，素枝说：“换样，你也不问问，我这些年是怎么过来的？”

换样想了想，说：“我不问。我不管你怎么过来的，现在只要回来了，就是我的人！”

素枝又说："换样，你是不是有别的人了？"

换样忙说："没有没有，我一个瞎子，除了你，谁会稀罕咱？"

素枝说："那你们家收拾得这么利索干什么？这间屋子还刷了石灰墙，窗也是新做的，像要娶新媳妇似的。"

换样挣扎着说："没有，就是要过年了，把家收拾一下嘛。家里这两年出了这么多的事儿，我爹说把房子收拾一下，去去晦气。"

素枝说："换样，我当初跟你去青岛，可是把自己都交给你了，现在我什么都没有了，只有你，你要是不要我，我就只能去死了。"

换样老老实实说："我知道。"

巧的是，当天傍晚，老张推着他形影不离的小推车从外面回来了。他去找纪大鼓拿钥匙，纪大鼓告诉他，素枝回来了。

老张一开始不肯相信，纪大鼓把她回来的过程跟老张说了，让纪大鼓没有想到的是，老张也知道换样要娶赵青云的事儿，他对纪大鼓说："回来好，俺闺女回来的正是时候，纪大安不是收拾好了房子么，正好娶素枝。俺闺女为了他家的瞎汉，差点把命丢了，他要是不娶俺闺女，我老张这次就在他家门口挂大肉！"

纪大鼓讨厌老张称呼换样为"瞎汉"，他皱了皱眉，说："老张，别老是'瞎汉瞎汉'的，换样都快成你家女婿了，怎么还这么叫人家?!"

老张气呼呼朝外走："瞎汉怎么了?! 俺闺女当年为这个瞎汉，连她爹都不要了，现在他要是敢娶别人，我老张不跟他对命，我就不是人！"

老张来到换样家。换样妈正在烧火做饭，看到神龙见首不见尾的老张突然出现在了他们家，换样妈愣了一会儿，忙说："大哥！哎呀，你可是稀客，能见到你可真不容易，赶紧进屋，素枝回来了！"

老张不理换样妈，直接闯进屋里。素枝听到父亲来了，赶紧从炕上跳下来，还没穿上鞋，老张就进来了。素枝叫了一声："爹。"老张抓着素枝的手，就朝外走。素枝没想到老爹会有这么一招，被拉了一个趔趄。她边朝后拽边喊："爹你干什么啊?! 我还没穿上鞋呢！"

老张站住，让她把鞋穿好，拽着她就走："回家！这儿还不是你的家！"

纪大安抱着柴火，从外面进来，刚好撞上了老张。他把柴火放下，把老张朝屋子里拉："老张大哥，好长时间没看到你了，走，进屋喝一杯。"

老张长得矮小，被人高马大的纪大安拽着朝屋里趔趄走了几步，到门口的时候，老张使了个歪招，他伸腿突然蹬了一下墙。纪大安没防备这一招，身体一歪，肩膀撞到了另一侧的墙上，疼得哎呀了一声，把老张放了。

老张整理了一下衣服，神气地“哼”了一声：“想欺负我?！哼，纪大安我告诉你，你儿子能欺负我闺女，你想欺负我还嫩了点儿！”

纪大安一只手摸着被撞疼的肩膀，疼得歪着嘴，说：“哎呀老张大哥，你这是闹哪一出？我就是想请你喝个小酒，怎么就欺负你了？哎呀，你这一招‘鹞子钻天’太厉害了。”

老张不由得笑了一下，说：“屁，这是‘鹞子蹬地’！要是钻天，早就把你从你家院子甩出去了！你以为老张好欺负？孬好我也闯了三十多年江湖，大上海俺撒过尿，北京城俺卖过耗子药！就你那两下子，还想整我?！”

素枝怕老张跟纪大安翻脸打起来，过去拽老张：“爹，咱走吧，天都这么晚了，还得回家烧炕呢。”

老张不理她，对纪大安说：“纪大安，我今天不跟你闹，我就跟你撂个底儿，我傻闺女为了你儿子可是差点把小命都闹没了，你们这次要是做了对不起俺闺女的事儿，我老张就在你家门上挂大肉！挂大肉！纪大安，你听明白了没有?！”

纪大安连连点头：“我知道我知道，老张大哥你放心，我纪大安心里有数。”

老张拽着素枝回到家，点上蜡烛，从放在院子里的推车上拿下菜和饼，开始生火做饭。

屋子里太冷，素枝穿得少，抱着肩膀在屋子里站着打哆嗦，老张找了一个破棉袄，让她披上。

老张点上了火，素枝找了个小凳子，坐在灶台旁烧火。火烧旺了，她觉得浑身暖和过来了，终于有精神跟父亲说话了：“爹，你在换样家说他们要做什么对不起我的事儿，是什么事儿啊？”

老张说：“你个傻闺女，你不知道啊，纪大安收拾房子，是要给他儿子娶媳妇呢！”

素枝一开始没反应过来：“娶媳妇？他们早就知道我要回来了？不能啊，他们又不是神仙。”

老张说：“你怎么这么傻啊，是换样找了个女瞎子！女瞎子和他爹妈都去过换样家了，两家定下日子，准备年前娶媳妇呢！”

03. 素枝大义让位

换样一家人正愁得不知如何是好，纪大鼓带着王瞎子来到了他们家。

王瞎子快人快语，对换样和纪大安说：“事已至此，说好听的没用，现在唯一的办法，就是赶紧定下娶哪个，不娶哪个。这两人都不错，都对得起换样，但是换样只能选择一个。赶紧的吧，时间越长，麻烦事儿越多。”

换样一家人不出声。纪大鼓说：“这两个人你都熟悉，你说娶哪个好？”

王瞎子说：“没错，这两人我都熟悉，娶哪个都是换样的福气，咱现在考虑的不是娶哪个好，而是要考虑娶哪个，对另一个的伤害会轻一些。纪大哥，我谈谈我的想法行不？”

纪大安点头，说：“行啊。”

王瞎子说：“照我看，换样得娶素枝！理由很简单，素枝这些年受了不少的苦，十一年啊，她好几次差点死了，人家受了这么多的罪，都是因为换样。现在她好不容易回来了，换样要是不娶人家，她的日子以后怎么过？！”

纪大安点头：“我知道。但是我跟老赵他们家把话都说死了，这两天就准备去送定亲钱呢，这……这……”

王瞎子说：“赵青云是个好孩子，我也知道。不过她家离我们这儿远一些，她模样什么样我看不见，不过以我对她的了解，她要是想嫁个明眼人，都没有什么问题，噢……咱换样把人给睡了……不过，她以后嫁个瞎子也行啊，瞎子不嫌弃瞎子，嫁个明眼人时间长了，人家还嫌弃。素枝不行了，她都快四十了，要是不嫁给换样，她嫁给谁去？”

纪大安小声说：“素枝都这么大了，不知道她还能不能生孩子。”

换样小声说：“素枝说了，她还能生。”

王瞎子说：“那就好，咱没别的办法，只能这样了。赵青云那边，我和纪大鼓去说说。”

纪大安惊喜：“真的？！”

王瞎子说：“你得准备点东西送给人家，表达一下歉意。”

纪大安说：“这个没问题！我这就准备去！”

纪大安转身刚要朝外走，老张突然一头闯了进来，他铁青着脸，二话不说，把一张纸条扔在炕上，转身就朝外走。纪大安叫了一声：“张大哥，您坐坐啊。”

老张像是没听见，似乎也没看见这一屋子的人，脚跺得地咚咚响，一直走了出去。

纪大安拿起纸条，却不认识字。没办法，他去门口找了个识字的邻居，把纸条上的字念给他们听：“换样，我走了。你和那个赵青云的事儿我都听说了，有点难过。我听大鼓舅舅说，这个赵青云是个瞎子，对你挺好，我想了好多天，决定走了。这么多年，我在外面也认识了不少人，你放心，我有办法活下去。我这么大年龄了，恐怕很难生育了，这也是我离开的原因之一，我不骗你了，把实话告诉你吧。再见，希望你跟那个女子好好过日子。我以后会回来看你的。素枝。”

邻居念完信，换样猛然从炕上跳下来，穿上鞋，摸索着走到门口，拿起竹杖就朝外走。

纪大安拦住了他：“你要干什么？”

换样喊着：“我要去撵素枝！我不能放她走！不能！”

纪大安拦着换样：“她肯定坐着马车走了，就你这个样子，能追上她？她也说了，她不能生育了，要是不能生育，你找这么个老婆干什么？”

换样愤怒，一把把纪大安推开：“你就知道生育生育，你就不想想素枝这些年遭了多少罪！我换样欠人家的！我不能让她就这么走了！”

换样和纪大鼓、王瞎子来到素枝家门口，老张推着车子刚走出家门。老张看到三个瞎子过来，叹了一口气，说：“我要出去了，你们来干什么？”

换样走了几步，朝老张跪下来：“姑父，我求求您了，您告诉我素枝朝哪里走了，我要把她追回来！”

老张一脸的懊恼和无可奈何，说：“晚了，她昨天下午就走了。我知道她朝哪儿走了，但是她不让我告诉你。素枝真是个好孩子，可惜让你给害了！害了！”

老张说完，推起车子就要走。纪大鼓拍打着竹杖，走到他面前，挡住他的路，说："老张，素枝去哪儿了，你得告诉我，我们都商量好了，让换样跟她结婚，他们两个安安稳稳过日子，也好给你养老，多好的事儿！"

老张朝后退了两步，绕开纪大鼓朝前走，走了两步，他停下扭头说："我老张是没有这个福气喽！算了，孬好都是死，人活一世草木一秋，死了一了百了！你们也别找素枝了，没用，她这次不会再让你们找到她的！"

老张说完，推着车子走了。

换样瘫倒在地上，王瞎子和纪大鼓没本事把他拉起来，只能去叫纪大安。纪大安过来，把换样扛上肩，一直扛回了家。

半个月后，纪家办了喜事，把赵青云娶回了家。

新婚之夜，换样抱着赵青云，脑子里却总是出现素枝的影子。他虽然是个瞎子，但是他凭着声音和她们的气息，凭着手对她们的感觉，在脑子里自动生成了赵青云和素枝的样子。

他不由得喘了一口粗气。

赵青云抱着换样，说："换样哥，你是不是想素枝了？"

换样一愣，忙否认："没有没有。咦，你怎么提起她来了？"

赵青云叹口气，说："她前些日子回来的事，我听人说了，她真是个好样的。"

换样沉默了一会儿，问："要是我跟她结婚了，你会怎么办？"

赵青云说："我会死呗。不过我不会恨她，她的事我都知道，她比我更配拥有你。"

换样紧紧地抱着赵青云，说："你不知道，我是真对不起她。没办法了，下辈子我再给她还债吧。"

赵青云说："不行，下辈子你也是我的！我知道她是个好人，但是我不许你在我面前想她！我会吃醋的！"

04. 德清法师的预言

这些日子德清法师精神头大不如前，纪大鼓和换样、张永禄、侯正廷、飞龙等人经常去看望他。大家觉得德清法师时日无多了，法师却告诉众人，不要担心，他只是一时风寒入内，过些日子就好了，他还有五六年的阳寿呢。

众人不放心，依旧经常过去探望。果然，德清法师在卧床近一个月后，竟然奇迹般地下床了。于世琦从青岛回莱阳，顺便来看望他，得知本来已经很难下地活动的法师竟然能在院子里正常走动了，高兴地跑到大雄宝殿，给殿中的每个神仙磕了三个响头。

附近黄金庵的常思、常立禅师，三教堂的张道士，远在莱阳城北龙门山的善云法师、普惠师太，听到德清法师康复的消息，纷纷赶到三驾寺，表示祝贺。

三驾寺住持慧海要为德清法师做法会，一向讨厌这种操办的德清法师同意了。不过要等两个月，等过了年，正月初一，为天下百姓举办一场祈福法会。

新年后，三驾寺举行了一场声势浩大的祈福法会。

德清法师对这次法会特别重视，他让从莱阳城来看他的于世琦带着他的拜帖，请了其时的莱阳县长李梅五、十二师师长赵保原，又让人去金口请了侯正廷和张永禄、飞龙等人，飞龙顺便把傻子老管也带来了。比较奇怪的是，老管平常都是拖着鼻涕跑来跑去不闲着，做法会的那两天竟然老老实实地蹲在院子里看。

听说莱阳第一古寺做法会，而且法会主持是德清法师，周围百里的乡绅、村民蜂拥而至，把三驾寺的院子围了个水泄不通。通往三驾寺的官路两旁，则摆满了各种生意小摊，卖吃的玩的，各种货物应有尽有。

赵保原派头大，带着一个排的保镖走进三驾寺。他的保镖看到飞龙，要拔枪杀人，德清法师对众人说："诸位施主，贫僧请各位来到三驾寺，参加三驾寺的祈福法会，是因为诸位都是三驾寺的贵人，是与佛有缘之人。佛度众生，诸位皆是三驾寺的客人，无论是谁，在贫僧面前伤害三驾寺的客人，贫僧都无法宽恕！"

赵保原听德清法师这么说，抬脚就踹了要拔枪的保镖一脚："给老子滚出去！都出去！"

保镖们一齐敬礼后，转身出去，在三驾寺墙外列队等候。

三驾寺的这场法会极尽排场，严格规矩。

第一天傍晚，在三驾寺山门外放焰口。

因为是祈福法会，放的是阳焰口，不设灵坛。香烛供果摆好后，德清法师带领一众僧人唱《杨枝净水赞》净坛，然后开坛。德清法师端坐正中前方，面对供桌，带一众僧人诵《心经》《往生咒》《变食真言》，唱《莲池赞》，再去面燃大士坛上香礼拜，诵《大悲咒》《变食真言》，唱《观音赞》。

之后，德清法师开卷诵唱《焰口召请文》：

为荐亡者，座主振铃拈香，奉请幽冥教主本尊地藏王菩萨等，引斋主亲属之亡魂及各种孤魂，赴此道场之会。

一心召请，前王后伯之孤魂等众：累朝帝王，历代侯王，九重殿阙高居，万里山河独据。西来战舰，千年王气俄收；北去銮舆，五国冤声未断。呜呼！杜鹃叫落桃花月，血染枝头恨正长！

一心召请，英雄将帅之孤魂等众：筑坛拜将，建节封侯，力移金鼎千钧，身作长城万里。霜寒豹帐，徒勤汗马之劳；风息狼烟，空负攀龙之望。呜呼！将军战马今何在，野草闲花遍地愁！

……

召请文共计十二则，十二类孤魂，概括了世间所有的亡者之魂。

召请文读完后，德清法师手洒甘露，并抛撒早就准备好的各类点心干果，亡魂便得到了超度。然后，把面燃大士的纸俑或牌位、灵坛上的牌位等在念诵中焚烧，并抛撒做供品的糖果，众人争抢，以表功德圆满。

最后，僧众起身，同唱《回向偈》，仪式结束。

第二天一早吉时，祈福法会正式开始。

钟鼓齐鸣中，小和尚宣布法会开始，恭请祈福佛事的各位师父入场。德清法师率住持和尚慧海法师等一众人进入坛场。

今天是慧海主法。慧海先手持净瓶，用甘露水将道场清净，然后众人恭请诸佛菩萨、龙天护法莅临，神威加持。众僧人坐下后，小和尚请在外面等候的侯正廷、张永禄、李梅五、赵保原以及诸位居士、百姓进入道场。之后，寺里的小和尚将各种香烛、长明灯、干鲜水果摆在供桌上，供品、供具摆设极尽庄严，斋供十方诸佛及二十四诸天，令诸天欢喜。慧海带领众人向十方诸佛、大菩萨、冤亲陈白悔过，使身器清净，并皈命三宝。

慧海向众人陈述佛事的缘起、道理、行持态度后，德清法师亲自带人诵《大悲咒》《观世音菩萨普门品》《金刚经》。

和尚都会背诵这些佛经，居士们有的会一些，有的不会，侯正廷等人则是如听天书，完全不懂。但是这种庄严日子，他们不敢造次，即便不会，也只能恭恭敬敬地跪着，一跪就是大半天。

一直到太阳偏西，佛经终于念完，慧海法师带着众人恭敬地送诸圣贤和一切六道众生返回本位，然后，德清法师带着众人发四宏愿，以此功德回向一切众生或庄严佛土，来参加法会的人都领一份由诸位金刚大神加持过的点心，法会终于结束。

本来按照德清法师的意思，祈福法会要举行三天，但是诵经的时候，德清法师中途晕倒在地，慧海法师让人把德清法师扶回住处歇息，他赶紧顶上，带着众僧把经书诵完。

德清法师歇息了一会儿，由弟子扶着出来，主持了后面的仪式。德清法师虽力主后面的仪式从简，法会却也办得很是风光。况且当下是乱世，老百姓以及居士都没有心情在寺里待够三天，两天结束法会，也算功德圆满。

这场法会，让三驾寺一时名声大振，不少人来到三驾寺，要求落发为僧，其中也包括纪大鼓。

纪大鼓是和王瞎子一起来的。王瞎子也有出家当和尚的想法，但是还惦念家中的三个孩子，因此他想跟纪大鼓一起来看一下。

两人找到德清法师，纪大鼓向他说了想入寺为僧的想法，德清法师断然拒绝了："从法会结束那天开始，三驾寺已经不再接受任何人落发为僧了，而且三驾寺还说服部分僧人返俗，昨天我的两个弟子都回家了。"

纪大鼓大惊："法师，这是怎么回事？"

德清法师说："施主，你听说过王埗老先生临死前，莱阳乡绅去看望他，他对老家人说的话吗？"

纪大鼓有些意外："法师也知道这个？大家都说老先生是老糊涂了，说瞎话呢。"

德清法师笑了笑，说："不是。老先生与贫僧也有交往，老先生这些话早就与贫僧说过，贫僧与老先生对很多事情看法迥异，唯独此事相同。如今社会之动荡，世事之诡异，前所未有，所以老先生让大家该吃就吃，不要置地买房，因为到了动乱之时，财产越多，就离家破人亡越近。”

纪大鼓说：“这跟我想出家为僧有关系吗？”

德清法师点头，说：“寺庙在大动荡时，经常成为动荡之中心。中国曾经有四次灭佛运动，北魏太武帝、北周武帝、唐武宗、后周世宗皆拆除寺庙，驱逐甚至杀害僧人。二十年前，政府搞新文化运动，很多寺庙变成了学校，三驾寺勉强保住，其实那时候贫僧就已经预料到，上层社会已经仇视宗教，要对宗教下手了。贫僧预料，这三驾寺最多有十年之寿，几年后，包括三驾寺在内的众多寺庙，都会遭遇灭顶之灾。”

纪大鼓惊讶：“怎么会这样?!”

德清法师摇头，说：“此事非三两言可以说完，施主，您要是相信贫僧，还是好好说书赚点钱过日子吧。茫茫俗世，其实是最高明的出家。”

05. 纪尚的遭遇

老族长的儿子纪尚突然带着一家老小，回到了纪家村，并在回来的当天，就去祠堂拜见了各位长老，说他要回到纪家村生活，不想回北京了。

纪尚西装革履，风度翩翩，成熟稳重，各位长老对他印象都不错。虽然以前他对村中诸人态度冷淡，但是他此番回来，给各位长老都带了礼物，且态度诚恳，诸位长老也就原谅了他以前的冷淡。长老们连夜召集村中管事男人去祠堂议事，并宣布纪尚为纪家三村新任族长。

纪尚的回来，为惶惑中的纪家村带来了新的生机。他挨个拜访了村中的孤寡老人以及残障之人，让祠堂造册做账，为这些人提供生活保障。他还从城里请来了会计师，让会计细查祠堂的账册。祠堂的收入除了老族长的捐赠，还有祠堂自有的八十亩土地，有杂货铺和药铺。老族长在世的时候，祠堂的账目就是一笔糊涂账，现在老族长没了，祠堂的钱被几个长老贪污挥霍一空。没办法，纪尚只能先从家里出钱，修补祠堂，给村里的老人和残障之人发了一部分钱。

纪尚的举动颇得众人好评。

纪尚还破除了一些老规矩，比方换样，可以继续做纪家大鼓传人，但是他还可以继续参加三皇会，可以当三皇会会长，可以到外面说书赚钱。

长老们一开始对纪尚的举动很赞成。他们之间也在为谁多花了祠堂里的钱而争执，纪尚回来后，他们争相与纪尚套近乎，希望自己能成为主事长老。

纪尚却似乎完全不懂得这些庸常的做人之道。他换了祠堂主管，让新任的祠堂主管配合会计查账，祠堂这些年管了谁的饭，做了什么菜，花了多少钱，都谁陪着吃饭等事无巨细，一一要有个说法。

长老们一开始没拿查账当回事儿。他们自己每年也是要走一下形式，列出收支明细，要在村里的议事会上公布的。但是都是随便弄一弄，在村里的民众面前读一读，读完就完事儿了。祠堂的账本来就是一锅乱粥，老族长一年有半年的时间在祠堂里，与长老们打理祠堂事物，最后都无法弄出一本清楚的账目，你一个长年在外的公子哥，回来就查账，那不是开玩笑吗?

然而，长老们优哉游哉了不到一个月，查账就查到了他们的头上。

他们没想到，那个看似呆头呆脑的会计师，竟然就用一串串数字，把历年祠堂的进项、支出、结余给清清楚楚地算了出来，包括连他们都理不清楚的杂货铺和药铺的收入。

而历年主事长老贪污的钱，也都清清楚楚。长老们一看到数字，就大汗淋漓，不知今夕是何夕了。

纪尚倒没有太咄咄逼人，把账查清楚后，他让会计师回去，就召集六位长老议事。六位长老轮流主事祠堂，贪污钱财虽然不一，却都有沾染。纪尚对六人说，他知道他们的辛苦，但是祠堂的钱，是纪家村两千多户老百姓的钱，是族长在危急之时的储备，现在这些储备都被他们拿到自己家去了，这是作孽。以前老族长在世的时候，没有查清账务，所以也没法追究，但是现在他是族长了，就得给村里百姓一个交代。当然，长老们拿了祠堂里的钱的事儿，他是不会向外公布的，前提是大家想办法把钱还上。一年还不上的可以两年，可以三年。三年还不上的，那就要开议事会，在村里的议事会上讨论处置办法了。

六位族长，有的拿的钱少一些，有的多一些，但是无论拿的多少，都不想把钱再吐出来。他们向纪尚求情，以前的就算了，以后他们绝对不敢再贪了，这件事儿就这么算了吧。老族长在的时候，他们拿点钱物回去，老族长都是知道的。纪尚拒绝了他们的请求，他说当年老族长没法惩治他们，是他没有一本明晰的账目。现在他上任族长，就要给纪家村的百姓一个交代。

纪尚告诉他们，一个月内必须把他们贪污钱物的三分之一先吐出来，剩下的可以根据数额推后。纪尚说完话后，拂袖而去。这彻底激怒了这些长老，他们摒弃纷争，暗中商量对付这个小子。

纪尚曾经去东京留过学，回来之后还有日本同学经常过来看他。这些日本同学跟莱阳大街上偶尔出现的日本浪人不一样，他们很谦恭，看到人就鞠躬，还光着脚，帮着和泥修祠堂。

纪尚的这些同学中，有人跟驻扎在金口的日军中队长小仓是同学，小仓让同学邀请纪尚去金口玩，被纪尚拒绝了。纪尚很明确地让同学捎信给小仓，他是一个中国人，不能跟杀中国人的侵略者有交往，这是他的原则。

纪尚的日本同学走了后，长老们就开始行动了。

他们先是在村里散布谣言，说这个纪尚是日本间谍，驻金口的小仓一直想打纪家村，但是没有人做内应，就一直没敢打。纪尚这次回来，是接受了日本人的任务，回来给日本人当间谍来了。

众人一开始不太相信。纪尚虽然在日本读书，但是你看他的样子，文质彬彬的，对老人又那么好，怎么能是日本间谍?

但是谣言越传越神。说纪尚不见小仓，其实是假装的，他就是要让人觉得他讨厌侵略者，这样中国人才不会怀疑他，这样才能隐藏得更深。

纪尚回来后，频繁跟游击队和赵保原联系，他想出钱买枪打日本人，但是没想好是给赵保原呢，还是给八路军的游击队。村里很快就传开了，说纪尚让老张带他去山里找八路军和赵保原的军队，其实是给鬼子搜集情报的。

还有人亲自做证，说他的亲戚看到纪尚晚上偷偷跑到金口和莱阳城，跟这两地的小鬼子联系。

村里的人渐渐被越来越多的谣言侵蚀了，从将信将疑变得开始相信了，他们开始提防纪尚了，纪尚在村里开始变得很被动。

纪大安还按照长老的命令组织了一帮人，监视纪尚的行动。

换样眼睛不好使，但是心中明白，他对纪大安说:“爹，纪尚肯定不是日本人的间谍，你想想就行，日本鬼子真要打纪家村还用派间谍来?直接来打就行了！现在赵保原根本不打鬼子，专门打中国人，八路军被他们撵得到处跑，鬼子大白天进来打，也没人管，还派什么间谍?！这肯定是有人在造谣！”

纪大安根本就听不进换样的话：“你知道什么?！当年老族长带着咱村的人打鬼子，鬼子不怕游击队，也不怕赵保原，就怕纪家村！鬼子要是占了纪家村，就能把八路军堵在山里，把赵保原挡在他老窝，这么重要的地方，鬼子能不眼馋?！纪尚早不回来晚不回来，偏偏这时候回来，他要是没有阴谋，他能回来?！”

换样说服不了纪大安，去找师父纪大鼓，让纪大鼓帮忙劝他爹，不要跟新任族长为敌。

纪大鼓摇头说：“族长是个好人，纪家村现在容不下这样的好人啊。他斗不过村里的那些长老的，等我劝他回去吧，这个纪家村，他没法待下去了。”

换样有些不相信：“纪尚是个好人，还为纪家村办了这么多的好事儿，村里人怎么就这么恨他呢?”

纪大鼓“哼”了一声说：“傻子太多呗。纪家村落到那些长老手里，这纪家村就成了他们的天下，要钱有钱要势有势，当年老族长睁一只眼闭一只眼不管他们，因为老族长跟他们一样，也是贪得无厌。少族长要清理账目，做一个干净的族长，他们不跟他拼了老命才怪呢。”

换样愤怒：“他们太欺负人了！我们要想办法帮助族长！”

纪大鼓呵斥道：“你不想活了?！他们的手段可比老族长的手段要狠多了！当年你被老族长抓去，你师娘为了救你把小命都搭上了，你现在要是敢出头帮族长，他们能让你活过两天就不错了！”

换样愤怒得不可遏制：“那怎么办？就让他们害了族长?！”

纪大鼓叹口气，说：“族长昨天晚上来找我，向我讨主意，我劝他还是回北京吧，纪家村属于过去，他太不了解纪家村，他要是不走，肯定会遭遇一场劫难，走了，两下都好。”

换样说：“那他答应的给我们这些人的补助怎么办?”

纪大鼓笑了笑，说：“这个你放心，长老协议会那些人都是人精，这点钱对于他们来说是小钱，他们不会赖账，肯定会给。装好人是他们的强项。”

06. 飞龙与王队长

日本人战事失利，驻莱阳城和金口的日军蜷缩在据点不敢出来，伪军也人心惶惶。

游击队王队长趁机通过纪钟伟约见飞龙，把日本人的情况添油加醋向飞龙说了，劝他改邪归正，加入游击队。飞龙说加入游击队可以，不过他得当大队长，不能当副的。当年他是盐帮老大，你王队长当年被我打得屁滚尿流，我现在不能给你当手下，丢不起那个人。飞龙还计划等他当了游击队队长后，利用游击队的势力振兴盐帮，一边做生意，一边打日本人。

王队长自然没同意他做游击队队长的条件，两下不欢而散。不久飞龙就带着保安队大部分人马，投奔了赵保原，成了赵保原手下的一个营长，这让王队长非常不高兴。

眼看日本人不行了，赵保原想把八路军从胶东撵出去，就派飞龙带着他的这个营，专门对付王队长。

王队长带着游击队跟日本人和国民党军队周旋了这么多年，经验老到。飞龙仗着兵强马壮，撵着人家打了几仗，没得着便宜，却吃了不少亏，这让飞龙很是恼火。王队长还找了一个小伙子，打扮成飞龙的儿子，穿着一身西服，他让两个游击队员架着人朝山里跑，飞龙误以为自己刚把妻儿送回老家，他们就被游击队抓住了，气得脑袋发蒙，带着手下一路猛追，结果落入了人家的埋伏圈，一仗打下来，死了八十多个人。

从埋伏圈冲出来后，飞龙带着人骑马回家，看到一家人好好的，一个没少，又喜又气又恨，决定报复王队长。他让人打听到王队长老家住处，亲自带人，把王队长的父母妻子还有一对儿女抓到了军营。

飞龙以此要挟王队长投降，王队长心疼一家人，却又不肯投降，就去找张永禄，让张永禄说服飞龙。张永禄知道，现在的飞龙已非昔日之飞龙，自己去找他肯定不行，就让王队长去找德清法师。

德清法师对他们的争斗看得很淡：“日本人不行了，现在你们两下为了争地盘，互相厮杀，真是百姓之苦啊。”

王队长不高兴了："法师，我们八路军是要把鬼子赶出中国，是为老百姓打天下，跟飞龙他们不一样。再说了，我的父母妻儿都是老实本分的老百姓，飞龙绑架他们，这简直就是土匪流寇！"

德清法师摇头说："男人打天下，罪不及父母，祸不及妻儿，飞龙如果真的这么做了，那贫僧要去找他理论理论了。"

王队长拱手："法师，您要是能帮我把家人救出来，您就是我的再生父母！我王大福天天给您烧香念佛！"

德清法师苦笑："贫僧不缺香火，你们不管谁得了天下，能善待老百姓就是贫僧之愿了。"

德清法师坐着寺院的马车，来到飞龙的驻防之地，找到飞龙，让他把王队长的家里人放了。

飞龙虽然浑蛋，但是念及德清法师的救母之恩，对德清法师自然很尊敬。他对法师说："法师，您就别为难我了！我虽然抓了王队长一家人，我对他们可是好着呢，吃的住的比我都好。您放心，我就是利用他们要挟一下王队长。跟您说句实话吧，我这叫给他心理压力，让他不那么张狂。即便王队长不投降，我也不会为难他的家人的。"

德清法师不肯松口："这样吧，你让我去问问王队长的父母，如果他们愿意在这里，你可以不放他们，要是他们不想在你这里，那你就得放人！飞龙，做人要做君子，不能做小人。男人争霸天下，不能殃及家人，这是品德。就拿当年的捻军来说吧，他们起初本来是反抗朝廷的，参加捻军的，都是贫苦老百姓，但是他们被朝廷打败后，流窜到山东，却祸害百姓，杀人放火，把自己的路子都堵死了，最后落得惨死异乡不说，还留下了千古骂名，飞龙，做人做事，千万要给自己多留条后路啊！"

德清法师话说到这儿，飞龙只得放人。但是这人抓来容易，放却得有些办法。抓了王队长的家人，此事无论是团长还是师长赵保原都知道，要是就这么把人放了，他们肯定不会高兴。飞龙让人送信给王队长，让王队长假意偷袭，他则带部队假意败退，把王队长一家人留下，王队长带着他们走就可以了。

王队长将信将疑，做了两手准备，在半路埋伏了一帮人马，防备飞龙暗算他们。出乎意料的是，飞龙还算讲信用，没有做什么手脚，游击队顺利把王队长的家人救了出来。

此后不久，就传来了日本要投降的消息，驻在金口的日本人，也突然在一天夜里消失了，老百姓欢呼雀跃。

第二天一大早，就在众人庆祝日本人滚蛋的时候，从张永禄的商行里突然传来一阵惊叫，老管哇哇叫着从商行里跑出来，把人朝里拽。街上的几个人来到商行，看到了躺在地上，脑袋被子弹打烂了的纪钟伟。

谁打死了纪钟伟，成了金口一个一直无法破解的秘密。

赵保原命令飞龙带兵回金口，维持治安。飞龙带着军队，回到原先保安队驻扎的地方，并在四处设置岗哨，防备游击队。

07. 飞龙之死

纪尚走了，回北京了。他这次回去，还带走了老母亲，遣散了家中的下人，把纪家的铜门用两把大锁锁上了。

纪尚走后，长老们召集村里男人们议事，宣布依然尊纪尚为族长，纪家村大小事务暂由长老协议会把持。纪大安作为赶走纪尚的功臣之一，想进入长老会，被长老们拒绝，纪大安很是不高兴，回家喝了一场大酒。喝醉之后，纪大安跑到大街上，大骂长老们，长老们都成了精，假装听不见。换样喊了本家几个人，把纪大安拽回了家，绑了起来。

纪尚临走的时候，把属于他家的六个油坊低价卖给了侯正廷。侯正廷已经年近七十，接手了油坊之后，委派本家的一个侄子负责具体经营。老族长的油坊都在纪家村中，为了经营顺利，侯正廷亲自请纪家村的六大长老喝酒，长老们虽然年龄大，但是能吃能喝，侯正廷陪着他们一番大吃大喝后，回来一睡不起，竟然就此离世了。

张永禄、王瞎子、纪大鼓都参加了侯正廷的葬礼。侯正廷一死，张永禄眼见飞龙成了金口的老大，怕吃他的亏，让人把蒋小翠火速送到青岛，给她买了一处房子，送了她一些钱，算是跟她撇清了关系，张永禄则再次回到老家，深宅高院躲了起来。

没了侯正廷和张永禄，偌大的金口显得寥落了很多。

侯正廷死后，侯文德把金口的商铺房产都卖了，把母亲妹妹等一大家子人，送回老家黄格庄居住。侯正廷的妻子回到黄格庄后，每日精神恍惚，还经常做一个相同的梦，她让人去请王瞎子，给她算一下。不巧的是，王瞎子在纪大鼓家，下人就赶着马车，到了纪大鼓家，找到了王瞎子。纪大鼓听说侯家夫人身体不是很好，就跟王瞎子一起，来到侯家看望侯夫人。王瞎子给夫人掐算之后，又看了房子，觉得夫人睡觉的房间不好。夫人换了房间后，果然一觉睡到天亮，精神大好。夫人赏了王瞎子两个大洋，命人送两人回家。王瞎子要趁机在周围村子转悠一下，再赚几个钱，就拒绝了夫人的好意，和纪大鼓在附近村子转悠了两天。两人回家过五龙河的时候，遇到发大水，王瞎子觉得水不是很大，可以过去，他走在前面试探着过河，竟然一脚踏空，被大水冲走了。

纪大鼓想救他，自己也差点被淹死，幸亏被路过的人拽上了岸。纪大鼓被人送到家后，大病一场，连王瞎子葬礼都没去参加。之后纪大鼓身体变得很差，不能出来说书了，换样把师父接到了自己家中，一起过日子。

金口的生意越来越差，已经很少有船进来做生意了，很多人甩卖商铺，飞龙买了一个铺子，打算让老婆做点小生意。他还派人联系王队长，想让他帮忙从八路军控制的地区买一艘捕鱼船，被王队长骂了一顿。

飞龙很不高兴，带着军队想去打人家，走到半路，遇到了推着小推车的老张。六十多岁的老张黑瘦得像一块焦炭，飞龙跟他打招呼，说要去打游击队，老张笑着朝飞龙摆摆手，那意思是你赶紧打去吧。

飞龙知道老张是游击队的人，看到他这么淡定，飞龙不淡定了。他让军队停下休息，自己从马上跳下来，来套老张的话："老张，我得去打游击队了。这个王队长不仗义，上次我听德清法师的，放了他一家人，他好歹欠我一个人情吧。这次我就让他帮我买艘船，他竟然当着我派去的人的面骂我，说我飞龙一脑子猪屎，还让我向他投降。老张，你说你们这个队长是不是想挨揍了？"

老张掏出烟袋，装了一袋烟，点上吸了一口，说："大当家的，我就是一个做小生意的，你们的事儿我不懂。不过如果把你和王队长做个比较，我佩服王队长，你这个人也不是个坏人，但是不如王队长有志气。”

飞龙一愣：“就他？背后算计我，他还有志气?!”

老张说：“自古胜败论英雄，你看成大事的这些人，刘邦、李世民、曹操，哪个没有谋略？哪个没一点手段？这些年，王队长要是没有点手段，不被小鬼子弄死，也早被赵保原弄死了！不过你打听一下，老百姓说赵保原好，还是说游击队好?!人家王队长从来不欺负老百姓，打小鬼子也是真心打。你们十二师呢？除了欺负老百姓，打过几次鬼子?!你要打王队长，我不拦挡，我实话告诉你，王队长也早就做好准备了，现在游击队的武器也不是原先的了，机枪、迫击炮都有，你愿意打就去打吧，谁能把谁打死，我就不好说了。我就知道一点，你越跟王队长作对，你就越不得人心。”

老张说的话，飞龙也心知肚明。他强撑着“哼”了一声，仔细打量了一下老张，说：“老张，你是越来越会说了啊，受共产党毒害不浅啊。”

老张说：“没有。我说的是实话，是我亲眼看到的。”

老张猛抽了几口，把烟袋在车把上磕了磕，把烟袋锅装进荷包，把荷包装进口袋，推起小车，说：“大当家的，你要是没别的事儿我得走了。你吃喝不愁，是人上人，我还得靠卖点东西赚点小钱吃饭呢。”

飞龙长出一口气，头靠近老张，小声问：“老张，我知道你不是一般人，说起来，咱都是江湖人，都是为了口饭吃，你实话告诉我，你听没听说过共产党要打十二师的事儿？”

老张笑了笑，说：“这个还用听说？早晚要打，大当家的，你说得没错，咱都是跑江湖混饭吃的，但是咱找饭碗得找一个干净的。当年赵保原跟鬼子一起打八路，杀老百姓，老百姓恨死他了，现在鬼子跑了，你觉得老百姓和八路军能饶了他?!”

老张推着小车走了，飞龙站着愣了一会儿，跳上马，带着队伍返回了金口。

回到金口不久，赵保原下令飞龙进攻驻扎在海阳一带的八路军。飞龙心神不定，乔装打扮后来到三驾寺，向德清法师讨主意。

德清法师遣散了大部分弟子，最多时候曾经有二百多名僧人的三驾寺，现在只剩下了十多人，显得萧条了很多。

飞龙来到三驾寺的时候，德清法师正站在山门外，看着面前那棵一千多岁的银杏树。飞龙走到德清法师背后，拱手喊了一声：“法师，这树有什么好看的？”

德清法师幽幽地说：“山川树木，皆有灵气。三驾寺或许有再生之日，可这树要是没了，这千年灵气，可就没了。”

飞龙迷惑不解：“法师，您这话什么意思啊？这三驾寺好好的，怎么生啊死啊的？”

德清法师转过身来，说：“飞龙，现在世事不明，贫僧劝你还是别当这个营长了，回老家老老实实当一个老百姓吧。你稀里糊涂活了大半辈子，要是还糊涂下去，弄不好自己这条命就糊涂没了。”

飞龙有些惊讶：“法师，您怎么知道我今天来是问这个的?!”

德清法师说：“我不知道你今天是为何事而来，但是我知道你现在应该做什么。当然，听还是不听，完全取决于你自己。”

飞龙回到金口，犹豫了十多天，还没等他做出选择，八路军突然对赵保原部发起了进攻。飞龙远离赵保原本部，按兵不动，静观事态。赵保原不敌八路军，率残部朝西逃来，飞龙怕赵保原追究他按兵不动之罪，趁夜带着部分亲信和家属朝南逃窜，路遇一支夜行的八路军，双方开火，飞龙以及兄弟陈勇和所有亲信家属，皆被击毙。

飞龙死后，老百姓对他评价不一。多年以后，莱阳新兴的盐帮尊飞龙为老大，一路畅通无阻，很少有人拦截。

08. 尾声

赵保原的溃军，像当年的捻军一样，四处劫掠。

一部分溃军冲进了三驾寺，僧人徐善吓得朝后边山上跑，被当兵的开枪打死。当兵的把剩下的十多名和尚集中起来，逼迫他们交出寺中钱财。

慧海与他们说理，当兵的要打慧海，德清法师暴喝一声：“守着菩萨，你们就不怕报应吗？”

当兵的大都是附近的穷苦人家孩子，都知道德清法师的大名，但是看惯了生死的这些兵痞犹如凶神恶煞，已经失去了人性，什么菩萨如来，在他们看来毫无意义。

一个当兵的举起枪托，砸在了德清法师的头上："你不就是那个什么德清法师吗？吓唬谁呢？要是菩萨真有那么大的本事，你怎么还要挨我打呢？来啊，让他报应我啊?！老东西，今天要是不拿出钱来，我烧了这个三驾寺！"

德清法师对慧海说："慧海，把钱都给他们吧。人世皆苦，行善者苦，不知善恶者更苦，把钱给他们，权作三驾寺做了善事。"

慧海让人把装钱的盒子捧出来，当兵的砸开盒子，便像疯狗一样抢了起来。有人抢得多，有人抢得少，他们又厮打在一起，差点动了枪。

和尚们看着这些号叫着的犹如魔鬼一般的士兵，几乎不肯相信自己的眼睛。

当兵的走后，慧海带人把徐善埋在了后山的墓地里。

德清再次对众人说："再恶之人，对佛祖也都有敬畏之心，人变成恶魔，才会劫掠寺庙。三驾寺自北魏年间建寺，一千多年来，这种事儿还是第一次发生。

"当此乱世，三驾寺已非安全之所，大家还是还俗吧。徐善之死，只是开始，三驾寺大限将到，已经无法庇护诸位的修行，本法师深感惭愧，请诸位谅解。"

但是无论德清法师怎么劝说，众人就是不肯离去，德清法师无奈，让众人在后山隐蔽处盖了几间茅屋，作为退避之所。

八路军打赵保原的时候，从附近村子里征集民夫，帮忙运送粮食、抬伤员，老百姓怕有危险，不敢去。老张找到纪大安，让他带个头。纪大安不肯，老张说他当年可是给日本人当过副大队长的，要是这次不积极表现，八路军来了，肯定会清算他的老账，从轻了说，那是助纣为虐，从重了说，那就是汉奸，现在要是表现积极点儿，就是戴罪立功，共产党是讲道理的，等追究起来，他的罪过就会少一些。

纪大安听了害怕了，动员了村里的十多个青年人，跟着老张一起，推着小车给八路军运送物资。

有意思的是，他们在回来的路上，遇到了一伙十二师的残兵。残兵不少，得有近一百人，两帮人发现对方的时候，已经无法躲避了。残兵们拉开枪栓，要对纪大安他们开枪，幸亏当兵的里面有附近村子的，认出了纪大安。

这些国民党兵听说纪大安曾经跟老族长一起带人打过日本人，就没有杀他们，而是要老张和纪大安等人帮他们把受伤的兄弟运到即墨，他们给钱。纪大安和老张说了一大堆好话。纪大安告诉这些当兵的，他马上就要当爷爷了，就在这两天，他还要回家去用小推车推接生婆呢，他儿子是个瞎子，要是他走了，家里的事儿怎么办啊？当兵的不听这些，用枪指着他们，说要是不跟他们上即墨，就要枪毙纪大安等人。原因很简单，这附近就有八路军，要是他们去给八路军报信，他们就走不了了。纪大安他们起咒发誓，当兵的也不听。无奈，纪大安只得带着这十多个年轻人推着小车，把受伤的赵保原的兵一直送到了相隔一百多里的即墨城。

八路军还没有打到即墨，即墨依然在十二师手里。让纪大安他们没有想到的是，他们到了即墨后，把人放下刚要走，就被驻守即墨城的大兵看到了。一个小头目带着几个大兵过来，命令纪大安他们穿上军装，跟他们一起打"共匪"。纪大安等人求饶，带他们来的大兵也给纪大安他们说情，但是没用，他们要么被枪毙，要么当兵，就两个选择。

纪大安和老张都没有想到，他们都已经六十多岁的人了，竟然又穿上军装，成了一名国民党兵。

纪大安说得没错，他刚刚穿上国民党军装，他的孙子就出生了。但是让一家人沮丧的是，生的儿子竟然也是个瞎子。

孩子两天没有睁眼，换样特意求人赶着马车，去羊郡请来了郎中。郎中看了两眼说，孩子应该是个瞎子。不过具体是半瞎还是全瞎，现在没法说。

当时全家人还沉浸在纪大安失踪的恐慌之中，况且对孩子有可能是个瞎子早就有心理准备，因此此事对他们倒是没有太大的影响。赵青云还年轻，还能生，生的多了，肯定会有个明眼的。

这种想法，给了他们希望。有希望总是好的。

纪大安等人的失踪，现在才是全家人和村里人关注的焦点。长老协议会派了无数人四处打听，也没有打听到纪大安等人的下落。换样反复推算了数次，然后派人到父亲应该在的地方寻找，也都没有找到。

村里的年轻人是纪大安叫着出去的，村里很多人就到纪大安家哭闹，换样和赵青云实在受不了，就带着孩子去赵青云家住了。

赵青云家离莱阳城不远，两人来到赵青云家不久，解放军就解放了莱阳城。共产党主政莱阳后，找到换样，让他牵头，成立了盲人宣传队，宣传党的政策，三皇会因为有封建迷信色彩，被勒令解散。换样让人做了小推车，赵青云在前面探路，拉着小车，车上坐着儿子，换样推着小车，三人一起加入了宣传队。

不久，张世伟因为工作上出了点岔子，不得已复了员，组织上没合适的地方安排，干脆让他当了宣传队队长。张世伟就带着换样、张松昌、赵青云等几十个人，分成几帮，到各村宣传演出。宣传队负责吃住，还给一些钱，张世伟跟着众瞎子寒来暑往，耳濡目染，也学会了一些曲目，经常自己来个独唱，很受老百姓欢迎。

三驾寺被拆于大复查时期。和尚们四分五散，有的还加入了解放军。德清法师下落成谜。

换样儿子十岁的时候，素枝从青岛回来，给换样的儿子带了一些衣服，有人托她给德清法师送一封信。换样和素枝四处打听德清法师的下落，有人说不久前还在三驾寺的后山上看到过德清法师，他还带着一个傻子。换样和素枝上山找，却只看到了已经坍塌了的茅屋，没找到人。

素枝告诉换样，她在青岛领养了一个儿子，日子还不错。她请换样和赵青云到青岛做客，还送给赵青云一个金镯子。那年素枝五十多岁，她在换样家住了十多天，就回了青岛，从此再也没有消息。

纪大安和老张等人一直没有下落。游击队王队长，后来成了南海区区长，他动用政府的力量寻找老张等人，也没有找到。

张永禄被划成地主。地被分了后，他只活了半年，就无疾而终了。临死之前，他来找纪大鼓说话，说起王塝，张永禄称赞王塝真是个神人。那天张永禄精神矍铄，与纪大鼓说了大半天的话，临走的时候，还说过两天他还来玩，结果他回到家，当天晚上就倒下了。张永禄的死，对七十多岁的纪大鼓是个致命的打击。此后，他经常做梦，梦到纪族长、老管、侯正廷、张永禄、德清法师、飞龙等人，当然，梦到最多的人是马凤娇。

他经常跟换样说马凤娇的事儿。换样问他恨不恨纪族长，这个时候纪大鼓就一脸迷茫，问为什么要恨他。换样说，是纪族长害死了马凤娇啊。纪大鼓说他恨自己，恨自己连个女人都不如。如果他当初能挺身而出去救自己的徒弟，那马凤娇就不用死了。

纪大鼓临死之前，让换样给他唱一曲《四通鼓》。那个时候，纪大鼓已经处于弥留之际，时而清醒时而糊涂。《四通鼓》整个曲子唱完，需要一个多时辰，五十多岁头发花白的换样一直把一曲《四通鼓》全部唱完，因为用力过大，累得嗓子嘶哑，口角流血。

纪大鼓一直静静地听着。

《四通鼓》的最后几句是："……千年宫阙一朝灭，江山处处虎狼声，四通鼓声今日息，瞽者泣血几人应。"

换样唱完，累得瘫软在椅子上。纪大鼓竟然坐了起来，他伸出瘦骨嶙峋的手，握着换样的手，说："换样，师父走了。这《四通鼓》只有你能唱完，你要找个徒弟，把《四通鼓》和《哀侯别国》传下去，你还要想法多赚钱，把日子过好。"

换样想到当年师父背着七岁的自己，自己在师父背上开心地敲着大鼓的时光，不由得泣不成声："师父，我会找个人传下去的。政府照顾我们这些瞎子，成立了盲人宣传队，现在的瞎子日子好过了，您就放心吧。"

纪大鼓点了点头，说："好，那就好。"

纪大鼓说完，缓缓躺下，闭上双眼，与世长辞了。